U0718074

十九世纪中国文学思潮

——关爱和 著

中国大百科全书出版社

图书在版编目（CIP）数据

十九世纪中国文学思潮 / 关爱和著 . -- 北京：中
国大百科全书出版社，2024.3
（中国近现代文学论著五种）
ISBN 978-7-5202-1417-9

Ⅰ.①十… Ⅱ.①关 … Ⅲ.①文艺思潮—研究—中国
—近代 Ⅳ. ① I209.5

中国国家版本馆 CIP 数据核字（2023）第 166752 号

出 版 人	刘祚臣
丛书策划	胡春玲
丛书责编	冯 然
本书责编	王婵红
责任印制	邹景峰
封面设计	黄 琛
版式设计	博越创想
出版发行	中国大百科全书出版社
地　　址	北京市西城区阜成门北大街 17 号
邮　　编	100037
网　　址	http://www.ecph.com.cn
电　　话	010-88390639
印　　刷	中煤（北京）印务有限公司
开　　本	710 毫米 ×1000 毫米　1/16
字　　数	337 千字
印　　张	24.5
版　　次	2024 年 3 月第 1 版
印　　次	2024 年 3 月第 1 次印刷
定　　价	88.00 元

本书如有印装质量问题，请与出版社联系调换

目 录

———

人文主义的晨光
与古典主义的末路

—十六至十九世纪中国文化与文学思潮的变动

晚明社会经济文化结构的变动——泰州学派的思想贡献——尊己向俗的文学流向——晚明士风与文学风尚的文化类型学意义——清初痛定思痛的历史反思与文化检讨——博学有耻引古筹今的学术选择——性灵本体向规矩风雅的文学转换——清代文学古典主义的发展特征

十五和十六世纪的西欧，在经历了漫长的"中世纪冬眠"之后，开始了新的生命复苏。作为新兴资产阶级思想旗帜的人文主义思潮，以摧枯拉朽之势，荡涤着中世纪神本主义、蒙昧主义的污泥浊水。人文主义者反对天主教会的精神独裁，憎恶神学中的禁欲主义，抗议封建制度的束缚。他们呼唤人们把目光从神转向人，从天堂转向尘世。他们认为人生而平等，个性自由不可侵犯，现世幸福高于一切；享受平等、自由、幸福是人普遍具有的自然本性，而这种自然人性在黑暗的中世纪被长期地压抑和埋没了，现在需要得到重新发现与肯定。人文主义的兴起，把人们从虚幻的神学彼岸世界引回到现实的自然界和有血有肉的人间，拉开了西方近代革命的帷幕。此后，经过天翻地覆的宗教改革和震撼人心的科学革命，西欧各国渐次步入近代化的社会历史进程。

　　在西方近代革命拉开帷幕的同时，位于世界东方相对隔绝的地理环境中的中国，也掀起了具有近代意蕴的思想解放狂飙。一批身处明代末叶、敏感而富有朝气与战斗精神的思想家，勇敢地向封建专制和思想权威发起攻击，反对无所不在的天理对人的感性欲望的摧残与压抑，呼唤心灵与情感的自由，主张将世间的伦常道德，建立在个人幸福、快乐的身心基础和现实生活之上。晚明思想狂飙，是与欧洲人文主义精神十分相似的文化思潮。但由于中国特殊的经济形态、社会条件和文化传统，晚明人文主义的晨光并没有迎来与中世纪的挥手告别，并没有为古老的东方帝国叩开近代工业革命的大门。中国历史上的偶然事件——明朝灭亡，清主华夏，改变了晚明以来人文主义文化的流向。生活在易代之际的中国士人，在亡国之痛心境的支配下，以正本清源、博学求实的努力，扭转了晚明士人放浪佻达、空谈心性的学风、士风，形成了以复原、束结、引古筹今为基本指向的启蒙主义文化思潮。抱有向儒家本源文化复归之初衷的清初启蒙主义文化思潮，在清政府政权机制的引导、干预下，渐次失去了启蒙的灵魂，成为宗经、征圣、复古气氛浓烈的文化古典主义。鸦片战争的爆发，促使中国士人再次从空疏的性理思辨与烦琐的训诂考据的迷梦中惊醒，救亡反帝、启蒙反封建的双重任务，迫使中国近代知识分子不断在反省中调整自己的心境与文化选择。他们在沐浴欧风美雨的同时，也在本民族本源文化中积极寻求思想原型与精神支撑。这样便有了辛亥革命时期以前对清初启蒙思潮和"五四"时期对晚明人文思潮的选择与认同。从晚明到"五四"，历史在螺旋式递进中画出了一条充满曲折与回应的轨迹，构成了中国历史上一个极富有特点和耐人寻味的文化过程。本章试图将十六至十九世纪文化思潮的消长及其所引起的文学变动作以简单地回顾，并以此作为十九至二十世纪文学思潮研究的题首弁言。

一、晚明市民文化运动与尊己向俗的浪漫激情

商业资本主义的繁荣与市民意识的崛起，禅、道、儒三教的融合与世俗化倾向，陆王心学与程朱理学双水并流，心学渐次取得优势地位，是晚明思想狂飙产生和发展的社会与思想基础。

中国传统的社会生产结构，是以自给自足的自然经济的发展为主体的，

商品经济只是自然经济的补充形式。十六世纪前后，随着社会生产力的逐步提高和社会分工的不断发展，商品生产和商品市场不断扩大，商业日趋繁荣。国内除明代以前已经形成的大中城市外，在江南以及东南沿海的运河沿岸，又出现了一批新兴的工商城镇，并形成了不少地域性的商业资本集团（如徽商、晋商）。在种种社会和历史条件的限制下，十六世纪商品经济的繁荣及新兴的工商城镇、商业资本集团的形成，虽然对传统的自然经济形态产生了巨大的冲击，但其一直停留在以私人获得资本，通过交换以谋取利润为特征的商业资本主义阶段，并没有显示出向产业资本主义转换的趋势。正是从这里，中国走上了与西方资本主义发展方向不同的进化道路。

十六世纪商业资本主义的繁荣和发展，虽然没有从根本上改变中国封建的经济和社会形态，但却给社会结构和社会价值系统带来了不可忽视的变化，并对意识形态各领域产生了巨大的影响。

工商业的发展，新兴工商城镇和商业集团的形成，使一部分富有眼光的地主和富裕自耕农民，改变了投资于土地以期获得地租的单一的资本积累方式，而直接参与经营或投资于手工业、商业，成为脱离了土地的商人。在工商业发达地区，一些农民去农经商，流入城市，成为小商品生产者或雇佣工人。明代人口骤然大增，使仕途上的竞争越发激烈，而商人看似轻而易举的成功，诱惑着读书人弃儒就商。城市中的地主商人、小商品生产者、雇佣工人和弃儒就商、亦儒亦商者成为新的社会共同体——商人-市民阶层的主要成员。迅速扩大的市民阶层，显示出独特的价值取向和道德观念。他们不满于现有的社会秩序和"商末农本"的传统价值观念，而强调商业活动的贡献和不可替代性；他们希望提高商人的社会地位而不无自负地提出"良贾何负闳儒"[1] 这类带有挑战意味的口号；他们鄙薄儒者"口不言利"的虚伪而

---

[1]　汪道昆：《诰赠奉直大夫户部员外郎程公暨宜人闵氏合葬墓志铭》，《大函集》卷五十五，上海：上海古籍出版社1995年影印版。

肯定"治生"的必要性和"私利"的合理性，他们不掩饰对各种人生欲望的渴求并把它看作是成功的动力。他们热情地呼唤与创造着符合商人－市民阶层利益和审美趣味的文化与文学。而晚明思想狂飙在某种意义上讲，便是一场商人－市民思想文化运动。

晚明思想狂飙的形成还倚重于禅、道、儒三教的融合与世俗化趋势，并以王阳明心学作为哲学基础。

自唐代之后，禅、道、儒三教便出现相互融合的趋势。惠能所创立的禅宗是带有明显儒家精神痕迹的中国佛教，而宋明理学体系的建立，又是以吸收、改造禅、道个体修炼和宇宙论、认识论的理论成果作为基础的。至于道教，则吸取了佛教的教义、戒律、仪式，而又糅合了儒教的伦理精神。相互融合之后的禅、道、儒三教，共同表现出入世和世俗化、平民化的倾向。

新禅宗、新道教、新儒家所奉行的宗教伦理与入世苦行精神，为尚处于筚路蓝缕阶段的商人－市民阶层所接受。勤俭立诚，自食其力，坚韧不拔，百折不挠，关心外在世界的变化，对社会充满着参与意识，成为处在上升发展阶段的商人－市民阶层的文化品格。至于晚明思想狂飙所表现出的对个性解放与心灵、情感自由的呼唤，也是其文化品格的表现，但它似乎更直接地来源于阳明心学。

程朱理学与陆王心学是宋以后新儒家中的两个派别。两派的终极目的都是要通过"明天理、去人欲"的功夫，在此世全面地营造一个儒家文化秩序。但阳明心学的最终发展，却超乎这一学派主观愿望之外，导致了儒家文化秩序的崩溃。程朱理学在"事"世界之外，建立了"理"世界，这种"理"世界最终不过是封建统治秩序和行为规范的抽象符号。它要求人在"事"世界的行为，要绝对服从"天理"的要求，并不惜以克制个人的欲望和感性快乐作为代价，"天理""人欲"处在一种尖锐的对立状态。王阳明的心学将程朱以"理"为本体变换为以"心"为本体，将"天理""人欲"外在的冲突归于一元，试图以内在心灵净化与超越的方式，缓和二者之间的高度紧张。在王学之中，人心被描绘成一种无所不包、主宰一切的精神实体：

> 心外无物，心外无事，心外无理，心外无义，心外无善。①

> 心即理也。此心无私欲之蔽，即是天理，不须外面添一分，以此纯乎天理之心，发之事父便是孝，发之事君便是忠，发之交友治民便是信与仁。只在此心去人欲、存天理上用功便是。②

把外在的天理、秩序、伦常等先验规范的落实寄托在"心"的纯化之上，避免了"天理""人欲"的二元对立，但却带有另一方面的危险性。"道心"（天理）、人心（人欲）只有一念之差，道心又必须依赖人心才能存在，"人心"所包蕴的汹涌澎湃的情感欲求很容易冲破"道心"的防线。王阳明身后出现的泰州学派、蕺山学派所提出的"人欲恰好处即是天理"，正是将王学中的"心即理"之说推向了一种极端。

泰州学派是晚明思想狂飙的始作俑者与中坚。泰州学派取得如此重要的思想地位，是因为这一学派的学术理论在承接王学传统的同时，迎合与代表了禅、道、儒三教世俗化、平民化的趋势和商人－市民阶层的利益和要求。泰州学派以"愚夫愚妇皆知所以为学"作为传道宗旨，以处于社会中下层的一般民众作为立教对象，而其学术思想中，渗透着与商人－市民阶层思想倾向、价值观念暗合，与旧有社会规范、道德伦常抵牾的精神因子。立教对象的扩大和思想观念的趋新，为理论本身带来了广阔的植被地带和巨大的生命活力。至于学派传道者率性而行、旷放超迈、狂狷豪侠的行为风范，呵

---

① 王守仁：《与王纯甫》，《王阳明全集》，吴光等编校，上海：上海古籍出版社2011年版，第175页。

② 王守仁：《传习录上》，《王阳明全集》，吴光等编校，上海：上海古籍出版社2011年版，第3页。

祖骂佛、藐视圣贤、贵我尊己的人生态度与狂热奋斗、九死不悔的生命意志，则向全社会展示出一种崭新的理想人格和人生境界。行为与理论的结合，共同构成晚明思想狂飙的内在能量。

泰州学派的创始人王艮，此派后学颜钧、何心隐、罗汝芳、李贽及其弟子在时代思潮的激荡下，成就了一番思想革命的事业。黄宗羲以批评的口吻论泰州学派道："泰州之后，其人多能赤手以搏龙蛇，传至颜钧、何心隐一派，遂非名教之所能羁络矣。……诸公掀翻天地，前不见有古人，后不见有来者。"[1]

泰州后学的主要思想贡献在于：

（一）论述自然人性存在的合理性

人的自然属性如情感、需求、欲望是与生俱来的。食色声味等自然属性的满足甚至是人类存在和繁衍的必要条件。自然的人生活在群体社会之中，又被赋予一定的社会属性。不可缺少的生活秩序、伦理道德等社会规范的建立，又构成了人类社会生存和发展的必要条件。两者互相对立，又互相依赖。如何缓和两者对立的紧张，做到兼顾，是历代思想家、政治家所面临的不可回避的问题。孔子创立原始儒学之时，便提出了缓解个人欲望与社会秩序紧张的原则，即"克己复礼"，要求人们在克制个人的情感、需求、欲望的前提下，达到社会的和谐和秩序的稳定。在中国长期的社会发展过程中，这一原则成为一种文化传统被承继下来。至宋明理学家手中，演绎为"存天理、灭人欲"的思想。理学一味地压抑自然人性，以求得社会统治秩序的安定，其结果造成了无数人间悲剧和畸形社会心态、畸形人格。王学试图把外在的"天理"内化为"良知"，把社会的规范建立在人的心理基础之上，使人们对社会规范的恪守成为心理上的自觉要求。心理是人血肉之躯

---

① 黄宗羲：《泰州学案》，《黄宗羲全集·明儒学案三》第 15 册，杭州：浙江古籍出版社 2012 年版，第 767 页。

的一部分，一切行为依靠心理上的"良知"作为最高仲裁，其仲裁过程则不免掺入更多的情感因素，久久压抑的自然人性也便获得了挣扎而出的思想基础。阳明后学由王畿到王艮，其"任心之自然"即可致良知之说，其"百姓日用是道"之说，已露出变化的端倪。至泰州后学，则将自然人性论发挥到一种极致。

> 性而味，性而色，性而声，性而安佚，性也。①
> 欲货色，欲也，欲聚和，欲也。②

> 穿衣吃饭即是人伦物理；除却穿衣吃饭，无伦物矣。世间种种皆衣与饭类耳，故举衣与饭而世间种种自然在其中。③

> 夫私者，人之心也。人必有私，而后其心乃见；若无私，则无心矣。④

承认食色声味、穿衣吃饭、讲求私利是人的自然本性，进而则强调顺应自然人性即是得道，即是天理：

> 只是率性而行，纯任自然，便谓之道。⑤

---

① 何心隐：《寡欲》，《何心隐集》，容肇祖整理，北京：中华书局1960年版，第40页。
② 何心隐：《聚合老老文》，《何心隐集》，容肇祖整理，北京：中华书局1960年版，第72页。
③ 李贽：《答邓石阳》，《李贽文集·焚书·续焚书》第1卷，北京：社会科学文献出版社2000年版，第4页。
④ 李贽：《德业儒臣后论》，《李贽文集》第4卷（下），北京：社会科学文献出版社2000年版，第626页。
⑤ 黄宗羲：《泰州学案》，《黄宗羲全集·明儒学案三》第15册，杭州：浙江古籍出版社2012年版，第767页。

天初生我，只是赤子。赤子之心，浑然天理。①

盖声色之来，发于情性，由乎自然……故自然发于情性，则自然止乎礼义，非情性之外复有礼义可止也。惟矫强乃失之，故以自然之为美耳，又非于情性之外复有所谓自然而然也。②

在泰州后学的大量著作中，充满了对自然人性的肯定，同时也充满着对封建禁欲主义的批判。西欧文艺复兴与中国晚明思潮都是从肯定人的自然属性出发揭开思想革命序幕的。由神学蒙昧或恢恢天理的网络中走向人性意识的苏醒，其思想落差足以产生巨大的社会冲击波。这便是晚明思潮产生震聋发聩作用的重要原因。

（二）对社会平等意识的阐发

工商业的繁荣及商人－市民阶层的崛起，引起社会结构及社会价值系统发生变化。这种变化直接诱使人们以超越传统的眼光，重新看待社会各阶层之间的关系，重新估价其各自所处的社会地位。商贾在经济活动中所扮演的重要角色，促使他们越来越强烈地产生提高自身政治、社会地位的冲动。市民阶层的迅速壮大，自然萌生出具有与士儒同样获得知识与论学的权利，并创造出对市民新文化的迫切要求。心学的流行，使中下层知识分子与百姓凡民试图凭借良知，争得与圣人同论性理与修齐治平之道的可能。总之，晚明社会结构变化之后，社会权利调整的要求普遍高涨。而这种社会权利调整的呼声，首先是从社会底层发出的，权利调整带有明显的下位上移的趋势。因而，社会平等便成为权利调整要求者的口号和旗帜。另外还有政治平等、思

---

① 罗汝芳：《近溪语录》，转引自黄宗羲：《泰州学案三·参政罗近溪先生汝芳》，《黄宗羲全集·明儒学案三》第15册，杭州：浙江古籍出版社2012年版，第836页。

② 李贽：《读律肤说》，《李贽文集·焚书·续焚书》第1卷，北京：社会科学文献出版社2000年版，第123页。

想平等、学术平等、教育平等，尽管要求不一，但破除传统社会等级观念的精神则是一致的。

泰州学派以"百姓日用之道"作为立学宗旨，其后学大都来自社会中下层，又以沿街串乡的方式讲学传教。在与社会中下阶层的天然广泛联系中，泰州后学对由社会底层发出的社会权利调整的呼声有深切的感受。他们的立说反映出强烈的社会平等的要求。王艮曾在门上大书自己的学旨："此道贯伏羲、神农、黄帝、尧、舜、禹、汤、文、武、周公、孔子，不以老幼、贵贱、贤愚，有志愿学者传之。"[1] 此为教育平等。李贽以为："侯王不知致一之道与庶人同等，故不免以贵自高。……人见其有贵有贱，有高有下，而不知其致之一也，曷尝有所谓高下贵贱者哉！"[2] 此为政治平等。至于思想、学术平等要求，则表现为力主泯圣、凡之别。王艮以为"夫子（指孔子——引者注）亦人也，我亦人也"[3]，即是说圣人与百姓生而平等。李贽以为："天下之人，本与仁者一般。圣人不曾高，众人不曾低。"[4] 又反对以圣人之道为家法："夫天生一人，自有一人之用，不待取给于孔子而后足也。若必待取足于孔子，则千古以前无孔子，终不得为人乎？"[5] 思想、学术平等的要求中，渗透着浓郁的人格平等、人格独立的精神。

从社会平等的观念出发，泰州后学对商贾市民的社会劳动与贡献，予以充分地肯定。李贽认为："商贾亦何可鄙之有？挟数万之赀，经风涛之险，

---

[1] 王艮：《卷三年谱》，《王心斋全集》，陈祝生主编，南京：江苏教育出版社2001年版，第67页。

[2] 李贽：《老子解》，《李贽文集》第7卷，北京：社会科学文献出版社2000年版，第16—17页。

[3] 王艮：《明儒王心斋先生遗集》，载徐樾《王艮别传》，转引自林子秋、马伯良、胡维定：《王艮与泰州学派》，成都：四川辞书出版社2000年版，第54页。

[4] 李贽：《复京中友朋》，《李贽文集·焚书·续焚书》第1卷，北京：社会科学文献出版社2000年版，第19页。

[5] 李贽：《答耿中丞》，《李贽文集·焚书·续焚书》第1卷，北京：社会科学文献出版社2000年版，第15页。

受辱于关吏，忍诟于市易，辛勤万状，所挟者重，所得者末。"① 又说："以身为市者，自当有为市之货，固不得以圣人而为市井病。"② 把社会平等观念施之于男女之间，李贽认为："谓人有男女则可，谓见有男女岂可乎？谓见有长、短则可，谓男子之见尽长、女子之见尽短，又岂可乎？"③

社会平等问题的提出，是晚明社会结构与价值观念变化的必然产物。承认人类天生平等，承认每个人都具有相等的社会权利，抹去现有封建等级秩序和思想权威的神圣光彩，是走向思想解放与个性自由的重要一步。

（三）标举贵我尊己的独立精神与矢志不悔的生命意志

泰州学派从陆王心学中汲取了"自作主宰""自立自重"及"知行合一"的思想精髓，形成了以"贵我尊己、无待乎外"的主观战斗精神与狂热奋斗、矢志不悔的生命意志为两大特征的学派集体意识。在这种学派集体意识支配下的泰州学派，漠视神灵，漠视权威，漠视传统，漠视现有的道德规范与社会秩序；注重心灵，注重自我，注重创造进取，注重率性而行。

李贽曾言其治学特点道："我以自私自利之心，为自私自利之学，直取自己快当，不顾他人非刺。"④ 其"直取自己快当"一语，即是对泰州学派贵我尊己学旨的最好诠释。李氏在《藏书》和《续藏书》中，以此标准衡量古今人物。他无视道学家所编制的"道统"，把程朱摈于"德业"之外，为墨、荀、申、韩等诸子百家翻案，以为世人"咸以孔子之是非为是非，故

---

① 李贽：《又与焦弱侯》，《李贽文集·焚书·续焚书》第 1 卷，北京：社会科学文献出版社 2000 年版，第 45 页。

② 李贽：《论交难》，《李贽文集·焚书·续焚书》第 2 卷，北京：社会科学文献出版社 2000 年版，第 73 页。

③ 李贽：《答以女子学道为短见书》，《李贽文集·焚书·续焚书》第 1 卷，北京：社会科学文献出版社 2000 年版，第 54—55 页。

④ 李贽：《寄答留都》，《李贽文集·焚书·续焚书》第 1 卷，北京：社会科学文献出版社 2000 年版，第 257 页。

未尝有是非耳"①。他称赞卓文君改嫁不是"失身"，而是"获身"，并赫然宣称："天幸生我大胆。凡昔人之所忻艳以为贤者，余多以为假，多以为迂腐不才而不切于用；其所鄙者、弃者、唾且骂者，余皆的以为可托国托家而托身也。其是非大戾昔人如此，非大胆而何？"②

不惟治学如此，在走向社会，参与现实生活，为理想而奋斗的实践活动中，泰州学派也显示出特立于世、矢志不悔的思想品格。王艮背离纯然儒者以书院为讲坛的传道形式，自制蒲车，沿途聚讲，以"山林隐逸""市井愚蒙"为宣讲对象，且"言多出独解，与传注异"③。何心隐家财饶富，而"独弃置不事，直欲与一世圣贤共生于天地之间"④。他热心建立讲学组织，看重师友关系，李贽称其为"人伦有五，公舍其四，而独置身于师友圣贤之间"。⑤后终因讲学与张居正违忤，被捕杖杀于武昌。罗汝芳曾任宁国知府，何心隐之师颜钧被捕充军，罗曾亲往救援。后因讲学得罪当朝，被解官。何心隐被捕时，罗又变卖田产往救。李贽曾自述其宦游生活之坎坷说："余惟以不受管束之故，受尽磨难、一生坎坷，将大地为墨，难尽写也。"⑥李贽论学，出入佛老，晚年剃发留鬚须，吃酒肉照旧。讲学公然招收女弟子、于芝佛院佛堂中供孔子像。不讳异端恶名，谓"此间无见识人多以异端目我，故

① 李贽：《藏书·世纪列传总目前论》，《李贽文集》第 4 卷，北京：社会科学文献出版社 2000 年版，第 7 页。
② 李贽：《读书乐并引》，《李贽文集·焚书·续焚书》第 1 卷，北京：社会科学文献出版社 2000 年版，第 213 页。
③ 王艮：《明儒王心斋先生遗集》，载徐樾《王艮别传》，转引自林子秋、马伯良、胡维定：《王艮与泰州学派》，成都：四川辞书出版社 2000 年版，第 54 页。
④ 李贽：《何心隐论》，《李贽文集·焚书·续焚书》第 1 卷，北京：社会科学文献出版社 2000 年版，第 82 页。
⑤ 李贽：《何心隐论》，《李贽文集·焚书·续焚书》第 1 卷，北京：社会科学文献出版社 2000 年版，第 84 页。
⑥ 李贽：《豫约·感慨平生》，《李贽文集·焚书·续焚书》第 1 卷，北京：社会科学文献出版社 2000 年版，第 174 页。

我遂为异端，以成彼竖子之名"①。终以"惑世诬民"的罪名被捕，自杀于狱中。袁中道为李贽作传论曰：

> 然而穷公之所以罹祸，又不自书中来也。大都公之为人，真有不可知者：本绝意仕进人也，而专谈用世之略，谓天下事决非好名小儒之所能为。本狷洁自厉，操若冰霜人也，而深恶枯清自矜，刻薄琐细者，谓其害必在子孙。本屏绝声色，视情欲如粪土人也，而爱怜光景，于花月儿女之情状亦极其赏玩，若借以文其寂寞。本多怪少可，与物不和人也，而于士之有一长一能者，倾注爱慕，自以为不如。本息机忘世，槁木死灰人也，而于古之忠臣义士、侠儿剑客，存亡雅谊，生死交情，读其遗事，为之咋指研案，投袂而起，泣泪横流，痛苦滂沱而不自禁。若夫骨坚金石，气薄云天，言有触而必吐，意无往而不伸。排揎胜己，跌宕王公。孔文举调魏武若稚子，嵇叔夜视钟会如奴隶。鸟巢可覆，不改其风味，鸾翮可铩，不驯其龙性。斯所由焚芝锄蕙，衔刀若卢者也。嗟乎！才太高，气太豪，不能埋照溷俗，卒就图圄。②

中道此论，又何尝不是泰州学派诸人精神风貌与行为风范的绝好写照。积极入世，以天下为己任；化风移俗，不惜捐弃头颅。恃才傲物，狂放豪迈，独立特行，泰州学派所展示的独立人格与人生境界，使世人耳目一新，并对后世产生了深远影响。

晚明思想狂飙的主旨是人文精神。自然人性的复苏，自我意识的觉醒，

---

① 李贽：《与曾继泉》，《李贽文集·焚书·续焚书》第 1 卷，北京：社会科学文献出版社 2000 年版，第 48 页。
② 袁中道：《李温陵传》，《柯雪斋集》（上），上海：古籍出版社 1989 年版，第 724 页。

平等观念的推演，主观战斗精神的扩张，构成了一幅奇妙而动人心魄的人文景观。它像美妙的晨光，划开了封建蒙昧的黑暗，引导人们返观自然，崇尚自我，发挥自身内在灵知与创造潜力，编织实实在在、有血有肉的人间生活。

在封建社会制度没有根本改变的历史条件下，奇妙而动人心魄的人文景观，如同海市蜃楼，不可能长久呈现。但人文主义理想却在文学的领域，找到了附着之物。社会现实与人文理想的统一和矛盾，在文学作品、文学人物形象中得到真正地体现。晚明文学以富有青春力度和生命朝气的作为，为晚明人文精神留下了历史性的写照。

在人文精神激荡之下的晚明文学，明显地向着两个方向延伸。一是在士大夫拥有的雅文学形式诗文之中，鼓吹自身内在灵知与创造力的张扬，这便是李贽、公安三袁所倡导的文学性灵论；一是在市民大众所喜闻乐见的俗文学形式戏曲、小说之中，编排反映世俗人情、有血有肉的人间故事，这便是《牡丹亭》《金瓶梅》与"三言二拍"等作品的问世。由审美趣味、文学表现形式所引起的二水分流，却从不同侧面，共同地折射出人文主义精神。

文学性灵论的哲学基础是阳明心学。它要求作家以性灵为本体，尊重自发的、原动的生命情感及其方式，并将其纯任自然、无所依傍地再现出来。在性灵论的价值天平上，心灵的澄净与性情的纯真是无比宝贵的。与之相比，一切外在的思想规范与艺术法度，都不禁黯然失色。

澄净的心灵，李贽称之为"童心"。"夫童心者，绝假纯真，最初一念之本心也。"童心之于文章，如同一根魔棒，失却童心，则"言语不由衷"，"文辞不能达"；童心不泯，则"无时不文，无人不文，无一样创制体格文字而非文也"。[①]至于性情的纯真，则意味着无所矫饰，纯任自然；发为文章，无

---

① 李贽:《童心说》,《李贽文集·焚书·续焚书》第 1 卷，北京：社会科学文献出版社 2000 年版，第 92 页。

所拘束，无所遮掩：

> 盖声色之来，发于情性，由乎自然，是可以牵合矫强而致
> 乎？故自然发于情性，则自然止乎礼义，非情性之外复有礼义可
> 止也。惟矫强乃失之。故以自然之为美耳，又非于情性之外复有
> 所谓自然而然也。故性格清澈者音调自然宣畅，性格舒徐者音调
> 自然疏缓，旷达者自然浩荡，雄迈者自然壮烈，沉郁者自然悲酸，
> 古怪者自然奇绝。①

公安三袁是李贽的倾慕者。袁中道记宏道与李贽的会见道："先生（中道）既见龙湖（李贽），始知一切掇拾陈言，株守俗见，死于古人语下，一段精光，不得披露。至是浩浩焉如鸿毛之遇顺风，巨鱼之纵大壑。"②可见李氏的影响。三袁于性灵说多有发挥，并在创作上身体力行。宏道以自然之趣来概括性灵论的审美特征，以为"世人所难得者唯趣，而趣不可强求，闻见愈多，入理愈深，官品愈高，离趣愈远。而赤子婴儿，无所依赖，则正得趣之上乘"③。又说："诗何必唐，又何必初与盛？要以出自性灵者为真诗尔。"宏道称其弟中道之诗为"大都独抒性灵，不拘格套，非从自己胸臆流出，不肯下笔"④，再三表现出对性灵论的推崇。本心澄净，情性纯真，信腕信口，直抒胸臆，得自然之趣，成自然之美，构成了性灵论的基本内涵。

文学性灵论的形成，得力于晚明思潮的滋养，体现着个性解放的人文

---

① 李贽：《读律肤说》，《李贽文集·焚书·续焚书》第1卷，北京：社会科学文献出版社2000年版，第123—124页。
② 袁中道：《吏部验封司郎中中郎先生形状》，《柯雪斋集》（中），上海：上海古籍出版社1989年版，第756页。
③ 袁中道：《叙陈正甫会心集》，《袁中郎文钞》，上海：大方书局，第5页。
④ 袁中道：《小修诗叙》，《袁中郎文钞》，上海：大方书局，第5页。

精神，但它作为文学旗帜，还包含有反对文坛拟古模古倾向的特殊意蕴。明代文坛，前后七子倡"文必秦汉、诗必盛唐"之说，影响极大。虽其首倡者不无在复古旗帜下，暗藏创新机锋，以期追寻秦汉、盛唐宏伟气象的初衷，但流风所被，泥沙俱下，文坛摹古拟古气氛日趋浓烈。李贽、三袁依据文学性灵论，对拟古风气进行了激烈的批评。李贽以为，"天下之至文，未有不出于童心焉者也"，"苟童心常存，……诗何必古选，文何必先秦"①。袁宏道从时有变化、文有古今的论证入手，指出持"文则必欲准于秦汉，诗则必欲准于盛唐，剿袭模拟，影响步趋，见人有一语不相肖者，则共指为野狐外道"论者的浅陋，从而引出一段带有哲理意味的关于孤行与雷同问题的思考："且夫天下之物，孤行则必不可无，必不可无，虽欲废焉而不能；雷同则可以不有，可以不有，则虽欲存焉而不能。"②孤行者必存，雷同者必没，从这种对创新与摹仿的理解中，不是可以窥见袁宏道之所以对性灵论再三致意的一点消息吗？泰州学派独立特行的意志品格，无形地融入性灵论中，并化为性灵论者创新求异的人格力量。"信腕信口，皆成律度"③，又正是一种人生自信信念的表达。

如果说性灵论是士阶层通过对内在灵知与创造力的张扬，表现出晚明思想狂飙中贵我尊己的人文主义精神的话，那么《牡丹亭》《金瓶梅》及"三言二拍"则以对世间人情世态的尽情描摹，反映出商人-市民阶层对自然人性和社会平等的热烈追寻。在明代以前的封建文化结构中，小说、戏曲一直处于"君子弗为，然亦弗灭"的非中心与游离性地位，它无法与诗文之崇高比肩。晚明时期，随着社会与文化结构新的调整，小说、戏曲开始不失时机地由文学的边缘地区向中心地带运动。促使小说、戏曲由稗史小道跻身

---

① 李贽：《童心说》，《李贽文集·焚书·续焚书》第1卷，北京：社会科学文献出版社2000年版，第92页。
② 袁中道：《小修诗叙》，《袁中郎文钞》，上海：大方书局，第6页。
③ 袁中道：《雪涛阁集序》，《袁中郎文钞》，上海：大方书局，第7页。

于文学殿堂的直接外力是市民文化需求。商人－市民阶层对世俗人生与人间故事的审美需求与阅读期待，为小说、戏曲提供了施展才华的机会。而小说、戏曲又以其特殊的艺术功能与魅力，改变着自身的社会形象，并在不断地成功中，吞食着雅文学形式——诗文所固守不住的地盘。在晚明的小说、戏曲作品中，情爱、婚姻、家庭生活，成为重要的创作题材，普通人的人生命运、际遇沉浮得到了前所未有的关心。这里充满着对青春、爱情的赞美，对功名事业的渴望，也充满着对世态炎凉的叹喟与对人生失意的惆怅。这是有血有肉的人间生活，它展示了世俗人情的斑斓多彩。欲望的火焰，生命的喧嚣，一切的高贵优雅，都染上了世俗的色彩。自然人性与道德规范，平等要求与等级观念，充满着矛盾抵牾，狂热的浪漫情绪，冷静的现实笔触，又奇特地混合交融。汤显祖向往"有情之天下"，但现实世界却是"灭才情而尊吏法"（《青莲阁记》）的无情之天下，于是便只有超越无情的人间而去寻求有情的梦境。《牡丹亭》中的杜丽娘在森严的礼教和闺禁中长成，但她一旦走入美丽生动的自然界，"一生儿爱好是天然"的感喟便脱口而出。青春的觉醒，怀春的冲动，使她抛却一切，执着于对个人自由与幸福的追求，虽生可死，死可复生，最后终于凤愿得偿。《牡丹亭》赞美了自然人性的神奇力量，赞美了勇于追求个人自由与幸福的执着精神，也赞美了并不属于现实的有情世界。汤显祖在《牡丹亭记题辞》中说："如丽娘者，乃可谓之有情人耳。情不知所起，一往而深，生者可以死，死可以生。生而不可与死，死而不可复生者，皆非情之至也。梦中之情，何必非真。天下岂少梦中之人耶？"《牡丹亭》正因为是反映了天下"梦中之人"的美好理想，故而使作者留下"人世之事，非人世所可尽"的遗憾。人世间应是"有情之天下"，一切压抑人性、压抑人的情感之物的存在，都是多余的。但正是这些多余之物，造就了无情之天下，念此怎能不使作者扼腕叹息。

　　冯梦龙于"情"有"情教"之说，其用意在突出"情"的教化作用，以"情教"代替"礼教"。他以为天地万物，都维系在"情"之上，"情"使万物生生不灭。只有以情施教，才可以使"无情化有，私情化公，庶乡国天下蔼然以情相与，于浇俗冀有更焉"①。与《牡丹亭》相比，"三言"带有明显的劝诫色彩。冯氏在"三言"中，通过光怪陆离的世俗生活和曲折的故事情节，赞扬了高尚的道德行为。这些高尚的道德行为包括男女情爱中的"信"，朋友交往中的"义"，君臣主仆间的"仁"。这些道德行为不纯是传统型的，其中包含着商人-市民阶层广泛认同的道德观念与广泛接受的人文主义精神。《卖油郎独占花魁》赞扬了卖油郎秦重对名妓莘瑶琴的真诚爱情。《杜十娘怒沉百宝箱》塑造了对美好生活与爱情充满憧憬、渴望的女性形象杜十娘，并赞扬了她宁为玉碎、不为瓦全的抗争精神。两个故事的男主人公分别是处于社会底层的小商人卖油郎秦重与处于社会上层的太学生李甲，一个重情守信，一个薄情负义，两相比较，褒贬抑扬，十分鲜明。《吴保安弃家赎友》《施润泽滩阙遇友》均写朋友间的友情。前者写吴保安倾家产赎回沦落于异族但从未谋面的朋友郭仲翔，后者写小手工业主施润泽拾银不昧，归还失主，失主朱恩感恩报答，两人互帮互助，共渡经济难关。作者评施氏拾银不昧行为时说："衣冠君子中，多有见利忘义的，不意愚夫愚妇倒有这等见识。"《赵太祖千里送京娘》写宋太祖赵匡胤不恋私情、仗义救人的故事。帝王的仁爱与侠义行为，被写得极富有世俗人情的味道。在这些故事中，百姓与帝王共享"高尚"的赞誉，市井间、风尘中人物同样被赋予美好的情操。这一现象本身，再自然不过地体现出晚明人文主义精神向文学的渗透。对现实世界，冯梦龙持以情教化和道德主义的态度。在情与道德无能为力的时候，他只好将惩恶扬善的希望寄托于因果报应，寄托于天界和冥界，振动想象的翅膀，寻求人生的圆满。

晚明人文精神的激荡，为文学开辟了一个令人神往的时代。晚明士人崇尚灵知、贵我尊己的人生风度和狂热奋斗、矢志不悔的生命意志，公安派

---

① 冯梦龙:《〈情史〉序》,《情史》,长沙:岳麓书社 2003 年版,第 1 页。

疏狂脱略、挥洒自如的创作心境和明快流丽、新鲜活泼的诗文、戏曲、小说在不间断的文化僭越中所表现出的对普通人命运、情感的关心及其求真、求新、求奇的艺术追求，使晚明文学呈现出尊己向俗的发展趋向。而这一切，又是以晚明喧嚣骄盛、不可一世的士风和士林中个体发展理想与浪漫激情作为底蕴的。个体发展理想与浪漫激情的融合，使晚明士风和晚明文学在中国历史发展过程中，具备了某种文化类型学的意义。

二、清初文化检讨与规矩风雅的文学路径

明朝灭亡，崛起于关外的清政权入主中华，这对于生活在明清之际的汉民族知识分子来说，不啻是一种天崩地坼般的巨变。惊愕、愤恨、悲怆、抢天呼地、扼腕叹息之余，痛定思痛，面对铁铸般的现实，他们进行了深沉的历史反思和富有理性的文化检讨。这种反思与检讨是在"亡天下"的悲凉心境支配下，以汉民族五千年历史文明为对象的，同时又是在新的思想统治尚未稳固建立之时，循着政治制度、文化传统、审美机制各条路径，以百家争鸣的方式进行的，因而呈现出一种束结性和多元化的总体特征。

这是一个人才辈出、宏论纷呈的时代。南有顾炎武、王夫之、方以智、唐甄、黄宗羲与浙东学派，北有傅山、孙奇峰、颜元及颜李学派。他们以前所未有的理论热情和气魄构筑着各自的学术体系，或详考于制度典章的沿革，或缕析于学术思想的流变，或高扬历史意识，或扩张实践精神，纷纷扬扬，此呼彼应，在哲学、历史、文学诸领域，形成了中国学术史上少有的繁荣局面。遗憾的是，这种历史反思和文化检讨是以正本清源、完善传统为终极目的的，重在复原、总结，而不在变革、拓展。他们没有沿着晚明思想解放运动的路径发展，相反，却是有意识地与其划清界限，拨其乱而反之正，向正宗、正统的儒家本源文化靠近。他们的历史反思和文化检讨虽然是深沉

的，并具有哲学意义上的深刻，但由于中国尚缺乏近代社会的背景和基础，一代优秀思想家作出的是与近代社会发展趋势逆向的文化选择，因而使中国失去了最后一次自发地走向近代、从传统文化的藩篱中挣脱的机会。至康熙年间，随着清政权的巩固及新的思想秩序的确立，一场颇有希望的思想启蒙浪潮被逐渐引入规范化的轨道，历史反思和文化检讨的思想光芒黯然消失，剩下的只是失去灵魂的整理国故运动，历史反思和文化检讨萎缩为对历史文献的梳理、注疏和考证。同时兴起的文学古典主义运动，也渐次走向末路。

但明清之际的一代思想家仍是无比优秀、功不可没的。他们以自己的智慧和努力，为中国封建文化的发展作了一个辉煌的、有力的结束。他们的学说所提供的历史经验与事实，他们的学说所体现出的求实与批判精神，以及他们对中国传统文化中民本意识、历史意识和经世致用思想的弘扬，成为一片丰厚的思想土壤。当中国近代思想家投身于变革现实、救亡图存的实践活动中时，正是从这片丰厚的思想土壤与西方资产阶级思想土壤中汲取双重精神力量的。明清之际的思想家走到了近代社会的边缘，后来者踏上他们的肩头，继往开来，开辟了新的时代。思想的承继性在这一过程中得到了合乎逻辑的展开。

明清之际一代思想家的学术贡献与影响，首先在于完成了学风士风由空谈性道向经世致用的转换。明清之际知识分子看待明之灭亡，多归咎于学风士风空谈性道而不讲实务，以为宋明理学教人读书养性，空谈义理，养成了空疏学风；士林中讲求道德至上，鄙薄经济事功，造就了无用人才。顾炎武将明之空谈性道比之于魏晋清谈，而予以口诛笔伐：

> 刘、石乱华，本于清谈之流祸，人人知之。孰知今日之清谈有甚于前代者？昔之清谈谈老庄，今之清谈谈孔孟。未得其精而已遗其粗，未究其本而先辞其末。不习六艺之文，不考百王之典，不综当代之务，举夫子论学、论政之大端一切不问，而曰一贯，

日无言。以明心见性之空言，代修己治人之实学。股肱惰而万事荒，爪牙亡而四国乱。神州荡复，宗社丘墟。①

"以明心见性之空言，代修己治人之实学"，确实击中理学要害。宋明理学强调格物、致知、诚意、正心的修身之道，视修身为本、为始，视治天下国家为末、为终，重本轻末，重始轻终，渐演变为有本无末，有始无终，便不免遭致以空言代实学之讥。顾氏把"空言代实学"看作是导致"神州荡复，宗社丘墟"结果的主要原因。对此，颜元则以更激烈的态度，将批判锋芒直指程朱：

宋家老头巾群天下人才于静坐读书中，以为千古独得之秘。指办干政事为粗豪、为俗吏，指经济生民为功利、为杂霸。究之使五百年中平常人皆读讲集注，揣摩八股，走富贵利达之场；高旷人皆高谈静敬，著书集文，贪从祀庙廷之典。②

理学高扬道德主义旗帜，领思想界风骚五百余年，其鄙薄事功，注重性理的价值取向，导致了政治与教化、事功与道德、外王与内圣平衡关系的倾斜，造就了一批读书愈多，"审事机愈无识，办经济愈无力"③的畸形人才。这些人平日滔滔不绝，空谈义理，一遇事变，则束手无策，坐以待毙。颜元称之为"无事袖手谈心性，临危一死报君王"④，为之不能有用于世而痛心疾首：

① 顾炎武：《日知录·夫子之言性与天道》，严文儒、戴扬本校点，《顾炎武全集》，上海：上海古籍出版社 2011 年版，第 307—308 页。
② 颜元：《朱子语类评》，陈山榜、邓子平主编，《颜元文集》，石家庄：河北教育出版社 2009 年版，第 233—234 页。
③ 颜元：《存学编·学辨一》，陈山榜、邓子平主编，《颜元文集》，石家庄：河北教育出版社 2009 年版，第 50 页。
④ 颜元：《存学编·性理评》，陈山榜、邓子平主编，《颜元文集》，石家庄：河北教育出版社 2009 年版，第 12 页。

吾读《甲申殉难录》，至"愧无半策匡时难，惟余一死报君恩"，未尝不凄然泣下也。至览和靖祭伊川，"不背其师有之，有益于世则未"二语，又不觉废卷浩叹，为生民怆惶久之。①

亡国惨痛已成前车之鉴，当务之急则是亡羊补牢，建立求本求实的学风和经世致用的士风，达到政治与教化、事功与道德、外王与内圣之间新的综合，新的平衡。顾炎武把对学风士风转换的期望，概括为"博学于文""行己有耻"。"博学于文"是就学问而言，应做到"好古而多闻"，"自一身以至于天下国家，皆学之事也"；"行己有耻"是就立身而言，"士而不先言耻，则为无本之人"，做到"有耻"，须讲求"子臣弟友以至出处、往来、辞受、取与"之辨，"不耻恶衣恶食，而耻匹夫匹妇之不被其泽"。②学问由一身而兼济天下国家，立身由一己而泽被匹夫匹妇。个人与国家、一身与天下、自我道德完善与救世救国济民被完整地结合在一起。

博学有耻，可以用来概括明清之际一代学者的精神风貌和价值取向。由于讲求立身，讲求"出处、往来、辞受、取与"之辨，于易代之际，他们大都注重气节，不仕新朝，少有寡廉鲜耻、趋炎附势者，又多以天下为己任，自觉承担人间忧患和社会责任。由于标举博学于文，他们研习古籍，强闻博记，实事求是，独立思考，于经史子集、音韵训诂、刑政典章、天文地理，无所不窥其奥，治学谨严朴实，重经验见闻，贵亲知实录，开创了综名核实、无征不信的求实学风。

以博学多闻为基础，达到鉴往训今、以古证今、引古筹今的目的，是明清之际饱含救世之志的一代思想家的学术选择。顾炎武论学，以为学为科

---

① 颜元：《朱子语类评》，陈山榜、邓子平主编，《颜元文集》，石家庄：河北教育出版社 2009 年版，第 233—234 页。

② 顾炎武：《亭林文集·与友人论学书》，刘永翔校点，《亭林诗文集·诗律蒙告》，上海：上海古籍出版社 2011 年版，第 93 页。

举，是为利，学为著书传世，是为名。"君子之为学也，非利己而已也。有明道淑人之心，有拨乱反正之事，知天下之势之何以流极而至于此，则思起而有以救之。"①顾氏此语，揭示了一代学人学为天下的宏大宗旨。王夫之避兵祸于苗瑶山洞之中，从事著述，常怀"六经责我开生面，七尺从天乞活埋"②之志。顾炎武作《日知录》，旨在"明学术、正人心，拨乱世以兴太平之事"③。万斯同治理史学，同样也抱着古为今用的宏愿："夫吾之所谓经世者，非因时补救，如今所谓经济云尔也。将尽取古今救国之大猷，而一一详究其始末，斟酌其确当，定为一代之规模，使今日坐而言者，他日可以作而行耳。"④

明清之际一代学人博学有耻的精神风貌，经世致用的治学宗旨，严谨求实的治学风尚，改变了宋明以来空谈性理、轻视实务的学风士风。在他们抱着引古筹今的宏愿，以历史总结和理性批判的目光重新审视古代文化的过程中，也提出了许多具有近代意义的理论课题：

——天下与国家，民本与民主。在顾、黄二人的著作中，天下、国家是两个不同的概念。对于这两个概念，顾氏在《日知录》中作如下区分："有亡国，有亡天下。亡国与亡天下奚辨？曰，易姓改号，谓之亡国。仁义充塞而至于率兽食人，人将相食，谓之亡天下，……是故知保天下，然后知保其国。保国者，其君、其臣，肉食者谋之；保天下者，匹夫之贱与有责焉

① 顾炎武：《亭林余集·与潘次耕札》，刘永翔校点，《顾炎武全集·亭林诗文集·师旅蒙告》第21册，华东师范大学研究社整理，上海：上海古籍出版社2011年版，第230页。

② 王夫之：《船山全书·单行本之十四1》，转引自陈代湘：《湘学第7辑》，湖南：湘潭大学出版社2012年版，第295页。

③ 顾炎武：《亭林文集·初刻日知录自序》，刘永翔校点，《顾炎武全集·亭林诗文集·初刻日知录自序》，华东师范大学古籍研究社整理，上海：上海古籍出版社2011年版，第76页。

④ 万斯同：《石园文集·与从子贞一书》，《清代诗文集汇编161》，《清代诗文集汇编》编纂委员会编，上海：上海古籍出版社2010年版，第528—529页。

耳矣。"①顾氏以易姓改号和仁义道德的存没来区分亡国与亡天下，本意在激发天下匹夫匹妇共同维护人类文明和人间秩序的责任心，但他于亡国与亡天下的区分之中，却暗含着天下重于国家的隐性命题。亡天下意味着人类文明的消失与倒退，而亡国，不过是一代君主易姓改号而已。亡国者常有，而亡天下则不易。在天下与国家概念分离的背后，暗伏着思想革命的潜流。

这种潜流在黄宗羲的思想中，则成为堂堂正正的旗帜。黄氏在《明夷待访录》中，以天下万民与一姓君主对举，做出了振聋发聩的反对君主专制的大文章。其《原君》篇说：

> 古者以天下为主，君为客，凡君之所毕世而经营者，为天下也；今也以君为主，天下为客，凡天下之无地而得安宁者，为君也。

黄氏所谓"古者"，托言三代，而实为一种理想化的政治模式。古者天下为主，君为客；今者君为主，天下为客，宾主易位。古者君主使天下受其利而释其害，今者君主使天下被其害而尽收天下之利，利害颠倒。今之君主以天下为私产，视万民如奴仆，随意夺取，随意欺侮，故黄氏称"为天下之大害者，君而已矣"②。今之君主所定之典章制度是"一家之法而非天下之法"，不曾有"一毫为天下之心"，故黄氏向往建立三代式的"未尝为一己而立"之"公法"，并主张治法先立，治人后出，即"有治法而后有治人"。③

---

① 顾炎武：《日知录·正始》，严文儒、戴扬本校点，《顾炎武全集·日知录1》，上海：上海古籍出版社 2011 年版，第 527 页。

② 黄宗羲：《明夷待访录·原君》，李伟译注，《明夷待访录》，长沙：岳麓书社 2016 年版，第 3—12 页。

③ 黄宗羲：《明夷待访录·原法》，李伟译注，《明夷待访录》，长沙：岳麓书社 2016 年版，第 22—29 页。

于君臣关系，黄以为君臣共治天下，"犹曳大木然，前者唱邪，后者唱许"，是合作关系，而非主奴关系。为限制君主极权，黄氏主张提高宰相权力，扩大学校议政功能，造成"天子之所是，未必是，天子之所非，未必非；天子亦遂不敢自为是非，而公其是非于学校"①这种以学校牵制君权的局面。

黄宗羲指斥君主为独夫民贼，确为惊世骇俗之论，他以"治法"和学校议政牵制、限制君权的议论，在十七世纪闪耀着思想启蒙的光辉。明确提出以"公法"制度和行政机构的建立来限制君权专制，较之中国传统的民本、王道、仁政思想大大前进了一步。以制度的权力制约高度发展而又走向腐败的君主专制，是中国十七世纪以后反封建的重大课题。尽管当时的思想家如王夫之、唐甄等都敏锐地接触到这一课题，但黄宗羲的著作则表现出更为深刻的见解，充任了由传统民本主义向近代民主主义转变、专制政治向民主政治过渡的思想桥梁。《明夷待访录》在十九世纪末被投身于变法事业中的梁启超、谭嗣同等人多次秘密刊行，其绝非偶然。

——经学即理学，经学即史学。明清之际一代学人在历史反思和文化检讨中，自觉认同的是一种文化清道夫的角色。他们试图通过正本清源的功夫，廓清禅、道杂雾，还原儒学真面，建立以儒学为本体的思想新秩序。为此，他们一致反对陆王心学，以为心学杂糅释道，又不满于程朱理学，以为理学偏离了儒学本原。正本清源，即须回归经学。顾炎武以为："古之所谓理学，经学也，……今之所谓理学，禅学也，……舍圣人之《语录》，而从事于后儒，此之谓不知本矣。"②回归六经本原，识六经真面，还须下辨正考订工夫："经学自有源流，自汉而六朝而唐而宋，必一一考究，而后及于近

---

① 黄宗羲：《明夷待访录·学校》，李伟译注，《明夷待访录》，长沙：岳麓书社2016年版，第42—63页。
② 顾炎武：《亭林文集·与施愚山书》，刘永翔校点，《亭林诗文集·诗律蒙告》，华东师范大学古籍研究社整理，上海：上海古籍出版社2011年版，第109页。

儒之所著，然后可以知其异同离合之指。"① 顾氏指出经学即理学，是让人返观本原而不至于误入理学歧途，而他又有六经皆史之说，则将六经还原为历史的典籍。他指出：

> 孟子曰："其文则史。"不独《春秋》也，虽六经皆然。今人以为圣人作书，必有惊世绝俗之见，此是以私心待圣人。②

将六经看作历史典籍，剥去了笼罩于六经之上"圣经贤传"的神秘色彩，也免去了六经作为各种思想箭垛而随便让人断章取义，任意附会的悲剧命运。一百多年后，章学诚完善了"六经皆史"的思想，以后，六经渐次从神圣的祭坛之上走下，与诸子百家平起平坐，再以后，遂有"五四"打倒孔家店的运动。由神秘走向平易，由平易走向声名狼藉。六经的这种命运，是认定经学即理学、经学即史学的顾炎武所始料不及的。

——天理与"势"，伦理主义与历史意识。在宋明理学体系中，"天理"是超越经验现象世界，统摄人之伦常道德、行为规范与感性欲望的绝对命令。明清之际思想家在对历史现象的追寻与研究中，感受到在历史发展过程中，存在着不以人的道德是非、善恶动机为转移的某种客观规律，他们称之为"势"。

> 盖自汉以下之人，莫不谓秦以孤立而亡，不知秦之亡，不封建亡，封建亦亡。而封建之废，固自周衰之日而不自于秦也。封

① 顾炎武：《亭林文集·与人书四》，刘永翔校点，《亭林诗文集·诗律蒙告》，华东师范大学古籍研究社整理，上海：上海古籍出版社 2011 年版，第 139 页。
② 顾炎武：《鲁颂商颂》卷三，严文儒、戴扬本校点，《顾炎武全集·知录 1》，华东师范大学古籍研究社整理，上海：上海古籍出版社 2011 年版，第 158 页。

建之废，非一日之故也，虽圣人起，亦将变而为郡县。[①]

秦以私天下之心而罢侯置守，而天假其私以行其大公，存乎神者之不测，有如是夫。[②]

顾、王论秦由封建变而为郡县，都以为势之必然，不得不变。顺势而动，而非依个人好恶而动，则谓得天理。"顺必然之势者，理也。理之自然者，天也。君子顺乎理而善因乎天，人固不可与天争，久矣。"[③]在具有巨大自然力量而不可扭转的时势面前，个人的善恶动机、是非评判和主观愿望，常常是微不足道的，并时时受到嘲弄。"以一时之利害言之，则病天下；通古今而计之，则利大而圣道以弘"，"以不令之君臣，役难堪之百姓，而即其失也以为得，即其罪也以为功"。[④]功罪得失，变化莫测，而起决定作用者则是"势"。对于如何把握这种"势"，王夫之、顾炎武都不可能做出肯定的回答。但他们意识到在人的主观动机之外还有别的动力存在，评价历史与历史人物的功过，也不可单纯持善恶是非的道德标准。对"势"的认同，表明一代学人历史意识的强化和自觉。承认"势"的存在和力量，超越对仁政王道、圣君贤相迷信与渴求的英雄史观，寻求历史进步与发展的客观规律并逐步适应之，通过外在行为规范、制度、法律的制定，缓和道德主义给人们带来的心灵上的内在紧张，这正是带有近代色彩的反对封建主义的重要课题。

---

① 顾炎武：《亭林文集·郡县论》，刘永翔校点，《亭林诗文集·诗律蒙告》，华东师范大学古籍研究社整理，上海：上海古籍出版社 2011 年版，第 57—63 页。
② 王夫之：《读通鉴论·秦始皇》，《船山全书》编辑委员会编校，《船山全书》第 10 册，长沙：岳麓书社 1996 年版，第 68 页。
③ 王夫之：《宋论·哲宗》，《船山全书》编辑委员会编校，《船山全书》第 11 册，长沙：岳麓书社 1996 年版，第 177 页。
④ 王夫之：《读通鉴论·汉武帝》，《船山全书》编辑委员会编校，《船山全书》第 10 册，长沙：岳麓书社 1996 年版，第 138 页。

明清之际启蒙主义思潮表现出博大宽厚、稳健扎实的思想风采。它的学术指向是面向传统，还原儒学，取精用宏，鉴古训今。它高扬博学有耻、经世致用、实事求是的学术旗帜，重经验见闻，贵亲知实录，开创了综名核实、无征不信、严谨求实、充满理性的一代学风。与之相比，晚明人文主义思潮则表现出敏锐机警、锋芒逼人的思想风采。它的学术指向是反叛传统，反叛现有规范，锐意求新，锐意创造。它高扬自作主宰、自立自重、贵我尊己的学术旗帜，重内在灵知，贵自然情感，开创了独立特行，"直取自己快当，不顾他人非刺"①，充满浪漫气息的一代学风。两种思潮都保持着强烈的社会和政治参与意识，都蕴含着丰富的启蒙和反封建精神，正因为如此，它们在中国近代思想史上的影响长盛不衰。明清之际启蒙主义思潮面向传统，具有更多的民族凝聚的活力。它更关心天下的兴亡，充溢着集体主义的意识，因而在近现代民族危亡临近、政治变革激烈的关头，明清之际启蒙主义思潮则受到青睐。梁启超在《清代学术概论》中描述明清之际启蒙思潮对维新变法运动的影响时说：

> 清初几位大师——实即残明遗老——黄梨洲、顾亭林、朱舜水、王船山……之流，他们的许多话，在过去二百多年同大家熟视无睹，到这时思想像电气一般，把许多青年的心弦震得直跳。他们所提出的"经世致用之学"，其具体的论证，虽然许多不适用，然而那种精神是超汉学的、超宋学的。……读了先辈的书，蓦地把二百年麻木过去的民族意识苏醒过来。他们有些人对于君主专制暴威作大胆的批判，到这时拿外国政体来比较一番，觉得句句都餍心切理，因此从事于推翻几千年旧政体的猛烈运动。总

---

① 李贽：《焚书·寄答留都》，《焚书·续焚书》，北京：社会科学文献出版社 2000 年版，第 257 页。

而言之，最近三十年思想界之变迁，虽波澜一日比一日壮阔，内容一日比一日复杂，而最初的原动力，我敢用一句话来包举它，是残明遗老思想之复活。

晚明人文主义思潮关心人的命运，关心人的心灵自由和个体发展，漠视传统、权威和规范，充溢着贵我尊己与个性解放的意识，因而在近现代新旧思想交替、文化变革激烈的关头，晚明人文主义思潮更易深入人心。周作人曾这样评价性灵说对"五四"文学的影响：

> 他们（指公安派）的主张很简单，可以说和胡适之先生的主张差不多。所不同的，那时是十六世纪，利玛窦还没有来中国，所以缺乏西洋思想。假如从现代胡适之先生的主张里面减去他所受到的西洋的影响，科学、哲学、文学以及思想各方面的，那便是公安派的思想和主张了。……批评江进之的诗，他（指中郎）用了"信腕信口，皆成律度"八个字。这八个字可说是诗言志派一向的主张，直到现在，还没有比这八个字说得更中肯的，就连胡适之先生的八不主义也不及这八个字说得更得要领。[1]

当然，维新变法运动之于清初启蒙思潮，"五四"新文化运动之于晚明人文思潮，绝非是一种简单的复写。晚明与清初的个体发展激情与群体生存思考，形成了中国晚近时期的两种思想文化原型。中国近代知识分子在接受欧风美雨熏染的同时，也积极地在民族本源文化中寻求精神支撑。舶来与本土的双源同构，个体发展与群体生存需求的此消彼长，使中国近代思想与文

---

① 周作人：《中国新文学的源流》，钟叔河、鄢琨编订，长沙：岳麓书社 2019 年版，第 44 页。

学的演进，同晚明、清初形成了某种历史的回应。

晚明人文主义与清初启蒙主义思潮共同带有反封建主义的思想倾向，而后者对于前者，则具有明显的反拨意味。这种反拨不仅表现在如上所述的社会价值取向与学风士风方面，同时也表现在文学观念和审美机制方面。明清之际文学观念和审美机制的反拨，大致可以描述为由性灵本体论向政教中心论、由非圣无法向风雅之道的转换。这一转换的完成，显现出传统儒家文学体系的回光返照，同时，也宣告了以回归、完善传统为旗帜的古典主义文学的穷途末路。

黄宗羲在学术渊源上与阳明后学中的蕺山学派有着一定的联系，而他的文学思想，正显示出明清之际文学思潮转换的蛛丝马迹。黄氏沿用晚明士人的"尊情"之说，用意深远地把文学所表现的人之情感划分为"一情"与"众情"、"一时之性情"与"万古之性情"。提醒诗家文学家不仅抒写个人哀思愁绪，而且要表现更为宽广的悲天悯人之怀抱：

> 幽人离妇，羁臣孤客，私为一人之怨愤，深一情以拒众情，其词亦能造于微。至于学道之君子，其凄楚蕴结，往往出于穷饿愁思一身之外，则其不平愈甚，诗直寄焉而已。……嗟呼！人远悲天悯人之怀，岂为一己之不遇乎？①

> 诗以道性情，夫人而能言之。然自古以来，诗之美者多矣，而知性者何其少也。盖有一时之性情，有万古之性情。夫吴歈越唱，怨女逐臣，触景感物，言乎其所不得不言，此一时之性情也。孔子删之以合乎兴观群怨、思无邪之旨，此万古之性情也。吾人

---

① 黄宗羲：《朱人远墓志铭》，《黄梨洲文集》，杭州：浙江古籍出版社 2012 年版，第 494 页。

诵法孔子，苟其言诗，亦必当以孔子之性情为性情。①

　　超越个人的私情恩怨，表现悲天悯人的广阔胸怀，这正是明清之际时代精神的折光。至于以"兴观群怨"与"思无邪"为"万古之性情"，则表现出对传统儒家诗学的认同，而其"必当以孔子之性情为性情"，已与李贽不以孔子之是非为是非的反传统精神相去悬远。

　　至顾炎武、王夫之，其以文学维系政教，提倡风雅之道的倾向则更为明显。顾炎武说：

　　　　文之不可绝于天地间者，曰明道也，纪政事也，察民隐也，乐道人之善也。若此者，有益于天下，有益于将来，多一篇多一篇之益矣。若夫怪力乱神之事，无稽之言，剿袭之说，谀佞之文，若此者，有损于己，无益于人，多一篇多一篇之损也。②

　　　　故凡文之不关于六经之指、当世之务者，一切不为。③

　　王夫之诗学理论中，对"兴观群怨"有着系统的解说。他把"怨"看作是社会与人性中的危险因素，于是把"怨"分解为"贞"与"淫"两种：如"忠臣之忧乱，孝子之忧离，信友之忧谗，愿民之忧死，均理之贞者"；"若夫货财之不给，居食之不腆，妻妾之奉不谐，游乞之求未厌，长言之，

---

① 黄宗羲：《马雪航诗序》，《黄梨洲文集》，杭州：浙江古籍出版社 2012 年版，第83 页。
② 顾炎武：《日知录·文须有益于天下》，严文儒、戴扬本校点，《顾炎武全集·日知录》，华东师范大学古籍研究社整理，上海：上海古籍出版社 2011 年版，第 739 页。
③ 顾炎武：《亭林文集·与人书》，刘永翔校点，《亭林诗文集·诗律蒙告》，华东师范大学古籍研究社整理，上海：上海古籍出版社 2011 年版，第 139 页。

嗟叹之，缘饰之为文章"①，则便近于"淫"了。换句话说，凡不超越于政治教化、伦理纲常允许范围内的怨恨为贞，凡因个人欲望与情感不能满足而产生的怨恨则为淫。这与晚明人文主义思潮所表现出的尊我贵己，漠视一切秩序、权威、伦常，注重内在灵知创造的价值观形成巨大反差。因而，顾、王二人对李贽、公安三袁及文学性灵说多有贬损。顾炎武在《日知录》中称李贽"惑乱人心"，又以为"自古以来小人之无忌惮而敢于叛圣人者，莫甚于李贽"。王夫之在《夕堂永日绪论·外编》中以激愤的态度抨击了性灵说：

> 自李贽以佞舌惑天下，袁中郎、焦弱侯不揣而推戴之，于是以信笔扫抹为文字，而诮含吐精微、锻炼高卓者为"咬姜呷醋"，故万历壬辰以后，文之俗陋，亘古未有。如必不经思维者而后为自然之文，则夫子所云草创、讨论、修饰、润色，费尔许斟酌，亦"咬姜呷醋"邪？

一以个人为本位，讲求率性而行，一以六经孔子为准的，讲求风雅之道，必然形成文学价值观念和审美意识的冲突。后者比前者对清代文学的发展，产生了更为巨大、更为直接的影响，这种影响使清代文学的发展显示出以下特征：

——注重规范、注重束结。清代文学的发展，著作繁富，流派林立，热闹非凡。诗话词话，文论曲论，诗集文集，汗牛充栋，远轶前代。各派理论，均广征博引，立论有据，各据山头，蔚为系统。各个系统，异中有同，相互对立，又相互吸收，而总归于六经之指，风雅之道。在正本清源、回归传统文化氛围中建立起来的各种理论体系，显示出注重规范，完善传统的价

---

① 王夫之：《诗广传》卷三，《船山全书》编辑委员会编校，《船山全书》第 3 册，长沙：岳麓书社 1998 年版，第 57 页。

值取向，因而形成承继、总结压倒发展、创新的理论和创作的局面。

在清代诗坛，神韵说、格调说、性灵说、肌理说各领一代风骚。王士禛的神韵说，追求富有清远之韵的诗之审美境界，使钟嵘、皎然、司空图、严羽有关"滋味""味外之旨""不著一字，尽得风流"的论述更加系统化、周全化。沈德潜的格调说追求体正声雄、合于温柔敦厚之旨的诗格，表现了诗之规范化的要求，继续的是历代正统文人的事业。袁枚的性灵说提倡诗中著我，重独立特行，重天籁之音，似乎与晚明文学思潮有着较多的思想承继关系。但袁枚同时又称李贽、何心隐为"人所共识之妖魅""人所共逐之盗贼"[1]，称袁中郎为"根柢浅薄，庞杂异端"[2]。翁方纲的肌理说，顺应清代学术走向求实的趋向，试图探求一条以经术学问入诗的路径，在宋人诗涉理路与严羽诗有别才、别趣说之间，造就一种义理、文理兼备，诗人之诗与学人之诗合一的新诗。清代诗坛的诗说纷纭，各有渊源，各有所据。各派诗说将前人对诗某一方面的零散见解加以集中、充实和系统化，构筑起从某一方面立论，完整但又单一的诗学理论体系。在这种完整而又单一的诗学理论体系中，诗论者的组织营造工夫显示得较为充分，而独创特立精神则相对微弱。回归传统、完善传统的价值论如一条无形的绳索，束缚着他们的心灵。相信圣人超过相信自我，成法古训压抑着创造热情，使他们勇于承继而怯于发展，满足总结而少有创新。各诗派之分畛主要表现在诗的风格和审美趣味上，而他们对儒家诗教的认同，则表现出惊人的相似。不论神韵、格调，还是性灵、肌理，对诗关教化、明道裨政与怨而不怒、哀而不伤、温柔敦厚的诗教，都再三致意，不敢冷落。对晚明泰州学派及公安三袁，他们异口同声予以抨击，责其有悖圣道。宗经、征圣、六经之指、风雅之道，成为清代诗

---

① 袁枚：《小仓山房文集·答戴敬成孝廉书》，《小仓山房诗文集》（下），上海：上海古籍出版社 2009 年版，第 1540 页。
② 袁枚：《小仓山房尺牍·答朱石君尚书》，王英志编纂校点，《袁枚全集新编》第 8 册，上海：上海古籍出版社 2010 年版，第 202 页。

坛的共同旗帜。

文坛、词坛与诗坛相比，亦大同小异。清之文坛正宗桐城派，以程朱理学为依归，以正人心风俗为己任，以文从字顺、雅洁简练为属辞圭臬。其所创"义法说"，不过是《史记》以来单行散体文章写作经验的总结。清中叶的骈文复苏，其主将阮元、李兆洛等人的立论，亦大都是撷拾南朝文笔之辨及萧统《文选序》的余唾，而缺少创造性的真知灼见。词于清代，号称中兴。朱彝尊所创之浙西词派，远绍宋之姜夔、张炎，倡言清空雅正词风，又以为"善言词者，假闺房儿女之言，通之于《离骚》变雅之义"①。张惠言所创立常州词派，标举周邦彦、辛弃疾、王沂孙、吴文英为词学规范，讲求"意内言外"，以为词近乎"诗之比兴，变风之义，骚人之歌"②。两派都以为词虽小道，而近于变风变雅，似乎词于风雅骚歌一沾上边，便可托体自尊，跻身文坛，免遭卑薄轻视。

明代小说戏曲所取得的成就，令世人瞩目。但至清代前、中期，小说戏曲还远远不如诗文那样，有资格进入雅文学的殿堂。在清代小说理论中，发愤著书与劝善惩恶仍成为小说创作的基本指导思想。士大夫阶层对小说的看法，仍未摆脱班固把小说家统称为"小道"、是"街谈巷语，道听途说者之所造"的旧有观念。纪昀在所作《四库全书总目提要·小说家类序》中，仍把小说的范围局限于对杂事、异闻、琐语的记述，小说被看作是"诬谩失真，妖妄荧听"、猥鄙而失却雅驯之物。纪氏评《聊斋志异》，谓其为"才子之笔，非著书者之笔"③。士大夫卑视小说，而清代许多小说本身却充斥着封

---

① 朱彝尊：《陈纬云红盐词序》卷四十，《曝书亭集》（上），上海：国学整理社 1937 年版，第 487 页。

② 张惠言：《词选·序》，董毅选，李军注，《词选·续词选》，北京：华夏出版社 2001 年版，第 1 页。

③ 盛时彦：《姑妄听之跋》，见纪昀著，余夫等点校《阅微草堂笔记》，长春：吉林文史出版社 1997 年版，第 545 页。

建道德和伦理说教。创造了中国第一流文学巨著《红楼梦》的曹雪芹，也不得不在《红楼梦》第一回中表白：此书"虽有些指奸责佞、贬恶诛邪之语，亦非伤时骂世之旨；及至君仁臣良、父慈子孝，凡伦常所关之处，皆是称功颂德，眷眷无穷，实非别书可比"。由此语可窥见当时小说界之风气。

汤显祖一曲主情绝唱《牡丹亭》问世，赢得众多赞誉。清人洪昇说："其中搜抉灵根，掀翻情窟，能使赫蹏为大块，隃麋为造化，不律为真宰，撰精魂而通变之。"[1]高度赞扬了情的伟大力量。但"情"在清人曲论中，则被无情地改变了味道，并加上了礼义的枷锁。李调元《雨村曲话序》说：

> 夫曲之为道也，达乎情而止乎礼义者也。凡人心之坏，必由于无情，而惨刻不衷之祸，因之而作。若夫忠臣、孝子、义夫、节妇，触物兴怀，如怨如慕，而曲生焉……人而有情，则士爱其缘，女守其介，知其则而止乎礼义，而风淳俗美；人而无情，则士不爱其缘，女不守其介，不知其则而放乎礼义，而风不淳，俗不美。

有情则守乎礼义，无情则放乎礼义，有情与礼义几等于同义语。照此逻辑，根本就不会有为情生可以死、死可以生的杜丽娘，也不会产生感人至深的《牡丹亭》。清人孔尚任作《桃花扇》，自谓"借离合之情，写兴亡之感"，立意已与《牡丹亭》不同。孔氏看待戏曲，以为"传奇虽小道……其旨趣实本于三百篇，而义则《春秋》，用笔行文，又《左》《国》、太史公也"[2]。其所表现的现实精神与历史意识，与汤氏寻求有情世界的浪漫气息又

---

① 洪子则：《吴吴山三妇合评牡丹亭跋》，转引自徐扶明编，《牡丹亭研究资料考释》，上海：上海古籍出版社1987年版，第91页。

② 孔尚任：《〈桃花扇〉小引》，《桃花扇》，上海：上海古籍出版社2016年版，第1页。

有不同。《牡丹亭》与《桃花扇》典型地代表了晚明与清两个时代的文学精神。从《牡丹亭》到《桃花扇》，我们似乎也可以追寻到文学变动的轨迹。

——文学与经术联袂，学问与才情合一。以正本清源、回归传统为目的的文化检讨，加重了全社会宗经征圣的文化心理。这种文化心理成为清代文学健康活泼发展的内在障碍。这在以上我们对清代文学发展所作的匆匆巡礼中已看得十分清楚。

一切学说以六经为依据、为本源，极大地刺激了学人治经求本的热情，经学的研究，成为清代学术的热题。康熙年后，在清政府高压与文化政策的强力羁縻下，明清之际兴起的以复兴儒家本原文化为旗帜的思想启蒙运动，渐渐失去了原有的政治与历史批判精神，明清之际启蒙思想家经世致用、达济苍生的宏愿，被湮没在对古代文献整理诠释的疯狂热情中，形而下的文字考证冲淡了形而上的学理思考。这便是乾嘉汉学的兴起。

经学在中国传统文化中具有十分特殊的地位，它是封建意识形态的中枢，以统摄的形式影响着意识形态中的其他部类。汉学在其形成之后，很快成为经学中最有影响的学派。汉学以实事求是的态度，从声韵、训诂、校勘、考据入手，运用钩沉补阙、疏证辨伪的功夫，探求古代经籍的本来面目。他们对宋明以至魏晋以后流传的经籍，先儒的经注、经说提出种种疑问，对古代的典章制度、礼仪风俗多有发见。他们的学术成就，给社会与学术界带来极大的震动。他们在学术研究中所形成的强闻博记、淹贯群籍、精密考证、求实求是的学风及"一物不知，以为深耻"（阎若璩语）的博学精神，也使世人耳目一新。

汉学的学风与精神给清代文学的发展带来极大的影响。换句话说，清代文学无法抗拒经学中枢施加于它的联动脉冲，形成了文学与经术联袂、学问与才情合一的特有景观。

清代诗界的肌理派及稍后兴起的宋诗派，是上述联袂与结合的标本。翁方纲在论述肌理说建立的必要性时说：

有明一代，徒以貌袭格调为事，无一人具真才实学以副之者。至我朝，文治之光乃全归于经术。是则造物精微之秘，袤诸实际，于斯时发泄之。[1]

士生今日，经籍之光，盈溢于宇宙，为学必以考证为准，为诗必以肌理为准。[2]

以真才实学，查造物精微之秘，以经术学理、方法，旁通于治诗，以理化诗，于诗求理，创造一种质实、味厚、蕴含学理的诗境，这恐怕是肌理说的主要含义。这种诗境的创造，一靠博精经史考订，二靠精研杜、韩、苏、黄。

士生今日，宜博精经史考订，而后其诗大醇。诗必精研杜、韩、苏、黄，以厚其根柢，而后其词不囿于一偏。[3]

读经史考订求醇，读杜、韩、苏、黄求正，成为肌理说的基础。稍后继起的宋诗派，提出以读书养气，以奇奥求不俗，标榜学人之诗与诗人之诗合。关于学人之诗与诗人之诗，陈衍在《石遗室诗话》中赞扬祁寯藻诗时说得明白："证据精确，比例切当，所谓学人之诗也；而诗中带着写景言情，则又诗人之诗也。"以学问入诗，以考证入诗，是诗的异化；以诗向经术靠

---

① 翁方纲：《复初斋文集·神韵论下》，《清代诗文集汇编382》，上海：上海古籍出版社2010年版，第87页。
② 翁方纲：《复初斋文集·志言集序》，《清代诗文集汇编382》，上海：上海古籍出版社2010年版，第52—53页。
③ 翁方纲：《复初斋文外集·粤东三家诗序》，《清代诗文集汇编382》，上海：上海古籍出版社年版2010，第638页。

近，是清代诗人束缚太多，才情枯萎后无可奈何的选择。清诗发展的事实说明，这并非是一条诗的生路。

经术考据之风向文学的渗透，还表现在文、词、曲、小说各个方面。文界桐城派大师姚鼐提出义理、考证、文章为学问三端，以为"以考证助文之境，正有佳处"①。词坛，常州派祖师张惠言本经师出身，其词学理论从某种意义上讲，是他经学的延伸和运用。阮元评其《茗柯文编》，谓张氏"以经术为古文，于是求天地消息于《易》虞氏，求古先圣王礼乐制度于《礼》郑氏……下及《骚》《选》，其支流也"②。阮元以赞扬之语，揭示了经学与张氏文学理论及其实践的关系。曲坛，本来就存在着虚构与写实的争论，而孔尚任则力主在传奇中贯彻"实录精神"，追求"实事实人，有凭有据"。③他的《桃花扇》，便着实贯彻了他的主张。孔氏在《桃花扇凡例》中自称："朝政得失，文人聚散，皆确考时地，全无假借。至于儿女钟情，宾客解嘲，虽稍有点染，亦非乌有子虚可比。"至于小说，鲁迅在《中国小说史略》中论及清代小说时，专设"清之以小说见才学者"一章，列举《野叟曝言》《蟫史》等多部著作，以为才学小说的特点在于"以小说为庋学问文章之具"。

以上指出清代文学发展的两大特征，并非是在抹杀清代文学发展的成就，我们只是为了指出一种事实的存在，即清代文学是中国古典文学的最终结束。在清代，中国古典文学发展过程中出现的主要思想成果，几乎都有人予以总结和系统化并重新推出，几乎所有的古典文学文体，甚至包括四六文、笔记、八股，都有人予以整理、研究、继承、摹写。面对清代文学发

---

① 姚鼐：《惜抱轩文集·与陈硕士》，卢坡点校，《惜抱轩全集》，北京：中国书店出版社 1991 年版，第 90 页。

② 阮元：《茗柯文编序》，转引自张惠言：《茗柯文编·附词》，黄立新校点，上海：上海古籍出版社 2015 年版，第 268 页。

③ 孔尚任：《卷一·试一出先声》，《桃花扇》，上海：上海古籍出版社 2016 年版，第 1—2 页。

展中林林总总的流派，此起彼伏的旗帜，目不暇接的主张，洋洋大观的作品，我们只有成熟、繁荣的总体印象，却很难作出清新、刚健、创造、进取的最终判断。回归传统、完善传统的文化选择，宗经、征圣、崇尚成法古训的社会心理，压抑着作家的创造意识。乞求于学问、法度的艺术追求，雅致醇正、温柔敦厚的审美理想，以及明道裨政，正风化俗的教化意识，诸种因素，共同决定了清代文学不可能是中国文学发展的高峰而只能是一种全面的总结。清代文学似乎一直在左冲右突中，寻求着突破，但在饱和、封闭的封建文化体系中，所有突破的梦想与努力，终于只是为中国古典文学的发展，做了一个带有悲剧意味的总结。

从晚明到鸦片战争前夕的近三百年间，中国以独特的历史进化方式，走出了与西方工业资本主义的发展迥然不同的路径。在此期间，中国文化思潮的发展，经历了从人文主义向启蒙主义、古典主义的推移，而中国文学则忠实地显示了文化推移的雪泥鸿爪。在文化思潮变动影响下的中国文学，最终宣告了古典主义的末路。它焦急地期待着新的文化思潮，给予它告别过去的勇气和力量。此后，便是中国近现代文学的起步。

第一章

嘉道之际学风士风的
转换与文学主潮

——十九世纪文学气度不凡的开场

嘉道之交：一个风云际会的年代——清初之学、乾嘉之学、道咸之学：清代学术的推移嬗变——嘉道之际士阶层自救与救世的双重任务以及士林风气的刷新——言关天下的社会参与热情与崇尚心力自作主宰的创新冲动——嘉道文学议论军国、臧否政治、慷慨论天下事的总体特征——衰世、昏时、艰难之天下：文学对社会总局的感性评价——救敝与改革的梦幻——剑气箫心：一代士人的自怜意绪嘉道之际，中国正处在鸦片战争的前夜，处在一个山雨欲来、风云骤集的年代。此时，清政府统治已由强盛的巅峰走向低谷，东方帝国王朝盛世的釉彩虽未剥落殆尽，但其王霸之气，已荡然无存，衰败之象，处处可见。在十七世纪末至十九世纪中叶的百余年内，全国人口由一亿五千万猛增至四亿三千万，资源、生产力水平与人口比例的矛盾加剧，流民无以为业，士人仕途拥挤，成为国内政治不安定的重要根源；承平日久，官场腐败之风愈演愈烈，政府权力机能减弱，威信下降，令不行而禁不止，尾大不掉，贪污成风；直接关系到国计民生的重大问题如漕运、盐法、河工三大政举步维艰、弊端重重，货币与税收制度混乱不堪，严重影响着国家经济体制的运转；西北、西南边疆地区，外扰不已，东南沿海，鸦片贸易剧增，白莲教与南方秘密会社起事频繁，屡禁不止。各种社会危机，重重叠叠，纷至沓来，如同地火在奔涌汇聚，蓄势待发。

　　即使没有后来外敌入侵所引发的鸦片战争，清王朝所面临的诸种危机，也必然会诱发巨大的社会动荡。其中的消息，最先为生活在这一时期具有敏感触角和强烈社会责任感的知识群体所窥破。作为时代与社会的先觉者，他们充分意识到自身在由盛转衰历史变局中的地位和作用，匡济天下与挽狂澜于既倒的救世热情，施展才华抱负和治平理想的巨大冲动，使他们不愿放弃眼前可遇而不可求的历史契机。他们一方面像惊秋之落叶，以耸听之危言向全社会预告危机，另一方面则上下求索，寻求补救弥缝之良方。他们以补天自救为基本出发点的奔走呼号，促使经世致用思潮在嘉道之际再度兴起，其最终完成了学风由纯粹古籍考辨和性理玄想向悉心于治平外王之道，士风由"避席畏闻文字狱，著书都为稻粱谋"[1]向"相与指天画地，规天下大计"[2]方向的转换。学风、士风的重要转换，又为嘉道之际议论军国、臧否政治、慷慨论天下事文学主潮的形成，作了一个坚实的奠基。

一、风云际会与学风士风的转换

中国传统学问，有内圣与外王之分。内圣之学，讲求内省、悟道，注重个体道德修养和自我完善；外王之道，讲求隆礼、治民，注重事功实政与经邦治国。中国古代士人，以"通古今，决然否"自期，以修身养性、明道救世作为人生进退的依据与选择。在其无比辉煌、神圣的修身、齐家、治国、平天下的人生理想中，修、齐属内圣之学，治、平为外王之道。就每个士人来说，内圣之学独善其身，为做人的必修功课；外王之道兼济天下，是行世的基本取向。独善与兼济，视遇与不遇，就学术思潮更迭而言，时平多推尚修齐内圣之学，以利敛欲；世乱而看重治平外王之道，以佐折冲。内圣与外王的显晦起落，取决于社会治乱的需求。在封建士人独善与兼济的选择、社会秩序据乱而升平的过程中，内圣与外王之学显示出奇特而富有规律

① 龚自珍：《咏史》，《龚自珍全集》，王佩诤校，上海：上海古籍出版社1999年版，第471页。
② 梁启超：《清代今文学与龚魏》，《清代学术概论》朱维铮导读，上海：上海古籍出版社1998年版，第122页。

性的思想调节功能。这种调节功能的实现，又往往以学风、士风的转换作为表征。清代学术思想的发展，便充分证明了这一点。

清代学术的发展，可谓云蒸霞蔚，波澜壮阔。二百余年间，学术思潮更迭推移，簇拥变幻，其中最富有独特学术精神而为后人称道者，为清初之学、乾嘉之学、道咸之学。

清初之学，在黄宗羲、顾炎武、王夫之等一批思想家手中完成。他们身经战乱，饱尝忧患，论及亡国惨痛，多归咎于明末学风士风空谈心性而不讲实务。他们以为宋明理学教人读书养性、侈谈义理，养成了空疏学风。士林中讲求道德至上、鄙视经济事功，造就了无用人才，终至于招祸罹难、空谈误国。欲矫明末学术之弊，须弃明心见性之空言，兴修己治人之实学，建立求本求实、通经致用的学风和明道淑人、任天下之事的士风，达到事功与道德、外王与内圣之间新的综合与新的平衡。清初之学以返本清源、引古筹今为帜志，一代学人在研习古籍和精考经、史的学术活动中，秉承"为往圣继绝学，为万世开太平"、明道救世、学为天下的治学宗旨，在博学于文、行己有耻、通经致用、实事求是的一系列理论命题中，贯穿着鉴往训今、拨乱反正、泽被天下的学术精神。清初之学，为清代学术作了一个气势不凡的开场。

清初之学生成于战乱甫定之际，而乾嘉之学则极盛于承平而文网渐密之世。清入主中原后，便立宋学为官学。宋学承程、朱之绪，讲求性道纲常，于统治者大有便利。但宋明理学经清初思想家的讨伐攻击，已是威风扫地、一蹶不振，再加上清代理学家在理论上并无建树，故宋学虽被立为官学，但终因缺乏生气活力，无力领导学术潮流，汉学一派则乘虚而登堂入室。汉学又称朴学，它的形成，与清初之学有着密切的联系。汉学承继了清初之学返本清源的学术指向和综名核实、无征不信的治学方法，以六经等儒家典籍为学问本源，以实事求是的努力，致力于与之有关的音读训诂、典章制度的研究。汉学家对儒家经典著作求实证伪的研究成果，使宋学自称得于孔孟的道统诸说漏洞百出。这种倾向发展下去，必然构成"治统"的动摇，这是统治者所不能允许的。自康熙年间武装反清势力被剪灭之后，清朝统治者方有余力对付思想界。他们推行高压与招抚并用的政治与文化政策，整饬士林异端，迫使其向规范化方向发展。汉学至乾嘉时期大盛，但清初之学历史反思与文化检讨的思想光芒在汉学中已消失殆尽，汉学最终成为一个以爬梳古籍、整理国故为主的无害学派，走上了墨守故训、厚古薄今、烦琐求证、脱离社会实际的歧途。

乾嘉汉学的兴盛，显示着清朝统治者武功之外的"文治"硕果。由通经致用、引古训今的清初之学到穿穴故纸、烦琐考证的乾嘉之学，清代学术发展在政治强力的钳制下，走向了自身的变异。耽读古籍，辑佚辨伪，对于一向以"通古今，决然否"自期的中国封建士人来讲，是一种打发寂寞、消磨心志的无可奈何，既不能"决然否"，岂非枉"通古今"！他们并不甘心于"为往圣继绝学"的书斋生涯，而时时觊觎着"为万世开太平"的机遇。当政治压制的外力稍有松弛，他们便会跳出书斋，奔走呼号以恢复社会良知，担当明道救世的责任。

历史的事实正是如此。嘉道之际，清王朝盛极而衰、败象丛生。国内矛盾，愈演愈烈，海警欻忽，军问沓至。一方面是变局在即，扶危折冲，亟需大计良策，另一方面是清王朝面对变局，顾此失彼，无力控驭学界士林。这种风云际会的结果，是经世实学思潮的再度兴起，这便是道咸之学。

所谓道咸之学，实即鸦片战争前后中国士人对近代中国自强自富、补天自救道路的最初设计和学术性探讨。它以嘉道之际学风、士风的转换为发轫，以洋务运动的初兴为归穴。活跃在嘉道之际的知识群体，充当了一叶惊秋的社会角色。

生活在鸦片战争前夕的知识群体中，如龚自珍、魏源、林则徐、陶澍、贺长龄、黄爵滋、阮元、包世臣、姚莹、方东树、管同、沈垚、潘德舆、鲁一同、徐继畬等人，是领一代风骚的文化名流。他们虽然社会地位不同，生活道路不同，治学旨趣不同，但面对山雨欲来的危局，共同表现出入世救世的热忱，并自觉地把这种热忱演化为对经世致用之学的呼唤。他们以共同的努力，开创着一个新的学术与文学时代。

学术研究无裨于世，士林风尚疲软萎靡，是知识阶层最感痛心之事。救世必须首先解救自身，与清初之学相似，道咸之学的兴起，也是从学风、士风的批判拉开帷幕的。沈垚痛斥当时学风脱离社会现实之弊端道：

> 汉宋诸儒，以经术治身则身修，以经术饰吏则民安，立朝则侃侃岳岳，宰一邑则俗阜人和。今世通经之士，有施之于一县而窒者矣，有居家而家不理者矣。甚至恃博雅而傲物，借经术以营利，故垚尝愤激言：今人之通（经），远不及明人之不通。其故由古人治经，原求有益身心，今人治经，但求名高天下，故术愈精而人愈无用。①

通经在于致用。自诩通经，近无益于修身，远不足于安民，此种通经，于世何用！"术愈精而人愈无用"之类的话，与清初思想家对晚明学风的评价颇为相似，但沈垚的批评，已经是一种再否定了。清初思想家有感于性理之学空谈误国，而提倡经世实学，但几经周折，经世精神渐趋湮没，实学走上烦琐考证的歧途，其无益于世用与空谈性理者同，甚或过之。沈垚以形象的比喻比较前明宋学与清代汉学之得失道："譬之于身，前明人于一指一拇之微，或有所窒滞，而心体通明，自足以宰世应物。今人于一拇一指，察及罗纹之疏密，辨其爪之长短厚薄，可谓细矣，而于一手一足之全，已不能遍

---

① 沈垚：《与许海樵》，《中国近代文学大系·散文集（1）》，任访秋主编，上海：上海书店出版社 1991 年版，第 337 页。

识，况一心之大，一身之全乎？"①汉学欲矫宋学空谈之弊，结果是得小失大、过犹不及，与空谈心性之宋学同蹈脱离社会实际的覆辙。

倘若以为沈垚为在野名士，其持论难免偏颇激烈，那么，我们再来看看朝中达贵、学界巨擘阮元对嘉道之际盘踞学界的两大流派——汉学与宋学治经弊端的学术性评价。阮元曾创编《国史儒林文苑传》，其所作《儒林传序》云：

> 综而论之，圣人之道，譬若宫墙，文字、训诂，其门径也。门径苟误，跬步皆歧，安能升堂入室乎？学人求道太高，卑视章句，譬犹天际之翔，出于丰屋之上，高则高矣，户奥之间，未实窥也。或者但求名物，不论圣道，又若终年寝馈于门庑之间，无复知有堂室矣。是故，正衣尊视，恶难从易，但立宗旨，即居大名，此一弊也。精校博考，经义确然，虽不逾闲，德便出入，此又一弊也。②

其中，"求道太高，卑视章句"，实指宋学末流而言；"但求名物，不论圣道"，当指汉学末流而言。宋学之弊，在于做天际之翔，难窥户奥；汉学之弊，在于虽经校博考，未入堂室。两者于通经求圣之道，皆不免隔膜。阮元身为经学大师，名高位显，著文一向以渊雅稳健闻名。其在为国史所写的《儒林传序》中直陈汉、宋末学之弊，由此亦可窥知嘉道之际学术界对汉、宋学风的普遍不满。

汉、宋之争，是清代学术史上的一大公案。作为经学中的两个学派，

---

① 沈垚：《与张渊甫书》，《中国近代文学大系·散文集（1）》，任访秋主编，上海：上海书店出版社1991年版，第332页。

② 阮元：《儒林传稿序》，《续修四库全书537史部·传记类》，上海：上海古籍出版社1996年版，第618页。

汉学与宋学在治学路径与治学方法上有所不同。宋学治经，意在生发敷陈性命义理之精义，讲求纲常名教之大端，旨归于攻心敛欲而不拘泥于经书章句；汉学治经，重在经书文本的疏通解读，讲求综名核实、无征不信、步步求证，崇尚强闻博记、训诂考据的功夫。围绕着孰是孰非、谁优谁劣，两派之间攻讦争讼不已，无不表现出唯我独尊的学霸、学阀作风。嘉道之际，汉宋之争虽余音未了，但有志之士，已无意于像阮元那样，字斟句酌地为两派作出学术性评价，他们对汉、宋两学，几乎持一种肆意轻诋的态度。这种肆意轻诋，很大程度上是为了借此打破学界死水一潭的宁静，破除学术禁锢，推倒已有的学霸、学阀偶像，为新的学术精神的确立开辟道路，扫除障碍。禁烟主将黄爵滋讥评汉、宋之争道：

> 今之为汉学者，巧托于汉，而非汉儒有用之学有待于宋儒也，今之为宋学者，伪托于宋，而非宋儒有用之学之克承于汉儒也。托之汉而攻于宋，托于宋而攻于汉，愈巧愈窒，愈伪愈浮，于是著作满家，而曾无一字有益于今，瞻仕毕生，而曾无一事之有合乎古，是则较老、释空无之学而患又甚矣。[1]

著作满家，无一字有益于今，瞻仕毕生，无一事有合于古，汉、宋两学之患甚于老、释空无之学的原因，在于其学是"巧托""伪托"于汉、宋，而失落了汉儒、宋儒有用于世的治学精神。将汉学、宋学指斥为"伪托""巧托"，已在无形中将其圣学嫡传的灵光剥落干净。超越汉、宋两学的樊篱，回归先儒经世致用的传统，这是一代士人面对现实而自然做出的学术选择。

在汉、宋两学并遭厄运、为人卑视之际，今文经学悄悄兴起。今文经

---

① 黄爵滋：《汉宋学术定论论》，《中国近代文学大系·散文集（1）》，任访秋主编，上海：上海书店出版社1991年版，第414页。

派以去古未远的西汉董（仲舒）、伏（胜）之学对抗汉学家事奉的马（融）、郑（玄）之学（即古文经学），以"微言大义""以经术为治术"的治学宗旨贬抑与否定汉学家精考于音韵训诂、典章制度的治学宗尚。今文经学的复兴，使早已厌倦汉、宋之学者耳目一新，在嘉道之际破除汉、宋学禁锢，建立新的学风方面，起到了超乎这一学派实际学术意义的重大作用。龚自珍、魏源是今文经学的中坚，他们对汉学、宋学烦琐、空疏、唯我独尊的作风尤为不满。魏源以为汉学"争治训诂声音，爪剖釽析"，其结果是"锢天下聪明知慧、使尽出于无用之一途"①。汉学家"毕生治经，无一言益己，无一言验诸治"②，而宋学则造就了一批"口心性，躬礼义，动言万物一体"的废物。他们"民瘼之不求，吏治之不习，国计边防之不问；一旦与人家国，上不足制国用，外不足靖疆圉，下不足苏民困。举平日胞与民物之空谈，至此无一事可效诸民物"③。于己于人，于家于国，均无裨益之学，谓之俗学；名为治经，实误天下者，谓之庸儒。俗学病人，甚于俗吏；庸儒误国，贻害无穷。魏源曾激愤而言道：

> 工骚墨之士，以农桑为俗务，而不知俗学之病人，更甚于俗吏；托玄虚之理，以政事为粗才，而不知腐儒之无用亦同于异端。彼钱谷簿书不可言学问矣，浮藻饾饤可为圣学乎？④

> 读黄、农之书，用以杀人，谓之庸医；读周、孔之书，用以

---

① 魏源：《武进李申耆先生传》，《魏源集》（上），北京：中华书局2018年版，第237页。
② 魏源：《默觚上·学篇九》，《魏源集》（上），北京：中华书局2018年版，第25页。
③ 魏源：《默觚上·治篇一》，《魏源集》（上），北京：中华书局2018年版，第40页。
④ 魏源：《默觚上·治篇一》，《魏源集》（上），北京：中华书局2018年版，第40页。

误天下者，将不谓之庸儒乎？①

在对俗学、庸儒激烈讨伐的同时，龚、魏依据今文经学"以经术为治术"的思想，倡言一种学、治一致的治学路径和学术精神。龚自珍以为："一代之治，即一代之学"，先王治世，"是道也，是学也，是治也，则一而已"②。先王之道，"君与师之统不分，士与民之薮不分，学与治之术不分"，故为学不但要研乎经史之书，还要通乎当世之务："不研乎经，不知经术之为本源也；不讨乎史，不知史事之为鉴也；不通乎当世之务，不知经史施于今日孰缓、孰亟、孰不可行也。""经史之言，譬方书也；施诸后世之孰缓、孰亟，譬用药也。"③学与治之关系，犹如方书与用药，学、治一致，方能药到病除。魏源以为，古圣先王之道无他，"以足食足兵为治天下之具"而已，"井牧、徭役、兵赋，皆性命之精微流行其间"④。舍实事实功，则无王道可言。为学在于通古，为治在于达变，通古而合于达变，方可语学，方可为治。其又论学风转移之关捩道："今日复古之要，由训诂声音以进于东京典章制度，此'齐一变至鲁'也；由典章制度以进于西汉微言大义，贯经术、政事于一，此'鲁一变至道'也。"⑤在龚自珍"一代之治，即一代之学""学与治之术不分"的先王治世之道与魏源"贯经术、政事、文章于一"的西汉今文经派治学之道中，蕴含着明确的治、学统一，学以致治的价值取向，这种价值取向要求学术立足于天下之治，立足于现实问题的研究和解决。士人

① 魏源：《默觚上·治篇五》，《魏源集》（上），北京：中华书局 2018 年版，第 53 页。
② 龚自珍：《乙丙之际箸议第六》，《龚自珍全集》，王佩诤校，上海：上海古籍出版社 1999 年版，第 4 页。
③ 龚自珍：《对策》，《龚自珍全集》，王佩诤校，上海：上海古籍出版社 1999 年版，第 117 页。
④ 魏源：《默觚上·治篇一》，《魏源集》（上），北京：中华书局 2018 年版，第 40 页。
⑤ 魏源：《两汉经师今古文家法考叙》，《魏源集》（上），北京：中华书局 2018 年版，第 151 页。

本身，不是高头讲章与琐碎饾饤的生产者，而应是通古知今、行天下之治的实践者。

学、治一致的学术路径与学术精神，集中概括了嘉道之际知识群体立足现实、通经致用的普遍意向和共同追求，正因为如此，经世致用思潮才有可能成为一种超越各流派门户畛域的学术思潮。在经世思潮的裹挟下，一些原来抱有门户之见者，开始修正原有的治学宗尚，使之符合于学术新潮。以经学名世的严可均，论立言之道曰：

> 夫立言所以明道，道非空谭性命之谓，其谓伦常之教，古今政治得失、成败安危之大。其精颐而散布在兵农、礼乐、刑法、天文、地理、名物、象数、草木、鸟兽、虫鱼。故必读书数万卷，网罗散失，参考异同，以求真是。①

其说虽还带有汉学家的自矜，但其承认"道"之精颐散布在农、兵、礼、乐、刑法诸端，已与专注于名物、象数、草木、鸟兽、虫鱼之考辨者，不可同日而语。立论为宋学张目的刘开，在《与蒋砺堂宫保论治书》中论学、政之关系道：

> 盖古今图治之大要不外人才，人才出处之大端不过学问、政事。夫学何为者也，所以学为政也。夫政何为者也，所以行其学也，二者合之则有以相成，离之则有以相病。……为士者日从事于章句声律，于天下国家之务，概不敢知，一旦授之以政，则扞格而不能通。为上者，日勤于案牍之劳而不知成败得失之迹，人

---

① 严可均：《杨秋室诗录叙》,《中国近代文学大系·散文集（1）》，任访秋主编，上海：上海书店出版社 1991 年版，第 4 页。

心风俗之利病。每有举措，或贻当世之讥。其弊在不通古今，此皆政与学分之过。[①]

此种学、政合一的认知，亦是经世风潮激荡的结果。至于为经世思潮的兴起而奔走呼号者，则是更为自觉地走向实政、实用、实行之学的研讨。他们议论时政、揭发弊端，寻求救世之方，致力于漕运、盐法、钱币、兵饷、农事诸种大政的研究，探讨边疆域地之学，以各自的勤奋与努力，创造着实学思潮的实绩。

嘉道之际经世实学思潮的兴起，与清初之学构成了一种回应。但嘉道实学思潮作为道咸之学的发轫和中国近代思想史的开端，则又表现出与清初之学不同的内在意蕴。首先，清初思想家经世致用思想是在抗清行为失败之后，试图通过对历史文化的研究，以鉴往训今、以古证今、引古筹今的方式贯彻实现的，侧重于思想建构与文化反思，期望获得远功而非近利。嘉道实学思潮崇尚学、治一致，学以致治的学术精神，更关注于现实变革，更注重学术对现实社会政治、经济的直接效应，力求"毋冯河，毋画饼""以实事程实功，以实功程实事"[②]，具有更浓烈、更急切的功利色彩。其次，清初思想家侧重于思想建构与引古筹今，其运思、立论显示出博大精深的气象，同时对历史文化的普遍适应性、再生性一往情深，相信以古为鉴，便可治今。而嘉道之际思想家更关注于学以致治，其思想建构缺乏系统和博大气象，他们于救世虽也多是"药方只贩古时丹"[③]，但对历史文化又持有朴素的适者生存、不适者变革的进化观念与批判眼光，以为"天下无数百年不弊之法，无

---

① 刘开：《刘孟涂集·与蒋砺堂宫保论治书》，《清代诗文集汇编 543》，《清代诗文集汇编》编纂委员会编，上海：上海古籍出版社 2010 年版，第 520 页。

② 魏源：《海国图志叙》，《魏源集》（上），北京：中华书局 2018 年版，第 208 页。

③ 龚自珍：《己亥杂诗》，《龚自珍全集》，王佩诤校，上海：上海古籍出版社 1999 年版，第 509 页。

穷极不变之法"①,"善言古者,必有验于今矣"②,"善治民者不泥于法"③。再次,清初之学,建立在对阳明心学及晚明人文主义思潮的思想批判之上,带有正本清源、向儒家本原文化靠近的倾向。而嘉道之际的经世之学,学术渊源出于多端,杂采百家,汇为一体。其中如龚、魏的思想构成,既充溢着阳明心学的唯意志论和晚明人文主义思潮漠视规范、自作主宰的思想品格,又深得今文经学变易合时与微言大义的治学精神,引经据典不是为了正本清源,而是"以经术作政论",不是引古证今,而是"托古以改制",体现着从现实出发、以现实为本,而不是从经典出发、以经典为本的学术指向。清初之学与嘉道实学的不同特征,决定了清初之学给予近代思想的发展以更多的理论启迪,而嘉道实学的形态构成,则更适应于近代社会革命的现实需求。

时平而求修齐内圣,世乱而重治平外王,嘉道经世思潮的再度兴起,应合了封建思想体制自在的功能调节规律,而经世思潮兴起的本身,又标志着士林风尚的巨大转机。

"士"在中国历史发展中,具有其独特的存在意义和作用,是民族思想文明的主要载体和文化传统的创造者、传承者。在长期的社会实践与文化创造过程中,"士"不断完善着对自身的设计。他们对社会充满着责任感、使命感和殉道精神,在人类文明的推进中扮演着社会良知的角色,自觉地维护着人类社会的基本价值,而对正义、邪恶、有道、无道保持着敏锐的评判触角和思想尺度。他们以"博施于民而能济众"作为自身价值实现的最高理想,凭借自己拥有的知识和思想,以正天下风教是非为己任。士阶层中的政治参与意识与社会承当精神在某一历史时期可能遭受压抑,但它不可能消

---

① 魏源:《筹鹾篇》,《魏源集》(下),北京:中华书局 2018 年版,第 442 页。
② 魏源:《皇朝经世文编叙》,《魏源集》(上),北京:中华书局 2018 年版,第 155 页。
③ 魏源:《默觚上·治篇五》,《魏源集》(上),北京:中华书局 2018 年版,第 53 页。

失。愈是在天下纷纷、乱世无道的时代，他们愈是顽强地把它表现出来。

自康、雍之际，国内社会秩序渐趋平稳之后，清朝政治便进入到一个冰冻世纪。禁忌重重，文网日密，令人动辄得咎。至乾隆盛世，统治者陶醉于文治武功的业绩中，更是不允许他人置喙政事。杭世骏提出泯满汉之分而遭贬谪，纪昀献经邦之策而被斥为"多事"，这种"一夫为刚，万夫为柔"的专制统治，造成了万马齐喑的政治局面。

嘉庆末年，白莲教余波未平，天理教又攻入北京，国内政治动乱的帷幕从此拉开，清王朝的太平盛世也因此而宣告结束。尤其是天理教长驱直入紫禁城一事，震动朝野上下，连嘉庆颁布的《遇变罪己诏》，也惊呼此是"汉、唐、宋、明未有之事"。

社会动乱的形成和最高统治者的"罪己"，透露出政治冰冻世纪解冻的信息。生活在这个时期的士人阶层，目睹与经历了清王朝由盛向衰的转变。他们在痛感学术研究无裨于世的同时，也痛感士风萎靡，正直敢言之气日衰。传统文化的濡染，使他们遵循着士风盛衰，关乎到风俗教化，风俗教化又关乎到天下治乱的思想逻辑去面对现实，设计自我。他们认定，没有士风的重新振兴，没有士人的踊跃参与，起衰救敝，终究是一句无人实行、无从落实的空话。因此，他们不失时机地挺身而出，担当起救世与促进社会进步的责任。

桐城派文人管同以天理教事件作为殷鉴，比较明清两代士风道：

> 我清之兴，承明之后。明之时大臣专权，今则阁部督抚，率不过奉行诏命；明之时言官争竞，今则给事御史皆不得大有论列；明之时士多讲学，今则聚徒结社者，渺然无闻；明之时士持清议，今则一使事科举，而场屋策士之文及时政者皆不录。大抵明之为俗，官横而士骄，国家知其敝而一切矫之，是以百数十年，天下纷纷亦多事矣，顾其难皆起于田野之奸、闾巷之侠，而朝宁学校

之间，安且静也。①

明之士喧嚣骄盛，清议讲学，不可一世。清矫明之弊端，以严厉之策治士，不许聚徒结社，不许清谈议政，士林风尚遂萎靡不振。士风萎靡，言路堵塞，慷慨忠义之士用其智慧于无用之途，并非国家幸事。钳制士口、压抑士气的专制政策，直接造就了寡廉鲜耻、苟且偷安、推诿因循、好谀嗜利的官场作风和社会风气。这是士林的不幸，更是社会的不幸。有鉴于此，管同主张除却言政禁忌，"令言官上书，士人对策及官僚之议乎政令者，上自君身，下及国制，皆直论而无所忌讳"，以期"劲直敢为之气作"，"洁清自重之风起"②。

管同以一在野书生之身，直言批评当朝治士之策，倡言废除议政之禁，这在政治冰冻时期是非常不易的。它一方面说明人们对士风不振、士气压抑的不满已不可按捺，同时也说明清政府的政治钳制已不至于出口罹难。无独有偶，姚莹闻听天理教事件，惊叹"溃痛之患已形，厝薪之势弥急"，而将祸起萧墙的根源直接归咎于言路不畅，人才不举，士风衰败。肉食者谋国，难免招侮取咎。其《复座师赵分巡书》言道：

> 嗟乎，正直敢言之气，于今衰也久矣，自古未有委靡如是之甚者也。古道亡而后人心坏，人心之坏则自谄谀而谀始。谄谀成风，则以正言为可怪，始而惊，继而惮，继而厌，最后则非笑之以为不祥。夫以正言为不祥，其时其事尚可问哉！人心风俗所以

---

① 管同：《因寄轩文初集·拟言风俗书》，《清代诗文集汇编532》，上海：上海古籍出版社2010年版，第289页。

② 管同：《因寄轩文初集·拟言风俗书》，《清代诗文集汇编532》，上海：上海古籍出版社2010年版，第290页。

为国家之本，盛衰之端，未有不由此也。①

龚自珍的四篇《明良论》、数篇《乙丙之际箸议》都写于嘉庆末年。其
《明良论》描述士大夫尸位素餐、无所作为之情态曰：

> 今上都通显之聚，未尝道政事，谈文艺也；外吏之宴游，未
> 尝各陈设施谈利弊也。②

> 历览近代之士，自其敷奏之日，始进之年，而耻已存者寡
> 矣！官益久，则气愈偷；望愈崇，则谄愈固；地益近，则媚亦益
> 工。至身为三公，为六卿，非不崇高也，而其于古者大臣巍然岸
> 然师傅自处之风，匪但目未睹，耳未闻，梦寐亦未之及。臣节之
> 盛，扫地尽矣。③

士大夫无所作为、臣节扫地的原因何在？进而推究，作者则将批判的
锋芒指向最高统治者。人主"遇大臣如遇犬马"，而大臣也以犬马自为。人
主对大臣"恣睢奋击，呴籍叱咄"，而大臣也便以厮役自处。人主既不能
"历之以礼"，大臣也就不会"报之以节"。士立身无节，不知耻辱，国之耻
辱则纷至沓来。关于人君与士风之关系，姚莹有一形象的比喻，他认为：
"人君者，风也；大臣者，播风声也；士者，草木之待偃者也。上以功名责

---

① 姚莹：《复座师赵分巡书》，《清代诗文集汇编549》，任访秋主编，上海：上海古
籍出版社2010年版，第343页。
② 龚自珍：《明良论一》，《龚自珍全集》，王佩诤校，上海：上海古籍出版社1999年
版，第30页。
③ 龚自珍：《明良论二》，《龚自珍全集》，王佩诤校，上海：上海古籍出版社1999年
版，第31页。

士，则士以功名著矣；上以气节望士，则士以气节称矣；上以利禄奴役士，则士以委蛇庸碌终矣。"① 故而士风萎靡，完全是人主无道所致。

士风孱弱多病，庸懦不立，必然殃及世风。论及世间风俗，沈垚曾激愤而言曰：

> 今日风俗，备有元成时之阿谀，大中时之轻薄，明昌、贞祐时之苟且。海内清晏，而风俗如此，实有书契以来所未见。呜呼，斯非细故也。叔鱼之贿，孟孙之偷，原伯鲁之不说学，苏、张之不信，古人有一于此，即不可终日。今乃合成一时之风俗，一世之人心，呜呼，斯非细故哉！②

阿谀、轻薄、苟且、见利忘义、不学无信，百害丛生，弊端重重。风俗关乎治乱，风俗日坏，与士风日坏有着直接的联系。士任天下教化之责，而不能以气节、清议教人化人，则天下纷纷，亦势在必然。管同论曰：

> 臣观朝廷近年，大臣无权，而率以畏懦，台谏不争，而习以为缄默。门户之祸，不作于时，而天下遂不言学问。清议之持，无闻于下，而务科第、营货财，节义经纶之事，漠然无与于其身，……上之所行，下之所效也，时之所尚，众所效也。今民间父子兄弟有不相顾者，合时牟利是为能耳，他皆不论也。士大夫且然，彼小民无足怪也。③

---

① 姚莹：《东溟文集·通论下》，《中国近代文学大系·散文集（1）》，任访秋主编，上海：上海古籍出版社 2010 年版，第 314 页。

② 沈垚：《与张渊甫书》，《中国近代文学大系·散文集（1）》，任访秋主编，上海：上海书店出版社 1991 年版，第 329 页。

③ 管同：《因寄轩文初集·拟言风俗书》，《清代诗文集汇编 532》，上海：上海古籍出版社 2010 年版，第 289 页。

沈垚论曰：

> 都下人议论，与昔者眉庵、半虞之言大异。清议久废，公道
> 不存，利害得失之显然者，愚夫愚妇能辨之，而通人巨公转有所
> 不达，利欲之陷溺人心也久矣。①

士风畏懦，致使"清议之持，无闻于下"，"清议久废，公道不存"。清议、公道不存，而天下失据，世风颓坏。欲振世风，必须从振兴士风、恢复清议与公道开始。沈垚提醒当事者："且夫是非得失，使人议者，不至亡国；不使人议者，则害必深中于人心，风俗必潜坏于不觉，故其祸不至亡国不止。"②管同以为："风俗者，上之所为也。有其美而不能自持，故自古无不衰之国，周汉是也；有其敝而力能自变，则国虽倾覆而可以中兴，东汉是也。"③其摆出周汉之衰与东汉中兴两种后果，而又寄中兴厚望于当事者。

对统治者治士之策的批判及对士林风尚的检讨，初潮于嘉庆末年，这无疑是士气复苏的前奏和起始标志。士风的复苏，至道光初年，已成浩荡之势。嘉道之际士风的刷新转移，主要表现在以下几个方面：

（一）士人社会主体意识和主宰精神的确立与恢复

经历了政治冰冻世纪之后的思想激荡，嘉道士人开始充满自信地重新评估自身的存在价值与所应承当的社会角色。"以布衣遨游于公卿间"的包世臣以为："士者事也，士无专事，凡民事皆士事。"④姚莹更是不无自负地

---

① 沈垚：《与孙愈愚》，《中国近代文学大系·散文集（1）》，任访秋主编，上海：上海书店出版社1991年版，第333页。

② 沈垚：《史论风俗篇》，《中国近代文学大系·散文集（1）》，任访秋主编，上海：上海书店出版社1991年版，第326页。

③ 管同：《因寄轩文初集·拟言风俗书》，《清代诗文集汇编532》，上海：上海古籍出版社2010年版，第290页。

④ 包世臣：《赵平湖政书五篇叙》，《艺舟双楫》，北京：商务印书馆1935年版，第61页。

说："稼问农，蔬问圃，天下艰难，宜问天下之士。"① 其间所表现的不仅是一种以天下为己任的抱负，且充满着天下艰难、舍我其谁的社会主体意识和拯道济溺的英雄气概。林伯桐作《任说》，以为"自任以天下之重，则固天下之士也"，以天下自任，虽为布衣，"而行谊在三公之上"②。姚鼐弟子刘开以为："士者，民之耳目也。民无定见，随士之气习为转移，故化民必以士为先。"③ 其说都饱含着先觉觉民、无所退避的主宰精神。

嘉道士气的复苏，促使士人向先儒精神中寻求行为范式。魏源以为先古圣人，"身忧天下之忧而无天下之乐"，而后世治天下者"穷天下之乐而不知忧天下之忧，故慢藏守之，而奸雄觊夺兴焉"④。姚莹以为"夫志士立身有为成名，有为天下，惟孔孟之徒道能一贯"⑤，而以任天下事自励。潘德舆以"扶掖世运""报国救民"自期，其告语同仁曰："天下不久当有事，我辈宜自勉。"⑥ 刘开一生不仕，穷老乡野，却以为"君子当先天下而图其实，后天下而收其名"，"道之所在，不以王侯为贵，不以匹夫而贱"⑦。先儒的社会承当精神陶铸着一代士人的心志。

动荡不安、危机四伏的年代，却正是知识阶层多梦的季节。平常时期，他们苦于阶级太繁、尊卑有定、文网恢恢，缺乏自我表现的机会，而非常时

---

①　姚莹：《东溟文后集·复管异之书》，《中国近代文学大系·散文集（1）》，任访秋主编，上海：上海古籍出版社 2010 年版，第 475 页。

① 姚莹：《东溟文后集·复管异之书》，《中国近代文学大系·散文集（1）》，任访秋主编，上海：上海古籍出版社 2010 年版，第 475 页。
② 林伯桐：《修本堂稿·任说》，《清代诗文集汇编 525》，上海：上海古籍出版社 2010 年版，第 17 页。
③ 刘开：《刘孟涂集·上莱阳中丞书》，《清代诗文集汇编 543》，上海：上海古籍出版社 2010 年版，第 517 页。
④ 魏源：《默觚上·治篇三》，《魏源集》（上），北京：中华书局 2018 年版，第 47 页。
⑤ 姚莹：《复管异之书》，《中国近代文学大系·散文集（1）》，任访秋主编，上海：上海古籍出版社 2010 年版，第 475 页。
⑥ 吴昆田：《漱六山房全集·养一斋集跋》，《清代诗文集汇编 629》，上海：上海古籍出版社 2010 年版，第 484 页。
⑦ 刘开：《刘孟涂集·致鲍觉生学士书》，《清代诗文集汇编 543》，上海：上海古籍出版社 2010 年版，第 516 页。

期，则以为可以跨逾等级，破除旧例，大显身手，一展雄才大略。强烈的危机感和责任心，创造由衰转盛奇迹的热情与梦想，激动着不少士子之心，他们渴望获得参政、议政、贡献智慧才能的机会和权力。梅曾亮写于道光初年的《上汪尚书书》抒写心志道："士之生于世者，不可苟然而生。上之则佐天子，宰制万物，役使群动；次之则如汉董仲舒，唐之昌黎，宋之欧阳，以昌明道术、辨析是非治乱为己任。"①丁晏在《与潘四农先生书》中慷慨陈词道："大丈夫得志则不负所学，慨然有志于时；不得志则闲户穷居，不以贫贱而改行，不以困厄而尤人，讲求经史，归于实用，酌古准今，有裨治道，使后之人用其说，不难致太平安天下。"②进则攘臂以治乱，退则治学以培道，此种人生取向，再清楚不过地显现出一代士人踌躇满志的躁动心态和意气风发的精神面貌。

（二）士林中实际参与和躬行实践风气的形成

千疮百孔的社会现实和治学一致的学术指向，使嘉道之际知识群体不满足于坐而论道，他们更崇尚实际参与和躬行实践精神。在整个社会士气复苏、议论风生之际，姚莹以东汉与晚明士人作为前车之鉴，向激情四溢的士林提出忠告。姚莹以为，志士立身，有为身名，有为天下，"自东汉以虚声征辟，天下争相慕效，几如今之攻举业者，孟子所谓修其天爵，以要人爵也。当今笃行之士，固已羞之。明季东林称多君子，天下清议归焉，朝廷命相，至或取诸儒生之口，固宜海内澄清矣。然汉、明之季，诸君子不能戡定祸乱，反以亡其身，无亦有为天下之心而疏于为天下之术乎"③？此种忠

---

① 梅曾亮：《上汪尚书书》，《柏枧山房诗文集》，上海：上海书店出版社 2012 年版，第 287 页。

② 丁晏：《颐志斋文集·与潘四农先生书》，《清代诗文集汇编 587》，上海：上海古籍出版社 2010 年版，第 264 页。

③ 姚莹：《复管异之书》，《中国近代文学大系·散文集（1）》，任访秋主编，上海：上海古籍出版社 2010 年版，第 475 页。

告，显示出作者在士风高涨中的冷静思考。救世的热烈情绪并不能使海内澄清，东汉、明末士风不谓不盛，热情不谓不高，但两代之士，一为声名所累，二乏救世之术，故空有救世之心，而终至于身败名裂。以史作鉴，则宜摒却虚名，不尚空谈，留意于与国计民生、伦常日用密切相关问题的研究与探求。嘉道之际知识群体的社会参与活动，并不仅仅局限于清谈议政，他们自觉地致力于当世急务的研究与实践。包世臣留心于"经济之学"，盛名遐迩，"东南大吏，每遇兵、荒、河、漕、盐诸巨政，无不屈节谘询，世臣也慷慨言之"[1]。龚自珍在"引公羊义讥切时政、诋排专制"[2]的同时，又留心于"天地东西南北之学"。魏源自1822年起，受江苏布政使贺长龄的延聘，编辑《皇朝经世文编》，荟萃有清一代关于农、工、吏、兵诸政治理的建策。其在《例言》中以"书各有旨归，通存乎实用"概括此书的编辑宗旨。后人俞樾论《皇朝经世文编》的巨大影响道："数十年来，凡讲求经济者，无不奉为矩矱，几于家有此书。"[3]精于边疆史地者如张穆、徐松、沈垚、何秋涛诸人，致力于蒙古、新疆等地域历史与地理的研究，对这些地区的经济开发、边疆防务提出建议，以备当事者择取。管同、方东树等宋学信仰者，在高扬性理主义旗帜，鼓动"兴起人之善气，遏抑人之淫心"，改善道德、风俗的同时，于"礼、乐、兵、刑、河、漕、水利、钱、谷、关市大经大法皆尝究心"[4]。正如李兆洛所言，嘉道士人"怀未然之虑，忧末流之弊，深究古

---

① 赵尔巽：《包世臣传》，《清史稿》卷四八六，《中华传世藏书·二十四史》第12卷，邹博主编，北京：线装书局2010年版，第5201页。

② 梁启超：《清代今文学与龚魏》，《清代学术概论》，上海：上海古籍出版社2019年版，第122页。

③ 俞樾：《皇朝经世文续编序》，《皇朝经世文续编》，葛士濬辑，清光绪十七年（1891）广百宋斋铅印本，第97页。

④ 方宗诚：《柏堂集前编·仪卫先生行状》，《清代诗文集汇编672》，上海：上海古籍出版社2010年版，第97页。

今治乱得失，以推之时务，要于致用"①。这种重视实际参与、躬行实践的风气，是经世实学思潮激荡的结果，同时也构成了经世实学思潮的重要内容。嘉道之际知识群体所关心所从事的，是与国计民生、伦常日用紧密相连的"公共事务"，虽然这些努力并不足以挽救清王朝的衰败命运，但他们学以致用、上下求索的精神，无疑为近现代知识分子树立了良好的行为风范。

（三）士林中问学议政、声气联络之风盛行

嘉道之际士风的复苏与高涨，促使有志之士走出书斋，广结盟友。他们聚谈燕宴，问学议政，使管同、龚自珍著文批评过的"今聚徒结社，渺然无闻""今上都通显之聚，未尝道政事、谈文艺"的局面大大改观，士林之中，朝宁学校之间，不再是昔日"安且静也"的场所。这种志士间的交往，是一种声气之求，超越了学术宗派之间的门户之见，而以诵史鉴、考掌故、慷慨论天下事作为共同的思想基础。他们互相推重，砥行砺节，以培植元气、有用于世相瞩望，又以学问议论、道德文章相切磨。姚莹作《汤海秋传》记述其道光初年京师之交游道：

> 道光初，余至京师，交邵阳魏默深、建宁张亨甫、仁和龚定庵及君（指汤鹏）。定庵言多奇僻，世颇訾之。亨甫诗歌几追作者。默深始治经，已更悉心时务，其所论著，史才也。君乃自成一子。是四人者，皆慷慨激励，其志业才气，欲凌轹一时矣。世乃习委靡文饰，正坐气茶耳，得诸子者大声振之，不亦可乎？②

"慷慨激励""志业才气，欲凌轹一时"的气度，使得他们一见如故，成

---

① 李兆洛：《蔬园诗序》，转引自龚书铎：《清代学术史论》，北京：故宫出版社 2014 年版，第 98 页。

② 姚莹：《东溟文后集·复管异之书》，《中国近代文学大系·散文集（1）》，任访秋主编，上海：上海古籍出版社 2010 年版，第 474 页。

为挚友。至鸦片战争后，姚莹因坚守台湾而身陷囹圄，张际亮带病为其在京师奔走，以至劳瘁身亡。丁晏在《津门会棣庄诗集序》中记述京师文人聚会之盛况道：

> 京师为天下文人之薮，台阁之彦，胄监之英，四方才俊之士，毕萃于斯。己卯之岁，余年二十四，见举于萧山师。庚辰以朝考入京师，主同乡汪文端家。嗣后，公车留滞，所识多魁士名人，樽酒论文，于问学深有助焉。丙申之夏，宜黄黄树斋爵滋、晋江陈颂南庆镛、歙县徐廉峰宝善、甘泉汪孟慈喜孙，仿兰亭宴集，为江亭展禊之会。吾友汤海秋鹏、王慈雨钦霖、郭羽可仪霄、黄杏铁剑、许印林瀚、张亨甫际亮、姚梅伯燮、蒋子潇湘南、斌秘士桐及同乡潘四农德舆、鲁兰岑一同暨余凡四十二人，各为诗文以纪之，固一时之盛也。①

此次江亭展禊是京都文人的重要聚会。聚会士人议论时政、探讨学术、联络情谊。聚会的参与者大都为京都名宦、名士，其中如黄爵滋、徐宝善、朱琦、陈庆镛等人，充任了鸦片战争时期主张严禁鸦片、改革吏治的主将。稍后以黄爵滋名义上呈的《严塞漏卮以培国本疏》，据说即是由吴嘉宾、臧纡青、张际亮等人共同起草的集体性作品。欧阳兆熊《水窗春呓》称他们"一时文章议论，掉鞅京洛，宰执亦畏其锋"。可见京都文人聚会，虽还称不上"聚徒结社"，但已具有联络声气、培植共同政见的意义。

士林中问学议政、声气联络之风的盛行，是士人由噤若寒蝉走向意气

① 丁晏：《津门会棣庄诗集序》，《中国近代文学大系·散文集（1）》，任访秋主编，上海：上海书店出版社1991年版，第510页。

风发的重要标志。嘉道中"力挽颓波，勉成砥柱"①的风尚，造就培养着士人中的狂放之气。张际亮以一介书生，赴显贵曾燠之宴，席间见一"名士"为曾燠拈去沾在胡须上的瓜子，则放声讥笑。次日又致书曾氏，谓其不善教导后进，培养了一批廉耻俱丧的门人。际亮由此得狂生之名。龚自珍赴宴于著名正直大臣王鼎家，为王鼎留诗，谓其不要同"委蛇貌托养元气，所惜内少肝与肠"②的官僚同流合污，希望"公其整顿焕精采，勿徒须鬓矜斑苍"③，此种直率无忌、跌荡放言，显示出一种傲俗自放的做派。而嘉道之际的人物品藻又以傲俗自放与慷慨任事为重要标准。姚莹称汤鹏"慨然有肩荷一世之志，每致书大吏，多所议论"④。吴昆田称潘德舆"每酒酣耳热，慷慨论天下事，辄俯膺流涕"⑤。又称鲁一同"忧伤时事之艰危，于国家田赋、兵戎诸大政，与夫河道变迁，地形险要，以及中外大势，无不究其端委而得其机牙"⑥。诸如此类的人物品藻，不胜摘举，从中也可显见一时士林之宗尚。

　　嘉道之际学风士风的转换，为活跃在这一时期的知识群体带来了新的精神气象。他们由埋头经籍、读书养气转向"相与指天画地，规天下大计"⑦，由谋稻粱而著书、视议政为畏途一变而为"举凡宇宙之治乱、民生之利病、

---

① 张际亮：《与徐廉峰太史书》，《中国近代文学大系·散文集（1）》，任访秋主编，上海：上海古籍出版社 2007 年版，第 1353 页。

② 龚自珍：《饮少宰王定九丈鼎宅少宰命赋诗》，《龚自珍全集》，王佩诤校，上海：上海古籍出版社 1999 年版，第 499 页。

③ 龚自珍：《饮少宰王定九丈鼎宅少宰命赋诗》，《龚自珍全集》，王佩诤校，上海：上海古籍出版社 1999 年版，第 499 页。

④ 姚莹：《汤海秋传》，《中国近代文学大系·散文集（1）》，任访秋主编，上海：上海古籍出版社 2010 年版，第 533 页。

⑤ 丁晏：《颐志斋文钞·潘君传》，《清代诗文集汇编 587》，上海：上海古籍出版社 2010 年版，第 19 页。

⑥ 吴昆田：《鲁通甫传》，《蛾术轩箧存善本书录》（下），王欣夫撰，上海：上海古籍出版社 2010 年版，第 460 页。

⑦ 梁启超：《清代学术概论》，上海：上海古籍出版社 2019 年版，第 124 页。

学术之兴衰、风尚之淳漓，补救弥缝，为术具设"①，显示出旺盛的生命活力与刚健之气。在经世实学思潮崛起、知识阶层政治参与和社会主体意识不断加强文化氛围中生成的嘉道之际文学，显示出独异的风貌和耀眼的光彩。

二、言关天下与自作主宰的文学精神

漫步在嘉道之际的文苑诗海中，扑面而来的是一代士人浓烈郁结的救世热情，铺天盖地的忧患意识，鞭辟入里的社会批判，炽热旺盛的政治参与精神，以古方出新意的变革呼唤，起衰世而入盛世的补天情结。当然也有先觉者独清独醒的孤独，前行者"无人会、登临意"的惆怅及不见用于世的种种痛苦与自我慰藉。

这是一个斑斓多彩的情感世界，它以一代士人富有生命力的精神风貌、审美情趣作为支撑和依托，显示出独异的风韵和色彩，这里很少有对飘逸高寄、简澹玄远生命情趣的玩味，更多的是被忧患意识浸泡过的社会使命感、责任感的流露；这里很少有对人生短暂、时光不永、逝者如斯的叹喟，更多的是对建功立业、渴求有用于世心态的表白；这里很少再有如履薄冰、如临深渊、避害畏祸的惴惴不安，取而代之的是慷慨陈词，以不可一世之气魄评论国事。文学像一只被政治参与热情鼓荡着的方舟，责无旁贷地负载起嘉道之际士人沉重的社会忧患和由衰转盛的改革梦想。

动荡的时代和士风的高涨，使嘉道之际知识群体在构筑人生理想和思考自我存在价值的过程中，存在着某种心理倾斜，他们并不安分于在纵恣诗酒、白头苦吟中打发一生。这个时期的诗文作品十分推重两个历史人物，一

---

① 范麟：《读安吴四种书后》，《齐民四术》附录，包世臣著，潘竟翰点校，北京：首都师范大学出版社 1994 年版，第 28 页。

是汉代盛世而出危言的贾谊，一是南宋衰世而倡王霸的陈亮，他们议论风生，言关天下社稷、为帝王之师的潇洒风采，令人神往，而无形中被奉为追寻效仿的楷模。《左传》中有"大上有立德，其次有立功，其次有立言，虽久不废，此之谓不朽"①之说，立德、立功、立言，成为嘉道之际知识界盛极一时的话题。在士人的自我设计中，对立功的渴望，远远超出立言，甚至于立德。诗人张际亮以为："人生斯世，虽不能奋于事功，犹当勤以著述。然事功者，德之迹也，而著述者，德之余也。"②其对立功的价值评判明显在著述之上。张际亮在与林则徐的信中，深为世人把他看作诗人而不以国士相待而愤愤不平："家本寒微，三族无仕宦者，亦无富人。今人所往来游处，不无贤士大夫，然皆谓其殆诗人耳，鲜有以国士相待者。"③国士与诗人，在其心目中是分量极不相同的两种称谓。不满足于诗人桂冠而期待以国士相称，可见一时士林中的人生取向。桐城派以文名世，但生活在嘉道之际的桐城派作家，却同样不甘心以文人自处。管同认为："士生于世，上之不能修孔、颜之德，次之不能建禹、皋、周、召之功，敝精疲神作文字，使爱者与俳优并蓄，而憎者至以相訾謷，其也可谓愚也夫！""四十以来，悟儒者当建功立德，而文人卑不足为。"④激愤的言辞中，同样表明了对穷力于著述立言之文士事业的卑夷。姚莹是文名重于一世的桐城派创始人姚鼐之从孙，其与友人论家学，谓"君子立学传于后世者，道也，而不在文；功也，而不在德。道，功，天下之公也；文、德，一人之私也"⑤。又以为"自古豪杰之士

① 《左传·襄公二十四年》，《左传全集》，成都：天地出版社 2017 年版，第 197 页。
② 张际亮：《与陆心兰方伯书》，《思伯子堂诗文集》（下），上海：上海古籍出版社 2007 年版，第 1345 页。
③ 张际亮：《与林少穆河帅书》，《思伯子堂诗文集》（下），上海：上海古籍出版社 2007 年版，第 1355 页。
④ 管同：《因寄轩文二集·方植之文集序》，《清代诗文集汇编 532》，上海：上海古籍出版社 2010 年版，第 350 页。
⑤ 姚莹：《东溟文集·与张阮林论家书》，《清代诗文汇编 549》，上海：上海古籍出版社 2010 年版，第 388 页。

成名于天下后世者，岂必其生平之所自命哉？夫人之一身，有子臣弟友之责，天地民物之事。至没世后，举无一称，而独称其文章，末矣。文章之大者，或发明道义，陈列事情，动关乎人心风俗之盛衰，乃又无一称，而徒称其诗，抑又末矣"①。视以文章称世为人生之末，以诗称世又等而末之，与当年姚鼐以韩、欧之文瞩望于弟子，自是大相径庭。

不满足于立言著述以致不朽，而渴望于建功立业、名垂青史的人生理想，陶冶与造就着嘉道之际的文学精神。这种文学精神在总体上表现为社会参与意识的强化和自作主宰意识的扩张。

龚自珍早年所写的《京师乐籍说》，是一篇耐人寻味的文章。文章通过对京师及通都大邑必有乐籍这一社会现象的分析，揭露了霸天下者控驭士人的心机。文章以为，霸天下者，不能无私，故而有种种愚民之举。"士也者，又四民之聪明喜议论者也。身心闲暇，饱暖无为，则留心古今而好议论。留心古今而好议论，则于祖宗之立法，人主之举动措置，一代之所以为号令者，俱大不便。"因而霸天下者于士，便有种种钳制之术。乐籍制度的设立，便是钳塞天下游士心志的手段之一：

> 乐籍既棋布于京师，其中必有资质端丽，桀黠辨慧者出焉。目挑心招，掉阖以为术焉，则可以钳塞天下之游士。乌在其可以钳塞也？曰：使之耗其资财，则谋一身且不暇，无谋人国之心矣；使之耗其日力，则无暇日以谈二帝三王之书，又不读史，而不知古今矣；使之缠绵歌泣于床第之间，耗其壮年之雄才伟略，则思乱之志息，而议论图度，上指天下画地之态益息矣；使之春晨秋夜为窃体词赋、游戏不急之言，以耗其才华，则议论军国、臧否

---

① 姚莹：《东溟外集·黄香石诗序》，《清代诗文集汇编549》，上海：上海古籍出版社2010年版，第388页。

政事之文章可以毋作矣。如此则民听壹，国事便，而士类之保全者亦众。曰：如是则唐、宋、明岂无豪杰论国是，掣肘国是，而自取戮者乎？曰：有之。人主之术，或售或不售，人主有苦心奇术，足以牢笼千百中材，而不尽售于一二豪杰，此亦霸者之恨也。

乐籍制度，于清朝中叶即已废除。龚自珍在此文中大力挞伐之，实为"项庄舞剑，意在沛公"之举。乐籍如此，学术研究中或专注于训诂校勘、辑佚辨伪，或空谈义理、高蹈世外，文学创作中寄情于山水，玩味于声韵，同样是士人以琐耗奇、消磨心志的方式。士人不通古今，思乱志偃，议论图度、指天画地之态益息，议论军国、臧否政事之文不作，这是霸天下者之幸，却是天下士人的悲哀。人主有苦心奇术，足以牢笼千百中材，而不尽售于一二豪杰。此文的言中之意、弦中之音，即在于呼唤豪杰之士奋发崛起，识破人主类似乐籍的种种钳塞之术，冲破拘囿思想的牢笼，恢复"留心古今而好议论"的元气，振刷议论图度、指天画地的精神，摒弃衮体词赋，一切游戏不急之言，奋力而为议论军国、臧否政治之雄文。因而，《京师乐籍说》所体现的内在意义，并不仅仅是对霸天下者心术的揭露，它还包蕴着对学风、士风转换的渴望及对新的文学风气、文学精神的追寻，这便是留心古今，参与国是，议论军国、臧否政治。这种意向在其《上大学士书》中表白得更为直接：

夫有人必有胸肝，有胸肝则必有耳目，有耳目则必有上下百年之见闻，有见闻则必有考订同异之事，有考订同异之事，则或胸以为是，胸以为非。有是非，则必有感慨激奋。感慨激奋而居上位，有其力，则所是者依，所非者去；感慨激奋而居下位，无其力，则探吾之是非，而昌昌大言之。

考古今异同而辨是非，是非明而勃发感慨激奋，感慨激奋之在上者，可身体力行于移风易俗，在下者则昌昌大言以存清议，正是这种社会参与意识与言关天下社稷的精神，合成了嘉道之际一代士人的文学期待视野。

嘉道之际士人的文学期待视野，仅从他们对诗文表现题材的分类与价值评判中即可窥知大端。管同将古文分作文士之文与圣贤之文，以"穷而后工""得乎山川之助者"为文士之文，以"诚于中也，形于外也，穷则见诸文，而达则见诸致"①者为圣贤之文，文士之文与圣贤之文有着不同的分量，因而主张以全力为圣贤之文而以余力为文士之文。梅曾亮以为文有世禄之文与豪杰之文："模山范水，叙述情事，言应尔雅，如世家贵人珍器玩好，皆中度程应故实，此世禄之文也；开张王霸，指陈要最，前无所袭于古，而言当乎时，论不必稽于人而事核其实，如鱼盐版筑之夫，经历险阻，致身遭时，虽居庙堂之上，匹夫匹妇之謷笑可得而窥也，此豪杰之文也。"②而推豪杰之文为尊，世禄之文为卑。张际亮将汉以下诗分为志士之诗、学人之诗、才人之诗，其言曰：

> 模山范水，觞咏花月，刻画虫鸟，陶写丝竹，其辞文而其旨未必深也，其意豪而其心未必广也，其情往复而其性未必厚也，此所谓才人之诗也。其辞未必尽文而其旨远于鄙倍，其意未必豪而其心归于和平，其情未必尽往复而其性笃于忠爱，其境不越山水花月虫鸟丝竹，而读其诗使人若遇之于物外者，此所谓学人之诗也。若夫志士，思乾坤之变，知古今之宜，观万物之理，备四时之气；其心未尝一日忘天下，而其遇不能安而处也。其幽忧隐

---

① 管同：《因寄轩文初集·送李海帆为永州府知府序》，《清代诗文集汇编532》，上海：上海古籍出版社2010年版，第478页。

② 梅曾亮：《送陈作甫叙》，《中国近代文学大系散文集（1）》，上海：上海书店出版社2012年版，第593页。

忍，慷慨俯仰，发为咏歌者，若自嘲，若自悼，又若自慰，而千百世后读之者，亦若在其身，同其遇而凄然太息、怅然流涕也。盖惟其志不欲为诗人，故其诗独工而其传也亦独盛。如曹子建、阮嗣宗、陶渊明、李太白、杜子美、韩退之、苏子瞻，其生平亦尝仕宦，而其不得志于世，固皆然也。此其诗皆志士之类也。今即不能为志士所为，固当为学人，次亦为才人。[①]

"穷则见诸文，达则见诸政"的圣贤之文，"开张王霸，指陈要最"的豪杰之文，"思乾坤之变，知古今之宜"的志士之诗，都隐含着注目人间、拯时救世的价值标准。对圣贤之文、豪杰之文、志士之诗的推重，反映出嘉道之际士人的文学宗尚与审美情趣向社会功利方向的归依，这种归依趋势，正是经世实学文化思潮激荡的必然结果。

在传统文学体系中，士人的心灵有着面向自然和面向社会的两大通道。文学精灵的腾飞，闪动着社会与自然的两翼。社会一翼，联结着修齐治平的入世热情，自然一翼，寄托着天人合一的方外遐想。当嘉道之际士人以拯时救世、天下艰难舍我其谁自期的时候，他们自然属意于面向社会的选择。当他们推重圣贤之文、豪杰之文、志士之诗的同时，也就相应地鄙视模山范水、叙述情事之文，觞咏风月、陶写丝竹之诗；在他们呼唤"议论军国、臧否政事""留心古今而好议论"之文学精神的同时，自然对"守兔园新册，抬宋人残唾，以自附作者之林；仿架局以为文，调弄秋雨秋风、微云淡月、凉露晚霞、寒鸦疏柳数十字以为诗"[②] 者，表现出不屑一顾。这种注重社会功利作用的文学价值取向，在魏源的有关论述中，被推向了一种理论的极

---

① 张际亮：《答潘彦辅书》，《思伯子堂诗文集》（下），上海：上海古籍出版社 2007 年版，第 1349 页。
② 严可均：《杨秋诗录叙》，《中国近代文学大系散文集 1》，上海：上海书店出版社 1991 年版，第 4 页。

致。魏源秉承经书、政事、文章合一的宗旨，以为诗、文之用，即在于明裨于考治辨学，有益于身心家园。其《学篇二》论曰：

> 文之用，源于道德而委于政事。百官万民，非此不丑；君臣上下，非此不牖；师弟友朋，守先待后，非是不寿。夫是以内爨其性情而外纲其皇极，其蕴之也有原，其出之也有伦，其究极之也惊天地而感鬼神。文之外无道，文之外无治也。经天纬地之文，由勤学好问之文而入，文之外无学，文之外无教也。①

其又论诗乐之用道：

> （诗乐之作，所以）宣上德而达下情，导其郁懑，作其忠孝，恒与政治相表里，故播之乡党邦国，感人心而天下和平。②

据此标准，魏源推六经为"古今文字之辰极"③。因为六经不仅是"一代诗文之汇选"，更重要的是它为后人治世提供了经验与借鉴，后人可以"以《周易》决疑，以《洪范》占变，以《春秋》断事，以礼、乐、服制兴教化，以《周官》致太平，以《禹贡》行河，以三百五篇作谏书"④，六经提供了经术、政事、文章合一的典范。以六经之旨作为参照，魏源批评宋、景、枚、马之后，成文者始不贯于道，萧统、徐陵之后，选文者瓜区豆剖，致使文章

---

① 魏源：《默觚上·学篇二》，《魏源集》（上），北京：中华书局2018年版，第9页。
② 魏源：《御书印心石屋诗文录叙》，《魏源集》（上），北京：中华书局2018年版，第246页。
③ 魏源：《国朝古文类钞叙》，《魏源集》（上），北京：中华书局2018年版，第228页。
④ 魏源：《默觚上·学篇九》，《魏源集》（上），北京：中华书局2018年版，第26页。

之道"上不足考治，下不足辨学"①。又批评"自《昭明文选》专取翰藻，李善选注专诂名象，不问诗人所言何志，而诗教一敝；自钟嵘，司空图、严沧浪有《诗品》《诗话》之学，专揣于音节风调，不问诗人所言何志，而诗教再敝"②。魏源对于诗文之用的立论，存在着毋庸讳言的偏颇，但它却极易为志在托诸经史阐发先王之道，追寻先儒风范、谋求拯时救世良方的一代士人所接受。经术、治术、文章合一，立言而为帝王百姓之师，这种人生目标，对大多数文人墨客来讲，比吟诵性情、描摹风月更具有令人神往的魔力。它作为士人"虽不能至，心向往之"的理想境界，无形中显示着至高无上的支配和鞭策力量。他们将诗文创作视为畅抒理想、昌言建策、慷慨论天下事的利器和排遣社会参与冲动的重要方式，他们在不能出将入相、亲挽狂澜的情况下，企求在议论时政、抒写感慨，作人间清议、写书生忧患中，获取自我价值实现的满足。龚自珍"安得上言依汉制，诗成侍史佐评论"③，"我论文章恕中晚，略工感慨是名家"④。张际亮"著书恸哭敢忧时"⑤，汤鹏"非争墨客词流技""微词褒贬挟风雷"⑥的诗句，都不啻为一种自励、一种号召，包蕴着旺健的入世精神。

在推尚志士之诗和圣贤、豪杰之文的同时，嘉道之际士人还有意提倡与培植一种自作主宰的创造意识。如果说，参与现实、参与政治的文学价值取向是嘉道之际文学精神的直观显现，那么自作主宰的创造意识则是嘉道之

① 魏源：《国朝古文类钞叙》，《魏源集》（上），北京：中华书局 2018 年版，第 228 页。
② 魏源：《诗比兴笺序》，《魏源集》（上），北京：中华书局 2018 年版，第 231 页。
③ 龚自珍：《夜直》，《龚自珍全集》，王佩诤校，上海：上海古籍出版社 1999 年版，第 455 页。
④ 龚自珍：《歌筵有乞书扇者》，《龚自珍全集》，王佩诤校，上海：上海古籍出版社 1999 年版，第 490 页。
⑤ 张际亮：《河阳郭外守风阻涨慨然口号》，《思伯子堂诗文集》，上海：上海古籍出版社 2007 年版，第 1402 页。
⑥ 汤鹏：《后慷慨篇》，《湖湘文库（甲编）·汤鹏集 2》，长沙：岳麓书社 2011 年版，第 826 页。

际文学精神的内在蕴藉。两者共同显示出士风振刷的实绩。

自作主宰的创造意识，首先表现为作家对于自身在文学创作过程中独立地位的确认。魏源以为："百物之生，惟人能言，最灵贵于天地。"[1] 人以能言而灵贵于天地，人不但是社会、历史活动的主体，也是文学活动的主体。文学活动是一种独立的创造性的精神活动，凝聚着作家自身对外部世界的感受、理解、判断。龚自珍将这种感受、理解与判断能力称之为"心力"。"心无力者，谓之庸人。报大耻，医大病，解大难，谋大事，学大道，皆以心之力。"[2] 心无力者，不足以立世，不足以言创造。而不才者治世，则以摧残士人心力为要领，"戕其能忧心、能愤心、能思虑心、能有作为心、能有廉耻心、能无渣滓心"[3]，致使天下才衰。欲起衰救敝，治世者当改弦更张，而被戕者，当振奋精神，恢复其能忧能愤、能思虑能作为之"心力"，以充满自信、生机勃勃的姿态，担当起社会、历史及文学创造的责任。龚自珍用于自励的《文体箴》中写道："予欲慕古人之能创兮，予命弗丁其时！予欲因今人之所因兮，予恧然而耻之。耻之奈何：穷其大原，抱不甘以为质，再已成之绘纶。虽天地之久定位，亦心审而后许其然。苟心察而弗许，我安能颔彼久定之云？"[4] 对天地定位这一人所共知的事实，尚需"心审而后许其然"，其他万事万物则更毋庸论列。贵创耻因，尊尚"心审""心察"，正是一种心力强健、充满自信的表现，它蕴含着尊重个人意志、个人感受、个人情感，尊重心灵自由、独立思考和自我理性判断的思想呼唤，心力强健和个人自信心的建立，是进行思想与文学创造的重要前提。

---

① 魏源：《国朝古文类钞叙》，《魏源集》（上），北京：中华书局2018年版，第228页。
② 龚自珍：《壬癸之际胎观第四》，《龚自珍全集》，王佩诤校，上海：上海古籍出版社1999年版，第15—16页。
③ 龚自珍：《乙丙之际箸议第九》，《龚自珍全集》，王佩诤校，上海：上海古籍出版社1999年版，第6页。
④ 龚自珍：《定庵八箴》，《龚自珍全集》，王佩诤校，上海：上海古籍出版社1999年版，第417—418页。

文学创造的主要任务，是展示人们的情感世界，如何看待与表现作者的自在情感，是与崇尚心力紧密关联的问题。与其风发不可一世气概相一致，嘉道之际士人主张诗文写作应言必己出，直抒胸臆，袒露性情，表现真我。对于诗文之作，魏源有"复性"之说。魏源以为，人之本性，源于天而本于道，欲"贯经术、政事、文章于一"，则须返乎性情，以合天道之源；"不反乎性，则情不得其源，情不得其源，则文不充其物，何以达性情于政事，融政事于性情乎？"① 见道见性，方臻于天人和谐，政通情畅。魏源又以直寄性情与否，为诗家真伪之一大关捩。其《致陈松心书》写道："诗以言志，取达性情为上。拟古太多，则蹈明七子习气。古人如陶、阮、陈、杜，皆抒胸臆，独有千古。太白、青田乐府，一时借古题以述时事；东坡和陶，借古韵以寄性情，字字皆自己之诗，与明七子优孟学语有天渊之别。此诗家真伪关，不可滥借。"诗之真者，取达性情，皆抒胸臆，字字皆自己之诗；诗之伪者，拟古不化，优孟学语，句句尽虚假之情。真者与性情通，而伪者与性情隔。

真、伪之辨，是嘉道之际士人权诗衡文的重要标准。真者，得天趣天籁，读其作，知其人、其世，知其心迹；伪者，揖首于古人与成法，饰其外，伤其内，害其神，蔽其真，涂泽文字而已。真者，是心力强健、蕴藉深厚、充满自信的表现；而伪者，是泯灭本真、摧戕性灵，丧失自信的结果。嘉道士人之崇真黜伪，意在恃崇真而一无遮拦泄发幽苦怨愤、忠义慷慨之气，借黜伪而讨伐扫荡拟古复古之俗学浮声。梅曾亮以为："物之可好于天下者，莫如真也。人之境百不同也，境同而性情不同，则其诗舍境而从心；心同而才力不同，则其诗隐心而呈才。境不同、人不同，而诗为之征象，此

---

① 魏源：《诗古微序》，《魏源集》（上），北京：中华书局 2018 年版，第 124—125 页。

古人之真也；境不同，人不同，而诗同焉，是天下人之诗，非吾诗也。"①丧失本我，作天下人皆可为之之诗，则又有何心迹性情可言？梅曾亮又以为："古人之作肖乎我，今人之作肖乎人，古人之作生乎情，今人之作生乎学"，肖乎人、肖乎学则失却本真，失却本真者纵将"尧之眉、舜之目，仲尼邱山之首，合以为土偶"，其结果必然是丑陋而"不如蘧篨戚施"②，取范不为不美，但若穷于拼凑而没有生气灌注，难免画虎类犬之讥。姚莹论诗，以为世上奇作，大抵皆有所为而后发，李、杜、白、陆之所以震耀千古，在于其以豪杰自命而不以诗人自期。其自命为豪杰，"然后以其胸中之所磅礴郁积者，一托于诗以鸣其意。其蓄之也厚，故发之也无穷；其念之也深，故言之也愈切。诵之渊然，而声出金石满天地；即之奕然，而光烛千丈辟万夫。思之愀然，聆之骇然，而泣鬼神、动风雨。夫非其声音文字之工也，是其忠义之气，仁孝之怀，坚贞之操，幽苦怨愤郁结而不可申之志所存者然也。惟然，故观其诗，可得其人，其人虽亡，其名可立"③。由此反观嘉道诗坛，不论是王阮亭之标举神韵，还是沈归愚之讲求格调，皆不免"以诗言诗"，很少有师李、杜、白、陆之为人，悟其所以为诗者，故所作徒具形声，虽工而犹如粪壤。姚莹又在《张南山诗序》中纵论明清诗歌发展之得失道：

> 明何、李之论诗以学至也，学之失则有形合神异者矣。王阮亭之言悟，救其失也，而非废学也。悟其失，则又有以不至为至，不得为得矣，沈归愚是也。于是钱箨石、翁覃溪辈思有以振之，

① 梅曾亮：《黄香铁诗序》，《中国近代文学大系散文集（1）》，上海：上海书店出版社 2012 年版，第 303—304 页。
② 梅曾亮：《杂说》，《中国近代文学大系散文集（1）》，任访秋主编，上海：上海书店出版社 2012 年版，第 278 页。
③ 姚莹：《东溟外集·黄香石诗序》，《清代诗文汇编 549》，上海：上海古籍出版社 2010 年版，第 388 页。

取杜与苏，日伐其毛而洗其髓，于杜、苏则有功矣，要亦言其词句体制耳，有不得而言者，二君未有及之也。故二君之诗虽异俗学之浮声，实亦古人之游魄，天趣天籁，吾未之见也，真气不存焉耳。近一二名贤取材六经而借径于少陵、眉山，其家法吾莫能非也，然而有剪彩为花、范士为人者矣。门下从而和之，出入攀援，自以为工，吾读其诗，泛泛然不能得其人也与其世也，不得已而强指之，则曰某者六朝、某者杜、某者苏已。噫！是亦异矣。

梅曾亮、姚莹之论诗，不管是正面立论，还是针砭时弊，字里行间都充满着求真、自立、自作主宰的精神。龚自珍的宥情、尊情之说，则与之桴鼓相应、声气相投。龚自珍在《宥情》一文中，设甲、乙、丙、丁、戊数人就"情"这一问题互相辩难。甲以哀乐沉沉然于心，言之而不厌的感觉与困扰请教于众人，众人或据此方圣人之言，以为阴气有欲谓之"情"，阴气有欲，沉沉于心，为媒嫚之民，并非美谈；或引西方之志，以为欲有三种，"情欲"为上，不以"情"为鄙夷；或既认为人之异于铁牛、土狗、木寓龙者即在于有"情"、而又试图将"欲"从"情"中剥离，以免"情""欲"混杂，"情"代"欲"而为秽墟罪薮；或以为西方之志也有"纯想即非，纯情即坠"之说，于"情"字应一概予以贬抑呵斥。对于纷纭众说，作者未明确置之可否，只是不厌其烦地描述了自己萦怀于童心，流连于母爱，斩不断袭心之阴气，言不尽少年之哀乐的感觉，质之于好友江沅，江沅颇有同感；取读钱枚之词，钱词亦病于是。此种无可奈何、无力拔却的情根，"则不知此方圣人所诃欤？西方圣人所诃欤？甲、乙、丙、丁、戊五氏者，孰党我欤？孰诃我欤？姑自宥也，以待夫覆鞫之者"。距作《宥情》十五年后，龚自珍作《长短言自序》，则一改《宥情》中的闪烁其词，理直气壮地宣称"尊情"。"情之为物也，亦尝有意锄之矣；锄之不能，而反宥之；宥之不已，而反尊之。""情孰为尊？无往为尊，无寄为尊，无境而有境为尊，无指而有指为尊，无哀乐而有哀乐为尊。"情之为尊，在于其以无住无寄、变幻莫测的形态参与着文学准备、文学创作和文学接受的全过程，既是文学创造者的内在凭借，又是文学接受者的感应媒介。龚自珍描述"情"在文学创作过程中的主导作用道："情孰为畅？畅于声音。声音如何？消瞀以终之。如之何其消瞀以终之？曰：先小咽之，乃小飞之，又大挫之，乃大飞之，始孤盘之，闷闷以柔之，空阔以纵游之，而极于哀，哀而极于瞀，则散矣毕矣。"当作者调动艺术表现手段，将蓄积已久、不吐不快的情感诉诸文字、发为声音时，作者郁积之情得以畅释、转移，而文学创作亦得以完成。当凝聚着作者情感的声音文字作品叩击着读者心灵时，情感的巨石将在读者原本平静的心田荡起波涛，"人之闲居也，泊然以和，顽然以无恩仇；闻此声也，忽然而起，非乐非怨，上九天，下九渊，将使巫求之，而卒不自喻其所以然"。作品的情感转移，遂使读者沉浸在妙不可言的艺术享受中。正因为"情"有如此重要的作用，故言尊之，"且惟其尊之，是以为《宥情》之书一通；且惟其宥之，是以十五年锄之而卒不克"。情既不可根除，则索性怂恿放任之："虽曰无住，予之住也大矣；虽曰无寄，予之寄也将不出矣。"①

魏源之"复性"说，梅曾亮、姚莹之"求真""自立"说，龚自珍之"宥情""尊情"说，共同表现出嘉道之际士人对文学创作中自作主宰精神的追寻。这种追寻促使他们将目光超越笼盖文坛已久的拟古复古思潮的一片混乱，超越重重叠叠、纵横交错的流派门户之间的庭阶畛域，而理直气壮地树立起"率性任情"的创作旗帜。姚莹以为，为文不必拘泥于八家之途轨，而公然宣称："生平不为无实之言，称心而出，义尽则止。何者周秦，何者建安，何者唐宋，放效俱黜。"②龚自珍为汤鹏诗集作序，以"诗与人为一，人

---

① 龚自珍：《长短言自序》，《龚自珍全集》，王佩诤校，上海：上海古籍出版社1999年版，第232页。

② 姚莹：《中复堂遗稿·复方彦闻书》，《清代诗文集汇编549》，上海：上海古籍出版社2010年版，第402页。

外无诗，诗外无人，其面目也完"为诗的最高境界，龚氏转以一"完"字称许汤鹏之诗，以为读其诗，而知"海秋心迹尽在是。所欲言者在是，所不欲言而卒不能不言在是。所不欲言而竟不言，于所不言求其言亦在是。要不肯掊扯他人之言以为己言，任举一篇，无论识与不识，曰：此汤益阳之诗"①。姚莹所谓"称心而出，义尽则止"，"何者周秦，何者建安，何者唐宋，放效俱黜"，龚自珍所谓"诗与人为一"，"心迹尽在是"，都表现出一种独立不倚、自作主宰的气度和风范，真实地传达出一代士人不甘与世浮沉的创作激情与创作渴望。

"留心古今而好议论"的社会参与意识与率性任情、自作主宰的创作激情，构成了嘉道之际的文学精神。嘉道文学精神以一代士人建功立业、创造由衰转盛奇迹的人生理想与睥睨四海、意气风发的宏大气象为依托，在盛衰交替的历史瞬间，闪耀着夺目的光彩。龚自珍在《送徐铁孙序》中以赞美诗般的语言抒写其对新的文学精神的憧憬与向往：

> 龚自珍曰：平原旷野，无诗也；沮洳，无诗也；硗确狭隘，无诗也；适市者，其志嚣；适鼠壤者，其声嘶；适女闾者，其声不诚。天下之山川，莫尊于辽东。辽俯平原，逶迤万余里，蛇行象奔，而稍稍泻之，乃卒恣意横溢，以达乎岭外。大海际南斗，竖亥不可复步，气脉所届，怒若未毕；要之山川首尾可言者则尽此矣。诗有肖是乎哉？诗人之所产，有禀是乎哉？自珍曰：有之。夫诗必有原。《易》《书》《诗》《春秋》之萧若沈若，周、秦间数子之缜若崒若，而莽荡，而噌吰，若敛之惟恐其坻，揪之惟恐其隘，孕之惟恐其昌洋而敷腴，则夫辽之长白、兴安大岭也有然。审是，

---

① 龚自珍：《送徐纤孙序》，《龚自珍全集》，王佩诤校，上海：上海古籍出版社 1999 年版，第 165 页。

则诗人将毋拱手欲觑，肃拜植立，挢乎其不敢议，愿乎其不敢大言乎哉！于是乃放之乎三千年青史氏之言，放之乎八儒，三墨、兵、刑、星气、五行，以及古人不欲明言，不忍卒言，而姑猖狂恢诡以言之之言，乃亦摭证之以并世见闻，当代故实，官牍地志，计簿客籍之言，合而以畅其诗，而诗之境乃极。则如岭之表，海之浒，磅礴浩汹，以受天下之瑰丽而泄天下之拗怒也亦自然。

不屑为孱弱纤细、平庸世俗之声，而欲肖巍峨山川蛇行象奔之逶迤，秉承其恣意横溢之气脉，取源于经史子集，证之以并世见闻，当代故实，磅礴浩汹，放言无忌，以受天下之瑰丽，而泄天下之拗怒，这不正是一代人孜孜以求的文学精神的形象化写照吗？道济天下的志向，敞开通达的心灵，使嘉道之际士人充满着蓬勃朝气。他们奔走海内，联络声气，广结同志，或形交，或神契，不论师承、出身、地域，以砥砺志节相标榜，以道义文章相吸引，尽管其艺术造诣有别，审美情趣有别，但彼此间以诚相见，互相推重，互相勖勉，共同促进嘉道之际文学冲破政治专制的重重禁忌，从拟古复古的泥淖迷雾中走出，而直面于社会现实与人生。与有清一代清醇雅正的文学风貌相比，嘉道之际文学所显示的最鲜明、最基本的总体性特征是议论军国、臧否政治、慷慨论天下事。嘉道之际文学无疑是清代文学发展过程中的一次重大转折。

三、惊秋救敝与忧民自怜的文学主题

嘉道之际思想文化思潮的激荡，陶冶熏染着一代士人的政治胸襟与艺术旨趣。在经世实学崛起、知识阶层政治参与和创造意识不断加强的文化氛围中生成的嘉道之际文学，执着于惊秋救敝与忧民自怜的表现主题。嘉道之际文学议论军国、臧否政治、慷慨论天下事的总体特征，在这两大文学主题中得到充分的显现。

当嘉道之际士人渐次恢复了"留心古今而好议论"的元气，将审视与批判的目光投向社会现实的各个层面时，清王朝经济、政治、军事、外交的现状，使他们痛心疾首、忧心忡忡。学风、士风转换与文学精神确认所带来的激动与兴奋，在严峻的现实危机面前，顿时化作阵阵忧愤悲慨之雾，弥漫于纸上笔端。他们以惊心动魄、耸人听闻的盛世危言，穷形极象、痛快淋漓的衰世披露，为封建末世留下有形的存照，为天朝上国撞响夕阳西下的警钟。这类旨在撩开天朝盛世帷幕，以振聋发聩的社会批判、富有形象性与感情色彩的文字，向社会预告危机并谋求解救方策的作品，我们称之为惊秋救敝主题作品。它表现了鸦片战争前夕一代士人的敏感心灵与思想锋芒，其存在使嘉道之际文学具有自身的不可复写性。

十七世纪中叶建立起来的清王朝，曾有过国力强盛的历史。在经历了政治稳定、经济繁荣的康、雍、乾盛世之后，至十九世纪初的嘉庆末年，这一雄踞东方的天朝帝国，开始走向江河日下的颓败之境。封建社会发展盛极而衰的周期性振荡，动摇着封建王朝的根基，世界文明的飞速推进和西方国家带有血腥掠夺性质的资本主义扩张，惊扰着天朝帝国万世长存的好梦。生活在这一时代的知识群体，目睹了盛衰转换的种种迹象，他们不愿以天朝尽善尽美的幻想来欺骗自己，先觉者的社会责任感，促使他们以自己的观察与感受，向全社会发布危机预告，惊呼春光明媚、夏日融融的宜君宜王时代已告结束，而秋气萧瑟、悲风骤至的凄冷时节将要到来。

危机如同凛然秋气，逼近社会的各个角落。当统治者尚沉醉于武功文治的辉煌业绩中时，留心古今的知识群体，已从历史的纵向比较中，嗅到凛然秋气的逼近和山雨欲来的气息。百余年的太平盛世之后，国内人口剧增、生齿日繁、资源匮乏的矛盾日趋激化，加之剧烈的土地兼并，一部分农民失去赖以生存的土地而成为流民。仕途的拥挤及幕府制度的实行，使各级官僚集团日益膨胀，形成越来越庞大的寄生阶层。士、农、工、商四民之外浮民的日益增多，成为悬在清政府头上的一把随时可落下的利剑。龚自珍论浮民之虞道：

> 自乾隆末年以来，官吏士民，狼艰狈蹶，不士、不农、不工、不商之人，十将五六；又或餐烟草，习邪教，取诛戮，或冻馁以死，终不肯治一寸之丝、一粒之饭以益人。承乾隆六十载太平之盛，人心惯于泰侈，风俗习于游荡，京师其尤甚者。自京师始，概乎四方，大抵富户变贫户，贫户变饿者，四民之首，奔走下贱，岌岌乎皆不可以支月日，奚暇问年岁？①

生齿日繁，气象益隘，国民生计由太平之盛渐渐沦于"富户变贫户，贫户变饿者"的境地，而国家朝廷救急之策，"不外乎开捐例、加赋、加盐价之议"。此类救策，"譬如割臀以肥脑，自啖自肉，无受代者"②。浮民增多，加上承平日久，内政不修，清政府全盛的釉彩，正日渐剥落，捉襟见肘之窘态，处处可见。管同嘉庆末年代人作《拟筹积贮书》，惊呼京师贮粮不过仅支一岁而已：

> 臣闻京师者，天下之大本，积贮者，国家之大务。今海内飞刍挽粟，岁至京师，意京仓所积谷，多备十年，少亦宜支数岁。而以臣所闻，不过仅支一岁而已，臣甚骇之。《记》曰：国无六年之畜曰不足，无三年之畜曰急。以国家之全盛，积贮止此，设不

---

① 龚自珍：《西域置行省议》，《龚自珍全集》，王佩诤校，上海：上海古籍出版社1999年版，第105页。
② 龚自珍：《西域置行省议》，《龚自珍全集》，王佩诤校，上海：上海古籍出版社1999年版，第105页。

幸东南有水旱、漕不克继；或淮、徐、兖、济之间有大盗如王伦
者阻于途，俾不得达；或畿辅仓卒有事，用谷倍常时；三者有一
焉，虽有研桑，不知计所从出矣。

明清两代京师之粮，多是从江南经水道漕运而至。乾隆年间，京师积
贮号称可支二十余岁，至嘉庆末年，海内飞刍挽粟，京都积贮尚不过仅支一
岁，盈虚如此悬殊，怎不令人惊骇。设想一旦漕运受阻，则京师不日将成为
一座饿城，管同的京师积贮之虑与龚自珍"各省大局，岌岌乎皆不可以支月
日"之说，同是一种对衰世的感慨与隐忧。

漕运、盐务、河工，被清人通称为三大政。漕、盐、河三政均与国计
民生有着密切的联系，在国家经济事务中，占据着重要的地位。但由于长期
因循旧例，经营管理不善，三大政至嘉道之际，弊端丛生，成为国家财政收
入难以堵塞的三大漏卮。漕运包括征粮、运粮、入仓等多项环节，每一环节
都有官吏营私舞弊，巧取豪夺，中饱私囊，最终导致粮价飞增，使运抵京师
的漕米为当地价格的十数倍。魏源言漕运过程中层层盘剥道：

屯艘行数千里之运河，过浅过闸有费，督运催攒有费，淮安
通坝验米有费，丁不得不转索之官，官不得不取赢于民。合计公
私所费，几数两而致一石。[1]

盐务如同漕运一样，由于盐官与盐商相互勾结，盐官得盐商之贿赂，
给予盐商以种种方便，盐商一方面哄抬盐价，一方面逃避缴税，使生产者、
消费者利益受损，而国库盐税收入大减。至于黄河治理，更是困扰清政府的
大事。由于黄河常年失修，河底淤泥日高，嘉道之际数十年间，河堤几乎年

---

① 魏源：《筹漕篇下》，《魏源集》（上），北京：中华书局 2018 年版，第 414 页。

年溃决。政府每年拨巨款治河，但多被官吏贪污挥霍。薛福成《庸庵笔记》追记道光年间南河总督衙门滥用治河经费及其奢侈之举道："每岁经费，银钱百万两，实用之工程者，十不及一。其余以供文武员弁之挥霍，大小衙门之酬应，过客游士之余润，凡饮食、衣服、车马、玩好之类，莫不斗奇竞巧，务极奢侈。"以宴席而言，厨工常以数十猪之背肉，为豚脯一碗，余肉皆委之沟渠；又驱活鹅数十只奔走于热铁之上，取其掌食之，而全鹅皆弃。至于食驼峰、猴脑，以河鲤之鲜血作羹，无不取其精美，极尽奢华。"食品既繁，虽历之昼夜之长，而一席之宴不能毕。故河工宴客，往往酒阑入倦，各自引去，从未有终席者。"宴席之外，车马、服饰、交游莫不挥金如土。"新点翰林，有携朝贵一纸书谒河帅者，河帅为之登高而呼，万金可立至。举人、拔贡有携京官一纸谒库道者，千金可立至。"①如此暴殄天物、挥霍钱财，国家虽岁糜巨币以治河，河何可言治！

与漕、盐、河弊政同为士人担忧者是鸦片的泛滥。蒋湘南追溯鸦片贸易愈演愈烈之历史道：

> 夫鸦片之源源而来者，非一日之故矣。明代成化中，中贵收买，其价与黄金等。本朝则康熙二十三年，始以药材上海关之税，每岁二百箱而已。乾隆三年，私买者四千余箱。嘉庆元年，奉旨查禁，粤省大吏以"暂事羁縻，徐图禁绝"入奏，于是因循日甚。其突增至二万箱者，则在道光六年设水师巡船之后，道光十二年裁巡船，而积习已不可挽。十七年，复设巡船，议定每千箱以若干箱送水师报功。是年，进口者遂五万箱，大抵水师有费，巡船有费，营讯有费，差保有费，窑口有费，自总督衙门以及关口司

---

① 薛福成：《河公奢侈之风》，《辑淮古文选》，苟德麟、楚戈、周平选注，北京：中国党史出版社 2003 年版，第 133 页。

事者，无不有费。①

随着鸦片贸易的日益扩大，国内吸食鸦片者日益增多。据蒋湘南估计：
"今之食鸦片者，京官不过十分之一二，外官不过十分之二三，刑名钱谷之
幕友，则有十分之五六，至长随、吏胥，更不可以数计。"②鸦片贸易不断增
大的直接后果，是烟毒遍于天下，白银流往海外，民敝神而国耗财。包世臣
谓："沿海大户，皆以囤烟土为生。至以囤土之多寡，计家产厚薄。夷以土
入，华以银出，以致银价踊贵，公私交病。"③林则徐谓，全国人口四万万有
余，"若一百分之中仅有一分之人吸食鸦片，则一年之漏卮即不止于万万两"。
"内地膏脂年年如此剥丧，岂堪设想。""若犹泄泄视之，是使数十年后，中
原几无可以御敌之兵，且无可以充饷之银。兴思及此，能无股栗？"④

在鸦片贸易日益扩大，成为漕、盐、河之后国家财政的又一大漏卮的
时候，魏源比较明清两代政事之得失，痛心而言："黄河无事，岁修数百万，
有事塞决千百万。无一岁不虞河患，无一岁不筹河费，此前代所无也；夷烟
蔓宇内，货币漏海外，漕龉以此日敝，官民以此日困，此前代所无也；士穷
而在下者，自科举则以声音诂训相高，达而在上者，翰林则以书艺工敏，部
曹则以胥吏案例为才，举天下人才尽出于无用之一途，此前代所无也。"⑤病
漕、病龉、病河、病烟、病吏、病民，财物匮乏，人才出于无用之途，清王

①　蒋湘南：《与黄树斋鸿胪论鸦片烟书》，《中国近代文学大系散文集（1）》，上海：
上海书店出版社 1991 年版，第 537 页。

②　蒋湘南：《与黄树斋鸿胪论鸦片烟书》，《中国近代文学大系散文集（1）》，任访秋
主编，上海：上海书店出版社 1991 年版，第 538 页。

③　包世臣：《致广东按察姚中丞书》，《鸦片战争时期思想史资料选辑》，北京：中华
书局 1963 年版，第 3 页。

④　林则徐：《钱粟无甚关碍宜重禁吃烟以杜弊源片》，《林则徐集》，北京：中华书局
1984 年版，第 600—601 页。

⑤　魏源：《明代食兵二政录叙》，《魏源集》（上），北京：中华书局 2018 年版，第
161 页。

朝已是多病缠身，国事危如积卵，怎可再高枕无忧，讳病忌医，作优游不急之言。

海内虚耗，良可忧惧，而民不聊生，无以安居乐业，致使天下纷纷多事，更不可等闲视之。嘉庆年间，白莲教、天理教相继起事，打破了清王朝百年承平、天下无事的宁静。尤其是天理教在旬日之间，连破数县，直逼京城，喋血阙庭，更是今古稀闻。清王朝最高统治者虽惊骇于事变，却在《遇变罪己诏》中自我辩护道："朕虽未能仰绍爱民之实政，亦无害民之虐事。突遭此变，实不可解。"管同就白莲教盛行、天理教攻入北京与嘉庆之《遇变罪己诏》发表看法，以为事虽起于猝然，而又发之于必然；若眼前之寇不能速平，天下云合响应之势则必成。其《上方制军论平贼事宜书》论曰：

> 同所虑者，不在乎已兴之寇与州县之已被贼践者也。国家承平百七十年矣。长吏之于民，不富不教，而听其饥寒，使其冤抑，百姓之深知忠义者盖已鲜矣。天下幸无事，畏懦而隐忍无敢先动，一旦有变，则乐祸而或乘以起，而议者皆曰"必无是事"。彼无他，恐触忌讳而已，天下以忌讳而酿成今日之祸，而犹为是言与？夫岂忠臣义士忧国家者之所敢出欤？

管同将所谓"贼寇"之兴，归于长吏不富不教，听其饥寒，使其冤抑，不富不教之责，岂独长吏所能承当？其又谓祸起萧墙，并非陡然而至，议者恐触忌讳而不敢直言报忧，天下以忌讳而酿成今日大祸，又岂惟议者之咎！管同又以为，已兴之寇尚不足虑，而天下云合响应之祸起，则虽有管、乐出，也难以措手。此种预料，却是不幸言中。自白莲教、天理教之后，被管同称之为"田野之奸""闾巷之侠"的不治不安之民的活动遂此起彼伏，一发而不可收拾。黄爵滋于道光十五年所写的《敬陈六事疏》，论列鸦片战争前夕"匪民"四起之声势及靖而不除之原因道：

天下多一失业之民，即天下多一生事之民；天下多一生事之民，即天下多一不治之民也。以臣所闻，直隶、山东、山西之教匪，河南之捻匪，四川之啯匪，江西之盐枭，江西、福建之担匪、刀匪，及随地所有不著色目之棍匪、窃匪，地方官虑其生事，未尝不查案，而终莫能使之改革者。无业以管其心智、才力而使之得食，故仍狃于故辙也。夫既禁之不从，必且取而诛之，则又安可胜诛？[①]

生民因无以为业、无以为食、饥寒莫御、冤抑莫伸便铤而走险，政府不能治本而使其安居乐业，一味禁止与诛杀，则必然是禁不胜禁、诛不胜诛。

经济日蹙，漏卮不塞，民生维艰，天下多事，固然使人触目惊心！而官僚政治腐败，贪污渎职成风，奉职为官者，无有为进取气象，中央行政权威，处处受到挑战。诸种政府机制的无能和国家机器的朽腐现象，更令天下人失望。嘉庆初年，清政府将秉军机大臣二十四年之久的乾隆重臣和珅治罪，查抄了他的家产，折银二亿余两，相当于五年多的国库收入。此案震惊天下。但官场贪黩之风，并未因此稍减。清代官吏，俸禄过低，不足养廉；承平日久，吏治废弛，加上惩处不力，腐败之风，日见增长。《清实录》记载嘉庆朝官场风气写道："督抚司道等取之州县，州县取之百姓，层层朘削，无非苦累良民，罄竭膏脂，破家荡产。"官官聚敛，层层盘剥，必然造成贿赂公行、朝纲见废之后果。"大抵为官长者，廉耻都丧，货利是趋，知县厚馈知府，知府善事权要，上下相蒙，曲加庇护，恣行不法之事。"[②]

嘉道之际士人对官场腐败、政府行政管理机能丧失的感受，远比史书

---

① 黄爵滋：《敬陈六事疏》，《鸦片战争时期思想史资料选辑》，北京：知识产权出版社 2013 年版，第 10 页。

② 吴晗：《朝鲜李朝实录中的中国史料》第 11 册，北京：中华书局 1980 年版，第 4810 页。

中的记载更为深刻生动。曾任政府要职的徐继畬在描述其家乡山西吏治时写道："晋省向有富足之名，谒选者辄得山西，欣然有满载归来之意。"于是，一俟上任，便"拼不洁之虚名，享无穷之厚实"，"竭其聪明才力，尽萃于纳贿之一途。至于民生之休戚，地方之利弊，无复有过而问焉者矣"[1]。地方官吏对民生休戚不管不问，对朝廷大事则敷衍塞责。徐继畬以为数年以来，即使是皇上亲自交办的巨案要案，也"大半融化消弭，竟未有水落石出，大快舆论者"[2]。究其原因，在于地方督抚但求本地苟安而事事回护，钦差大臣畏避喜事深刻之名而处处调停，结果是上下沆瀣一气，蒙骗舆论，蒙骗中央。这种政府高级官员间心领神会地联合作弊，直是狎玩纲纪，失天下之望。徐继畬勾画地方督抚四面玲珑、弥缝回护之行为心态时写道：

> 每遇发交之案，授意承审之员，先思开脱之方，次讲弥缝之术。恐科道之复言，则以风闻有故，释其妄劾之惭；恐原告之翻控，则以怀疑有因，免其反坐之罪。其说曰体恤属员，其名曰护持大局，务使台垣知弹劾之无功，而白简不复施，绅民知京控之徒劳，而奔诉不复见。一省之中，苟安无事，是为太平。而贪墨之倖免，不问也，冤抑之莫雪，不问也。[3]

又谓专案钦差之深于阅历，熟于世故，忌喜事之名，避深刻之谤之行为道：

---

① 徐继畬：《请整顿晋省吏治疏》，《中国近代文学大系散文集1》，上海：上海书店出版社 2012 年版，第 556 页。

② 徐继畬：《请除大臣回护调停积习疏》，《中国近代文学大系·散文集（1）》，上海：上海书店出版社 2012 年版，第 558 页。

③ 徐继畬：《请除大臣回护调停积习疏》，《中国近代文学大系·散文集（1）》，上海：上海书店出版社 2012 年版，第 558 页。

大臣之负清名、有时誉者，大约以缄默不言为缜密，以圭角不露为深沉，以漫无可否为和平，以多所容忍为宽厚，以模棱两端为和衷济事之道，以遵循故事为奉公守法之规。观其章奏，所敷陈似乎精密周详，了无遗憾，而实则铺张粉饰，纸上空谈，稽诸事实，大谬不然。①

明哲保身、不思作为、不求有功、但求无过的奉职心态与贪赃枉法，有罪不惩、有冤不伸、铺张粉饰、欺上罔下的官僚行为，极大地破坏了政府的权威与行政运行机制。魏源称此类"以推诿为明哲，以因袭为老成，以奉行虚文故事为得体。恶肩荷，恶更张，恶综核名实"，"遇大利大害则动色相戒，却步徐视而不肯身预"②者，与"除富贵而外不知国计民生为何事，除私党而外不知人材为何物；所陈诸上者，无非肤琐不急之谈，粉饰润色之事；以宴安鸩毒为培元气，以养痈贻患为守旧章，以缄默固宠为保明哲"③者，为"窭陋之臣""腐儒鄙夫"，各级各地官员模仿效法，相习成风，则使封建政治体制患上可怕的痿痹不仁之症，整个国家机器，"譬之于人，五官犹是，手足犹是，而关窍不灵，运动皆滞"④。

造成吏治腐败、政府官员无所作为的根源何在？龚自珍四篇《明良论》揭示了四个方面的原因。一是俸禄过低，志向为贫困所累。士大夫中，久居尚书、侍郎之位，尚无千金之产，而一般以科名通籍于朝者，"赡其室家，廪告无粟，厩告无刍，索屋租者且至相逐，家人嗷嗷然呼，当是时，犹有

---

① 徐继畬：《请除大臣回护调停积习疏》，《中国近代文学大系·散文集（1）》，上海：上海书店出版社 2012 年版，第 559—560 页。

② 魏源：《太子太保两江总督陶文毅公神道碑铭》，《魏源集》（上），北京：中华书局 2018 年版，第 336 页。

③ 魏源：《默觚上·治篇十一》，《魏源集》（上），北京：中华书局 2018 年版，第 71 页。

④ 张穆：《海疆善后宜重守令论》，《唐宋明清文集》，任清编选，天津：天津古籍出版社 2000 年版，第 1467 页。

如贾谊所言'国忘家，公忘私'者，则非特立独行以忠诚之士不能"。"内外大小之臣，具思全躯保室家，不复有所作为，以负圣天子之知遇。抑岂无心，或者贫累之也。"二是上以犬马役仆相待，志向磨灭殆尽。霸天下者不能以礼遇待百官，稍不如意，便叱罢惩治，使之唯上是从，唯命是尊，不敢私自动作，久之而生畏蒽之心，少尽节之意。"政要之官，知车马服饰、言语捷给而已，外此非所知也；清暇之官，知作书法、赓诗而已，外此非所问也。"上以犬马奴仆相待，其亦以犬马奴仆自处，而国家一旦有难，"则纷纷鸠燕逝而已，伏栋下求俱压焉者鲜矣"。三是用人惟论资格，志向无所施用。士之仕官之途，等级森严，升级惟求资格，绝难有超擢者。士自始宦之日，凡三十五年而至一品，极速亦三十年，"贤智者终不得越，而愚不肖者亦得以驯而到"。唯资格是求的晋身制度，使资格浅者"积俸以俟时，安静以守格"，苦苦等待；又使资格深者，不敢忘积累之苦而有所造次。士人入仕官之途，"其始也，犹稍稍感慨激昂，思自表见；一限以资格，此士大夫所以尽奄然而无有生气者也"。四是权限芥微，束缚沉重，志向无从实行。天子与百官共图政道，故天子百官权尊；吏胥侍立而守律令，吏胥之所以位卑。今惟天子图政道，于百官责之以吏胥之行，天子独尊而百官皆卑，"天下无巨细，一束之于不可破之例，则虽以总督之尊，而实不能以行一谋，专一事"。故百官"虽圣如仲尼，才如管夷吾，直如史鱼，忠如诸葛亮，犹不能以一日善其所为，而况以本无性情、本无学术之侪辈邪"？

将政府官员之畏蒽不振、无所作为，封建政体之瘘痹不仁之症归咎于高度集中而至极端的封建专制制度，是一代士人的共识。姚莹著《通论》，痛斥"习委蛇之节，而忘震惊之功，仍贪冒之常，而昧通时之识"，"一闻异论，则摇手咋舌，以为多事"之士，是"坐视大厦之敧而不敢易其栋梁者"[1]。士

---

① 姚莹：《东溟文集·通论下》,《清代诗文集汇编549》，上海：上海古籍出版社2010年版，第314页。

气摧荡至此，并非国家幸事。国家一旦有难，则普天之下，无有挺身而出，拯道济溺，备奇才智勇，抱非常之略者。龚自珍在《古史钩沉论一》中，以其特有的扑朔迷离、雄诡杂出的文字，揭示霸天下者摧残士气之用心："霸天下之氏，称祖之庙，其力强，其志武，其聪明上，其财多，未尝不仇天下之士，去人之廉，以快号令，去人之耻，以嵩高其身。一人为刚，万夫为柔，以大便其有力强武。"一夫为刚，万夫为柔，一人号令，万众臣服，不允许有独立思考，不允许于号令之外有所作为，这正是封建政治走向僵化、走向极端专制的标志。霸天下者"大都积百年之力，以震荡摧锄天下之廉耻"，而霸天下者一旦失却王霸之气，进入"其力弱，其志文，其聪明下，其财少"的困顿之境，则于何处可求有廉耻之心，有凛然气节之臣？霸天下者可谓是咎由自取。

秋气横生，百病缠绕，嘉道之际知识群体以重重叠叠的笔触，勾画出一个没有色彩，没有声音，没有黄钟大吕，没有勃勃生机的世界。"凭君且莫登高望，忽忽中原暮霭生。"[①]"天地有沧桑，知己以为宝。不见秋风吹，辟物已枯槁。万变亦寻常，消弭苦不早。槭槭无时终，耿耿向谁道？"[②]"秋心如海复如潮，但有秋魂不可招……气寒西北何人剑？声满东南几处箫。"[③]"秋气不惊堂内燕，夕阳还恋路旁鸦。"[④]"秋气已西来，元蝉鸣未休。笑彼不知时，讵识中多忧。"[⑤]纷纷纭纭的咏秋诗句，传达出一代士

① 龚自珍：《杂诗己亥自春徂夏在京师作得十有四首其十二》，《龚自珍全集》，王佩诤校，上海：上海古籍出版社1999年版，第442页。

② 汤鹏：《秋怀九十一首》，《湖湘文库（甲编）汤鹏集2》，长沙：岳麓书社2011年版，第669页。

③ 龚自珍：《秋心三首》，《龚自珍全集》，王佩诤校，上海：上海古籍出版社1999年版，第479页。

④ 龚自珍：《逆旅题壁次周伯恬原韵》，《龚自珍全集》，王佩诤校，上海：上海古籍出版社1999年版，第449页。

⑤ 潘德舆：《养一斋集·寓感五十首》，《清代诗文集汇编548》，上海：上海古籍出版社2010年版，第336—341页。

人因人间秋事降临而悲慨交集的感受。龚自珍写于 1839 年的《己亥六月重过扬州记》，就扬州繁华已去而人心不觉、承平依旧的景象，抒发深沉的感慨。作者在市面熙攘、山水冶华与士人论文较诗、乞序题辞，"居然嘉庆中故态"的种种承平表象中，感受到"凄馨衰艳之气，缭绕于桥亭舰舫间"，令人"魂摇摇不自持"，自知"拿流风，捕余韵，乌睹所谓风号雨啸，魑狐悲、鬼神泣者"此类自欺欺人的日子并不会维持太久。龚自珍以四时更替为喻，解释人们承平日久，茫然不辨衰世之象的社会心理原因道："天地有四时，莫病于酷暑，而莫善于初秋。澄汰其繁缛淫蒸，而与之为萧疏澹荡，泠然瑟然，而不遽使人有苍莽寥沉之悲者，初秋也。"初秋时节，人沉溺于暑威除却的惬意之中，而无睹于秋象，无闻于秋声，昏昏然不知悲寒将至，此正是令识在机先的惊秋之士悲愤交集、惶惶不可终日的原因。"履霜之属，寒于坚冰；未雨之鸟，戚于飘摇；痒痨之疾，殆于痈疽；将萎之华，惨于槁木。"①龚自珍以准确隽永的语言，表露出一代士人叶落知秋时节最难将息的忧愤心境，而其以瑰丽神秘著称的《尊隐》一文所描绘的"日之将夕，悲风骤至，人思灯烛，惨惨目光。吸引暮气，与梦为邻"的"昏时"景象，又正是眼前世界的艺术写照。

在嘉道之际知识群体中，龚自珍善于以其旁出泛涌的文思，雄诡杂出的语言，扑朔迷离的隐喻，表述他对形势时运的洞悉与判断。龚氏在《乙丙之际箸议第九》中，将今文经学传统的三世说，演绎为治世、衰世、乱世，而以人才的盛衰与境遇，作为三世推移的标志。衰世介于治、乱之间，衰世之外表，貌似治世："衰世者，文类治世，名类治世，声音笑貌类治世。黑白杂而五色可废也，似治世之太素；宫羽淆而五声可铄也，似治世之希声；道路荒而畔岸隳也，似治世之荡荡便便；人心混混而无口过也，似治世之

————————

① 龚自珍：《乙丙之际箸议第九》，《龚自珍全集》，王佩诤校，上海：上海古籍出版社 1999 年版，第 9 页。

不议。"治世之时，天下归心，有雄才绝智不必用于世，人主得道，而庶人不议；衰世之时，人工精英，雄才绝智者不见闻于天下，"左无才相，右无才史，阃无才将，庠序无才士，陇无才民，廛无才工，衢无才商，抑巷无才偷，市无才驵，薮泽无才盗，则非但鲜君子也，抑小人甚鲜"。衰世非无才人，才士才民出，则百不才督之缚之，以至于戮之，"文亦戮之，名亦戮之，声音笑貌亦戮之"，"戮其能忧心，能愤心，能思虑心，能有作为心，能有廉耻心，能无渣滓心"。"才者自度将被戮，则蚤夜号以求治；求治而不得，悖悍者则蚤夜号以求乱。"世至有才能者无以自存，生背异悖悍之心，"起视其世，乱亦不远矣"。以良史之忧忧天下者，当从人才升降处窥察世变之迹象，"忧不才而庸，如其忧才而悖；忧不才而众怜，如其忧才而众畏。"在《尊隐》中，龚自珍又将一日分为早、午、昏三时。早时时节，"日胎于溟涬，浴于东海，徘徊于华林，轩辕于高闶，照耀人之新沐濯，沧沧凉凉，不炎其光，吸引清气，宜君宜王"。午时时节，"日之亭午，乃炎炎其光，五色文明，吸饮和气，宜君宜王"。当早、午宜君宜王之时，人才荟萃于京师，万方来归于朝廷，山林冥冥，但有鄙夫、皂隶、窒士。而至"日之将夕，悲风骤至"之昏时，圣智心肝，人工精英，百工魁杰，如京师，京师不受，非但不受，且裂而磔之，至其怨而归于山林，山林势重而京师势轻，京师"俄焉寂然，灯烛无光，不闻余言，但闻鼾声，夜之漫漫，鹖旦不鸣"，一片死气沉沉，而"山中之民，有大音声起，天地为之钟鼓，神人为之波涛矣"。这种人才盛于野而衰于朝、生气聚于野而散于朝的现象，与上文所描述的雄才绝智者不见容于天下，而生悖逆之心，同为衰世、乱世的征兆。

如果说，龚自珍以衰世、乱世说与昏时说暗喻他对社会时局的总体评价，其意象尚稍显晦涩朦胧的话，姚莹的"艰难之天下"说，则表述得直截了当，一览无余。姚莹在《复管异之书》一文中，同样把天下分为三种类型，称之为"开创之天下""承平之天下""艰难之天下"。其论"艰难之天下"道：

及乎承平日久，生齿日繁而地利不足养，文物盛而干盾不足威，地土广而民心不能靖，奸伪滋而法令不能胜，财用竭而府库不能供，势重于下，权轻于上，官畏其民，人失其业。当此之时，天下病矣，元气大亏，杂症并出，度非一方一药所能愈也。

其"艰难之天下"所列举的种种杂症，不正是清王朝嘉道之际所面临的重重危机吗？其"势重于下，权轻于上"之说，正与龚自珍山林盈而京师虚之说相契合。而"开创之天下""承平之天下""艰难之天下"，又何尝不是治世、衰世、乱世与早时、午时、昏时喻意的直接破译呢？"天下病矣，元气大亏，杂症并出，度非一方一药所能愈也"，此所以一代士人戚于飘摇，奔走呼号，作惊秋之语，图绸缪之策者。

"衰世""昏时"与"艰难之天下"的社会总体评价，无疑仍是依据盛衰、治乱、王霸的传统社会价值标准，在中国历史的纵向比较中进行的。在一个封闭得十分严密而又缺乏近代大工业生产条件的农业国度，在帝国主义的大炮尚未惊醒东方帝国强盛之梦的鸦片战争前夕，摆脱昏时的梦魇，除却衰世的杂症，重睹宜君宜王之景象，由艰难之天下重新步入开创之天下、承平之天下，似乎是无可选择、顺理成章的现实演进道路。嘉道之际一代知识群体的危言耸听、筹谋策划，大都出于对封建盛世、仁政王道芳菲重现的渴望与坚信，这种渴望与坚信给这一时期的文学，蒙上了一层虚幻的色彩。无数个补天情结织成了梦幻的大网，使富有理性与现实深度的社会批判，在转向社会改革方案的探寻时，突然变得充满浪漫气息。对兴衰治乱历史循环论的迷悟，过分相信封建肌体的再生性与重建能力，再加上知识群体的目光视野始终拘囿于中土华夏的范围，他们在进行社会批判时显得勇猛无畏、深刻有力，在讨论变革途径时则变得书生气十足甚至迂腐浅薄。惊秋与救敝是嘉道之际文学中一个重要的不可分割的表现主题，在这一表现主题中，惊秋意识的深邃宽广与救敝方策的平庸纤弱构成了一种极大的反差。这恐怕是光绪年间门户打开之后梁启超等维新志士"初读定庵文集，若受电然，稍进乃厌其浅薄"[①]的重要原因。时代的局限，是任何人都无法避免的。

鸦片战争前夕的一代士人中，最热切而明确地呼唤改革风雷的莫过于龚、魏。魏源"天下无数百年不敝之法，无穷极不变之法"[②]"小更革则小效，大更革则大效"[③]的呼吁，龚自珍"一祖之法无不敝，千夫之议无不靡，与其赠来者以劲改革，孰若自改革"[④]的名言，都表现出强烈的救敝图新的要求。其"自改革"之说，代表了知识群体的普遍意向。他们对社会弊端和丑陋的揭发，正是要激发政府补天自救的觉悟，他们旨在起衰救敝的种种建议，也是希望通过政府去采纳落实。

这是一场散乱的、自发的、由补天情结所支配的救敝改革骚动。支撑着改革热情和自救信念的是对帝国盛世再现的憧憬与渴望。以"国士""医国手"自期的知识群体，无不希望通过对旧有政体和思想文化体制的自我完善与调节来消除危机，应付世变。他们根据最深切的自我感受，在传统思想文化的武库中，寻求着救世的灵丹。文人的天真和浪漫气质，恰恰在这充满空想与梦幻色彩的寻求中得到充分体现。他们或希望通过读经、注经，把经籍中的普遍原则贯彻到社会治理中去的办法来振兴政治文化；或鼓动重新高扬理性主义的旗帜，兴起人之善气，遏制人之淫心，从而改善道德、风俗；或主张培植士气，尊重人才，简政放权，发挥士及师儒的辅政作用；或强调以农为本，解决好河、漕、盐诸政，缓和经济危机；甚至主张按宗法血缘关系重新分配土地，以缩小贫富差距。在连篇累牍的政论之文中，仁政得施，

① 梁启超：《清代今文学与龚魏》，《清代学术概论》，上海：上海古籍出版社 2019 年版，第 122 页。

② 魏源：《筹鹾篇》，《魏源集》（下），北京：中华书局 2018 年版，第 442 页。

③ 魏源：《御书印心石屋诗文录叙》，《魏源集》（下），北京：中华书局 2018 年版，第 245 页。

④ 龚自珍：《乙丙之际箸议第九》，《龚自珍全集》，王佩诤校，上海：上海古籍出版社 1999 年版，第 9 页。

王道实行，帝王得道多助，臣者惟德是辅，敝绝风清，朝野声气相通，人尽其才，物尽其用，本固末盛，物阜财丰，成为众笔所重重描绘的理想境界。但这种盛世强国之梦，不久便彻底破灭，已是老态龙钟步入封建末世的东方帝国，再也没有雄风重振的机会。鸦片战争之前，封建帝国在封闭状态下的虚假繁荣与强盛，使清政府与全社会并没有真正清醒地认识到生存危机的存在，知识群体所表现的忧患意识与救敝呼吁，常被视为杞人忧天；鸦片战争之后，中国被迫加入全球性的战争角逐与生存竞争中，封建王朝盛衰治乱的历史循环也因此趋于紊乱以至于中断，新的生存课题咄咄逼人，这就使一代知识群体所开具的种种"以古方出新意"的救世之方，无从施用与落实。不为世人理解的救世热情与急遽变化的社会现实，使一代志士拊膺长叹。鲁一同在《复潘四农书》中，曾以医者、病者作比，揭示了救世者与政府、社会之间的隔膜。病者于病情并不自知，但凭起居燕笑、充好如常便讳疾忌医；医者虽有救国奇方，却无法为病者所接受、所理解："医者既苦于不信，病者又苦于不知，而病又不可久待，久待益深，益不信医。"病者、医者之间存在着一种由不信任而造成的紧张，使医者无从措手而病者愈趋沉重。作为医者之一，鲁一同和呼吁救敝改革的知识群体一样，一方面表现出救国救世、舍我其谁的自信，另一方面，又充满着不见用世的惆怅与无奈。自信使他认为："虽世之病者，未必假藉一试，然善吾方，谨藏吾药，必有抄撮荟萃获效者。"无奈又使他承认："天下事深远切至者，非吾辈所宜言。纵言之善，及身亲多龃龉，不易措手。"[1]魏源是以海运代漕运的积极主张者。在道光初年海运一度实行后，其曾兴奋地称赞此事是"事半而功倍，一劳而永逸，百全而无弊，人心风俗日益厚，吏治日益盛，国计日益裕，必由是

---

[1] 鲁一同:《癸丑十一月与吴中翰论时势书》,《中国近代文学大系·散文集（1）》,任访秋主编,上海:上海书店出版社1991年版,第771页。

也，无他术也"①。但随后他就发现，救敝之事并不如此简单和值得乐观。鸦片战争后两年，他在谈论黄河治理问题时，则慨然而叹道："吁！国家大利大害，当改者岂惟一河！当改而不改者，亦岂惟一河。"②步入颓败之境的清朝帝国，杂症并出，牵一发而动全身，非一方一药所能奏效。从救世的自信走向救世的无奈，虽给一代士人带来失望和痛苦，但也带有几分历史发展的必然。满足于"以古方出新意"③与"药方只贩古时丹"④，已不足以应付世变，解救残局。鸦片战争之后的情形，更是如此。

在嘉道之际文学中，与惊秋救敝表现主题构成掎角之势的是忧民自怜主题。同惊秋救敝主题类似，忧民自怜是一种组合性主题。其中，"忧民"重在表现一代士人哀民生之多艰、歌生民之病痛的恻隐之怀，"自怜"则重在抒写一代士人感士不遇的牢愁和对自我人格高洁、完满境界的内在追求。与惊秋救敝主题着眼于时代风云的把握和现实课题的思索相比，忧民自怜主题表现出更多的对传统文学精神的追寻；惊秋救敝主题表现了历史转型期文学独特的情感风貌，而忧民自怜主题则与中国文学生生不息的人道主题，构成了承接汇流之势。两大表现主题之间有着互相渗透、交融的层面，它们在一代士人意气风发、以天下为己任的思想基础上构成了和谐统一。

民生民瘼是邦国盛衰的显性标志，是"军国""政治"与"天下事"中的大宗。对民生民瘼寄予同情关注，以富有恻隐之心、合于讽谕之旨的笔触揭示生民病痛，是中国文学的优秀传统，也是中国士人参与社会政治，实现兼济之志的重要方式。嘉道之际士人秉承议论军国、臧否政治：慷慨论天下

① 魏源：《海运全案跋》，《魏源集》（上），北京：中华书局 2018 年版，第 423 页。
② 魏源：《筹河篇（中）》，《魏源集》（上），北京：中华书局 2018 年版，第 381 页。
③ 鲁一同：《覆潘四农书》，《中国近代文学大系散文集 1》，上海：上海书店出版社 1991 年版，第 768 页。
④ 龚自珍：《己亥杂诗》，《龚自珍全集》，王佩诤校，上海：上海古籍出版社 1999 年版，第 509 页。

事的文学精神，在揭露衰世之象、谋求绸缪之策的同时，对苍生忧乐、黎元困顿，别具只眼，萦萦于怀，其"慷慨论天下事"的诗文作品中，每每将世情民隐、百姓病痛形诸笔端。

嘉道之际天灾频仍，民生困于旱潦、困于疠疫、困于饥馑、困于兵革盗贼，大江南北，一派民不聊生、哀鸿遍野的景象。魏源写于1814年的《北上杂诗七首》，描写了北方农民在春夏青黄不接、饥饿难挨之时，争吃有毒的荞麦花，以至于"僵者乱如麻""投之北邙坑，聚土遂成坟"的情景。张际亮的《哀流民》，记叙了1823年"东南诸省大水，楚灾尤剧，其流民丐入吾闽者日至百人，或死于道"的惨状。汤鹏的《今我不乐行》言湖南水灾之后，"大麦小麦污泥折，十家五家白骨僵，饥民暴客相倚著，一呼百和纷陆梁"。姚燮《哀雁》一诗，以哀雁作喻，写南方苦旱，北方苦潦，海上穷兵，千里愁云笼盖，流民流离失所，无以托身的悲苦。鲁一同《安东岁灾记叙》言道光登基后"十三年间，灾居其六七"，文中描写道光十三年（1833）间凤泗地区之水灾道："自江以北，北抵齐，西距徐凤，东尽海，延袤八九百里间，鞫为茂草矣。"饥馑之灾，使盗寇丛生，"盗之系于狱者，至不能容趾"。水灾过后，百姓无以为生，沟渠田野，人尸枕藉，卖儿卖女，啼叫悲号，令人不忍目睹：

> 岁且尽，道路有死人，乡人敛钱为藁具。后益多，则径移之，卒乃不复移。天寒风壮，死者或坐或卧，偏强蹲蹲墟里间，野犬聚而咋之甘，乃渐噬生人，有被其害者。民食尽则菜，菜尽则草，草立尽，遂有父子夫妇而甘心者矣，其卖生口，贵无过千钱，贱或不满百，而斗麦价七八百，米倍之，黍麻石万钱，大率卖一口充一夫十日食。而其后疠疫复大作，死者空村野，麦垂垂熟，鸟雀旦暮下，宛转哀号，苍蝇之飞蔽天日，父老以为丙午以来五十年中所未见。

生民困顿于天灾，复罹难于人祸。魏源在鸦片战争前写成《江南吟》《都中吟》等组诗，揭露了清政府对农民的重重盘剥。其《江南吟》之七《再清查》一诗写道："再清查，三清查，新旧款目多如麻。前亏未补后亏继，转瞬又望四查至。借问亏空始何年？半缘漕项半摊捐。帮费愈加银愈贵，民欠愈多差愈匮。"清政府如此拼力向农民转嫁经济危机，民力何以得舒？江南富庶之地民力窘迫如此，其他贫瘠地区则更是可想而知。姚燮1838年写于自京返家途中的《南辕杂诗一百八章》，其六十五首写江南蝗灾，夺民之食，民既苦于蝗灾，复又苦于官赋，"不忧馑我身，何以充赋额？司征有吏胥，沿门坐催迫"。龚自珍写于1839年的《己亥杂诗》，其一百二十三首为"不论盐铁不筹河，独倚江南涕泪多。国赋三升民一斗，屠牛那不胜栽禾"，也表现了江南百姓苦于赋税、苦于官府盘剥的景况。张际亮以愤怒的笔墨，描写福建地方官吏浚民脂膏之贪酷道：

> 为大府者，见黄金则喜；为县令者，严刑非法以搜括邑之钱米，易金贿大府，以博其一喜。至于大饥人几相食之后，犹借口征粮，借名采买，驱迫妇女逃窜山谷，数日夜不敢归里门，归而鸡豚牛犬一空矣。归未数日，胥差又至矣，门丁又至矣，必罄尽其家产而后已……然而又怒其不来迎送也，则搜及其室家，拘及其父母，皂快发床攫箧，无所不至。至于少女投池，寡妇自缢，此等凶惨之状，不知天日何在，雷霆何在，鬼神又何在！吾意天日之梦梦也，雷霆之喑哑也，鬼神之冥漠也。不然，未有不霆怒而夺其魄者。呜呼！至矣，极矣，贪酷之毒无以加矣。[①]

---

① 张际亮：《答黄树斋鸿胪书》，《思伯子堂诗文集》（下），上海：上海古籍出版社2007年版，第1360页。

在哀民生之多艰、歌生民之病痛的忧民主题下，蕴藏着嘉道士人一片忧时悯世、民胞物与的情怀与仁爱之心，同时又表现出他们对传统的补察时政、泄导人情等风人之旨的追寻。龚自珍诗云："黔首本骨肉，天地本比邻。一发不可牵，牵之动全身。圣者胞与言，岂夫夸大陈。四海变秋气，一室难为春。宗周若蠢蠢，鳌纬烧成尘。所以慷慨士，不得不悲辛。看花忆黄河，对月思西秦。贵官勿三思，以我为杞人。"①忧天之未倾，作杞人之思，正是根源于"黔首本骨肉，天地本比邻"的博爱精神，天下一家，四海同胞，忧乐与共，休戚相关，故而慷慨之士，无不念念于民生疾苦，并将忧天下之忧的恻隐之心，转化为讽谕之声，以待察民情、观人风者。张际亮作《哀流民》诗，意在"冀当局闻而加悯焉"。鲁一同写《安东岁灾记叙》，称此文据实而录，旨在"使后之人有所观览焉"。魏源、姚燮的乐府之作，更是遥接元、白乐府之绪。嘉道士人悲天悯人的情怀在推己及人的心理过程中，还常常转化为"自责"的意绪，这种意绪在诗文的字里行间不时地流露出来。汤鹏的《今我不乐行》在描述"黔中楚中没禾稼，江南江北浮屋梁"②的水灾惨景后，扪心自问："食君之禄夫如何，一夜十起思行藏。"张际亮目睹弋阳地区蝗灾、旱灾肆虐，百姓流离失所、冻饿哀号之情状，顿生"我行忍屡见，饱食情所耻。未知彼苍心，冥冥意何以"③的内疚与悲怆。龚自珍自京师归抵淮浦，看到运河中北上的粮船，听到纤夫们沉重的劳动号子，写下了"我亦曾糜太仓粟，夜闻邪许泪滂沱"④如此带有浓重自责色彩的诗句。同

---

① 龚自珍：《自春徂秋偶有所触拉杂书之漫不诠次得十五首其二》，《龚自珍全集》，王佩诤校，上海：上海古籍出版社 1999 年版，第 441 页。

② 汤鹏：《今我不乐行》，《湖湘文库（甲编）·汤鹏集（1）》，长沙：岳麓书社 2011 年版，第 792 页。

③ 张际亮：《十五日夜宿弋阳筱箸岭述感》，《思伯子堂诗文集》（中），上海：上海古籍出版社 2007 年版，第 910—911 页。

④ 龚自珍：《己亥杂诗·其八十三》，《龚自珍全集》（下），王佩诤校，上海：上海古籍出版社 1999 年版，第 517 页。

情、讽谕、自责，形成了忧民主题的三部曲。在忧民主题下，嘉道之际士人的情绪感受，是极具有现实真实的，而其内在凭借与表现形态，则与传统文学构成了承接回应之势。

士阶层的自怜意绪，也是传统诗文中常见的表现主题。自怜主题既包蕴着士阶层对理想人生、理想人格的执着追求，又承载着其追求过程中自然伴随的种种失意和惆怅；自怜既具有士阶层对自我形象、自我行为的爱怜、赞美和心灵自慰的意义，同时也孕藏着愤世嫉俗、斥奸刺邪的批判锋芒。自怜主题带有最为浓郁的自我色彩，是读者借以窥知创作主体心灵宇宙的重要窗口。在嘉道文学的自怜主题中，其对谗谄蔽明、方正不容世象的感愤牢骚和对冰清玉洁、独立特行品格的自我期待，唤醒我们对古典文学长河中佩兰纫蕙、独清独醒之高士形象的记忆；而其惊于秋声、戚于飘摇的哀怨感伤与挽狂澜于既倒的执拗狂放，则又把我们拉回到山雨欲来衰象层出的特定时代。我们试图借用龚自珍的"剑气箫心"之说，描述嘉道之际文学所涵泳的自怜意绪。

在龚自珍的诗词中，"剑"与"箫"是两个经常对举并列的词语。其作于 1823 年的《漫感》诗云："一箫一剑平生意，负尽狂名十五年。"同年所写的《丑奴儿令》词云："沉思十五年中事，才也纵横，泪也纵横，双负箫心与剑名。"可见其平生对一箫一剑、箫心剑气是何等的看重，何等的珍惜，诗人潜心孜孜追求者在此，借以傲世者亦在此。"剑气箫心"首先表现为一种人格理想，这种人格理想充溢着敢忧敢愤、敢有作为、富贵不淫、贫贱不移的思想意志，它既有恻悱情思，眷眷爱心，"乐亦过人，哀亦过人"[1]，歌哭无端的一面，又有"大言不畏，细言不畏，浮言不畏，挟言不畏"[2]，放言无

---

① 龚自珍：《琴歌》，《龚自珍全集》，王佩诤校，上海：上海古籍出版社 1999 年版，第 446 页。

② 龚自珍：《平均篇》，《龚自珍全集》，王佩诤校，上海：上海古籍出版社 1999 年版，第 80 页。

忌、狂狷不羁的一面。敢爱敢恨，培植情根，即为箫心；敢做敢为，锋芒毕露，即为剑气。其《己亥杂诗》中"亦狂亦侠亦温文"的诗句，正是对"剑气箫心"品格的诠释。"剑气箫心"又表现为经世抱负和不遇情怀。其《又忏心一首》云："经济文章磨白昼，幽光狂慧复中宵。来何汹涌须挥剑，去尚缠绵可付箫。"经世的幽光，济民的狂想，汹涌而来，缠绵而去，来须挥剑者，为报国之雄心，去可付箫者，为不遇之哀怨。"剑气箫心"还是一种审美追求。龚自珍《湘月》词云："怨去吹箫，狂来说剑，两样消魂味。"箫怨多感慨之词，似《骚》而近儒；剑狂多不平之语，似《庄》而仙、侠；感慨之词忆之缠绵，不平之语触之峥嵘，缠绵之怀，峥嵘之貌，"并之以为心"，"合之以为气"，即是"剑气箫心"的审美境界，"剑气箫心"用以写不世之怀抱，抒不世之奇情，"受天下之瑰丽而泄天下之拗怒"。

"剑气箫心"之说中所包含的独立不移的人格理想，不屈不挠的救世意志，亦狂亦怨的审美追求，可以用来概括嘉道之际士人自我设计、自我期待、自我完善过程中的种种追求。在学风士风转换的呼唤，新的文学精神的陶铸，以及惊秋救敝、忧国忧民的诗文创作中，我们都能感受到剑气箫心的跳荡与搏动。盛衰交替的历史氛围，以天下为己任、拯衰救溺的承担精神与千疮百孔、积重难返的社会现实，造就了嘉道士人的精神气质。这种精神气质以一言蔽之，可称为剑气箫心。创造的渴望与艰难，拯衰的躁动与蹉跎，都被涵括于剑气箫心之中。嘉道士人引以自豪者在于此，后代继踵者奉为风范者亦在此。魏源为龚自珍文集作序，其言曰："昔越女之论剑曰：'臣非有所受于人也，而忽然得之。'夫忽然得之者，地不能囿，天不能嬗，父兄师友不能佑。其道常主于逆，小者逆谣俗，逆风土，大者逆运会。所逆愈甚，则所复愈大，大则复于古，古则复于本。"[1] 这种"地不能囿，天不能嬗""小者逆谣俗，逆风土，大者逆运会"者，正是一种锐不可当的剑气；而自珍

---

① 魏源：《定盦文叙录》，《魏源集》（上），北京：中华书局2018年版，第239页。

之文以词赋入经术，"以六书小学为入门，以周秦诸子、吉金乐石为崖郭，以朝掌国故、世情民隐为质干"，又包裹着拯世救世之箫心。魏源称赞龚文"生百世之下，能为百世以上之语者，能骀宕百世以下之魂魄"，"文字窈奥洞辟，自成宇宙"，"虽锢之深渊，缄以铁石，土花绣蚀，千百载后，发硎出之，相对犹如坐三代上"。①这种异乎寻常的自信，被历史证明并非是一种狂言。在鸦片战争后的中国近代历史中，嘉道之际一代士人所开创的学风、士风、文学精神被继承延续下来，甚至连他们托古改制的策略、歌哭无端的狂放，都被继承下来。一代士人剑气箫心的风采，在戊戌变法、辛亥革命时期新的一代志士仁人身上重现，成为一种宝贵的精神财富。而嘉道之际形成的议论军国、臧否政治、慷慨论天下事的文学主潮，则为中国近代文学作了一个气势不凡的开场白。从这一时期开始，文学家逐渐改变了闲适悠然的心境与花前月下的吟唱，以热切的目光追寻着现实生活的波光澜影、万千变化，以敏感的笔触描述着天下人间可悲可喜、可惊可叹、英勇威武、卑琐丑恶的种种事态世相，以艺术的方式再现了中国人为民族独立、自由、解放而进行的呐喊、抗争及所经历的苦难。从这里起步的中国近代文学，始终紧紧地拥抱着现实生活，注目着人间沧桑。

---

① 魏源：《定盦文叙录》，《魏源集》（上），北京：中华书局 2018 年版，第 240 页。

第二章

近代民族情绪的
初涨与喧闹

——鸦片战争诗潮描述

鸦片战争：无法中断的历史回忆——战争诗潮：全民族爱国忧愤情思的宣泄——情感流向：探求一代诗人感情世界的重要途径——闭关自守与天朝帝国万世长存幻梦的破灭——海国与兵事：战争诗潮的忧患母题——写史意识向诗美意识的渗透——相似的情感基础与意象群的生成——诗歌中客体形象的增多

一、民族灾难与诗海潮汐

鸦片战争为中国人留下了充满屈辱和噩梦般的记忆。这种痛苦的记忆无比深刻，以至于在战争过去一百多年后的今天，无论历史学家怎样引经据典，论述战争爆发的客观效果，符合世界范围的社会历史进步法则，而历史上的重大进步，总伴随有痛苦、血泪和不幸。但这种付诸理性的历史发展学说，终将无法熨平战争带给中国人心灵上、情感上的创伤与痛苦。在世界还被划分为许多国度的今天，对由本民族特定历史经历所引起的民族情绪的回忆，是无法中断的，它甚至是一个民族精神凝聚力的重要源泉。

鸦片战争对中华民族来说，是一段特殊的历史经历。当英国把鸦片贸易转换为战争形式时，中国人在理智与情感上都无法接受这一突然降临的事实。当清政府战败，签订了割地赔款的《南京条约》，中国被迫进入一个条约制度的时代后，他们更是痛心疾首，困惑丛生。为什么英国远隔重洋，竟不可一世，强行向中国倾销毒品，在中国沿海挑起事端，而中国泱泱大国，正义在握，却连连失败，终至于恭顺俯就，忍辱签约？天朝上国的心理定式，处理与夷狄争端的历史经验，及最基本的民族自尊心与主权意识，使中国人无法接受这场战争及战争的结果。惶惑忧愤之思，殷殷爱国情怀，最先在诗的国度形成潮汐，掀起喧闹。

这是一场不约而同的全民族多声部合唱。灾祲频告，海氛突扬，民族被难，时事多艰，使不同阶层抱有不同艺术追求的诗人骤然统一了歌唱的主题。鸦片战争前已勃然兴起的"思乾坤之变"的志士之诗，在战争中找到了更实在的情绪附着之物，自然成为合唱中的主声部。这些诗人有魏源、林则徐、鲁一同、张际亮、朱琦等。一些家居东南沿海地区的诗人，如姚燮、张维屏、陆嵩、林昌彝、金和、贝青乔、黄燮清，亲历战乱，出入干戈，"每谈海氛事，即慷慨激昂，几欲拔剑起舞"①，故一改往日酬应山水之作，而注目于海疆烽火、民生苦难。一些慷慨激昂的咏事咏史之作，或幸存于山壁，或腾口于民间，诗存而作者名没；一些名本不著于诗坛者，如梁信芳、周沐润、张仪祖等，却赖有佳作而名以诗传。这是一场由战争而激发的诗海潮汐、诗国喧闹，它裹挟着风雷、裹挟着怒吼、裹挟着对战争的诅咒、裹挟着爱国忧民的情思，拔天塞地，汹涌澎湃。这是一部众人合作的战争史诗，它反映了战争的各个阶段、各个局部及重大战役，反映了由战争所引发的社会震撼与社会情绪，刻画了战争中各色人等的心态和行为。这是纷乱社会秩序中的变风变雅，诗格苍凉抑塞，悲愤遒劲，直抒胸臆，质直而无所讳饰，与穷工极巧、旨归和平的才子学人之诗相较，自有别样风韵。

我们不必妄自菲薄鸦片战争诗作所表现的民族情绪狭隘浅薄，或以唯美的眼光指斥其艺术品格率直粗陋。鸦片战争诗潮的价值，首先在于它是一个被凌辱、受损害民族痛苦情绪的记忆和抗争的呼唤。透过历史的风尘，我们应该从中着重追寻的是在那逝去了的充满屈辱与痛苦的岁月里，中华民族在认识世界、走向世界的过程中，经历了何等艰难的精神历程。

---

① 温训:《射鹰楼诗话序》，转引自林昌彝:《射鹰楼诗话》，上海：上海古籍出版社1988年版，序第1页。

二、鸦片战争诗潮的情感流向

诗是诗人对人类与个体生存世界的独特感受和评价。当十九世纪中叶鸦片战争的八面来风摇动着中国诗人神旌心魄的时候，共同的生存环境、相似的生活视角和心灵感受，使一代诗作显示出大致相同的情感流向，这是我们称之为战争诗潮的主要原因。因此，对战争诗潮所表现出的共同情感流向的分析，是探求一代诗人复杂多变的感情世界和痛苦艰难的精神历程的重要途径。

应该承认，鸦片战争主要是在沿海地区进行的，它只是一种局部战争。战争本身给中国经济所带来的破坏，远远不能和中国历史上全国性的战乱相比。但鸦片战争给中国人心灵上的震撼却是巨大的。中国在战场上的对手是已经完成工业革命的英国资产阶级，而他们所代表的又是正在世界范围内泛滥的攫取性、贪婪性极强的资本主义洪流。他们高举重商主义与民族主义的旗帜，处心积虑地不惜运用野蛮的方式得到中国市场。当曼彻斯特的制造商们正在算计着如果每个中国人的衬衣下摆长一英寸，他们的工厂就得忙上数十年的时候，中国人却把战争的原因归咎于通商互市，天真地想象着关闭通商门户，以免自取外侮。

与海上国家通商互市，始于明末。清代康熙年间，曾开放海禁，设澳门、漳州、宁波、云台山四关为海上贸易港口。但至乾隆年间，便仅留广州一港，其余港口被取消关闭。对外贸易虽可取得一定的海关税收，互通货财有无，但中国自给自足的自然经济、天朝上国的优胜心理，使中国皇帝睥睨一切地认为："天朝物产丰盈，无所不有，原不藉外夷货物以通有无。"[①] 甚至把通商看作是换一种形式的外邦朝贡和天朝恩赐。再加上早期资本主义国

---

① 乾隆致英王的第二份敕谕，见中国第一历史档案馆编：《英使马戛尔尼访华档案史料汇编》，国际文化出版社公司 1996 年版，第 85 页。

家来华通商，都带有掩饰不住的海盗习性，衡量利弊，自然是国家安全重于对外贸易。这种以蜷缩而换得安全感的闭关政策，封锁了中国与外部世界的交流，并逐渐形成了消极避害的民族心理定势。因而，当英国以大炮裹挟鸦片进攻中国，并进一步提出开放更多通商口岸时，中国人首先想到的便是闭关弥难。

陆嵩在战争爆发之年所作的《禁烟叹》中，认定久禁不止的鸦片贸易引发了战争，致使粤东、浙东等边疆地区，烽烟四起。通商互市，自然是罪恶渊薮："通市咎前朝，弊政贵早革。怀柔圣人心，庸庸彼焉识。因循廿年来，交易互交舶。……奸术堕不悟，漏卮叹难塞。"把通商互市，看作圣人怀柔之举，已有居高临下之意。怀柔宽大之心，反招致战祸，结局令人难以接受，以怨报德、恩将仇报的看法，加重了诗人心理的失衡。至战事稍息，痛定思痛，陆嵩又有《追思》组诗，重申他的看法："沧海风尘幸已清，追思往事尚心惊。百年壕镜潜遗毒，一夕羊城竟启兵。市以贿通原祸始，室由道筑岂谋成。何堪厄漏仍难塞，遍地流金内府倾。""百年壕镜潜遗毒"是指1557年葡萄牙借口船上货物湿水，需要"借地晾晒"，租下澳门一事。诗人以为是澳门租借种下了百年祸胎，羊城启兵绝非偶然。兵端既起，漏卮不塞，其祸害还可计量，而交易风起，涣散人心，破坏人伦，使民风不淳，道德沦丧，则祸害更是不可计量。诗人对此更是忧心忡忡："所嗟中华尚礼域，已悲荼毒遭黄巾。堪更近畿许通市，衣冠错杂且休论。百货交易务淫巧，钱刀习较忘尊亲。势将尽驱入禽兽，谁教稼穑明人伦。呜呼先圣去今远，大道岂得常渐沦。"[1]中国为礼义之邦，自当道德至上。百货交易，钱刀习较，会导致人伦泯灭，大道湮没，人几混同于禽兽，国将失立国之本。此种忧虑，在当时极富有代表性，反映出中国古老的价值观念与西方资本主义价值观念

---

[1] 陆嵩：《意苕山馆诗稿·津门叹》，《清代诗文集汇编570》，上海：上海古籍出版社2010年版，第719页。

的内在冲突。这种冲突，贯穿于中国近代历史发展的始终。

伴随着武力而来的鸦片贸易，给中国人带来了不尽的苦难，早知今日遗害，何必当初交通，成为人们对明末以来对外通商互市及文化交流结果的普遍看法，在鸦片战争失败后仍持续很久。这种看法有其生成的合理性，但无疑被战争的强力扭曲而变得失却公正。方玉润的《羊城志感》云："十三国尽起洋行，一炬还余海上光。利玛窦传天地奥，安期生遁水云乡。只知货贝多淫巧，谁信芙蓉是斧戕。元气耗残关税减，自来贻害为通商。"[1]从利玛窦来华到广州十三洋行的建立，都被视为贻害之举。王权《愤诗四首》其二云："读史一千卷，大恨明万历。幻来说海西，欲与周、孔敌。堂堂诗礼邦，无人肯掊击。……彼教一入门，流毒遂无极。谁信五洲图，中有矛与戟。伤哉三百年，伏火竟难熄。"[2]追溯祸源，也是从明万历年间数起，甚至连利玛窦所献《五洲舆图》，也被看作是机锋暗伏，包藏祸心。诗人认为，三百年来，正是对海西而来的思想异端，防堵不力，造成今日流毒无极。欲矫正弊端，则惟有闭关绝市。其《愤诗四首》其四云："伟哉古哲王，闭关绝海徼。贡市且不通，何由启剽盗。四夷窥吾边，初若箦中爝。开门纵之人，坐看原野燎。"[3]以为封绝海域，不通贡市，剽盗即可无扰，战火即可绝迹，这无疑只是一种一厢情愿的幻想。

把战争爆发的原因归咎于通商互市的存在，在消极避害心理的支配下，得出闭关绝市、御敌于国门之外的结论，这是善良平和的中国人审视时局的两度错误。中国特殊的地理环境与经济条件，使中国有过独立封闭于世界之

---

[1] 方玉润：《鸿蒙室诗钞·羊城志感》，《鸦片战争文学集》（上），深圳：广雅出版有限公司 1982 年版，第 46 页。

[2] 王权：《笠云山房诗集·愤诗四首》，《鸦片战争文学集》（下），深圳：广雅出版有限公司 1982 年版，第 155 页。

[3] 王权：《笠云山房诗集·愤诗四首》，《鸦片战争文学集》（下），深圳：广雅出版有限公司 1982 年版，第 156 页。

外的长久历史。仅有的对外交往，给中国人带来的是四夷来王、输诚向化的记忆和荣耀。但在十九世纪中叶，西方殖民主义正在全世界范围内疯狂地无孔不入地寻觅着商品市场和殖民地的时候，中国早已失去了独立封闭的世界环境。同时，西方资本主义势力的发展强盛与东方封建帝国的没落腐朽，正逐渐加大着两者之间经济、军事力量的差别。对战争背景的变化不甚注意，并感觉良好地一味凭借历史的经验和记忆去思考问题，则不可能做到审时度势，从而也无法做出正确、迅速的反应。历史留下了永久的遗憾。

抱着闭关弥难之一厢情愿的一代诗人，不仅希望通过封绝海域、不通贡市而杜绝战争，堵塞财政漏卮和思想异端，他们更渴望重振帝国雄风，重睹天朝尊严，重享国富民强的温馨。像一位饱经风霜的老人，当已经失去血气方刚的锐气时，宁可闭门独处，换取一片安静，以保持对青春年华的记忆和社会存在的自信。这在十九世纪中叶，只能是一种梦幻或妄言。

鸦片战争时期的中国人，对东西方两个世界的认识，处在一种转型期。战前，士林中起衰救敝的呼声虽已十分强烈，但人们对国家整体机制并未普遍失去信任，帝国强盛的迷信并没受到太大的挑战，政府方面对军队自卫能力也同样充满信心。战争初起，在一种盲目虚骄心理的支配下，朝野上下把战争视为海盗式的边防骚扰，以为示以声威，稍加还击，敌军即会仓皇逃窜。这种盲目虚骄的心理，造成了清政府在战争中的短期行为，和战不定，攻守失据，顾此失彼。当英军显示出军事方面船坚炮利的优势、中方败绩频频时，盲目虚骄的社会心理又很快转变为畏缩惧怕，闻敌风而丧胆，致使东南重镇纷纷陷落。至英军兵临长江，道光帝首先失去了战争的信心，决定示以羁縻之策，在南京签订了城下之盟。历时近两年的战争，以中方的惨败暂告结束。

战争的失败，使中国人开始重新估量对手，也重新估量自己。前者有"师夷之长技以制夷"战略口号的提出，后者则表现为对天朝帝国万世长存迷信的动摇。两者共同显现出审时度势的初步觉悟与清醒。战争诗潮所表现出的觉悟属后一种，将国人对清政府与军队在战争中行为的失望、愤慨与不满，几乎写在每一行诗中。

从战前禁烟到《南京条约》的签订，清政府的对英政策在左右摇摆、变幻不定，旋战旋和，时抚时剿，执办官员频频更换，朝荣暮辱，昨功今罪，使朝野上下人心惶惶、莫衷一是。魏源写在林则徐被革职后的《寰海十章》《寰海后十章》，愤怒地斥责了最高统治者出尔反尔、首鼠两端的行为。"功罪三朝云变幻，战和两议镂冰汤。""争战争和各党魁，忽盟忽叛若棋枚。浪攻浪款何如守，筹饷筹兵贵用才。"批评政府没有定见和全盘筹划，时战时和，浪攻浪款，反不如坚守塞防，稳固御敌，这同林则徐提出的"以守为战，以逸待劳"的作战策略桴鼓相应。"城上旌旗城下盟，怒潮已作落潮声。……全凭宝气销兵气，此夕蛟宫万丈明。"①此诗中以林则徐革职后琦善改战为和，与英人草成《穿鼻条约》，赔偿烟价，割让香港为本事，讥讽广州战事冷热无端，城上旌旗还立，城下盟约已成，抗战怒潮方起，已作落潮之声。而改战为和的法宝在于"全凭宝气销兵气"，这种行为名曰羁縻，又何异于纳贡乞降？

对于临阵撤将、割地纳币求和，诗人们多有感慨。徐时栋《大将》诗云："妖氛遍地海天昏，又见舟师破虎蹲。弃甲复来难瞑目，守陴皆哭早销魂。已知将去军无托，焉得唇亡齿独存！百里封疆谁寄命，但余荒谷报君恩。"②"将去军无托"，指林则徐革职离粤，致使南海封疆无人支撑危局。王增年《读史》诗云："济济谋夫乱是非，坚持和议失戎机。不闻宝剑诛张禹，但说金牌召岳飞。"③和议误国，良将贬谪，令人扼腕叹息，激愤之情溢于言

---

① 魏源:《寰海十一首》,《魏源集》(下),北京:中华书局2018年版,第782页。

② 徐时栋:《烟屿楼诗集·大将》,《鸦片战争文学集》(上),深圳:广雅出版有限公司1982年版,第31页。

③ 王增年:《妙莲花室诗草·读史》,《鸦片战争文学集》(上),深圳:广雅出版有限公司1982年版,第477页。

表。至于谭莹《闻警三首》，则直是破口大骂了："沿海骚然亦可哀，片帆东指又登莱。怀柔原许宜君德，剿抚何尝愧将材。误国病民明旨在，贪功喜事寸心灰。津门咫尺连畿辅，训象生犀万里来。"① 当战不战，误国病民，纵敌深入，危及畿辅，也是统治者咎由自取。张仪祖《读史有感》有句云："英雄效死偏无地，上相筹边别有才。竟而和戎曾地割，是谁揖盗又门开。"② 赵藩《读邸抄书有感》有句云："后日恐无台避债，古来宁有币销兵。阴符灯下空三绝，宝剑床头偶一鸣。"③ 都以辛辣的笔调嘲弄清政府的求和行为，实同开门揖盗、以币销兵，致使英雄志士报国无门，杀敌之剑作墙上空鸣。

清政府的行为失误还不仅在于战和不定、浪攻浪款的战争决策方面，其他如军备废弛、兵甲不兴、官员颟顸、文恬武嬉，都成为导致战争失败的重要因素。战争对军队的应变能力、政府的行政素质、制度的完善程度进行了一次总检验和大曝光。这种检验和曝光，使战前早已存在着的政治、经济危机充分暴露，人们对清政府和军队的信心及信赖程度，随着战争的进展而逐日下降。朱琦写在虎门失陷后的《感事》诗，对战争取胜仍充满着无限希望："我朝况全盛，幅员二万里，岛夷至幺麽，沧海眇稊米。庙堂肯用兵，终当扫糠秕。"④ 但至定海再陷，诗人信心便遭大挫，其《王刚节公家传书后》诗写道："用兵今两年，我皇日嗟咨。既苦经费绌，又虞民力疲。专阃成空名，文吏习罔欺。寇至军已逃，兵多饷空糜。"⑤ 此已透出对政府战争行

---

① 谭莹：《乐志堂诗集·闻警三首》，《清代诗文集汇编 606》，上海：上海古籍出版社 2010 年版，第 392 页。

② 张仪祖：《传砚堂诗录·读史有感》，《鸦片战争文学集》（上），深圳：广雅出版有限公司 1982 年版，第 23 页。

③ 赵藩：《向湖村舍诗初集·读邸抄书有感》，《清代诗文集汇编 774》，上海：上海古籍出版社 2010 年版，第 151 页。

④ 朱琦：《怡志堂诗初编》，《清代诗文集汇编 613》，上海：上海古籍出版社 2010 年版，第 218 页。

⑤ 朱琦：《怡志堂诗初编》，《清代诗文集汇编 613》，上海：上海古籍出版社 2010 年版，第 219 页。

为漏洞百出、败在必然的万般无奈。写在敌船进入长江之时没有署名的《京口驿题壁》诗云："事机一再误庸臣，江海疏防失要津。局外也知成破竹，梦中犹未觉燃薪。元龙豪气消多尽，越石忠肝郁不伸。天险重重如此易，伤心我国太无人。"①事机一误再误，边疆之患已入腹地，不是失望太重，何至于出"伤心我国太无人"之语。其他如"重臣几辈闲持节，未上筹边议一条"②，"当世有谁娴将略，诸公自合享承平"③，"见说张皇须坐镇，未妨宰相似棉花"④，"鹤唳一时无壮士，鹓班平日有良臣"⑤，"九州度地无安土，千古秧民是幸臣"⑥，都是斥骂官僚空食俸禄，无裨国事；"环卫期门皆劲旅，可无一矢向天狼"⑦，"粤海有兵争避寇，厦门无炮冀交欢"⑧，"守犹未敢何言战，将且思逃况在兵"⑨，"请看征调兵如雨，未及田家振臂呼"⑩，"朝廷久自悬优

① 无名氏：《京口驿题壁》，《鸦片战争文学集》（上），深圳：广雅出版有限公司1982年版，第283页。

② 张仪祖：《传砚堂诗录·读史有感》，《鸦片战争文学集》（上），深圳：广雅出版有限公司1982年版，第22页。

③ 张仪祖：《传砚堂诗录·咏史》，《鸦片战争文学集》（上），深圳：广雅出版有限公司1982年版，第24页。

④ 张仪祖：《传砚堂诗录·咏史》，《鸦片战争文学集》（上），深圳：广雅出版有限公司1982年版，第25页。

⑤ 易佩绅：《函楼诗钞·见官眷闻警出都者书感》，《鸦片战争文学集》（上），深圳：广雅出版有限公司1982年版，第157页。

⑥ 无名氏：《寿佛寺题壁》，《鸦片战争文学集》（上），深圳：广雅出版有限公司1982年版，第503页。

⑦ 冯志沂：《微尚斋诗集初编·书愤》，《清代诗文集汇编639》，上海：上海古籍出版社2010年版，第614页。

⑧ 钟琦：《亦嚣嚣堂诗钞·壬寅海氛纪录》，《鸦片战争文学集》（上），深圳：广雅出版有限公司1982年版，第376页。

⑨ 谢兰生：《海疆纪事》，《鸦片战争文学集》（上），深圳：广雅出版有限公司1982年版，第251页。

⑩ 谭莹：《乐志堂诗集卷·重有感》，《清代诗文集汇编606》，上海：上海古籍出版社2010年版，第397页。

赍，颇、牧而今不易逢"①，都是指责军队畏葸不战、未尽干城之责。

也许是政府和军队的行为太让人失望，因而，战争中死难的陈化成、陈连升、关天培、葛云飞等爱国将领，格外受人尊重和推崇。在众多诗人笔下，他们被推为民族英雄和人间正气的代表。在一败涂地的战争总局中，英雄的行为像是闪烁的希望之光，鼓舞着民心，显示着正义，代表着抗战杀敌、保家卫国的民族意愿。在某种意义上，诗人赞扬的不仅是英雄行为的本身，更是中华民族抵御外侮、挽救危亡所最需要的精神和意志。

战争给中国带来了深重灾难和生存危机。天朝上国的信念与国家主权，民族自我中心意识和民族尊严，同时遭到无情打击。一个民族自视天下至尊、睥睨一切，固属虚妄，但丧失主权、丧失尊严，在异族的枪炮下充满屈辱地跪着，也令人难以接受。战争使中国人觉察到了虚妄，但他们同样又不甘心国家主权和民族尊严的被损害被践踏。割地赔款、丧权辱国的种种刺激，社稷倾危、民遭涂炭的流血现实，激发着诗人的忧国忧民、悲天悯人的情怀和拯民于水火、救国于危难的宏愿。忧患意识与参与精神，成为战争诗潮中最为基本和最为宏大的情感流向。

战争爆发之前，中国知识群体中所存在的浓郁而经久不散的忧患意识，主要是由国内政治、经济危机所引发的。虽有一些有心者对东南沿海商船云集和鸦片贸易日趋兴盛曾表示忧虑，但这种忧虑的触发点，多在于漏卮不塞等经济原因和"非我族类，其心必异"的天然戒备心理。当入侵者以炮舰打开中国大门，中国人日益感受到民族生存危机的威逼时，他们的忧患感便具有了内忧与外患的双重内容。

"鹤尽羽书风尽檄，儿谈海国婢谈兵。"②魏源的诗句形象地描述了战争

---

① 林直：《壮怀堂诗初稿·伤秋》，《清代诗文集汇编703》，上海：上海古籍出版社2010年版，第565页。

② 魏源：《寰海后十首》，《魏源集》（下），北京：中华书局2018年版，第784页。

给国人所带来的普遍震动。海国与兵事成为无所不在、人人关心的话题。战争诗潮所表现的铺天盖地的感慨与忧愤，也无不围绕这一话题。

"七万重洋道里多，了无呵禁问谁何。岩疆日见楼船迫，枢省浑忘鼎鼐和。周室白狼夸辙迹，汉廷赤汉竟铙歌。那知神武皇家略，翻使刑天盗弄戈。"[1]其忧在英军长驱直入，楼船日逼，夸迹于周室，铙歌于汉廷，神州竟成虎狼称尊之地。"江南莽莽犹风尘，夷氛又报腾津门。船坚炮利久传说，驱剿何敢轻挥军。所求毋乃太辱国，主议仍是前疆臣。"[2]其忧在入侵者以船坚炮利为恃，处处要挟，得寸进尺地扩大其所得利益，横行无阻，辱国太甚。"书空咄咄恨难平，忧患无人审重轻。国有漏卮容外寇，天开劫运厄苍生。"[3]"嗜利毒人奸已甚，乘机入寇祸尤延。民生不习干戈久，猝被疮痍剧可怜。"[4]其忧在衅隙既开，战乱频仍，国被疮痍，民不聊生。"盱衡国是杞忧多，善后无方唤奈何。敢谓金瓯些子缺，要调玉烛四时和。"[5]"难同晋楚兵言弭，预恐金元祸踵开。我似樵夫观弈罢，正愁烂柯苦低徊。"[6]其忧在国是不定，善后无方，金瓯有缺，兵祸难弥，恐金元之祸，已在不远。"边防虚饬坚城少，政府遥承制阃艰。百战几曾寒贼胆，只闻不敢渡台湾。"[7]"长

---

① 朱葵之：《妙吉祥室诗钞·次刘莼江感事韵四叠》，《清代诗文集汇编537》，上海：上海古籍出版社2010年版，第209页。

② 陆嵩：《意苕山馆诗稿·追思》，《鸦片战争文学集》（上），深圳：广雅出版有限公司1982年版，第198—199页。

③ 方浚颐：《二知轩诗钞·感兴十八首》，《清代诗文集汇编660》，上海：上海古籍出版社2010年版，第310页。

④ 谢兰生：《海疆纪事》，《鸦片战争文学集》（上），深圳：广雅出版有限公司1982年版，第251页。

⑤ 朱葵之：《妙吉祥室诗钞·次刘莼江感事韵四叠》，《清代诗文集汇编537》，上海：上海古籍出版社2010年版，第209页。

⑥ 谢兰生：《海疆纪事》，《鸦片战争文学集》（上），深圳：广雅出版有限公司1982年版，第251页。

⑦ 陆嵩：《意苕山馆诗稿·追思》，《鸦片战争文学集》（上），深圳：广雅出版有限公司1982年版，第198—199页。

城自撤存孤注，利剑横磨笑乃翁。"[1]"海上鲸鲵犹跋浪，帐前戈甲自销兵。"[2]其忧在边防空虚，抵抗不力，内变多生，长城自坏。"寄语风流诸幕府，轻裘缓带复何为。"[3]"愧彼天储常窃禄，偏将报国让编氓。"[4]"畏惧蛮夷总逡巡，不思护国不全民。但知一味縻军饷，不饱宦囊有几人。"[5]其忧在居高位者空食俸禄，不思谋国，终饱私囊。"大漏卮兼小漏卮，宣防市舶两倾脂。每逢筹运筹边日，正是攘琛攘赆时。"[6]"鸩媒流毒起边烽，海国三年费折冲。叹息漏卮今已破，不堪重问阿蓉芙。"[7]其忧在以币和戎，漏卮难塞，财政困窘，国立无本。

层层叠叠的忧思感慨，构成了战争诗潮的基音与母题。海国与兵事，像噩梦、像幽魂一般缠绕着诗人的心灵。他们不愿坐视国事日非，民遭涂炭，而积极筹谋救国救民、力挽败局的良策。他们忠告执政者应未雨绸缪，早筹全策，"为语忠良勤翊戴，早筹全策固金瓯"[8]。以为一战败北，未为定局，要"但须整旅补亡羊""六州错铸休重错"[9]，至于补牢之策，则包括"欲

① 钟琦：《亦嚣嚣堂诗钞·癸卯孟春英夷撤师分守香港追忆诸大师办理海疆军务再志其大略》，《鸦片战争文学集》（上），深圳：广雅出版有限公司 1982 年版，第 380 页。

② 贝青乔：《半行庵诗存稿·辛丑正月感事》，《清代诗文集汇编 635》，上海：上海古籍出版社 2010 年版，第 521 页。

③ 钟琦：《壬寅海氛纪录》，《鸦片战争文学集》（上），深圳：广雅出版有限公司 1982 年版，第 377 页。

④ 钟琦：《记粤人败英夷于三元里》，《鸦片战争文学集》（上），深圳：广雅出版有限公司 1982 年版，第 379 页。

⑤ 罗惇：《壬寅夏纪竹枝词》，《中华竹枝词全编 3》，潘超、丘良任、孙忠铨等编，北京：北京出版社 2007 年版，第 66 页。

⑥ 魏源：《秋兴十一首》，《魏源集》（下），北京：中华书局 2018 年版，第 785 页。

⑦ 贝青乔：《咄咄吟》，《鸦片战争文学集》（上），深圳：广雅出版有限公司 1982 年版，第 311 页。

⑧ 张维屏：《松心诗集·雨前》，《鸦片战争文学集》（上），深圳：广雅出版有限公司 1982 年版，第 3 页。

⑨ 魏源：《寰海后十首》，《魏源集》（下），北京：中华书局 2018 年版，第 783 页。

师夷技收夷用""更使江防亟海防"① 等。在出谋划策的同时，诗人们更多的则是慷慨赋诗，表达勇赴国难的雄心和亢奋情绪。他们常常带有自嘲地称自己关心国运民瘼的情思为"杞忧"，以不能上马杀敌、驰骋疆场而深深自责或引以为憾。

我们无须再花费笔墨去描述一代知识群体社会主体意识与参与精神的种种表现，他们留下来的战争诗篇便是最好的说明。他们以与上马杀敌不同的形式参与了历史创造，这便是以诗写史，激浊扬清。刘禧延称贝青乔《咄咄吟》是"诗史即今功罪定"②。张维屏为陈连升、陈化成、葛云飞三将军作歌，以为"死夷事者不止此，阙所不知诗亦史"③。姚燮正告割地邀功者谓"千秋史笔严功罪，几见巍勋武断成"④，都表现出以诗写史的自觉意识。他们以诗为勇敢者留下光荣，为怯懦者刻上耻辱，为人间鼓荡正气，为万民诅咒邪恶。诗是一字千钧的清议。他们以诗传达战争所带来的有形的苦难、无形的疮痍和矢志报国者的亢奋、悲天悯人者的黯伤。诗是时代风云与情绪的实录。他们以诗记述天朝盛世梦幻破灭后民族心理的失重与告别虚妄的痛苦，以及蜕变中的新机，迷惘后的醒悟。诗是古老国度觉悟进步的见证。当我们在战争诗潮中追寻中华民族开步走向近代社会的精神历程和情感心态时，我们不能不承认，一代诗人的诗作为我们留下了真实而宝贵的原始记录，他们问心无愧地以文化创造的形式参与了历史的进程。

---

① 魏源：《寰海十一首》，《魏源集》（下），北京：中华书局 2018 年版，第 781—783 页。

② 刘禧延：《衮轩诗钞·读木居士咄咄吟题后》，《鸦片战争文学集》（上），深圳：广雅出版有限公司 1982 年版，第 501 页。

③ 张维屏：《松心诗集·三将军歌》，《鸦片战争文学集》（上），深圳：广雅出版有限公司 1982 年版，第 2 页。

④ 姚燮：《复庄诗问·诸将五章》，《鸦片战争文学集》（上），深圳：广雅出版有限公司 1982 年版，第 351 页。

三、诗潮的意象群与客体形象系列

中国古典诗歌，尤其是近体律诗，长于抒情、内省而短于叙事、写人。当战争的风云吸引着诗人的目光，激发其创作的热情时，抱定以诗写史、描摹时变的诗作者，将写史的意识渗透在艺术构思和审美创造的过程中，这就使他们的视角与表现热点聚集在处于战争风云中心地位的事件与人物之上。诗人们急切地把自己对这场亘古未有之变的所见所闻及感受写入诗中，希望为将来与后人留下一部诗的信史。这种以诗写史的自觉意识和行为，给诗坛带来了诸多变化：表现自由、篇幅较长的古体诗增多，以适应战争场景、事件及人物的描摹；不论古体诗还是近体诗，大都有本事可寻；近体律诗趋于组诗化，便于以连诵连唱的形式，集中而淋漓尽致地表现某一主题、某一事件和某种感受。这些变化表明，历史意识向诗美意识的渗透，无形中向古典诗歌提出了强化叙事功能的要求。

与诗歌叙事功能强化的趋势有关，鸦片战争诗歌所表现的艺术形象具有两个显著特点：其一是不同诗人不约而同地选用相似的物象构成作品中意蕴相近的意象，形成跨诗人、跨作品的意象群；其二是在古典诗歌常见的诗人抒情主体形象之外，出现了数量不少的客体形象。

意象是诗人主观情感和客观物象的结合体，是一种以物象的形式出现，而饱含着诗人思想情感的艺术形象。意象的孕育，有赖于形象思维的催化，而意象的生成，则使诗人的主观情感借物象而昭彰，而原来并无生命和情感色彩的物象，经过诗人情感生气的灌注，而获得真实的艺术生命。

意象的生成，是以情感为基础的。战争诗潮的情感流向既有迹可寻，相同与相似的情感基础，促使繁富纷纭的意象，自然归属为相同的群类，这便是意象群的形成。

中国人对于战争对手的认识，是从鸦片贸易和炮火硝烟中开始的。英军残暴的侵略行为，给人们留下狰狞可怕、杀人嗜血的印象，而人种、面貌、语言各方面的差异，更使中国人以异类视之。因而，在战争诗歌中，凡言及英人处，诗人们总是选用犬羊、鹰狼、鸥鹨、碧眼鬼奴、鲸鲵等物象来构成意象，以表达痛恨与不共戴天的情绪。"犬羊自古终难驯"①，"犬羊性狡恒无定"②，"犬羊"所构成的意象具有反复无常、狡黠贪婪的含义。"是谁开馆纳鸥鹨"③，"全开门户容蛇豕"④，"浪涌鲸鲵腥落日"⑤，"野鹰海西来，凹睛绿眼性雄猜"⑥。鸥鹨、蛇豕、鲸鲵、野鹰所构成的意象具有嗜血成性、狂暴肆虐的特点，表现了诗人对侵略者本性的认识。"碧眼鬼奴出杀人""金缯日夜输鬼国"⑦，鬼奴、鬼国所代表的意象，带有对非我族类的蔑视与仇恨。此外，"蚩尤""颉利""楚人"等对中国历史上开化较晚民族的称谓，也常常被用来指代英人。又因英人来自海外，故而诗人描述战争，常用"涎雨腥风""腥涎毒瘴"一类的词汇构成意象，以表现海国征战特有的氛围。对于战争总局，诗人常以"残棋"为喻。"闭关就使交能绝，已是残棋被劫初"⑧，

① 朱琦：《关将军挽歌》，《元明清诗鉴赏》，上海：上海古籍出版社 1998 年版，第 489 页。

② 陈文田：《晚晴轩诗存·书事》，《鸦片战争文学集》（上），深圳：广雅出版有限公司 1982 年版，第 92 页。

③ 张仪祖：《传砚堂诗录·有感五首》，《鸦片战争文学集》（上），深圳：广雅出版有限公司 1982 年版，第 22 页。

④ 鲁一同：《通甫诗存·重有感八首之流》，《鸦片战争文学集》（上），深圳：广雅出版有限公司 1982 年版，第 88 页。

⑤ 陆嵩：《意茗山馆诗稿·定海陷贼镇将葛云飞寿春镇王锡朋处州镇郑国鸿俱力战死王公尸未得归其死尤惨》，《鸦片战争文学集》（上），深圳：广雅出版有限公司 1982 年版，第 185 页。

⑥ 萨大年：《荔影堂诗钞·题林芗溪射鹰图》，《鸦片战争文学集》（上），深圳：广雅出版有限公司 1982 年版，第 159 页。

⑦ 朱琦：《怡志堂诗集·吴淞老将歌》，《清代诗文集汇编613》，上海：上海古籍出版社 2010 年版，第 220 页。

⑧ 张仪祖：《传砚堂诗钞·有感五首》，《鸦片战争文学集》（上），深圳：广雅出版有限公司 1982 年版，第 22 页。

"纷纭劫局一枰残，斑草唏嘘泪暗弹"[①]，"十行劲旅归杨仆，一局残棋付奕秋"[②]，"残棋"所体现的意象，寄寓着诗人叶落知秋的惆怅，形象地说明了清王朝在战争中难以挽回的失败困境。在咏史感事类诗中，诗人常常运用历史典故构成意象。这些历史典故所构成的意象，一方面为诗之本事带来一种历史对比，另一方面，典中之意与诗人之意的重叠融合，也使诗味显得更加深沉厚重，耐人咀嚼。"宋家议论何时定，又报河冰冻合时"[③]，"议战议和纷不定，岳、韩忠勇竟何成"[④]，"江东设礁酬苏轼，海上投兵哭李纲"[⑤]，"一时主战惟宗泽，四海惊心罢李纲"[⑥]，上述四联诗中除苏轼外，均运用南宋典故，前两联以宋南渡之后，偏安江南，年年高喊收复失地，但黄河冰封几回，却不见王师北上的历史事实，构成意象，暗藏讥锋，讽刺清王朝和战不定、空喊抗敌的行为。后两联以南宋主战派终遭贬谪的悲剧命运构成典故意象，诗人在对古人的凭吊下隐含着对今人的同情。

意象是诗人情感与物象有意识的结合。意象的形成过程，即是诗人情感物化而成象的过程。不同的诗人选用相同的物象构成作品中意蕴相近的意象，形成跨诗人、跨作品的意象群，这是战争诗潮中的一大景观。对这一景观的形成唯一且合理的解释，便是诗人情感基础与审美体验的相似或一致。张维屏"风人慷慨赋同仇"的诗句，正是对这一景观形成原因的最好注脚。

---

① 陆嶽恩：《读秋水斋诗·感怀史事》，《鸦片战争文学集》（上），深圳：广雅出版有限公司 1982 年版，第 60 页。

② 无名氏：《粤东感事十八首》，《鸦片战争文学集》（上），深圳：广雅出版有限公司 1982 年版，第 268 页。

③ 魏源：《秋兴后十三首》，《魏源集》（下），北京：中华书局 2018 年版，第 787 页。

④ 张仪祖：《传砚堂诗钞·读史有感》，《鸦片战争文学集》（上），深圳：广雅出版有限公司 1982 年版，第 23 页。

⑤ 张仪祖：《传砚堂诗钞·咏史》，《鸦片战争文学集》（上），深圳：广雅出版有限公司 1982 年版，第 24 页。

⑥ 陈文田：《晚晴轩诗存·书事》，《鸦片战争文学集》（上），深圳：广雅出版有限公司 1982 年版，第 90 页。

战争使国人面临着共同的困境。民族生存的指令，在对一切民族行为都产生巨大支配力量的同时，也影响着诗人的情感流向和审美选择向整齐划一方向的调整。在这种调整的氛围中，相似的情感和认知基础，相似的生活与审美体验，共同构成了意象群生成的必要条件。

与意象的成象方式不同，诗歌中客体人物形象的成象，主要是通过对冲突、细节和人物行为的具体描述、刻画而完成的。这使诗的记述与史书的笔法更为接近。

为国捐躯者是战争诗潮着意表现的第一类形象，一首首对死难者的颂歌，交汇成惊天地、泣鬼神的英雄史诗。张维屏的《三将军歌》分别描写陈连升、葛云飞、陈化成抗敌死难的壮烈情景。其中写陈连升道："凶徒蜂拥向公扑，短兵相接乱刀落。乱刀斫公肢体分，公体虽分神则完。公子救父死阵前，父子两世忠孝全。"写葛云飞道："夷犯定海公守城，手轰巨炮烧夷兵。夷兵入城公步战，枪洞公胸刀劈面。一目劈去斗愈健，面血淋漓贼惊叹。夜深雨止残月明，见公一目犹怒瞪。尸如铁立僵不倒，负公尸归有徐保。"写陈化成道："以炮击夷兵，夷兵多伤摧。公方血战至日旰，东炮台兵忽奔散。公势既孤贼愈悍，公口喷血身殉难。"朱琦写关天培云："将军徒手犹搏战，自言力竭孤国恩。可怜裹尸无马革，巨炮一震成烟尘。"[1] 写朱桂云："枪急弓折万人呼，裹疮再战血模糊。公拔靴刃自刺死，大儿相继毙一矢。小者创甚卧草中，贼斫不死留孤忠。"[2] 诗人饱含激情，用诗的语言雕塑起英雄的群像，其搏战、进击、杀敌、死难，一举一动，历历在目，浩然正气与英雄行为赖诗篇而万古不磨，长留人间。

抗敌将领如高山屹立，而抗敌兵士则如万峰攒动，他们同样是视死如

---

① 朱琦：《关将军挽歌》，《元明清诗鉴赏》，上海：上海古籍出版社1998年版，第489页。

② 朱琦：《怡志堂诗初编·朱副将战殁他镇兵遂溃诗以哀之》，《清代诗文集汇编613》，上海：上海古籍出版社2010年版，第220页。

归，争赴国难。王之春写沙角炮台之战云："大鹏将军振鼓鼙，部卒无多步伐齐。生持利剑呼斫贼，死守函关誓化泥。殷天砲雨挟雷吼，赤弹飞穿山石透。众志虽坚能成城，孤军无援难御寇。同仇敌忾心如铁，裹尸何处觅马革……吁嗟乎！壮夫义气须求伸，从来为国不顾身。海滨是为成仁地，又见田横五百人。"[1] 朱琦咏宁波收复之战云："回军与角者为谁，巴州都士幽并儿。手中剩有枪半段，大呼斫阵山为摧。"热血男儿，为国前驱，杀敌捐命于疆场，诗人笔下的群英形象，更是雄伟挺拔，气度非凡。

国难在即，走卒贩夫、亡命之徒也知以身报国。贝青乔《咄咄吟》记宁波之战，有谢宝树者，本官府欲捕之人，谢审名乡勇籍中，思立功赎罪，战斗中被炮击伤，临绝时大声语与同伴道："宁波得胜否？夷船为我烧尽否？我则已矣，诸君何不去杀贼耶？"诗人闻此，潸然泪下，作诗赞曰："头敌苍黄奋一呼，飞丸创重血模糊。怜伊到死雄心在，卧问鲸鲵歼尽无。"张维屏的名篇《三元里》，描写了广州郊区民间自发的反英斗争："因义生愤愤生勇，乡民合力强徒摧。""妇女齐心亦健儿，犁锄在手皆兵器。"乡民妇女，都成为英勇杀敌的勇士。在这些普普通通的英雄形象身上，我们同样可以看到可贵的牺牲精神和不甘屈辱的民族气节。

与表现英雄形象时庄重肃穆的情思不同，诗人以嘲讽、揶揄的口吻，刻画了清政府中怯懦无能、畏敌如虎的文臣武将形象。他们坐视山颓海崩，而无所措其手足，官居高位，却无异于行尸走肉。1841 年 1 月，英军提出割让香港的要求未被立即应允，便攻占大角、沙角炮台。道光帝盛怒之下，由主抚转向主剿，派奕山为靖逆将军，隆文、杨芳为参赞大臣，率军赴广州作战。但清政府"痛加剿洗，聚而歼旃"的作战决心，不久便被广州被占的失败冲得烟消云散。无名氏所作的《广东感时诗》以广州战绩为三将军

---

① 王之春：《椒生诗草·登沙角炮台展忠义墓》，《鸦片战争文学集》（上），深圳：广雅出版有限公司 1982 年版，第 141 页。

画像。其谓奕山道:"山河不顾顾夷蛮,百万金资作等闲。辱国丧师千古恨,待人犹说为民间。"谓隆文道:"隆隆势位说参谋,无勇无才死便休。城下兵临犹醉卧,全凭奸抚作和头。"谓杨芳道:"杨枝无力爱南风,参赞如何用此功。粪桶尚言施妙计,秽声传遍粤城中。"三将军身负重托,慷慨出师,却一败涂地,落得个辱国丧师、割地赔款的结果。尤其是原为湖南提督的杨芳,竟想出以粪秽破敌大炮的主意,如此愚蠢无用之辈,怎能指望他们赢得战争呢?

贝青乔的《咄咄吟》写在随扬威将军奕经进剿宁波英夷的途中,诗里记述了军中许多可怪之事。奕经将军挺身南下,踌躇满志,开兵前十日,命幕中文人拟作露布,露布或详叙战功,有声有色,或洋洋巨篇,典丽乔皇,将军得意扬扬评点甲乙之,大有不日取胜、即将凯旋之意。但战火一起,清军节节败退,将军闻风后跣足而走,其战中怯懦与战前骄横形成了鲜明的对比。奕经所任命的前营总理张应云在战斗中更是迂腐无用,洋相出尽。《咄咄吟》记张应云事云:"瘾到材官定若僧,当前一任泰山崩。铅丸如雨烟如墨,尸卧穹庐吸一灯。""帐外交绥半死生,帐中早贺大功成。赫蹄小纸尖如匕,疑是靴刀出鞘明。"前诗写炮声四起,前营总理张应云烟瘾方至,不能视事,结果是大误战机。后诗写帐外激战正酣,一人误报前队大胜,夷船烧尽,帐中文武随员闻讯争着拜贺,纷纷于靴桶中拿出早已准备好的纸条,谓有私亲一二人,乞附名捷秉之中,张应云一一应允。不久败信至,众皆颓然。诗人笔下,描绘了一幅活生生的冒功求赏、误战误国的群丑之图。

鸦片战争诗歌中的客体形象,大都是有实事根据与生活原型的。但作为一种艺术形象,它又是经过诗人艺术加工和融入诗人情感的。诗美意识与历史意识的重合,产生了诗人笔下的艺术形象,生活的真实和艺术的真实,又通过艺术形象获得了和谐和统一。

不断加深的民族灾难和民族危机,逐渐唤醒中国人的生存危机意识,在一种避害自卫、报仇雪耻心境的支配下,探求民族自新和富强的道路,中国近代历史正是在这样一种逻辑顺序上逐步展开的。鸦片战争是中国近代民族灾难和民族自新的起点，人们还无法预料战争将给中国带来何种结果，只是从西方的船坚炮利中感受到生存的威胁，从不平等条约的签订中品味到民族的耻辱，从清政府的软弱行为中认识到东方帝国正在走向衰微，由睥睨一切到忍辱签约所造成的心理落差，由盛衰巨变所带来的沧桑之感，以及悲天悯人、救国救民、矜敌雪耻的情怀，构成了战争诗潮的情感基础。写史意识支配着一代诗人的心胸，他们以手中的诗笔，记录了鸦片战争时期民族情绪的初潮与喧闹。这种情感虽已属于历史，但我们没有理由中断对它的回忆。

第三章

徜徉于现实与旧梦、
创新与复古之间

——鸦片战争时期文学发展的探索与困境

期待着思想文化变动的文学——创新欲望：文学家的本能性冲动——对过去事实的依恋、对古人经验成果的崇拜：中国人传统的思维倾向——创新与复古：明清文学的怪题——宋诗派与桐城派：两个最富有代表性的文学流派——明之宗唐与清之学宋：诗美趣味的转移变化——质实、厚重、诗与经史联袂：宋诗派的诗美选择——真我自立的冲动与学问至上情结——古文一派敏感而发达的道统、文统意识——道统、文统：桐城派求真创新的双重负荷——托统自尊的宗派情绪与统系理想主义下的创作困境——创新与复古矛盾的普遍存在鸦片战争前夕形成的议论军国、臧否政治、慷慨论天下事的文学主潮和东南沿海所引发的战争诗潮，给步入困境而了无生气的嘉道文学带来了亢奋与活力。文学主潮和战争诗潮所表现出的强烈的现实参与意识，裹挟着士阶层少有遮拦、勃勃英发的锐气，冲破了旧日万马齐喑的沉闷空气，为文坛带来了活跃和清新气象。但这种活跃和清新气象的形成，很大程度上是在民族与战争危机的背景下古典文学自身所作出的反应性调整，是一种自发的、及时的功能调整，而不是真正意义上的变革。文学的变革以文学观念的更新为契机，而文学观念的更新又期待于思想文化背景的巨大变动。历史借助战争给中国人提供了一次社会结构和意识形态变动的机遇，但这种变动的实现需要时间和过程，需要经历长期的理智与情感的巨大痛苦。鸦片战争前后，中国先进人士在重重危机面前，开始了对现存政治、思想、文化多方面的批判、检讨和反省，但这一切都是在起衰救敝的补天愿望支配下，在传统的华夏中心与以夏变夷的思想基础上进行的，他们对现有的政体与思想文化机制的自我完善与调节能力并未丧失信心，对清政府扭转被动局面、化险为夷、由衰转盛的前景仍持有较为乐观的态度。在历史必然性的实现还需要等待，思想文化背景尚未显示剧变迹象的现实条件下，文学无法寻找到走出困境的支点和出路。因而，当议论军国、臧否政治、慷慨论天下事的文学主潮和战争诗潮的亢奋情绪消退后，文学的发展仍是步履艰难，困惑重重。

一、创新与复古：封建末世文学的怪题

文学的发展需要不断创新，创新的欲望是文学家本能的和必不可少的情绪冲动。但创新的欲望能否成功实现，却受制于复杂的主客观条件。明清文人的创新欲望，大都经历过尊古复古情结的磨砺。

尊古复古是中国人传统的思维倾向，表现为对过去事实的依恋和对古人经验成果的崇拜。尊古复古思维倾向的极度发展，则是人们力图在历史的事实和古人的经验中发现放之四海而皆准的永恒真理，并企望运用这种永恒真理来开拓现实生活的道路。明清两代，士林中充溢着相当浓烈的复古文化情。这种复古文化情结在其形成的初期，反映了士人在金元战乱之后对汉民族文化盛大气象的热烈追寻和重睹秦汉盛唐精神风貌的渴望。但这种追寻与渴望，终因封建文化青春气息的丧失与再生机能的萎缩而难以如愿以偿。在已有的秦、汉、唐、宋的文学高峰面前，潮起潮落般的文学复古者只留下何可攀援的兴叹，而渐渐消退了超越的勇气和信心。他们很难再像唐宋文学复古者那样，在从容而游刃有余的心境下，以复古求变古、求创新。失去了变古创新的精神，文学复古主义便失去了灵魂，而仅剩下摹古仿古的外壳。在一种"物不古不灵，人不古不名，文不古不行，诗不古不成"[①]的文化氛围中，明清文人似乎只有打出学某代、某人的旗帜，才能在文坛取得立足之地而不至于被讥为没有根柢；学古仿古理所当然地被视作诗文创作的必循之

---

① 李开先：《李中麓闲居集之十·昆仑张诗人传》，《李开先全集》（中），北京：文化艺术出版社 2004 年版，第 746 页。

路与康庄大道；形似、神似成为使用频繁的批评术语和鉴别艺术成就高低的重要标准。学古方向的差异又导致派别丛生，攻讦纷起。体制、风格、结构、文辞等"法式"研究骤然成为热门话题。在这种文化氛围中，文学创作中的模拟借鉴现象被赋予了一种强制性的力量，古人及古典文学遗产成为雄踞于作家生活与创作之间的中介物质，隔绝了作家情感与作品的天然联系，造成了文学家创作欲望实现的障碍与紧张。力图保持独特审美选择和创作个性的作家，须左躲右闪，费力寻求与古人的契合点；许多艺术佳构、独特见解在寻求契合点中自生自灭。而所谓契合点，又往往是对同一问题在同一层次上的机械重复与效仿。盲目的厚古薄今，扼杀着全社会的创新精神；众多的古人偶像，压迫着创作者的主体意识；不同的学古方向，成为无形的创作模式。明清文学界的复古之风，虽遭有识之士多方弹讥，但颓波难靖。创新与复古，构成了明清正宗文学发展的基本冲突，成为一种万劫难毁的文学怪圈。

鸦片战争之后的十九世纪四五十年代，活动于文坛之上的文学流派与文人骚客，无不为烽烟四起、战乱频仍的时局牵动心绪，也无不为求异创新之步履艰难而黯然神伤。生存的忧患与步出文学困境的渴望，驱使着众多的诗魂文魄，在现实与生存、创新与复古之间苦苦求索，徜徉徘徊。

二、自立不俗与学问至上：宋诗派的双重期待

道咸年间，赫然占据诗界首席的是宋诗派。明代前后七子声称不读唐以后书，鼓噪"文必秦汉，诗必盛唐"，此风甚嚣尘上之际，诗界"称诗者必曰唐诗，苟称其人之诗为宋诗，无异于唾骂"[1]。但物极必反。至清初，社

---

① 叶燮：《原诗笺注》，蒋寅笺注，上海：上海古籍出版社 2014 年版，第 17 页。

会审美风尚转移变化，遂有"凡声调、字句之近乎唐音，一切屏而不为，务趋于奥僻，以险怪相尚，目为生新，自负得宋人之髓"①者，学宋诗者以险怪求新奇的审美趋向，不久与乾嘉之际征信求实的学风相融合，便形成了喧嚣一时的以学问入诗，诗人之言与学人之言合一的宋诗运动。

宋诗运动以杜、韩、苏、黄为诗学风范，追求质实、厚重、缜密的诗美境界，讥讽高标"神韵""性灵"者为"无实腹"，力图以穷经通史、援学问入诗的努力，别辟诗学发展蹊径。毫无疑问，宋诗倡言者的动作中，蕴含着强烈的创新冲动。但宋诗运动是清代宗经征圣文化思潮的产物，它所选择的创新支点是以学问考证入诗，以经史诸子入诗。这些诗材、诗料的增加，并不能构成诗界转机的必然条件，诗与经史强行联袂的结果，只能使诗走向非诗，走向异化。

道咸之际宋诗运动的代表人物是程恩泽、祁寯藻、何绍基、郑珍、莫友芝，他们的诗论与创作实践，充分体现出复古与创新、性情与学问之间的紧张与冲突。

程恩泽"明诗扫地钟谭出，谁挽颓风说建安？却爱闭门陈正字（师道），清如郊岛创如韩"②的诗句，表达了他的学古祈向和创新意识。他又把学问看作是性情的根基，以为"性情又自学问中出"，"学问浅则性情焉得厚"③？何绍基、郑珍、莫友芝均出自程门，三人声气相应，互为犄角。何绍基为问诗者现身说法，以为学诗要经历学古、脱化与自立三个环节。其中，他尤强调自立："学诗要学古大家，只是借为入手。到得独出手眼时，须当与古人并驱。若生在老杜前，老杜还当学我。此狂论乎？曰，非也。松

① 叶燮:《原诗笺注》，蒋寅笺注，上海：上海古籍出版社 2014 年版，第 241 页。
② 程恩泽:《题陈乃锡先生手藁应陈尧农吉士属》，《程侍郎遗集》卷四，《续修四库全书》第 1511 册，上海：上海古籍出版社 2002 年版，第 241 页。
③ 程恩泽:《金石题咏汇编序》，《程侍郎遗集》卷七，《续修四库全书》第 1511 册，上海：上海古籍出版社 2002 年版，第 281—282 页。

柏之下，其草不植，小草为大树所掩也，不能与天地气相通也。否则，小草与松柏各自有立足命处，岂借生气于松柏乎？"① 以学古借为入手，以独出手眼，与古人并驱而求得自立，此论可谓精辟切当。又以小草、大树比今人、古人，以为今人如附依于古人翼下，则无所成就；今人如寻得立命安身之处，当不必借生气于古人，此亦是通脱之语，将学古与自立间的关系，说得十分明白。至于如何自立，何绍基以为，欲诗文自立成家，非可于诗文求之，而应先学为人。为人须"立诚不欺"，"就吾性情，充以古籍，阅历事物，真我自立"②。为人既成，"于是移其所以为人者，发见于语言文字"，循序渐进，"日去其与人共者，渐扩其己所独得者，又刊其词义之美而与吾之为人不相肖者"③，终达于人与文一，人成而诗文之家亦成。在这一过程中，尤需用力处在于"不俗"，"同流合污，胸无是非，或逐时好，或傍古人，是之谓俗。直起直落，独来独往，有感则通，见义则赴，是谓不俗"④。不俗方能做到自立，自立方可谈及独创。不俗、自立、独创，构成了何绍基诗论，甚至是宋诗派诗论最有价值的理论内核，它显示出被文坛丢失已久，故而难能可贵的文学创造者的主体意识和创新锐气。何绍基声称"做人要做今日当做之人，即做诗要做今日当做之诗"，⑤ 从此"脱尽窠臼，直透心光"。⑥ 莫友芝所

---

① 何绍基：《与汪菊士论诗》，《何绍基诗文集》，龙震球、何书置校点，长沙：岳麓书社1992年版，第822页。

② 何绍基：《使黔草自序》，《何绍基诗文集》，龙震球、何书置校点，长沙：岳麓书社1992年版，第781页。

③ 何绍基：《使黔草自序》，《何绍基诗文集》，龙震球、何书置校点，长沙：岳麓书社1992年版，第781页。

④ 何绍基：《使黔草自序》，《何绍基诗文集》，龙震球、何书置校点，长沙：岳麓书社1992年版，第782页。

⑤ 何绍基：《与汪菊士论诗》，《何绍基诗文集》，龙震球、何书置校点，长沙：岳麓书社1992年版，第821页。

⑥ 何绍基：《符南樵寄鸥馆诗集叙》，《何绍基诗文集》，龙震球、何书置校点，长沙：岳麓书社1992年版，第775—776页。

谓"为诗不屑作经人道语。当其得意，如万山之巅，一峰孤起，四无凭藉，神眩目惊，自谓登仙羽化，无此乐也"①，都表现出对自立、独创、不俗之文学境界的期待与向往。

但宋诗派所提倡的真我自立，决不同于性灵论者的驱使才力，天马行空。对杜、韩、苏、黄诗学风范和质实、厚重、缜密诗美境界的追求，加之清代穷研经史士林风气的影响，它所选定的艺术道路是藉经史以自立，以学问求不俗。它要求诗人要有学力根柢与书卷积蓄，读书养气，儒行绝特，破万卷而理万物。郑珍论诗曰："我诚不能诗，而颇知诗意。言必是我言，字是古人字。固宜多读书，尤贵养其气。气正斯有我，学赡乃相济。"②读书、学赡、养气，被看作是"有我"的必要前提。莫友芝以为诗自是儒者之事，又以为性灵论者诗有别才别趣之说，导致诗风浮薄不根。其《巢经巢诗钞序》云："圣门以诗教，而后儒者多不言，遂起严羽别裁别趣、非关书理之论，由之而弊竟出于浮薄不根，而流僻邪散之音作，而诗道荒矣。夫儒者力有不暇，性有不近，则有矣；而古今所称圣于诗，大宗于诗，有不儒行绝特，破万卷，理万物而能者邪？"③莫氏强调诗人欲能诗，须儒行绝特，破万卷，理万物，正是以点睛之笔，道出宋诗派做人自立、作诗不俗的路径所在。何绍基《题冯鲁川小像册论诗》将此意展开，可与莫氏之论互相发明。何氏曰："温柔敦厚，诗教也，此语将三百篇根柢说明，将千古做诗人用心之法道尽……诗要有字外味，有声外韵，有题外意，又要扶持纲常，涵抱名理，非胸中有余地，擘下有余情，看得眼前景物都是古茂和蔼，体量胸中

① 莫友芝：《邵亭遗文·播川诗钞序》，《清代诗文集汇编641》，上海：上海古籍出版社2010年版，第138页。
② 郑珍：《论诗示诸生时代者将至》，《巢经巢诗钞注释》，龙先绪注，西安：三秦出版社2002年版，第304页。
③ 莫友芝：《邵亭遗文·郑子尹巢经巢诗钞序》，《清代诗文集汇编641》，上海：上海古籍出版社2010年版，第135页。

意思，全是恺悌慈祥，如何能有好诗做出来？"又说："做诗文必须胸有积轴，气味始能深厚。"①以恪守儒行，扶持纲常做人，以读书积气，涵抱名理作诗，正是宋诗派自立、不俗的基本出发点。

宋诗派恪守儒行、扶持纲常的思想趋归，其精神实质与清初以来以六经孔子为准的，寻求儒家本源精神的复古文化思潮是一致的。如果从清代众多诗派中寻找出最能代表清诗发展特征的诗派，那将非宋诗派而莫属。宋诗派提倡的学人之诗是清代文化精神和诗歌审美趋向的最典型代表。清初以来，在以正本清源、完善传统为目的的历史反思和文化检讨中，顾炎武、黄宗羲、王夫之等一代学人即试图在中国传统的经史典籍中重新寻找到促使民族精神复兴的真理之光。这种寻找刺激着学人治经史而求本源的热情。乾嘉汉学的兴起，便是这种热情的产物。汉学运用文字声诂的手段，在经史研究领域所作出的钩沉补阙、疏正辨伪的成就，给一代学人带来了极度的兴奋和骄傲。将汉学精神与手段输入诗歌，在神韵、格调、性灵之外，别辟学人之诗的诗学路径，仰望经籍之光给诗坛带来新的转机，成为众望所归。以经史学问入诗之说，并不始于宋诗派。在宋诗派形成之前，已有人多次谈及。如清初诗人钱谦益认为，诗虽"萌折于灵心，蛰启于世运"，但"茁长于学问"②。黄宗羲认为："多读书则诗不期工而自工。"③秀水派诗人朱彝尊指出："诗篇虽小技，其源本经史。必也万卷储，始足供驱使。"④神韵派主帅王士

---

① 何绍基：《题冯鲁川小像册论诗》，《何绍基诗文集》，龙震球、何书置校点，长沙：岳麓书社1992年版，第815页。
② 钱谦益：《题杜苍略自评诗文》，《绛云楼题跋》，潘景、郑辑校，上海：上海古籍出版社2005年版，第152页。
③ 黄宗羲：《诗历题辞》，《黄梨洲文集》，北京：中华书局1959年版，第387页。
④ 朱彝尊：《斋中读书》，《朱彝尊诗词选注》，王镇远选注，上海：上海古籍出版社1988年版，第82页。

祯主张"性情之说"与"学问之说"须"相辅而行,不可偏废"①。格调说倡导者沈德潜也表示:"以诗入诗,最是凡境。经史诸子,一经征引,都入咏歌,方别于潢潦无源之学。"②这些论说,都或多或少地反映出清代文化精神和诗歌审美趋向。翁方纲的肌理说,更是宋诗派的理论先声。

宋诗派在学古方向上并不拘泥于学宋,其所以标榜学宋,一是为了与诗坛专门学唐诗者划清界限,二是所追求的质实、厚重、涵抱名理的诗美境界,与宋诗长于立意、议论的审美特征较为接近。宋诗派着意创造的是一种学人之诗。学人风度与学问学力,是宋诗派傲视其他诗派的资本,同时,又是它安身立命之所在。在宋诗派看来,诗人研读经史之造诣,文字声诂之功力,对诗的构成,有着举足轻重的意义。正因为如此,宋诗派的诗论,贯穿着无所不在的学问至上情结,在立身修养,性情陶冶,构思想象,诗体风格,遣词造句,人物、作品品藻等创作与批评的各个环节,都极力强调学问学力的决定性作用。学问至上情结的存在,导致宋诗派诗人价值心态的失重和诗歌结构中情感重心的偏移。两者所产生的综合效应,最终使宋诗派由自立不俗的愿望出发,却走上了一条险怪偏狭之路。

宋诗派诗人价值心态的失重主要表现为片面理解经史学问对诗歌创作的决定性作用。诗歌创作是一种独特而复杂的精神创造活动,其成功与否取决于与创作主体有关的多种因素,而学问学力至多不过是文化素养和创作准备的一部分,并不能构成创作成功的充足条件。宋诗派诗人希望经籍学术之光能给浮薄不根的诗坛带来转机,又希望在诗坛群雄中突出他们穷经通史、赡于学问的优势和由这种优势所带来的识度、睿智和渊雅,因而尽力夸大着经史学问对诗歌创作的决定性作用。

---

① 何文焕:《诗友诗传录》,《历代诗话统编》,丁福保编,北京:北京图书馆出版社2003年版,第155页。

② 沈德潜:《说诗晬语》,《〈原诗〉〈一孤诗话〉〈说诗晬语〉》,北京:人民文学出版社1979年版,第188页。

首先，他们在肯定传统经史典籍、儒家思想行为原则及温柔敦厚诗教的权威性、指导性和永恒存在意义的同时，注重强调它们在诗人蓄理炼识、自立成诗过程中的决定性作用。他们竭力使人相信：不管日月流转，物换斗移，只要熟读经史便可知古今事理，洞悉兴衰消长之机；明理养气，以孝悌忠信做人，便可自立于天地之间，大节不亏；守温柔敦厚诗教，古茂和蔼，恺悌慈祥，自可得字外之味、声外之韵、题外之意。其次，他们在对历史与现实诗坛人物的品评中，坚持以学问学力为首要标准。宋诗派以杜、韩、苏、黄为诗学风范，认为四人胸有积轴，学力赡富，其诗富于理趣，奇致层出。其中又尤为叹服黄庭坚好用书卷，以故为新，脱胎换骨，点铁成金的手段。至于派中同仁，互相鼓吹，也重在张扬其学识学力。郑珍为莫友芝诗集作序，首称莫氏"决意求通会汉、宋两学"，"故入其室，陈编蠹简，麟麟丛丛，几无隙地。秘册之富，南中罕有其比，而读书谨守大师家法，不少越尺寸"①。莫友芝为郑珍诗集作序，则反称郑氏学力卓越，并记载了莫、郑之间的一段戏言："友芝尝漫戏曰：'论吾子生平著述，经训第一，文笔第二，歌诗第三。而惟诗为易见才，将恐他日流传，转压两端耳。'子尹固漫颔之，而不肯以诗人自居。"②为人诗集作序而大赞其学力，料定以诗流传却不肯以诗人自居，由此可以窥见学问在宋诗派诗人心目中的分量及其价值心态的失衡。再次，由于把学问视为诗歌创作的决定性条件，从而逐步演绎成为学有根柢，诗便水到渠成的错误逻辑，诗被看作是学问的附庸和才力赡裕之余事。郑珍有诗曰："文质诚彬彬，作诗固余事。"③又称莫友芝为人、求志、

---

① 郑珍：《〈邵亭诗钞〉序》，《巢经巢文集校注》，黄万机、黄江玲校注，北京：中央民族大学出版社 2013 年版，第 90 页。

② 莫友芝：《邵亭遗文·郑子尹巢经巢诗钞序》，《清代诗文集汇编641》，上海：上海古籍出版社 2010 年版，第 135 页。

③ 郑珍：《论诗示诸生时代者将至》，《巢经巢诗钞注释》，龙先绪注，西安：三秦出版社 2002 年版，第 304 页。

用心，均似古人苦行力学者，故"其形于声发于言而为诗，即不学东野、后山，欲不似之不得也"①。莫友芝称郑珍："其于诸经疑义，抉摘畅通……而才力赡裕，溢而为诗，对客挥毫，隽伟宏肆。"②宋诗派强调诗人应学有根柢，本出于以自立求不俗的意向，但这种强调一旦过度，则会造成一种新的偏误。宋诗派诗人推重学人之诗，并以学问根柢、经史造诣自赏傲世，不知不觉中把经学家、史学家职业性地蔑视文学作用的观念带进了诗学价值论中，视学问学力为本而诗学诗艺为末，忽略或不敢堂而皇之地进行诗歌艺术本身的探索。这种极度倾斜的价值心态，阻碍着诗学理论、创作的突破与发展，其结局，与宋诗派自立不俗的初衷自然是南辕而北辙。

　　学问至上情结的存在，还导致了宋诗派诗歌创作中情感重心的偏移。中国古典诗歌在长期的发展过程中，形成了以情感表现为重心，景、情、意均衡和谐、交融一体的结构特点，其外部特征是即物即心，即情即理，情景交融。宋人以文入诗，以议论说理入诗，加重了意理成分，对以情感为重心的传统诗体结构，是一次冲击。宋诗派标榜学宋，除以议论说理入诗外，还力求以考据功夫入诗，又一次表现出对以情感为重心的传统诗体结构的冲击。

　　宋诗派诗论中，随着对学问根柢的着力强调，性情之地位则每况愈下。创宋诗运动理论先声"肌理说"的翁方纲，主张"考订训诂之事与词章之事未可判为二途"③。又希望"由性情而合之学问"④，以求"包孕才人学人，奄

　　① 郑珍：《邵亭诗钞序》，《巢经巢文集校注》，黄万机、黄江玲校注，北京：中央民族大学出版社 2013 年版，第 90 页。
　　② 莫友芝：《邵亭遗文·郑子尹巢经巢诗钞序》，《清代诗文集汇编 641》，上海：上海古籍出版社 2010 年版，第 135 页。
　　③ 翁方纲：《蛾术集序·复初斋文集》卷四，《清代诗文集汇编》第 382 册，上海：上海古籍出版社 2010 年版，第 48 页。
　　④ 翁方纲：《徐昌谷诗论一·复初斋文集》卷四，台北：文海出版社 1963 年版，第 355 页。

有诸家之所擅美"①。度其口气，仍以性情、词章为主，学问、考证为宾。至程恩泽主张"凡欲通主理者，必由训诂始"，又以为"性情又自学问中出"，"学问浅则性情焉得厚"②，训诂、学问已有汹汹然喧宾夺主之势。风气所趋，遂锻铸造就了宋诗派同仁的学问至上情结。宋诗派后裔陈衍以道咸钜公为"学人之言与诗人之言合，而恣其所诣"③的开端，以为"道咸间钜公工诗者，素讲朴学，故根柢深厚，非徒事吟咏者所能骤及"④。据此，道咸之际诸公诗作，当可视为学人之言与诗人之言合一的成熟期作品。其所谓"非徒事吟咏者所能骤及"处，正在于道咸诸公以经术考据入诗，以议论说理入诗，从而导致了诗歌情感重心的偏移。

道咸诸公的学人之诗，力求以学识与学力见胜。这种对学识与学力的表现欲望，在诗歌创作中大体上是通过两种形式展现的。一是在对审美客体的观照中，不满足于单纯情感方式的把握，而注重捕捉知性的感悟和体验，从而对自然、人生显示出学者式的睿智与识度；二是以考证典故入诗，创造语必惊人、字忌习见的险怪效应，以盘旋拗折、艰涩暗淡的诗风，显示出学者式的渊博与厚重。睿智与识度，渊雅与厚重，共同成为宋诗派学人之诗所刻意追求的诗美风度。

在对审美客体的观照中，捕捉对自然、人生、社会、心灵的知性感悟和体验，这在偏重写意的古典诗歌中并不少见。唐之杜甫、韩愈，宋之苏轼、黄庭坚，均为写意大家。道咸诸公思追前贤，以议论、思理入诗，有

① 翁方纲：《见吾轩诗集序》，《复初斋文集》卷四，上海：上海古籍出版社2010年版，第11页。

② 程恩泽：《金石题咏汇编序》，《程侍郎遗集》卷七，《续修四库全书》第1511册，上海：上海古籍出版社2002年版，第281—282页。

③ 陈衍：《近代诗钞述评叙》，《陈衍诗论合集》，钱仲联编校，福州：福建人民出版社1999年版，第875页。

④ 陈衍：《近代诗钞述评叙》，《陈衍诗论合集》，钱仲联编校，福州：福建人民出版社1999年版，第161页。

意识地在写景抒情的同时，加重骨力即意理因素，以突出学者式诗人的睿智与识度。其中成绩较为卓著的是何绍基、郑珍。何绍基多才多艺，曾因直言弊政而被贬官，故而寄情山水、书画、金石，以泄其奇气。他既主张"诗以意为主"，认为诗人"必须胸有积轴，气味始能深厚"①，强调读书积理；又以为"诗人腹底本无诗，日把青山当书读"②，注重在大自然中获取慰藉与感应。"寒雨连江又逆风，舟人怪我屡开篷。老夫不为青山色，何事歊斜白浪中？"③他的诗充满着心灵与自然的和谐及羁旅人生的淡愁，表现出一种刚直清介的名士做派和舒展飞扬的书卷之气。郑珍一生，活动区域基本局限于贵州一隅，未尝跻身社会士大夫名流列行列。他对困厄艰辛的边疆农村生活的丰富体验及其苦心研读、孜孜求学的精神，使他的诗带有深重的生存忧患，同时又充满着执拗不屈的生命意志："愁苦又一岁，何时开我怀；欲死不得死，欲生无一佳。"④"溪上老屋溪树尖，我来经今十年淹。上瓦或破或脱落，大缝小隙天可瞻……入室出室踏灰路，戴笠戴盆穿水帘。……尘案垢浊谢人洗，米釜羹汤行自添。"⑤郑珍之诗，描述了一种与何绍基之诗所不同的生命体验与人生境界。何、郑的成功之作，运思自由，行止有致，于疏放散漫、挥洒自如之中，透露出智者风度和性灵之光。

但上述诗境，在宋诗派诗人的作品中，并非俯拾皆是，且其成就，也难与唐宋重意诗人比肩。因此，宋诗派所津津乐道、视为己创的是学人之诗

---

① 何绍基:《题冯鲁川小像册论诗》,《何绍基诗文集》,龙震球、何书置校点,长沙:岳麓书社 1992 年版,第 815 页。

② 何绍基:《爱山》,《何绍基诗文集》,龙震球、何书置校点,长沙:岳麓书社 1992 年版,第 41 页。

③ 何绍基:《逆风》,《何绍基诗文集》,龙震球、何书置校点,长沙:岳麓书社 1992 年版,第 549 页。

④ 郑珍:《愁苦又一岁赠邵亭》,《巢经巢诗钞注释》,龙先绪注,西安:三秦出版社 2002 年版,第 188 页。

⑤ 郑珍:《屋漏诗》,《巢经巢诗钞注释》,龙先绪注,西安:三秦出版社 2002 年版,第 53 页。

的另一种表现形式——以考据入诗。

民国初年，陈衍辑《近代诗钞》，置祁寯藻诗为集首。又以为祁氏《题
馤欱亭集》《自题馤欱亭图》二诗"证据精确，比例切当，所谓学人之诗也；
而诗中带着写景言情，则又诗人之诗矣"[1]。以证据精确、比例切当来概括学
人之诗的内涵，虽过于失之简单，却道中宋诗派的自恃所在。

诗与考据本是风马牛不相及之物，但在宋诗派及同时代的其他旧诗派
手里，却被奇特地结合在一起，成为近代诗史上的一大景观。考据诗的内容
以经史训诂、金石名物的考辨为大宗，旁及人物地理、书法图砚、典章制
度，乃至矿产、医学、农具、农作物等各个门类。考据诗反映了一代学人的
好尚、情趣、怪癖，成为诗人夸耀才学之具，甚至成为分行押韵的实证应用
之文。何绍基曾言："诗中不可无考据。"[2]但又不无忧虑地说："考据之学，
往往于文笔有妨，因不从道理识见上用心，而徒务钩稽琐碎，索前人瘢垢。
用心既隘且刻，则圣贤真意不出，自家灵光亦闭矣。"[3]此话不幸言中。诗之
功用，在抒情言志，以情、意胜。而考据之道，则须旁引博征，步步求证。
诗一涉考据，便如入魔道。祁寯藻的《题馤欱亭集》《自题馤欱亭图》之所
以被陈衍称为"证据精确、比例切当"，是因为诗中虽有地名之考证，但仍
以写景抒情为主。而何绍基的《猿臂翁》《罗研生出示陶文毅题麓山寺碑诗
用义山韩碑韵属余继作》等诗，则通篇辨析书法源流及习书之道。郑珍写
《播州秧马歌》目的在于"俟后谱农器者采焉"。其《玉蜀黍歌》考证出玉蜀
黍即古之"木禾"，又名"荅莙"。莫友芝的《甘薯歌》考证出甘薯本"黔南
旧产"。在这些诗中，诗之抒情言志功用被考据之征实求证功用所替代，其

---

① 陈衍：《石遗室诗话》（下），北京：朝华出版社 2017 年版，第 690 页。
② 何绍基：《题冯鲁川小像册论诗》，《何绍基诗文集》，龙震球、何书置校点，长沙：
岳麓书社 1992 年版，第 815 页。
③ 何绍基：《与汪菊士论诗》，《何绍基诗文集》，龙震球、何书置校点，长沙：岳麓
书社 1992 年版，第 819 页。

自身的艺术品格也因此而丧失殆尽。考据诗一般采用形式最为自由的古体诗形式。出于炫耀才学和征实求证的需要，诗人使用生字僻典，并在诗行中随处夹入大量的注释，使诗变得佶屈聱牙、烦冗不堪，其整齐押韵的基本外部特征也因此而面目全非。

考据诗的出现，是诗的异化。它无视诗的审美特性，使诗走上了一条自身发展的绝径。考据诗并非宋诗派所独有，也并非宋诗派诗作的全部，但却是宋诗派诗美理想的一颗畸果。满怀创新欲望的宋诗派诗人，在清代复古文化思潮的影响下，做出了以学宋复古为旗帜、以经史学问入诗的诗美选择，但经籍之光、学问学力并没有为诗歌创作带来好运，更无力普度芸芸诗魂从诗的困境中走出，而只是为他们增添了一次徒劳的悲叹和失败的记忆。

三、立诚求真与道统文统：桐城派的两难选择

与宋诗派同时并立于文坛，号为"古文正宗"的桐城派，面临着与宋诗派大致相同的理论困扰。

中国古典散文的发展，至唐代贞元、元和以后，遂生出古文一派。韩愈等人以恢复儒家思想统治为己任，以取法先秦、两汉奇句单行文体相号召，以改革文风、文体、文学语言为内容，形成了极有声势的古文运动。古文运动荡涤了六朝绮丽、萎靡的文风，恢复了奇句单行散体之文的历史地位，开创了自由抒写、言之有物、简练干净、文从字顺的散文传统，使散文走向了写景、抒情、言志、议论的广阔天地。自此之后，以古文和古文字相鼓吹相标榜者，历代不绝。清代乾嘉年间，昭然揭出古文派旗帜的是桐城派。

桐城派自方苞揭橥义法，刘大櫆标榜神气，迄至姚鼐学问三事、阳刚阴柔、神理气味、格律声色诸说的提出，其论文矩矱大体具备。同时，方、

刘、姚又以言简有序、清淡雅洁的散文创作名噪一时，赢得"天下文章，岂在桐城乎"的赞誉，桐城派之名遂在文人学者中转相传述。桐城派传道卫道的思想倾向，无碍且有益于清政府政治秩序的稳定。其清淡雅洁、言简有序的散文风格，在汉学盛行，述学之文多旁引博征、辞繁而芜、令人口齚耳倦之时，显得轻盈秀丽，颇得有抒情言志之好的文人青睐。其以有物有序、指点路径为主旨的古文理论，易为学文者所遵循并旁通于应制之文。因此，桐城派自姚鼐后便名声大振，其学亦流播海内。王先谦在《续古文辞类纂序》中描述其当时声势说："姚惜抱禀其师传，覃心冥追，益以所自得，推究闳奥，开设户牖，天下翕然，号为正宗。承学之士，如蓬从风，如川赴壑，寻声企景，项领相望，百余年来，转相传述，遍于东南。由其道而名于文苑者，以数十计。呜呼，何其盛也！"

"天下翕然，号为正宗"，正是桐城之学得以迅速发展的先决性条件。古文一派在长期的发展过程中，逐渐形成了敏感而发达的道统、文统意识。在这种意识的支配下，他们认定某些历史人物是所谓古道、古文的传人，并将其编排成一个前后承继的统系作为效法与摹拟的对象。这种统系体现着编排者的信仰归趋、精神祈向与审美理想，具有一种准宗教的价值和意义。编排者在赋予这一统系神圣性、权威性的同时，也使它带有强烈的排他性。编排者认定并宣称惟此统系为正宗正统，其他概为旁门左道、妖言邪说，以此证明自身选择、行履的正确性与他人的谬误性。这种带有宗法色彩的"正宗"观念和非此即彼的判断思维方式，往往诱发门户之见与派别之争的产生；同时，这种强烈的排他性，又往往导致它所代表的精神祈向与审美理想，在一种封闭的文化氛围中，逐渐失去吐纳百川的活力，成为僵死的思想与创作的模式，最终走向创造力的干枯与萎缩。

古文一派，首创道统说的是韩愈。韩愈以恢复儒家思想统治为己任，其称尧、舜、禹、汤、文、武、周公、孔、孟相传之道为古道，又以为古道久而不传，但可于古文中见之，故欲复古道，则应"兼通其辞"，"行之乎仁义之途，游之乎诗书之源"①，"非三代两汉之书不敢观，非圣人之志不敢存"②。韩愈的道统说与以文见道说影响深远，而其以复古求变古的手法，也屡为后人所效仿。宋初，柳开发挥韩说，提出"吾之道，孔子、孟轲、扬雄、韩愈之道，吾之文，孔子、孟轲、扬雄、韩愈之文"③，从强调文、道合一出发，于道统之外隐立文统。稍后，欧、苏迭出，承文道合一之说，重道以求文之义丰理切。并将韩愈以"仁义"为主要内容，带有较多伦理色彩的"道"平易化，认为"道"即现实生活中的事理、物理，提倡写作"其道易知而可法，其言易明而可行"④的文章，发展了韩、柳之文平易的一面，建立了简洁流畅、委曲婉转的文章风格，丰富了韩、柳古文的传统。宋之理学家出，以为作文有害于道，讥讽韩愈"平生用力深处，终不离乎文字言语之工"⑤，其"学文求道，始有所得"之说为"倒学"⑥，并且不承认韩愈古文一派为道统的承继者。明之唐宋派，以承接古文一脉自许。他们不满于前后七子"文必秦汉""古文之法亡于韩"之说，提倡学古文应从唐宋入手茅坤选《唐宋八大家文钞》，古文八大家之称由此遂大行于世。唐宋派在韩愈道统说之后，明确建立了由唐宋八大家上窥两汉、由两汉上接孔门的文统说，自此文统与道统得以相提并论。

清代，统治阶级立程朱理学为官学。康熙在《四书讲义序》中说，"万世道统之传，即万世治统之所系"，"道统在此，治统亦在是"。与此同时，

① 韩愈：《答李翊书》，《韩愈集》，严昌校点，长沙：岳麓书社 2000 年版，第 211 页。
② 韩愈：《答李翊书》，《韩愈集》，严昌校点，长沙：岳麓书社 2000 年版，第 211 页。
③ 柳开：《应责》，曾枣庄：《全宋文》第 6 册第 122 卷，上海：上海辞书出版社，合肥：安徽教育出版社 2006 年版，第 367 页。
④ 欧阳修：《与张秀才第二书》，《欧阳修全集》，张春林编，北京：中国文史出版社1999 年版，第 261 页。
⑤ 朱熹：《昌黎先生集考异·与孟尚书书》，《朱子全书》第 19 册，上海：上海古籍出版社，合肥：安徽教育出版社 2002 年版，第 494 页。
⑥ 黎靖德编：《朱子语类》第 5 册，武汉：崇文书局，第 1742—1807 页。

又采取高压、招抚手段，逼迫汉族知识分子就范。桐城派创始人方苞早年受理学家李光地的影响，辍文求经，对宋代理学五子顶礼膜拜。后因南山案牵连，被逮入狱。大赦后以奴隶身份值南书房，因而对康熙感激涕零，时时"欲效涓埃之报"。方苞以"学行继程朱之后，文章在韩欧之间"为行身祈向，即有双双承接道统、文统之意。他以为世间人伦之义，至程朱而大明，"此孔、孟、程、朱立言之功，所以与天地参，而直承乎尧、舜、汤、文统欤"[①]，以程、朱上接道统；又以为唐宋八家中，惟韩愈能约六经之旨以成文，而其他七家，或经未通奥赜，或大节有亏，不可与韩氏并论。故而以韩愈上接《史记》《左传》，以达于《诗》《书》《礼》《易》《春秋》五经。其中尤重《史记》《左传》，以为此两书为义法说之大源。此即为桐城派文统说之滥觞。方苞所创"义法说"是韩、欧文道说的演变。其所谓"义"，讲的是言之有物，"本经术而依于事物之理"[②]，而经术与事物之理，大凑于程朱之学；其所谓"法"，讲的是言之有序，即古文写作的程式、法度、规模，其中又以删繁就简、言明意赅、语言雅洁为至上。总之，义法说包含着鲜明的思想认同倾向与审美理想，要求古文创作要做到理明、辞当、气昌，"欲理之明，必溯源六经，而切究乎宋元诸儒之说；欲辞之当，必贴合题义，而取材于三代两汉之书；欲气之昌，必以义理洒濯其心，而沉潜反覆于周秦盛汉唐宋大家之古文。兼是三者，然后能清雅而言皆有物。"[③]

方苞的行身祈向与义法说，规范与奠定了桐城派的思想指向与古文理论基础，同时也埋下了不可排解的隐患。

---

① 方苞:《岩镇曹氏女妇贞烈传序》,《方苞集》, 刘季高校点, 上海: 上海古籍出版社 1983 年版, 第 106 页。
② 方苞:《答申谦居书》,《方苞集》, 刘季高校点, 上海: 上海古籍出版社 1983 年版, 第 164 页。
③ 方苞:《进四书文选表》,《方苞集》, 刘季高校点, 上海: 上海古籍出版社 1983 年版, 第 581 页。

程朱理学虽为清政府立为官学，但其声望、影响，已远非宋、明时比。原因有三：其一，明清之际顾炎武、黄宗羲等人所发动的以正本清源为目的的文化古典主义运动，号召学人向儒家本源文化靠近而摒弃空谈义理的学风，理学声望由此大挫。其二，理学在康熙、雍正朝虽经再倡，但所谓理学名臣李光地、熊赐履等人在学术上无甚建树而流于弥缝，且立身多有瑕疵，为人耻笑，理学之威信难以重振。理学再倡，除朱熹配享孔庙、四书定为科举考试依据之外，其影响甚微，历康、雍两朝后，已是不绝如缕。其三，乾嘉年间汉学大盛，士人多拔理学之帜而事朴学，朴学盈而理学虚。汉学从考据训诂入手，多发见宋儒解经注经乖违之处，戴震等人又从理欲之辨入手，指斥理学家以理杀人，理学声望更是一蹶不振，在这种氛围中，桐城派赫然以程、朱上承道统，以理学为文之所载之道，自不免遭到攻讦与讥讽。且桐城派多为文苑中人物，于理学学理无力深究，更谈不上发展。理学于桐城派，更多的则表现为一种思想信仰与行身祈向，因此文以载道往往是流于空言。

方苞以韩愈上承《史记》《左传》，以达于五经的文统说，经姚鼐补充，其统系更为明晰详备。姚鼐辑《古文辞类纂》，于唐宋八大家之后，明录归有光，清录方苞、刘大櫆，以明文统传绪所在。此举标榜声气的痕迹过于明显，当即遭到世人讥讽。惜抱虽有悔意，但因此事关系重大，仍一如其旧。

创业不易，守业更难。在鸦片战争前后的多事之秋里，承接桐城衣钵的是姚门弟子梅曾亮、方东树、管同、刘开、姚莹等人。面对纷纭变动的时局，如何守住道统、文统的既有之业，使先辈精神与文学传统昭然于世，发扬光大？如何把握时局、控引天地，描摹运会转移、人事推演之变机，开辟古文写作的新天地？守与变，成为桐城后裔目光最为趋注的问题。

姚门弟子或居官朝中，名播天下，如梅曾亮、姚莹；或授徒乡里，穷老荒野，如方东树、刘开。他们在社会地位上虽显达有别，但在人生态度上都是不甘寂寞、积极入世的。在鸦片战争前后的社会大变动中，他们毫无避讳地于明道、记事、陈情、见志的著述作文之外，大谈对建功立业、平治天下一类政治行为的渴望。他们兴致勃勃地讨论着，身处变局，如何在立德、立功、立言古人所谓的三不朽中作出恰当的自我选择。管同以为："四十以来，悟儒者当建树功德，而文士卑不足为。""夫苟能立功，言不出可也。""夫苟能立德，功不著亦可也。"① 姚莹以为："君子之学传于后世者，道也，而不在文；功也，而不在德。""道功天下之公，文德一人之私也。"② 方东树以为："吾修之于身而为人所取法，莫如德；吾饬之于官而为民所安赖者，莫如功；夫兴起人之善气，遏抑人之淫心，陶缙绅，藻天地，载德与功以风动天下，传之无穷，则莫如文。"③ 刘开以为，士生于世，"达则佐君图治而民获其泽，固可以苍生致乐利之休，穷则修德于乡而人法其行，亦可为国家任教化之责"④。姚门弟子对立德、立功、立言问题的思考，虽然大体上没有脱离中国士大夫"达则兼济天下，穷则独善其身"的思想轨道，但其对建功立业、平治天下政治行为的渴望，却使他们对社会问题与时局变动，时刻保持着饱满的洞察与参与热情。

正是在这种对社会问题热情参与的心态下，姚门弟子认识到：他们所生活的时代已与其先辈大大不同，文也须因时而变。梅曾亮说：

> 惟窃以为文章之事，莫大乎因时。立吾言于此，虽其事之至微，物之甚小，而一时朝野之风俗好尚，皆可因吾言而见之。使

---

① 管同：《因寄轩文二集·方植之文集序》，《清代诗文集汇编532》，上海：上海古籍出版社 2010 年版，第 349—350 页。

② 姚莹：《与张际林论家学书》，《中国近代文学大系（卷 10）》，上海：上海书店出版社 2012 年版，第 253 页。

③ 方东树：《复姚君书》，《中国近代文学大系（卷 10）》，上海：上海书店出版社 2012 年版，第 121 页。

④ 刘开：《上莱阳中丞书》，《孟涂文集》卷三，桐城姚氏檗山草堂，清道光六年版，第 57 页。

为文于唐贞元、元和时，读者不知为贞元、元和人，不可也；为文于宋嘉祐、元祐时，读者不知为嘉祐、元祐人，不可也。韩子曰"惟陈言之务去"，岂独其词之不可袭哉？夫古今之理势，固有大同者矣，其为运会所移，人事所推演，而变异日新者，不可穷极也。执古今之同，而概其异，虽于词无所假者，其言亦已陈矣。阁下前任剧邑，治悍民不尚黄、老，今官督粮道，乃尚黄、老，此持权合变者也。文之随时而变者，亦如是耳。①

这段颇具代表性的论述，从两个方面提出了文因时而变的充足理由：一是一代有一代之文，一代之文，应使读者从中可以窥知时代好尚与朝野风俗。时代迁徙，风俗好尚转移，文不可不变。二是文忌陈贵新，古今理势，随运会、人事推移而变异日新。事理日新，文亦须随时而变。

文因时而变，并非无有涯涘。立诚求真，是姚门弟子驾驭因时而变之文的内在尺度。"真"在诸弟子的文论中，是一个重要的命题。"物之可好于天下者，莫如真也。"②对"真"的向往，包蕴着姚门弟子在道统、文统双重重荷挤压下不甘泯灭的创造欲望与创新冲动。"真"具有几层含义：一是时代之真，即如上述引文所言，文要反映出特定时代的风俗好尚、文化氛围与精神气象，"使为文于唐贞元、元和时，读者不知为贞元、元和人，不可也；为文于宋嘉祐、元祐时，读者不知为嘉祐、元祐人，不可也"。二是性情之真，为文要具有鲜明的个性特征，具有独特的精神风貌。人的性情千差万别，其文亦当面目各殊。梅曾亮论及性情之真说："见其人而知其心，人之真者也；见其文而知其人，文之真者也……失其真，则人虽接膝而不相

---

① 梅曾亮：《答朱丹木书》，《柏枧山房诗文集》，上海：上海古籍出版社 2020 年版，第 38 页。

② 梅曾亮：《黄香铁诗序》，《柏枧山房诗文集》，上海：上海古籍出版社 2020 年版，第 115 页。

知；得其真，虽千百世上，其性情之刚柔缓急，见于言语行事者，可以坐而得之。"又以为人之性情有别，文亦各肖其性情而已；一性而欲兼众情，必失其真，"人有缓急刚柔之性，而其文有阴阳动静之殊。譬之查梨橘柚，味不同而各符其名，肖其物；犹裘葛冰炭也，极其所长而皆见其短。使一物而兼众味与众物之长，则名与味乖；而饰其短，则长不可以复见：皆失其真者也"①。失其真，情则近于伪情，体亦近于伪体。三是语真。时代之真与性情之真是强调境真、情真，而境真、情真，又须以语真见之。管同在《蕴素阁全集序》中说："文辞者，人之所自为也，自为之则宜有工拙之殊，而不当有真伪之辨。"②语有真、伪之辨，是因为摹古拟古之风日久，剽贩古人，涂泽古语以文其浅陋者比比皆是，"词必己出"之意荡然澌灭，故语失真而伪。方东树以为文贵有己，"立己于此，将使天下确然信知有是人也，则不必俟假他人之衣冠笑貌以为之"。若"徒剽袭乎陈言，渔猎乎他人"，则"无能求审此人面目之真，而己安在哉"③？方氏在《续昭昧詹言》中又将语真与立诚并提，以为不论为文为诗，均讲求命意高，能崇格、隶事、缔情，诸种要素中，尤贵于立诚，"立诚则语真，自无容气浮情，肤词长语，寡情不归之病"④。

因时立言，自足性情，词必己出，概括了姚门弟子立诚求真之说的基本内涵。桐城派的立诚求真与宋诗派的真我自立，共同表现出一种文学家本能的创造冲动和创作主体意识。这种创造冲动和创作主体意识虽属可贵，但由于缺乏成长、升华的社会条件与文化氛围，因而总是处在一种原始自发的

---

① 梅曾亮：《太乙舟山房文集序》，《柏枧山房诗文集》，上海：上海古籍出版社2020年版，第121页。

② 管同：《因寄轩文二集·蕴素阁全集序》，《清代诗文集汇编532》，上海：上海古籍出版社2010年版，第361页。

③ 方东树：《答叶溥求论古文书》，《中国文化精华全集·文学卷3》，北京：中国国际广播出版社1992年版，第752页。

④ 方东树：《昭昧詹言》（下），北京：人民文学出版社1961年版，第381页。

状态，或无所附着，或自生自灭，无法成为一代文学家振起奋飞的翅膀。

在通向创新、求真的路上，桐城派所面临的最大思想障碍是道统、文统情结。

首先，浓烈的道统、文统情结加重了宗派情绪，狭隘的门户之见导致画地为牢，取径狭窄。自姚鼐后，桐城派旗帜既张，毁誉也随之而来。尤其是方、姚制定的学守程朱和文继归、方的道统文统之说，更是众矢之的。姚门弟子承守先师之业，他们充分意识到，已编制而成的文、道统系，不仅仅再是一种思想信仰、行身祈向与审美理想，拥戴与维护这个统系，对于巩固桐城派文、道正统传人的地位，并取得更广泛的社会认同，具有至关重要的意义，因此，当拼力固守。于道统，由程朱上接孔孟，自无更改，于文统，姚门弟子公然声称清初古文三杰，"侯（方域）、魏（禧）、汪（婉）皆不得接乎文章之统"[①]，而将方、刘、姚三家作为国朝古文的开山，以上承明之归有光、唐宋八家，以至六经、《左》《史》。方东树论方、刘、姚之成就、地位云：

> 三先生出，日久论定，海内翕然宗之，特著其氏而配称之曰方、刘、姚，比之于古之班、扬、韩、欧云。方、刘、姚之为儒，其所发明，足以袁老、庄之失，其文所取法，足以包屈、宋之奇，盖非特一邑之士，亦非特天下之士，而百世之士也……居今之世，欲志乎古，非有三先生之说，不能得其门。[②]

又论古文统系所受谤议云：

---

① 管同：《因寄轩文二集·国朝古文所见集序》，《清代诗文集汇编532》，上海：上海古籍出版社2010年版，第331—332页。

② 方东树：《刘悌堂诗集序》，《中国文化精华全集·文学卷3》，北京：中国国际广播出版社1992年版，第755页。

往者姚姬传先生纂辑古文辞，八家后于明录归熙甫，于国朝录望溪、海峰，以为古文传统在是也。而外人谤议不许，以为党同乡。先生晚年嫌起争端，悔欲去之。树进曰：此只当论其统之真不真，不当问其党不党也。①

又论方、姚之后文统传人曰：

及考方、姚之名，四方皆知；其门人传业虽多，然除一二高第亲炙真知外，皆徒附其声，而不克继其绪。②

这一二高第亲炙，非梅曾亮、方东树、管同、刘开等亲就受业者而莫属。姚门弟子自然便是桐城派的第二代传人。

由上可见，姚门弟子是以一种甘蒙谤讪、义无反顾且不避自我标榜、同乡阿私恶名的态度去张扬所谓的古文传承统系的。这种情况的出现与桐城派在全国范围内有了一定的发展和影响有关，也与鸦片战争前后政局动荡、士气浮嚣的社会变动有关。这种以道统、文统传人自居的气势，扩大了社会对桐城派的认同，但其文霸式的蛮横武断也招来了不少热嘲冷讽。当时，广西名士朱琦、龙启瑞、王锡振均求古文之术于梅曾亮，世人谓广西有桐城传绪。恰与之同时，广西另一学者郑献甫则就桐城派所张扬的道统、文统提出严厉的批评：

道无所谓统也，道有统其始于明人所辑宋五子书乎？文无所

---

① 方东树：《答叶溥求论古文书》，《中国文化精华全集·文学卷3》，北京：中国国际广播出版社1992年版，第753页。

② 方东树：《刘悌堂诗集序》，《中国文化精华全集·文学卷3》，北京：中国国际广播出版社1992年版，第756页。

谓派也，文有派其始于明人所选唐宋八家文乎？然皆门户之私也，非心理之公也。古者人品有贤愚，人才有美恶，然而流品未分也；儒术有师承，学术有授受，然而宗法未立也；经说有浅深，词章有华实，然而尺度未严也。自韩子有"轲之死不得其传"一语，而道之统立；自韩子有"起八代之衰"一赞，而文之派别。遂若先秦以来之贤人君子，东汉以来之鸿篇巨制，皆可置之不议，而惟株守此五子书、八家文，以为规矩尽是，学问止是。甚且绘为旁行邪上之图，曰某传之某，某得之某，如道家之有符箓，禅家之有衣钵，世家之有族谱，阅之令人失笑，不惟于体太拘，而于事亦太陋矣。

近世论古文者宗之，谓东汉文敝，南宋后无古文，以昌黎直接史公，以震川直接欧公，而架漏中间数代作者。夫宇宙大矣，古今远矣……数典而忘其祖不可，守典而诬其祖可乎？一代之世运与一代之人才合而成一代之文体，如天之有日月风云，地之有江河山岳，体象不同而精采皆同，故愈久而愈新也。若具一孔之见，勒一途之归，则下笔皆陈陈相因而已耳，恶睹所谓终古常见而光景常新耶？①

郑献甫对桐城派文统、道统之说的批评可谓是鞭辟入里，切中要害。从历代学者、作者中择选数人，作为某种行身祈向、精神归趋及审美理想的代表，自然无可指责；但人为地将其编排成某种序列，夸大其承继关系，演绎成所谓道统、文统；并赋予其惟此为正，舍此皆旁门左道的权威性、神秘性色彩，则不免表现出一种托"统"自尊的仰仗心理和党同伐异的宗派情

① 郑献甫：《书茅鹿门八家文钞后》，《中国近代文学大系（第1集）》第1卷，徐中玉主编，上海：上海书店出版社1994年版，第393—394页。

绪。若又惟此道统、文统株守，以为规矩尽是，学问止是，门径在是，非五子书不读，非《左》《史》、八家、归、方、刘、姚之文不学，画地为牢，作茧自缚，则易走向自我封闭、孤陋寡闻的境地，而失去创造求新的精神与锐气。道统、文统情结在为桐城派作家编织了一个思想与古文信仰体系的同时，也限制了他们阅读、取范的眼界和对创作路径的选择、设计。

其次，过度膨胀的道统、文统情结，导致统系理想主义倾向出现；对人为编排统系的自我满足，使古文理论的创新发展举步维艰。道统与文统，是桐城派雄峙文坛、号召天下的依仗所在。对道统、文统的反复强调与张扬，逐渐在鼓吹者与信奉者中，形成了一种虚幻色彩极浓的统系理想主义。统系理想主义在一种封闭的心态下，把道统、文统所涵盖的古典文化遗产看作是无所不有、无所不能的神圣世界，从而满足于在古人的成就与经验中挖掘财富，去营筑现行的思想理论体系。即使是个人的发见与体会，也要费力寻找与古人的契合点，以古人经验为之印证，甚至不惜运用穿凿附会的手段，附经史圣哲以自显。统系理想主义用于判断事理的标准不是理性，而是统系与古人，它的存在，无疑是桐城派走向理论创新的思想障碍。

附经史圣哲以自尊自显，是清代复古主义文化思潮中的普遍现象。方苞创制义法说，据称是从司马迁论赞《春秋》笔法时所说的"约其文辞，去其繁重，以制义法"[①]一语中得到的宝贵启示。义法说被赋予的含义，虽远远超出司马迁赞语的本意，但却因此而沾溉了经籍圣哲之光，获得了源于经、成于史、立于世的资格。桐城派在方、刘、姚时期，已大致确立了其理论研究的方向，它不企求以包罗万象的气势去构筑宏大的思想理论体系，而是偏重于推本溯源，运用体悟、鉴赏、融会贯通的方法去探讨艺文写作之道，去总结、发现与揭示单行散体之古文（旁及诗、赋）的创作经验与写作规律，作为后学者升堂入室的攀援。方、刘、姚时期，是桐城派古文理论的

---

① 司马迁：《十二诸侯年表》，《史记》，武汉：崇文书局2010年版，第107页。

形成与奠基期。方苞的义法说，刘大櫆的神气说，姚鼐的阳刚阴柔、神理气味格律声色说都是自得于心、颇有建树的论题。对这些论题的有关阐述，构成桐城派古文理论的基石。姚门弟子承业于危难之中，他们认定"非祖述六经、《左》《史》、庄、屈、相如、子云者，不得登作者之篆"[1]，"居今之世，欲志乎古，非由三先生（方、刘、姚）之说，不能得其门"[2]，故而重守而不轻易言创。于古文理论，姚门弟子在总体上并未在师说之外有明显的拓展与超越，其研究重心偏倚于对古文源流的爬梳及写作法度的揣摩，在辨析古人体制、文风的异同，寻绎其谋篇、布局的匠心与修辞、造言的奥妙上用力，不厌其烦地向人讲述先得古人声气、格律，继得古人精神、心胸，至声音、笑貌皆与古人偕，最后去其与古人太似处等诸如此类的由摹仿达于脱化、由师古进而求真的古文写作程式。姚门弟子用以构筑其古文理论框架的主要思想来源是古人经验、师说及个人的体会感悟，因而其古文理论显得琐细零星，依附性大，同一问题论述的重复率高，无法摆脱感性经验的层次，故而缺少博大精深的气象。以方东树所著大型诗话《昭昧詹言》为例。方氏此书洋洋数十万言，旨在为人指示"学诗津逮"，书中所运用的基本论述方法是以古文之法通于诗，以离合伸缩、草蛇灰线等古文、时文术语论诗，其中大量篇幅用于剖析章法、句法以见古人作诗之用心，连方东树自己也觉得"讲解太絮"[3]，流于琐细。造成这种现象的直接原因在于桐城派古文理论研究的实用性过强，研究者以古文传人自居，要在古人的作品中发掘经验，为人指

① 方东树：《切问斋文钞书后》，《中国文化精华全集·文学卷3》，北京：中国国际广播出版社1992年版，第760页。

② 方东树：《刘悌堂诗集序》，《中国文化精华全集·文学卷3》，北京：中国国际广播出版社1992年版，第755页。

③ 方宗诚：《校刊仪卫轩诗集后序》，《桐城派名家文集9》，合肥：安徽教育出版社2014年版，第226页。

点途径，而"古人文章可告人者惟法矣"①，"古人不可及，只是文法高妙"②，故其立论多述法度技巧，而其研究方法又偏重于感悟、体会，因此容易造成拆下来不成片段的感觉。形成上述现象的另一不可忽视的原因，则在于统系理想主义所带来的封闭性心态，使研究者志在承守，不思拓展，徇徇然不敢越过雷池一步，只是在统系与师说的范围内向古人寻讨生活。

再次，对道统、文统所体现的思想规范、审美指向的恪守，使散文创作走上空疏、拘谨、规模狭小之路。古文一派无不谈文、道关系。桐城派所言之"道"，大体是指儒家的政治、伦理思想体系，而其"道统"，正是对这一思想体系之传承关系的认同性描述。桐城派自诩所承道统上接程朱理学，理学家于"道"之外，别立一"理"世界，以为"理"为天所固有，圣人循而行之谓之道。"理"在事在物为事理、物理，在人则为义理。故而，在桐城派中，文以载道又常被表述为文以明理。文以明理首先当为义理。义理之学，在清代已是"言竭而无余华"③，清代理学家所谓的性理之辨已不具有哲学意义上的思辨色彩，而流于对伦理纲常的单调重复。桐城派所张扬的义理之学，正堕于此道。生活在鸦片战争时期的姚门弟子，并不乏论及政治、经济、学术、风俗的文章。在这些文章中，他们抨击科举、官场的腐败，对国家财政经济的困窘、资本主义经济的侵入深表担忧，对潜在的社会危机亦有敏锐的觉察，但他们把一切造成封建秩序紊乱的因素，都看作是人心、世风、士风不正的结果，而开具出一个总的药方：正风俗，兴教化，明伦理道德，振礼教纲常。这种泛伦理主义的救世之方大而无当，无所适而又无所不适，故而近于一种大言欺世。再看事理、物理。事理、物理存在于万事万物之中，对事理、物理的阐发，姚门弟子则表现出文人式的热情、天真和迂

---

① 刘大櫆：《论文偶记》，《新编桐城派文选》，合肥：安徽人民出版社 2018 年版，第128 页。

② 方东树：《昭昧詹言》（上），北京：人民文学出版社 1961 年版，第 8 页。

③ 章炳麟：《清儒》，《訄书》，刘治立评注，北京：华夏出版社 2002 年版，第 49 页。

腐。管同的《禁用洋货议》把不断输入中国的洋货通称为"奇巧无用之物"，主张"严厉禁洋与吾商贾，皆不可复通，其货之在中国者，一切禁毁不用"。方东树的《病榻罪言》及《化民正俗对》论及严禁鸦片，以为根本之方在重惩吸食者："今诚下一令，曰食鸦片者，官褫职，永不叙复。幕宾立辞去，仍申令大小官中，不得复相延聘。士子食者，终其身不许应文武试。兵役奴仆食者，立绌退，仍申令永不得复应雇役。凡民食者抵罪，仍罚出赎锾，而犹虑无以苦其身以动其心也，从容隐混无以异于良民也，则为之象刑墨黥，殊其衣冠以辱别之。"种种惩处措施之中，尤以对恢复象刑墨黥之刑最引为得意，反复申明之。梅曾亮在鸦片战争爆发时与友谈御敌之方，以为敌寇之长处在船高炮猛，应在去海十余里处多掘深沟以御炮。待其登陆后，方与之交战，"彼空行二十里，锐气已衰，我兵又无火器之患，彼衰我壮，然后胜负可得而言也"。又云："敌来之方，近沟百步，多掘小坎，深广尺余，内用枯枝或短木支撑，芦席上盖浮土，以惑敌人。一贼失足，百人皆惊。我军以整攻乱，胜之必矣。"[1] 管同的洋货禁毁不用论，方东树的恢复象刑墨黥之刑论，梅曾亮的挖深沟以御敌论，都是难以付诸实行的书生之言与纸上谈兵，表现出书斋中人与社会现实、事理物理的隔膜。

说理论政之文因大而无当、纸上谈兵，不免"空疏""枵腹"之讥。至于杂记序跋，碑志传状之文，本为古文一派所擅长，却因禁忌太多、动辄得咎而流于文气拘谨、规模狭小。桐城派的义法说，得力于《左传》《史记》为最多。方苞正是从《左》《史》叙事行文的启发中，体悟到古文写作明于体要（诸体之文，各有义法）、辨于规模（所载之事，必与其人规模相称）、删繁就简、清正雅洁等成文之法。因而，桐城派编排的文统之中，以《左》《史》上接六经，下启韩、柳，为之推重备至。杂记序跋、碑志传状一类文

---

① 梅曾亮：《与陆立夫书》，《柏枧山房诗文集》，上海：上海古籍出版社 2020 年版，第 36 页。

体，易为文苑人物所偏爱，也正是在这一类体裁中，桐城派作家较多地显示出才华和优势，创作出一些于平易琐细之中见情致，言简有序、清淡朴素的优秀之作，较为充分地体现出其清真雅正的审美理想与文派风格。但桐城派刻意追求行文有序，要言不烦，语言以纯净规范、不涉鄙俚猥佻为尚（"古文之中不可入语录中语，魏、晋、六朝人藻丽俳语，汉赋中板重字法，诗歌中隽语，南北史佻巧语"①），加之"本经术而依于事物之理"②等思想原则的限制，文章风格细腻有余而宏放不足，能做到秩然有序而少有腾挪变化，语言表述无辞繁而芜、句佻不文之病，但却往往流于滞重、呆板、拘谨。方东树论及方苞之文云：

> 树读先生之文，叹其说理之精，持论之笃，沉然黯然纸上，如有不可夺之状。而特怪其文重滞不起，观之无飞动嫖姚跌宕之势，诵之无铿锵鼓舞抗坠之声，即而求之无玄黄采色，创造奇词奥句，又好承用旧语，其于退之论文之说，未全当焉。

说理精，持论笃，但重滞而无动势，黯然而无采色，方东树对方苞之文的评论可谓抑扬参半。他又究其原因云：

> 盖退之因文见道，其所谓道，由于自得，道不必粹精，而文之雄奇疏古，浑直恣肆，反得自见其精神。先生则袭于程、朱道学已明之后，力求充其知而务周防焉，不敢肆，故议论愈密，而措语矜慎，文气转拘束，不能宏放也。……向使先生生于程、朱

---

① 沈廷芳：《书方望溪先生传后》，《隐拙斋集·卷四一》，《四库全书存目丛书补编》第十册，齐鲁书社 2001 年版，第 517 页。

② 方苞：《答申谦居书》，《方苞集》，刘季高校点，上海：上海古籍出版社 1983 年版，第 164 页。

之前，而已闻道若此，则其施于文也，讵止是已哉！^①

　　方东树以为方苞以程、朱之学为"道"，而自己无所发明，故而为文务
周防，不敢肆，措语矜慎。这是从"道"对文的钳制方面分析了方苞之文文
气转拘束、不能宏放的原因。这种委婉的批评不是完全否定，更多的是一种
美中不足的惋惜。方东树的惋惜揭示了某种固定僵死的思想规范与文学创作
之间的紧张与冲突。屈从求全于某种既成的思想规范，必然会扭曲某种孕育
之中的艺术创造。方东树诸人虽明确无误地认识到这一点，但与之相比，道
统的旗帜及程朱义理之学对桐城派来说，更显得重要和须臾不可离开。他们
为着政治生存的需要而甘心步入艺术的误区。加上继武者对文统、师说、古
人法度及桐城派文创作模式、文体风格的恪守与遵循，桐城派文文气拘谨、
规模狭小之病便始终未能免除。桐城派文的成功之作，擅长以清丽秀美的文
笔写山水游历，一山一水，一岩一泉，娓娓而谈，令人历历在目；又常以带
有淡淡哀愁的情调，回忆至亲好友间的旧闻琐事，一笑一颦，一举一动，细
细写来，令人回味深长。但却很少有气势磅礴、雄奇瑰玮、充满飞动嫖姚
之势与五采玄黄之色的作品。梅曾亮言文随时而变，提倡的便是"立吾言于
此，虽其事之微，物之甚小，而一时朝野风俗好尚，皆可因吾言而见之"^②，
又称赞陈用光之文"扶植理道，宽朴博雅，不为深刻毛挚之状，而守纯气
专，主柔而不可屈。不为熊熊之光，绚烂之色，而静虚澹淡，若近而若远，
若可执而不停"^③，其中都包含着立足于事之至微，物之甚小，不为熊熊之

---

　　① 方东树：《书望溪先生集后》，《中国文化精华全集·文学卷 3》，北京：中国国际
广播出版社 1992 年版，第 754 页。
　　② 梅曾亮：《答朱丹木书》，《柏枧山房诗文集》，上海：上海古籍出版社 2020 年版，
第 38 页。
　　③ 梅曾亮：《太乙舟山房文集序》，《柏枧山房诗文集》，上海：上海古籍出版社 2020
年版，第 121 页。

光、绚烂之色之文的艺术价值取向。这种规模狭小、禁忌繁多、文气拘谨的文章，是难以表现重大题材及复杂思想的。对这类以平易琐细见长的文章，曾国藩曾不无讥讽地称之为："浮芥舟以纵送于蹄涔之水，不复忆天下有曰海涛者也？"①

　　宋诗派与桐城派是鸦片战争时期最为活跃、拥有作家最多、影响最大的诗文流派。他们辗转于创新与复古之间的痛苦经历，在这一时期其他文学流派中同样存在。如以阮元、李兆洛为代表的骈体文派，以周济、谭献为代表的常州词派，他们所耕耘的文体领域不同，但都毫无例外地打出学古复古的旗帜，作为审美追求的理想境地，并借此灵光夸示自身存在的价值和意义。鸦片战争后的社会变动，尚未引起文学创造者深层文化心理结构和价值观念的变动，他们依旧在现实与旧梦、创新与复古的怪圈中徜徉徘徊，以创新精神与艺术创造力被扭曲压抑、饱受磨砺的代价，据守着眼前虚幻的宁静与圆满。

　　鸦片战争后的文学，正等待着思想变革的风暴给予他们走出因循、告别过去的力量。

------

　　① 曾国藩：《书归震川文集后》，《曾国藩全集·文集》（上），石家庄：河北人民出版社 2016 年版，第 7 页。

第四章

政治与军事
对峙中的文学空间

——太平天国与曾国藩集团文学异同

反清与卫道：太平天国与曾国藩集团的思想冲突——政治倾向的对立与文学观念的相似——促使对峙双方文学价值取向相似的显性现实因素与隐性文化因素——求同辨异：探求两大政治军事集团情感世界的契入点——太平天国作品崇高化、神秘化的倾向——守先待后：曾氏集团对待文化与文学的基本态度——曾国藩、洪仁玕诗的士大夫格调——曾国藩、洪仁玕对中国前途的共识太平天国于 1853 年建都南京，这是继鸦片战争之后，中国近代史上的又一影响深远的历史事件。一支于草莽间揭竿而起的农民武装，二三年间即建立了与清政府赫然南北对垒的新生政权，并集蓄待发，随时有挥师北上、直捣黄龙之势。这一事变对清政府来说，是比海外骚扰、五口通商更为直接严峻的生存威胁。清王朝迅速调动军队，在南京附近设立江南江北大营，封锁长江沿线，组织对太平天国的防范与围剿。这种政治与军事的对峙持续了十年之久。在这十年中，对峙双方的一切政治行为、文化举措，无不为双方军事斗争的成败、军事力量的消长所牵制。战争主宰着一切，在改变人们生存环境的同时，也制约着人们的情感机制与精神世界，战争以绝对的权威支配着咸同之际的文学空间。

一、对峙双方的观念形态冲突与文化之战

　　咸同之际长达十余年的政治与军事对峙中，在主要战场上进行激烈较量的是以洪秀全为领袖的太平军和以曾国藩为首领的湘军。太平天国与曾氏

集团有着各自的政治、军事利益，也有着各自的服务于政治、军事利益的精神信仰体系和观念形态，双方除了战场上你死我活的拼杀之外，在思想文化领域中也存在着激烈的冲突和交战。

太平天国在建立政权、保卫与巩固政权的斗争中所创造的最重要的精神成果，是被称为"天情真道"思想体系的建立。太平天国的天情真道，是一个借助基督教教义和精神偶像，由农民阶级朴素自发的政治、经济等要求和传统的儒家伦理道德准则融合构建而成的混合物。它包含着农民革命者对现存人间秩序的看法，对未来社会发展的理想，以及对农民政权存在的合理性、正确性、永久性的论证与解释，它代表着农民阶级和起事反叛者的思想利益与精神需求，是太平天国政权信仰与意志的集中体现。

太平天国中建立天情真道思想体系的核心人物，前期为洪秀全，后期为洪仁玕。洪秀全的思想贡献在于从基督教教义中引进了上帝、基督之类的精神偶像，以"天下一家，共享太平"的口号，唤起了处于饥饿困苦之中的农民阶级以激烈形式反抗和起事的热情，并建立了太平天国政权；洪仁玕的思想贡献在于当太平天国圣库制、供给制、男女合营等军事共产主义秩序因不符合现实生活实际而逐渐解体，太平天国政权由于内讧内耗而风雨飘摇之际，提出了禁朋党之弊和风风、法法、刑刑等调整改革措施，并倡导兴办近代工业，以变通手段求富求强、立政治国，企求借此达到巩固天朝政权、与"番人"并雄于世的目的。

太平天国的建立，必然打破旧有社会秩序的稳定，而其"天情真道"的存在，也必然与统治阶级的思想利益形成激烈的冲突。太平天国起事之初，便发布《奉天讨胡檄》，檄文宣称"天下者，中国之天下，非胡虏之天下"，在历数清政府"盗据华夏"之种种罪恶后，号召天下海内"同心勠力，扫荡胡尘"，"上为上帝报瞒天之仇，下为中国解下首之苦"[1]。太平天国

---

① 《颁行诏书》，《太平天国印书》（上），南京：江苏人民出版社1979年版，第110页。

的"天情真道"将皇上帝、基督、真主奉为精神领袖，反视周、孔为邪神偶像，以为天下种种妖魔作怪，盖由"孔丘教人之书多错"。在《太平天日》中，竟让孔子"跪在天兄基督前，再三讨饶，鞭挞甚多"①。以"用夏变夷"思想，否定清朝政府存在的合理性；以基督上帝偶像凌辱统治者所认定的精神权威，这种行为对于清王朝的政治与思想统治造成了极大的冲击。

太平天国在早期的武装斗争中，曾有过焚诗书、毁孔庙的激烈行为。建都之后，在百废待兴之际，洪秀全也有过"凡一切制度考文，无不革故鼎新，所有邪说异端，自宜革除净尽"②的决心，并为此而成立了删书衙，亲自着手于古代文化典籍的删定筛选："凡前代一切文契书籍不合天情者，概从删除，即六经等书亦皆蒙御笔改正。"③甚至对自己早年所写的《原道救世歌》等也进行了修改，使之无悖于太平天国的神道信仰系统，以维护天国政权的思想利益。太平天国的神道信仰系统由皇上帝、基督、天王组成。其中皇上帝为天界人间至高无上的掌管者，又称天父。基督为皇太子，天王洪秀全为皇上帝次子，受天父真命，在人间斩妖除魔，替天行道。除此神道传承系统之外，其他人间的精神偶像、思想权威概视为邪说异端。在开元建国之际，删书行为被视为"万象更新"，建立"新天新地"的重要措施。洪仁玕后来评论这一举动说："非我真圣主不恤操劳，诚恐其诱惑人心，紊乱真道，故不得不亟于弃伪从真，去浮存实。"④此语概括了天国政权通过删书进行思想清理的意义。

但太平天国政权的建立，并没有更新旧有的生产方式，其所拥有的观

---

① 《太平天日》，《太平天国印书》(上)，南京：江苏人民出版社 1979 年版，第 39 页。
② 《钦定英杰归真》，《太平天国印书》(下)，南京：江苏人民出版社 1979 年版，第 772 页。
③ 《钦定军次实录》，《太平天国印书》(下)，南京：江苏人民出版社 1979 年版，第 795 页。
④ 《钦定军次实录》，《太平天国印书》(下)，南京：江苏人民出版社 1979 年版，第 795 页。

念意识形态也不可能超越观念社会，在一片空白之上凌空建构。太平天国从基督教教义中获得的，只是一种宗教形态的天神信仰与带有狂热精神的天国理想，在太平军早期的武装斗争中发挥了巨大作用。但随着天京政权的建立，军事共产主义式的社会组织结构逐步瓦解，政权机制开始发挥其实际作用的时候，太平天国领袖人物渐渐感觉到，在社会秩序、社会组织和社会道德的维系方面，传统的儒家意识形态仍具有不可替代的作用。太平天国政权要求得存在和发展，不得不与传统的思想文化遗产构成多边缘的重合。尤其是在纲常伦理、社会道德方面，不得不倚重于儒家传统的君臣父子、孝悌忠义观念。到太平天国后期，洪仁玕命李春发所写的《劝诫士子文》传达天文诏旨云："孔孟之书不必废，其中有合于天情道理亦多。"[1] 这种对孔孟之书的重新认同，是一种为形势所迫的思想调整。而轰烈一时的删书举动，也只是做到将古书中"涉鬼神丧祭者削去"，将《论语》中的"夫子"改为"孔某""孟子见梁惠王"改为"孟子见梁惠相"而已。

太平天国政权的参与者，多为农民革命者和下层文人。其中如洪秀全、冯云山、韦昌辉为失意儒生，杨秀清、肖朝贵、石达开则以耕种为业，他们的社会地位和生活经历，使他们对士绅阶层存在着一种天然的隔膜。当太平军金田起义，一路过关夺隘、横扫千军之时，虽号召"各省有志者""名儒学士""英雄豪杰""各各起义，大振旌旗，报不共戴天之仇，共立勤王之勤"[2]，但儒生和绅士参与其中者很少。这是因为太平军猝然揭竿而起，其思想、行为难以获得士绅阶层的理解和赞同。士绅阶层拥有精神优越、生活稳定的既得利益，对太平军天下一家、共享太平的号召难以动心；清王朝入主中原二百余年，其统治地位已获得广泛的社会认同，此时虽已腐朽但尚无崩

---

① 《钦定士阶条例》，《太平天国印书》（下），南京：江苏人民出版社1979年版，第746页。

② 《颁行诏书》，《太平天国印书》（上），南京：江苏人民出版社1979年版，第108页。

溃之象，士绅阶层看重君臣之大义甚于夷夏之大防；士绅阶层以孔孟之书为晋身之阶，对太平军焚诗书、信洋教、毁孔庙的激烈行为极易产生对抗心理。天国政权建立之后，出于事业发展的行政事务的需要，开始注意培养为本集团利益服务的思想文化队伍。张德坚《贼情汇纂》中所记录的太平天国颁布的《招贤榜》云："值天命维新之际，正属人文蔚起之时。天朝任官唯贤，需才孔亟。凡属武达文通之彦，久列于朝，专家典艺之流，不遗于野。"故而号召四方英才，"报名投效，自贡所长"①。为招揽人才，天国政权于1854年开科取士，布衣、绅士、倡优、隶卒均可入考，试题不本四书五经，而本"天情道理"。取士分文、武两科，统名为士，并改称秀才为秀士，举人为约士，进士为达士，翰林为国士。洪仁玕解释其中精义云："是文武统名为士，而称谓各有其真，将见弦诵之士怀经济，纠桓之士尽腹心。文可兼武，韬略载在《诗》《书》；武可兼文，干戈化为礼让。事事协文经武纬，人人具武烈文谟。"②以武烈文谟、文武兼备期待于士子，企望选拔一批"揆文则足以辅国，奋武则足以诛妖"③的政治、军事两栖型人才和造就一支忠于天国信仰、事业的文化队伍，是定都之后太平天国政权建设的重要内容。

曾国藩所率领的湘军，是一支为王前驱的军事武装。太平军广西起事后，势如破竹，逼近中原，随后又顺江东下，定都江宁。清政府之绿营军及各督府统辖之军队，不堪一击，难以抵挡太平军所向披靡之锋芒，于是朝野上下，有兴办乡勇团练地方武装、阻遏太平军之议。曾国藩以丁忧在籍侍郎的身份，受命兴办团练，其惨淡经营数年，组织了一支与太平军正面角逐的

---

① 张德坚：《贼情汇纂》，《太平天国》，《中国近代史丛刊》，上海：上海人民出版社1957年版，第113—114页。

② 《钦定英杰归真》，《太平天国印书》（下），南京：江苏人民出版社1979年版，第765页。

③ 《钦定士阶条例》，《太平天国印书》（下），南京：江苏人民出版社1979年版，第743页。

军事力量，并最终借助洋人军队的帮助，攻克天京，为清政府除去心腹之患，从而成为炙手可热、声名显赫的同治中兴名臣。

太平天国政权的最终失败，不单纯是军事上的失误和个别领导人道德学识上的缺陷，而曾国藩的勤王胜利，在很大程度上则取决于卫道、护教行为的成功。

曾国藩出生于理学传统十分深厚的湖南，曾氏家族在曾国藩之前并未有通籍于朝者。曾国藩自 1838 年中进士后，十余年间仕途顺利，多次超擢。37 岁授内阁学士兼礼部侍郎时，官职已至二品，此后又分别兼署兵、工、刑、吏各部侍郎。他在此期间致朋友的信中写道："国藩于文差一无所得，而乃兼署兵部，……中心颇为惶惑！一介贫寒，遽跻之曹，且兼两职，若尚不知足，或生觖望，则将为鬼神所不许。"①这正是他日后为王前驱、报效朝廷的思想基础。曾氏在京师官职虽高，但无实事实权，故而多有闲暇，用以诵读诗书，储材养望。他先后曾向唐鉴、倭仁问理学，向刘传莹问汉学，与梅曾亮、邵懿臣、吴廷栋等人切磋诗古文，虽均未成为专家，但却赢得了清名，这正是他日后聚合士绅阶层，组成庞大幕府的资本。曾国藩在家乡守制，接受兴办团练命令之初，曾想到过知难而退。但湘军初具规模，出省作战后，又为成大名、建奇功的动机所支配，遂一发而不可收。曾国藩的退与进，都有个人得失的考虑，而特殊的历史机遇又使他个人的荣辱与清王朝的命运紧紧联系在一起。

曾国藩在与太平天国长达十余年的军事斗争中，利用清朝承明而来的幕府制度，延揽罗致各种人才，襄助军务政务，在招集政治、军事人才来归麾下的同时，还注意延揽文雅之士，以广泛取得士绅阶层的理解和支持。1854 年 2 月，在湘军初具规模、即将出省向太平军开战之时，曾国藩发布

---

① 曾国藩：《致陈源兖》，《湖湘文库·曾国藩全集 22》，长沙：岳麓书社 2011 年版，第 57 页。

了《讨粤匪檄》，文中号召："倘有血性男子，号召义旅，助我征剿者，本部堂引为心腹，酌给口粮；倘有抱道君子，痛天主教之横行中原，赫然奋怒，以卫吾道者，本部堂礼之幕府，待以宾师。"[①]以卫护圣道皇权为纽带，广结思想同盟，是曾国藩对太平天国进行文化围剿的重要一步。为促进这种联盟的形成，曾国藩一改京师期间学宗程朱、文守桐城之初衷，主张汉宋兼采，骈散并举，调整各派争端。而这一时期的学界文坛，先惊骇于鸦片战争之事变，后震动于太平天国之生成，生存的危机使他们早已无心同室操戈。曾国藩身居高位，又以兼包并容、卫护旧有学术文化的面目出现，故而迅速得到以著书治学、研读经史为安身立命之处的各派文人学者的一致认同。这样，曾国藩不仅成为咸同之际清政府政治、军事利益的代表，也俨然充任了学苑文坛卫道联盟的领袖。

曾国藩在《讨粤匪檄》中对太平天国的攻击主要有三点：（一）洪杨称乱以来，荼毒生灵，蹂躏州县，抢掠人民，视两湖三江被胁之人曾犬豕牛马之不若。（二）太平天国窃外夷之绪，崇天主之教，自其伪君伪相，下逮兵卒践役，皆以兄弟称之。农不能自耕以纳赋，商不能自贾以取息，士不能诵孔子之经，而别有所谓耶稣之说、《新约》之书，举中国数千年礼义人伦诗书典则，一旦扫地荡尽。（三）所过郡县，先毁庙宇，孔子之木主，关帝、岳王之宫室，佛寺、道院、城隍、社坛，无庙不焚，无像不灭。其第一点，把太平军描绘成杀人越货、无恶不作的草寇土匪，重在以其"残忍惨酷"之作为，激起天下所谓"有血气者"的愤怒。其第二点，从中国传统的纲常名教立言，指责太平天国别立邪教，破坏君臣父子夫妇之纲常人伦，使农工商士四民不能安居乐业，实为数千年名教之奇变，"凡读书识字者，又乌可袖手安坐，不思一为之所也"，重在煽动读书识字之人与太平天国的对立情绪。

---

① 曾国藩：《讨粤匪檄》，《湖湘文库·曾国藩全集14》，长沙：岳麓书社2011年版，第140页。

其第三点，从宗教信仰着手，指责太平军信奉耶稣之教而不敬儒、佛、道各路神祇，终会导致鬼神共怒，报应于冥冥之中，重在从宗教信仰角度挑起人们对太平天国行为的不满。

曾氏的《讨粤匪檄》极富有煽动性。檄文借助官方政府的舆论权威，利用人们对西教的盲目排斥情绪和对太平天国行为真相的不了解，对太平天国发动了军事力量交锋之外的思想文化围剿。《讨粤匪檄》是官方阵营"卫道"之战的宣言和思想纲领。

"卫道"之战比军事行为更能牵动儒林中人的心旌。他们为着保卫文化传统及自身的利益，结成了松散的思想同盟。一些攘臂以求者则投奔曾氏幕府，直接参与襄助对太平天国的文化之战。

咸同之际的曾氏幕府，僚客云集。他们或为功名，或为信仰，或为生计，聚合而来。薛福成《叙曾文正公幕府宾僚》一文记叙曾氏幕府之盛况云：

> 昔曾文正公奋艰屯之会，躬文武之略，陶铸群英，大奠区宇，振颓起衰，豪彦从风，遗泽余韵，流衍数世。非独其规恢之宏阔也，盖其致力延揽，广包兼容，持之有恒，而御之有本，以是知人之鉴，为世所宗，而幕府宾僚，尤极一时之盛云。

文中，薛福成著录其居曾幕八年，"所尝与共事，及溯所闻而未相觌，或一再晤语而未共事者"，计八十三人，其中别为四类。"凡从公治军书，涉危难，遇事费画者"；"凡以他事从公，邂逅入幕，或骤致大用，或甫入旋出，散之四方者"；"凡以宿学客戎幕，从容讽议，往来不常，或招致书局，并不责以公事者"；"凡刑名、钱谷、盐法、河工及中外通商诸大端，或以专家成名，下逮一艺一能，各效所长者"。薛文著录之中，以诗文名世的有郭嵩焘、刘蓉、吴嘉宾、莫友芝、方宗诚、王闿运、钱泰吉、黎庶昌、向师棣、容闳、张文虎、吴敏树、刘毓松、俞樾、薛福成、吴汝纶、张裕剑等人。其中俞樾之前者，其入幕时间在天京被攻陷之前。之后者，则是在围剿捻军时入幕。这些人的入幕，大大增加了曾氏集团的实力和影响。

由上可知，咸同之际的太平天国与曾氏集团之间除去政治、军事对峙之外，还存在着观念形态的冲突和由此而引发的文化之战。观念形态领域的冲突包括双方在思想信仰、宗教情绪、精神意志、社会理想诸方面的差异，而文化之战，则集中地表现为对中国文化传统的态度——"卫道"还是"叛道"。为适应意识形态冲突和文化之战的需要，双方都曾致力于组建为本集团思想利益服务的文化队伍。双方的观念形态冲突和文化之战，使咸同之际的文学空间，充满着与生俱来的剑拔弩张式的紧张。

二、功利实用的文学价值取向

处于尖锐对立状态之中的太平天国与曾氏集团，在文学的价值取向上则表现出惊人的一致。他们看重的是文学的社会功利和实用性功能，共同把文学作为政治与军事斗争的思想武器，作为激烈对抗中各自生存与发展的重要手段。

这种对立双方共同一致的文学选择，是有着充分的现实与思想根据的。

首先，战争的存在，要求对峙双方的一切决策与行为，必须以现实的成败得失为进退取舍的依据。生存的需求是君临一切的最高指令，精神与情感的活动则处于附庸与服从的地位。战争意味着刀光剑影、拼死厮杀，它所需要的精神与情感活动具有简单迅捷、不尚浮华、讲求功利、注重实用的规定性特征。战争以无形的力量，选择与规范着精神与情感活动的范围及其表现形式，是制约双方文学价值取向与功能认同的显性现实因素。

其次，政治与军事对峙中的双方，处在共同的社会形态之中，都不是先进生产力和生产方式的代表。他们的对立，主要是政治上的正统与非正统、军事上的围剿与反围剿的斗争。就思想意识形态而言，一个是认可与封建社会意识形态保持总体整合而又为社会所广泛接受的儒家"正学"，一个是信奉内囊已儒学化而仅保留着基督教外部形式的西教"邪说"，二者并未构成质的差别。相反，双方在各自思想体系的建构和文化心态的形成过程中，都与传统的文化遗产保持着一种割舍不断的脐带式联结。中国传统的实用理性精神的渗透，是促使双方作出共同文学选择的隐性文化因素。

先就太平天国而言。太平天国猝然起事，建立政权，其在政治组织、经济制度、文化建设诸方面，都不够成熟并存在着严重缺陷，这是毋庸讳言的。历史没有为它留下慎重思考和不断完善的机会。在太平天国的精神与情感活动中，文学占据着相对狭小的空间，这一空间在战争外力的挤压下，又呈现着一种功能偏至的畸形状态。

造成太平天国文学空间狭小的原因是多重的。太平天国政权始终是一个军事性的政治实体，每一场军事斗争的胜负都关乎盛衰存亡，生存问题的严峻性使它不得不把主要精力集中于战争而难以有暇他顾；军事化的社会组织和社会生活，要求其每一成员的行为整齐划一，并带有强制性的禁欲倾向，个性化的精神与情感要求被规范化、简单化；太平军的组成多为农民和下层文人，或缺乏从事文学活动的基本条件（如文化素养），或偶有所作也因战争辗转而湮没无闻。由于以上诸种原因，在太平天国现存的历史文献中，除了留有少数领袖人物抒写胸臆的诗文作品，及军队中流传的以诗文形式写成的通俗性政治宣传品外，其他文学性作品已不可多见。

在政治与军事处于激烈对抗、观念形态也存在着内在较量与抗衡的情况下，太平天国对文学的要求是实用有效。因而，无关军国政治者概被视为虚文浮语，有悖天教真理者均被称为邪说淫词，这种以实用有效为主旨的文学主张，在《戒浮文巧言谕》等有关文献中得到了比较集中地体现。

以洪仁玕等人名义所写的《戒浮文巧言谕》发布于 1861 年，主要意图是改革太平天国内部奏章文告之文体文风，但也旁及于文学。文告所表述的内容、观点，是洪氏政治集团有关论述的集束。若将文告与太平天国其他领袖人物零星散见的有关论述相互印证，可以概括为以下几个方面的内容：

（一）文以纪实，浮文所在必删

所谓文以纪实，即文告中所说的"实叙其事，从某年月日而来，从何地何人证据，一一叙明，语语确凿"。这种纪实的要求主要是对奏章文书而言，强调文字表述平实，富有条理。至于浮文，则与平实之文相左："文墨之士，或少年气盛，喜骋雄谈，或新进恃才，欲夸学富。甚至舞文弄笔，一语也而抑扬其词，则低昂遂判；一事也而参差其说，则曲直难分。"浮文求辞采于五色，较声律于锱铢，言而不根，夸夸其谈，其弊在于"倘或听之不聪，即将贻误非浅"；"不惟无益于事，而且有害于事"。实言与浮文，首先可于遣词行文之中辨别。

文告对平实之文与浮文的抑扬，是以实用与否为判别标准的。在实用的标准下，文人墨客伤春悲秋的吟诵、声色格律的讲求都因于军国政治无补而被视为空言绮习。洪仁玕在《军次实录》中说：

> 本军师所到之处，禁止焚屋焚书，意欲寻求经济之方策。无如所见多是吟花吟柳之句。六代积习，空言无补。

> 本军师于军次中，案篋内，每见诗卷，多是吟花咏柳，偶披览之，即与怀肠相悖，乃急吟此以洗之："诗家多大话，读者喜荒唐。花柳轻浮句，偏私浅嫩肠。薰陶成僻行，习惯变庸常。学生精于择，勉哉性理章。"

志在经济方策的寻求，吟花咏柳之词，自与怀肠相悖；无关军国政治，喋喋于一偏之私，便近于轻浮之言。实言浮文之辨，还与其所表现的内容题材有关，战争选择着情感表现方式，也简化着情感需求。它只从实际社会功利出发，排斥与政治军事斗争无关的情感活动。

（二）言贵从心，巧言当禁

言贵从心，缘因"真理自在人心"，"从心"则有裨于求真而杜伪、存真而去伪。与"文以纪实"相论较，"言贵从心"之说更接近于文学论。它所包容的含义，与传统的文学性灵说有着某种神契，又带有几分宗教神秘的色彩。洪仁玕在《谕天下读书士子》一文中谈及自己持笔为文的经验时说：

> 盖读书不在日摹书卷，惟在诚求上帝默牖予衷，则仰观俯察之间，定有活泼天机来往胸中，非古篋中所有者。诚以书中所载之理，亦不外乎宇宙间所著观者，岂天地外复有所谓精理名言乎哉？本军师得以固纵之性，每多此等笔墨，以洗从前花柳陋习。①

既然活泼天机，在仰观俯察之间，精理名言，著观于宇宙天地之中，执笔挥毫，自应做到随心所欲，"固纵之性"，其所谓"上帝"，并非完全等同于太平天国所信奉的天神皇上帝，在一定程度上被用来借指精神情感之主宰，是一种被心灵化、精神化了的"上帝"。洪仁玕以为自己读书"究不解所谓文法也"，但其文能做到"意思层出，文墨异人，殆亦由立心取法之殊而来也"。"立心取法"，是"言贵从心"之说的精妙诠释，洪仁玕有《咏笔》诗两首，诗云："笔尖犀利甚干戈，挥洒从心任欲何？怒则生嫌悲则叹，乐时陶咏喜时歌。"②诗中描述了喜怒哀乐之情，得以从心挥洒所带来的酣畅与快乐，这正是一种立心取法、独抒性灵的自在境界。

---

① 《钦定军次实录》，《太平天国印书》（下），南京：江苏人民出版社1979年版，第788页。
② 《钦定军次实录》，《太平天国印书》（下），南京：江苏人民出版社1979年版，第781页。

言贵从心并非无有藩篱。从心之言，不可违悖天情真道，否则为伪言巧言，为邪说淫词。李春发之《劝诫士子文》云："文艺虽微，实关品学。一字一句之末，要必绝乎邪说淫词而确切于天教真理，以阐发乎新天新地之大观。"获取天情真道的途径无它："惟举旧遗诏圣书（《旧约》）、前遗诏圣书（《新约》）以及天父天兄下凡诏书、天命诏旨书、天道诏书，时时讲明而熟视之，其他凡情诸书，业经钦定改正，……皆属于开卷有益者。"上述典籍，"士果备而习"，则可望成就"与天情相吻合而体用兼该"之文。这里所提出的"与天情相吻合而体用兼该"，是一个综合性的衡文标准。"与天情相吻合"强调的是作品的思想倾向，"体用兼该"指既做到"焕乎有文，斐然成章"，又当体现确切的实用价值。

（三）朴实明晓，通俗易知

与文以纪实，以杜浮文，言贵从心，以绝巧言的文体文风的改革相适应，文告对语言运用提出了朴实明晓、通俗易知的要求。这一要求包括：不用令人惊奇危惧之笔；不用不伦妄诞之语；不须古典之言。文告指出：

> 况现当开国之际，一应奏章文谕，尤属政治所关，更当朴实明晓，不得稍有激刺、挑唆、反间、故令人惊奇危惧之笔。

> 且具本章不得用龙德、龙颜及百灵、承运、社稷、宗庙等妖魔字样。至祝寿浮词，如鹤算、龟年、岳降、嵩生及三生有幸字样，尤属不伦，且涉妄诞。

> 要实叙其事，……不得一词妖艳，毋庸半字虚浮。但有虔恭之意，不须古典之言。

语言是思想的载体。文告对奏章文谕语言所提出的诸种要求，体现了一种由"政治所关"而策动的语言改革的自觉。这种改革的目的是力求语言的运用更加准确、简洁、实用，以适应激烈对峙中政治、军事斗争的需要。同时，删去旧有奏章文告中所袭用的熟语陈词，改用太平天国所特有的称谓词语，如文告中要求的行文须"首要认识天恩主恩东西王恩"，这既是天京政权建立之后"万象更新"的重要标志之一，又具有一种建元改制的象征性意义。

　　太平天国上述对于文体、文风和文牍语言改革的倡导，体现了太平天国政权功利实用的文学价值取向。在文学的审美愉悦、认识体知与教育启化三大基本功能中，太平天国积极认同和充分利用的是文学的教育启化功能。太平天国所进行的主要文学活动，是借助诗文、歌谣等文学形式，在军队中进行天情真道的宣传和统一意志、统一纪律的思想教育，用以增强洪氏政治集团的号召力与凝聚力，增强军队对皇上帝的信仰、对天国利益的忠诚。其中诸如《醒世文》《三字经》《幼学诗》《太平救世歌》《原道救世诏》《原道醒世诏》《原道觉世诏》都是通俗性的启蒙作品，以浅显、易诵、易记的语体宣讲起事革命的道理，描述"天下一家，共享太平"的政治乌托邦理想以及基本的行为、伦理准则。在这类作品中，又以建都天京后所编写刊印的《太平天日》《天情道理书》在太平军中流布较广，影响较大。《太平天日》记述了洪秀全、冯云山创立拜上帝会及早期在广西一带的传教活动。此书开篇借助《新约》《旧约》中的思想资料，编造了皇上帝——天兄基督——真主洪秀全的神道传承系统，并演绎出洪秀全上天受皇上帝之命下凡诛妖的故事。这种受天命而降妖的故事的编排，使太平军起事增添了替天行道的正义性，而扑朔迷离的天庭受命场面的描写，为太平天国的领袖人物涂抹了一层高深莫测的神秘色彩。人间英雄一旦套上神道之光环，便更加具有精神与行为上的号召力量。替天行道，为正义而战，忠诚于受天命之真主，这种以布道宣讲形式不断施放的信息刺激，加强与巩固着太平天国的思想信仰体系。

《天情道理书》亦是一部讲述起事道理与起事历史的著述。此书的序言，将书的内容、刊印的作用与目的说得十分清楚：

> 窃惟世道日非，人心不古，真道之不明于天下也亦已久矣。
> （今）以天情真道化醒世人，俾天下万世，脱尽凡情，共享天
> 福。……（此书）将自金田起义以来，其显明易见之事，聊举大略，
> 以为鉴戒，详明辩论，汇辑成书。其语言不加藻饰，只取明白晓
> 畅，以便人人易解。……愿我们兄弟姊妹，依赖是书，益以自励。

以明白晓畅，人人易解之语体，宣讲天情真道，以启发蒙昧、化醒世人，作品的教化作用得到极大的突出和张扬。

曾国藩幕府为一时旧派文人荟萃之地。这些文人虽都曾有各自的艺术追求和审美情趣，但既入幕府，享用俸禄，就不再是尘世间袖手悠游之人。曾国藩对幕府中僚属也多以"兵事、饷事、吏事、文事"相勉嘱，而视文学之事为"道德之钥，经济之舆"，以为欲图行远，必早具坚车，着意于文字功夫的修养与锻炼。

曾国藩居京师期间，在理学、汉学、诗、古文方面都曾用过功夫。但在诸种学问中，以对古文与诗最有兴趣。他在其间所作的《致刘孟蓉》信中说：

> 仆不早立，自庚子以来，稍事学问。涉猎于前明本朝诸大儒
> 之书，而不克辨其得失。闻此间有工为古文诗者，就而审之，乃
> 桐城姚郎中鼐之绪论，其言诚有可取。于是取司马迁、班固、杜
> 甫、韩愈、欧阳修、曾巩、王安石及方苞之作，悉心而读之。其
> 他六代之能诗者，及李白、苏轼、黄庭坚之徒，亦皆泛其流而究
> 其归，然后知古之知道者，未有不明于文字者也。

于明清诸儒之书，茫然不克辨其得失，于诗、古文，则心有灵犀，欣然而就，此亦是性情爱好使然。接着，曾氏又稽古博征，论述道与文之关系，其结论谓：

> 道之散列于万事万物者，亦略尽于文字中矣。所贵乎圣人者，谓其立行与万事万物相交错而曲当乎道，其文字可以教后世也。吾儒所赖以学圣贤者，亦藉此文字，以考古圣之行，以究其用心之所在。

此说近于韩愈之"以文见道"之论。曾氏又以为道犹人心所载之理，文字犹人身之血气，"知舍血气无以见心理，则知舍文字无以窥圣人之道矣"。道既于文见，则文之作用不可轻诋：

> 周濂溪氏称文以载道，而以虚车讥俗儒。夫虚车诚不可，无车又可以行远乎？孔孟没而道至今存者，赖有此行远之车也。吾辈今日苟有所见，而欲为行远之计，又可不早具坚车乎哉！ ①

在道与文的关系上，曾氏不赞成宋代理学家重道轻文的思想倾向。在他看来，道因文见，"早具坚车"，即锻炼行文遣意功夫，是传道于后世的行远之计。

这种为行远之计而早具坚车的观念，促使曾国藩在戎马倥偬之中，仍不忘情于旧业。他的《经史百家杂钞》《十八家诗钞》及重要文论著述《欧阳生文集序》《圣哲画像记》均成就于军幕之中。在这些著述中，曾国藩将

---

① 曾国藩：《致刘蓉》，《曾国藩全集·书札》（下），石家庄：河北人民出版社 2016 年版，第 230 页。

他的精神祈向与文学追求，表达得更为具体、系统。

写作于1859年的《圣哲画像记》，是曾国藩思想追求的总纲。此文开宗明义，先述写绘制圣哲画像之缘起。曾氏以为自己志学不早，中岁侧身朝列，驽缓多病，百无一成。后因军旅驰驱，益以芜废，而日月倏忽，转眼已年近五十。平生感慨书籍之浩浩，著述者众，若江河然，非一人之腹所能尽饮。故而乃择古今圣哲三十余人，图其遗像，以示后嗣读书者，取足于此，不必广心博鹜，茫然无从。

曾氏文中罗列古今圣哲计三十二人，并一一扼要说明择选之理由。所择选圣哲以其学问造诣所长别为三类，分附义理、辞章、考据之属，并比附于孔门四科。其中文王、周公、孔子、孟子为圣人之属，左氏、庄子、司马迁、班固为通人之才，两者都不可以某科藩篱之。其他各入选者配属各科如下：

诸葛亮当扰攘之世，被服儒者，从容中道；陆贽事多疑之主、驭难驯之将，毫厘无失；范仲淹、司马光坚卓诚信，以道自持；四人治政有方，在圣门则以德行而兼政事。周敦颐、二程（程颐、程颢）、张载、朱熹，上接孔孟之传，后世君相师儒，笃守其说，莫之或易。在圣门则德行之科。以上八人，其学归义理之属。

韩愈、柳宗元取法扬雄、司马相如雄奇万变之文，而纳之于薄物小篇之中，其作得天地遒劲之气，具有阳与刚之美；欧阳修、曾巩师承韩愈，而体质近刘向、匡衡之渊懿，其作得天地温厚之气，具有阴与柔之美；韩、柳、欧阳、曾为文之魁，李白、杜甫、苏轼、黄庭坚则为诗之斗。诗之为道广，嗜好趋向，各视其性之所及。曾国藩以为以己之性，取李、杜、苏、黄可足终身。韩、柳、欧阳、曾、李、杜、苏、黄，在圣门则言语之科，其学归辞章之属。

先王之道，所谓修己治人，经纬万汇者，皆归于礼。汉之许慎、郑玄于秦灭之后，注释群经，考先王制作之源；杜佑、马端临著《通典》《通考》，志在稽古经邦，辨盛衰因革之要，莫不以礼为兢兢。顾炎武言及礼俗教化，毅然有守先待后之志；秦蕙田纂《五礼通考》，举天下古今幽明万事；姚鼐持论闳通；王念孙集小学训诂之大成。顾、秦近于杜、马，姚、王近于许、郑，在圣门则文学之科，其学归考据之属。

花费如此篇幅引述《圣哲画像记》内容的原因，在于透过此文，我们可以窥知曾国藩及曾氏集团，乃至于这一历史时期整个士儒阶层的精神追求和文化心态。曾国藩所精心择选的三十二圣哲，从表面上看是清代各学派所崇奉的精神领袖的重新综合，如宋学所崇奉的文、周、孔、孟、周、程、张、朱之道统，桐城派所崇奉的左、庄、马、班、韩、柳、欧、曾之文统，宋诗派视为诗圣的李、杜、苏、黄，汉学推为鼻祖的许、郑、杜、马，经世派奉为楷模的葛、陆、范、马；其用以类属各圣哲的标准，如义理、辞章、考据、阳刚、阴柔等，也早为学术界所认可运用。但曾氏将各学派之精神领袖统笼于笔端，皆炷香而供奉之，则表现出熔众长于一炉、兼收而并蓄的意向。这种意向既顺应了鸦片战争之后各学派由相互攻讦转而为收敛锋芒、臻于合流的学术趋势，同时也极有代表性地体现了纷乱之世士儒阶层的文化精神和理想人格。文能坐而论道，讲求修身养性学问；武能运筹帷幄，决胜于千里之外；从政能驭将率民，熟知人事天机、盛衰因革之要；闲逸则登高能赋，兼阳刚阴柔之胜而游刃有余。曾国藩所描述的行身祈向，大体不出中国士大夫传统的修、齐、治、平的思想范畴。但其将葛、陆、范、马治政有方者与周、程、张、朱性理大师并提，将杜、马、顾、秦"志在稽古经邦"者与许、郑等注经圣手并提，其强调经世致用的意图还是十分明显的。同时，以诗文辞章名世的韩、柳、欧、曾、李、杜、苏、黄也常为纯然儒者所不齿，而《圣哲画像记》中将诸人赫然标出，比附于孔门言语之科，视辞章之学为士儒理想人格的重要组成部分，也显示出个人的见地与匠心。

曾国藩以义理、经济、考据、辞章兼擅并胜为基点的行身祈向，与太平天国"文可兼武、韬略载在《诗》《书》；武可兼文，干戈化为礼让。事事协文经武纬，人人具武烈文谟"①的人才理想大致相同，双方在激烈的对峙之中，都表现出对文武全备型人才的需求和渴望。薛福成《跋曾文正公手书册子》记述在淮北军次的幕僚生活时写道：

> 文正每治军书毕，必与群宾剧谈良久，隽词闳义，涛涌森至，间以识略文章相勖勉，或长日多暇，则索书之纸，杂陈几案，人人各餍其意而去。②

曾氏幕府之中的众文士中，薛福成、黎庶昌、张裕钊、吴汝纶被称为曾门四弟子。薛福成记述四人以文章得知于曾国藩，以及受益于曾氏之经过云：

> 余入曾文正幕府。文正告余，幕中遵义黎君，暨溆浦向师棣伯常，可交也。余始与二君以学业相砥砺。伯常志豪才健，不幸遘疾以没。莼斋（黎庶昌）恂恂如不胜衣，而意气迈往。若视奇绩伟勋，可捩契致。文正意不谓然，顾时时以文事奖勉僚属。一见许余有论事才，谓莼斋生长边隅，行文颇得坚强之气，锲而不舍，均可成一家之言。居常诲人，以为将相者，天下公器，时来则为之，虽旋乾转坤之功，邂逅建树，无异浮云变幻于太虚，怒涛起灭于沧海，不宜撄以成心。文者，道德之钥，经济之舆也。自古文周孔孟之圣，周程张朱之贤，葛陆范马之才，鲜不藉文以传。苟能探厥奥妙，足以自淑淑世，舍此则又何求。当是时，幕

---

① 《钦定英杰归真》，《太平天国印书》（下），南京：江苏人民出版社 1979 年版，第766 页。

② 《跋曾文正公手书册子》，《国家清史编纂委员会·文献丛刊·桐城派名家文集10·薛福成集》，合肥：安徽教育出版社 2014 年版，第 76 页。

府豪彦云集，并包兼罗。其治古文辞者，如武昌张裕钊廉卿之思力精深，桐城吴汝纶挚甫之天资高隽，余与莼斋咸自愧弗逮远甚。[1]

视将相功名为天下公器，奇绩伟勋如太虚浮云，两者均在变幻莫测、可遇而不可求之列，故"不宜攫以成心"；而文章为道德之钥、经济之舆，近可安身立命，远可传诵百世，自淑而又淑世，故当全力以求。曾国藩对薛、黎诸人以文事相奖勉，劝诫他们不急不躁，锲而不舍，成一家之言，是出于培养人才计，而其基本道理正源自于其"坚车行远"之说。

曾国藩的"坚车行远"之说与义理、经济、考据、辞章兼擅并胜的行身祈向，着实地强调了文事辞章之学的重要作用，把其视为士儒侧身天地、有所作为的必备功夫。与此同时，曾氏又明确地把文事辞章之学看作是实现某种政治功利与人生目的的手段，是一种极富有实际使用价值的工具。"道德之钥，经济之舆"的比喻，将传统的以文见道、文以载道的命题形象化。而其所谓"道"，又并非性理家之空谈，它包含着修、齐、治、平的整套内容，义理经济，德行政事，密不可分，都隶属于"道"之范畴，都需要倚重辞章之"坚车"而行远。修身齐家以立德，治国平天下以立功，著述传世以立言。曾国藩的人生设计，仍以封建士大夫的"三不朽"理论作为基本框架。德行大而无形，见之于功业文章；功业取决于外在机遇，明灭难卜；惟文章在于个人造诣，可力致而成。蹈实以待虚，这正是曾氏对薛福成、黎庶昌等以功业相瞩望，却以文事相奖勉的原因。曾国藩一生以通儒自期，而于经术考据，天文地理，金石书画，多是略涉涯涘，未能登堂入室，其兴趣最浓、得力成功之处一是政事，二是诗、古文。曾氏1861年困守祁门之时，为长子曾纪泽所预留之遗嘱中说："此次若遂不测，毫无牵恋，……惟古文

与诗二者，用力颇深，探索颇苦，而未能介然用之，独辟康庄。"①此时，曾氏"剿灭"太平天国的功业未成，前途未可预料，独以古文与诗未及成家而引为遗憾，也不尽是伪态。载道行远，自淑淑世，曾国藩的文学价值观念，显示出吟诵性情之文人与为王前驱之政事家的双重心态。

曾国藩的文学价值观在改造桐城派古文理论、别创湘乡派的一系列实践活动中，得到充分的体现。1856年前后，桐城派中的嫡传掌门人梅曾亮、方东树相继去世，轰烈一时的桐城古文事业处于一种群龙无首的境地。曾国藩以姚鼐私淑弟子之身份，重张帅旗。曾氏1858年作《欧阳生文集序》，文中描述桐城派自姚鼐之后的发展规模，肯定桐城古文为文家正轨。同时指出桐城古文濒于危境的原因在于洪杨之乱，而湖南受祸稍轻，"二三君子，尚得优游文学，曲折以求合桐城之辙"②，其中不无暗度陈仓、遥接桐城传绪之意。次年所作《圣哲画像记》，将姚鼐列入古今三十二圣哲之列。虽然姚氏被归属于考据之门，显得名实不符、不伦不类，但由此亦可足见其推崇之意。文中又言"国藩之粗解文章，由姚先生启之"，更显得由衷的恭敬。同年，纂辑《经史百家杂钞》，在桐城派文人奉为古文圭臬的《古文辞类纂》之外，别辟取范门径。此后所写文字，渐次显露出对桐城派文改造之意向。

曾国藩对桐城派文的改造意向，主要表现在两个方面：一是针对桐城派文规模狭小、气势孱弱的毛病，提出广开门径，转益经史百家，作雄奇瑰玮、气象光明之文；二是以事理、物理、经国济世之道充实身心义理之学，着政事于笔端，并功德言于一途，以免除桐城派载道之文空谈义理所遭受的"虚车"之讥。

---

① 曾国藩：《谕纪泽纪鸿 三月十三日》，《湖湘文库·曾国藩全集20》，长沙：岳麓书社2011年版，第593页。

② 曾国藩：《欧阳文集序》，《湖湘文库·曾国藩全集14》，长沙：岳麓书社2011年版，第205页。

桐城派文谨守义法之说，片面追求雅清有序，行文变化又以删繁就简、言明意赅为指归，故而渐渐走向禁忌繁多、画地为牢、深美有余、浩瀚不足的狭窄表现领域。曾国藩曾批评归有光之文说："彼所为抑扬吞吐，情韵不匮者，苟裁之以义，或皆可以不陈。浮芥舟以纵送于蹄涔之水，不复忆天下有曰海涛者也？神乎？味乎？徒词费耳。"①此语也正是对学归文的桐城派文风的批评。曾氏自称"平生好雄奇瑰玮之文"②，又别古文之风格为两类，一曰雄奇，一曰惬适，雄奇之文以庄生、扬、马、韩愈为最，惬适之文则推汉之匡、刘，宋之欧、曾。在曾氏看来，雄奇与惬适是具有高下之分的两重境地："雄奇者，得之天事，非人力所可强企；惬适者，诗书酝酿，岁月磨炼，皆可日起而有功。惬适未必能兼雄奇之长，雄奇则未有不惬适者。学者之识，当仰窥于瑰玮俊迈、谈诡恣肆之域，以期日进于高明。若施手之处，则端从平易惬适始。"③以雄奇、惬适论文，其旨意与姚鼐阳刚阴柔之说自无不同。姚鼐以为："文章之原，本乎天地。天地之道，阴阳刚柔而已。苟有得乎阴阳刚柔之精，皆可以为文章之美。"④阳刚阴柔，两两相对，协和成体，不可偏废。但自诸子以下，由于艺术造诣与情趣爱好不同，为文者或毗于阴，或毗于阳，"其得于阳与刚之美者，则其文如霆、如电、如长风之出谷，如崇山峻崖，如决大川，如奔骐骥"；"其得于阴与柔之美者，则其文如升初日，如清风，如云，如霞，如烟，如幽林曲涧，如沦，如漾，如珠玉之辉，如鸿鹄之鸣入寥廓"⑤。在阳刚与阴柔之间，姚鼐评判道："天地之用

---

① 曾国藩：《题王定安〈脱敦斋稿〉》，《湖湘文库·曾国藩全集14》，长沙：岳麓书社 2011 年版，第 227 页。

② 曾国藩：《复吴敏树》，《湖湘文库·曾国藩全集23》，长沙：岳麓书社 2011 年版，第 331 页。

③ 曾国藩：《文》，《曾国藩全集·文集上》，石家庄：河北人民出版社 2016 年版，第 118 页。

④ 姚鼐：《海愚诗钞序》，《惜抱轩全集》，北京：中国书店 1991 年版，第 35 页。

⑤ 姚鼐：《复鲁絜非书》，《惜抱轩全集》，北京：中国书店 1991 年版，第 71 页。

也，尚阳而下阴，伸刚而绌柔"，故而"文之雄伟而劲直者，必贵于温深而徐婉"①。姚门弟子管同承继师说，其《与友人论文书》亦以阳刚为贵："圣人论人，重刚而不重柔，取宏毅不取巽顺。夫为文之道，岂异于此乎？古来文人，陈义吐辞，徐婉不失态度，历代多有；至若骏桀廉悍，称雄才而号为刚者，千百年而后一遇焉耳。甚矣，阳之足贵也。"桐城派作家以阳刚阴柔论文，且对阳刚之文，表现出共同的神往之情。但桐城派之文，拘囿于欧、曾、归、方之路径，穷力于雅洁有序之追求，轻熟于日常琐细之叙写，终不免偏胜于阴柔，多有清风流霞、幽林曲涧之徐婉，而少有雷霆光电、长风出谷之劲直。曾国藩深谙桐城派文拘于义法、窘于尺幅、弱于气势之局限，其于《致南屏书》中不无叹惋地说过："古文之道，无施不可，但不宜说理。"②他提倡雄奇宏毅之文，以为雄奇高明于惬适，学文者当仰窥于雄奇，自惬适处起步，自有起衰救敝、打破桐城派文人画地为牢的窘狭心态，改善古文表情达意、议论叙述之综合功能的用意，从而有利于更有效地发挥其作为载道之具、经济之舆所应具有的淑世行远的社会功利作用。

如何由惬适达于雄奇？依曾国藩所言，不外打破骈散界限，转益经史百家，扩大取范路径，于行气、造句、选字上用功之数端。曾国藩咸丰十一年（1861）正月初四的家书中答曾纪泽云："尔问文中雄奇之道，雄奇以行气为上，造句次之，选字又次之。"同年所写的《复许仙屏》信中答许氏所问古文之法云：古文骈文"名号虽殊，而其积字而为句，积句而为段，积段而为篇，则天下凡名为文者一也"。此话已有调和骈散之争的意味。此文又云："国藩以为，欲着字之古，宜研究《尔雅》《说文》小学训诂之书，故尝好观近人王氏、段氏之说；欲造句之古，宜仿效《汉书》《文选》，而后可砭

---

① 姚鼐：《海愚诗钞序》，《惜抱轩全集》，北京：中国书店1991年版，第35页。
② 曾国藩：《复吴敏树》，《湖湘文库·曾国藩全集23》，长沙：岳麓书社2001年版，第331页。

俗而裁伪；欲分段之古，宜熟读班、马、韩、欧之作，审其行气之短长，自然之节奏；欲谋篇之古，则群经诸子，以至近世名家，莫不各有匠心，以成章法。"[1]文中所历数种种取范对象，又大大超出桐城派编织的由归、方上溯唐宋八家，由八家遥承《史记》《六经》的传承系统。以韩、柳、欧、曾之文从字顺，参之以扬、马、班、张之瑰玮恣肆，以《语》《孟》《左》《史》之渊博雅训，合之以庄生屈骚之诙诡神奇，"以力去陈言、戛戛独造为始事，以声调铿锵、包蕴不尽为终事"[2]。"作文时无镂刻字句之苦，文成后无郁塞不吐之情"[3]，转益多师，骈散互用，不拘一格，于桐城派拘谨、孱弱、重滞的文风中，增添若干力度和表现活力，这正是曾氏提倡雄奇之文的意图所在。

"文以载道"是古文一派的永久性论题，但对"道"的理解，却有广狭之别。韩愈志在恢复儒学传统，其所谓"道"，以儒家仁义思想为核心。宋之古文家，将韩愈所说的儒道平易化，认为"道"即现实生活中万事万物所蕴含的事理、物理。明清古文家生于理学盛行之后，其"道"多指义理性命之学。义理之学经过官方的提倡，逐渐成为全社会至高无上、恪守不移的思想原则。桐城派作家以道统、文统传人自居，在动荡变幻的现实生活面前，企求据守义理之学以应万变。他们把正人心、兴教化、明伦常看作是包治社会百病、解决现实矛盾的总药方，胶柱鼓瑟，在圣贤者语录中蹈旧翻新，其"文以载道"则不免显得迂腐陈旧而遭虚车之讥。后人刘师培批评桐城之文"以空义相演……舍事实而就空文"，"故枵腹之徒，多托于桐城之派，以便

---

① 曾国藩：《复许振祎》，《湖湘文库·曾国藩全集 24》，长沙：岳麓书社 2011 年版，第 270—271 页。

② 曾国藩：《复许振祎》，《湖湘文库·曾国藩全集 24》，长沙：岳麓书社 2011 年版，第 271 页。

③ 曾国藩：《道光二十二年·十二月》，《湖湘文库·曾国藩全集 24》，长沙：岳麓书社 2011 年版，第 136 页。

其空疏"①，正是从桐城派剿袭圣贤格言、以文其浅陋悠谬之弊端处立论的。

曾国藩对桐城派文改造的另一意向，是以事理、物理、经济之道补充身心义理之学，把空谈义理性命、纲常名教的桐城古文，引导到关心经世要务，摭拾当代掌故，从而更加切实有用的路径上来。

曾氏承用义理、辞章、考据这一当时学术界流行的学问类别方法，而别出心裁地将义理剖为两类，一为政事，一为德行。德行之学，讲求立身植基，近于桐城派所言之义理；政事之学讲求经国济世，曾氏别称之为经济。"义理者，在孔门为德行之科，今世目为宋学者也。""经济者，在孔门为政事之科，前代典礼政书及当代掌故皆是也。"义理德性之学重在致知，如周、张、程、朱之居敬穷理；经济政事之学重在致用，如葛、陆、范、马之驰驱佐王。"义理与经济，初无两术之分，特其施功之序详于体而略于用耳。""苟通义理之学，而经济该乎其中矣。"②由义理规范经济，以经济充实义理，不仅着意于义理性命，更留心于事理、物理，经世之道，虚实相济，体用兼顾，再佐以训诂之博学，辞章之雅训，"以戴、钱、段、王之训诂，发为班、张、左、郭之文章"，"见道既深且博，而为文复臻于无累"③。遂构成了曾国藩对桐城古文之社会-审美功能的双重期待。

与其对桐城古文的两大改造意向相适应，曾国藩在姚鼐之《古文辞类纂》之外，另选《经史百家杂钞》作为取范对象。姚选拘于义法宗旨与古文统系，不载六经、诸子、史传及六朝辞赋，曾选辑入经、史、诸子之文及辞赋，以显示不拘一格、广收博取之意；姚选着意于古文辞，将古今文体分为

① 刘师培:《中国中古文学史讲义·中国近代三百年学术史论》，长春：时代文艺出版社 2009 年版，第 209—210 页。
② 曾国藩:《劝学篇示直隶士子》，《湖湘文库·曾国藩全集 14》，长沙：岳麓书社2011 年版，第 487 页。
③ 曾国藩:《致刘蓉》，《湖湘文库·曾国藩全集 22》，长沙：岳麓书社 2011 年版，第 8 页。

论著、序跋等十三个类别，曾选则不囿于古文辞，将姚氏文体分类合并删削为九类，另辟叙记、典章两类，别为著述、告语、记载三门。曾选与姚选，显示出辑纂目的和审美眼光的差异。

曾国藩的古文理论，得益于桐城派者甚多。他对桐城派文的改造，带有明显的政治功利性色彩。他试图因势利导，使桐城古文克服自身的弊端，走上更有效地服务于封建政治集团利益的道路。但其对桐城派文的改造意向中，也确实透露出与桐城派所不同的审美情趣、审美识度和风格追求。而这三者，正是一个文学流派得以形成和存在的基础。因而，当这种改造意向在曾氏及曾门弟子的作品中得到落实和实现时，人们则改称之为湘乡派，以有别于以委婉朴素、清淡雅洁见长的桐城派。

三、战争背景下的情感世界

文学是作者对外部世界深切体验、感受的反映。这种体验和感受经过作者审美意识的过滤与物化，便会重新形成一个渗透着创作者主观精神的情感世界，一个依靠语言艺术构筑起来的心灵宇宙，更直接而永久地显示出创作主体的思想特征。当我们把目光转向对太平天国与曾氏集团情感世界的探求时，我们发现，尽管两大政治、军事集团有着不同的感情经历、审美趣味和对立的政治倾向，但相同的社会与人文环境、相似的文化心态，使他们在现实感受、人生体验及对时代精神感悟诸方面，又存在着某种共识和超越集团意志的情感共生带。这些同与异，正是我们探求两大集团情感世界的契入点。

就感情经历而言，两军主帅洪秀全、曾国藩可谓是同途殊归。洪、曾二人都生长于偏远乡村，少习举业，胸存壮志，自命不凡，不甘寂寥平生，洪秀全1837年应试广州落第后赋诗明志，诗云："龙潜海角恐惊天，暂且偷闲跃在渊。等待风云齐聚会，飞腾六合定乾坤。"曾国藩初名曾子城，两次会试不第后于1836年作《岁暮杂感》云："频年踪迹随波谲，大半光阴被墨磨。匣里龙泉吟不住，问余何时斫蛟鼍？"两诗相较，其所表现的少年壮志与书生意气并无实质性区别，如果两人此后身世平平，此类近于少年狂言的诗丝毫不会引起人们的注意。但之后不久，洪秀全从事起义的准备，选择了以武装反清的形式，去实现"天下一家，共享太平"的政治理想和"飞腾六合定乾坤"的平生抱负，而曾子城仕途顺畅，更名国藩，以国家藩屏自期，终至投笔从戎，结束了"大半光阴被墨磨"的书斋生活，作为勤王之师的主帅，将"匣里龙泉"抽出，斫向太平天国农民政权。两人早年之诗，便近于一种政治谶语。

当洪、曾践履于他们的政治选择之后，他们的文学活动，便走出了书生言志、自我愉悦的原有范围。战争以无所不在的力量，参与了对峙双方情感世界的构筑。

政治与军事冲突的存在，使对峙双方形成了各自的集团利益和生存战略，这种集团利益和生存战略，只有同集团中每个成员的内心需求相结合，才能成为该集团一切社会行为的巨大精神动力，从而激励每个成员自觉地为认定的目标而殊死战斗，建立功勋。在双方集团利益与个体内心需求相结合的过程中，文学特有的情感活动方式发挥着重要的催化与沟通作用。

促进集团利益与个体内心需求结合的首要任务，是赋予本集团行为以正义性。在这方面，洪氏集团所面临的任务要比曾氏集团艰巨得多。曾氏集团作为勤王之师，可以借助官方思想机制和社会对现有政府的普遍认同心理，只需将对方指斥为犯上作乱之反贼，其为王前驱、讨贼平乱的行为便具有了正义性。而洪氏集团在论明自己反清与建立农民政权行为的正义性时，则不得不更多地倚重于文学的鼎助。

正如中国历史上的符瑞图谶、篝火狐鸣的故事一样，洪秀全等人在1843年之后金田起义的准备时期，利用想象、附会的手法，编排了皇上帝

（天父）、耶稣（天兄）、真主洪秀全（天父次子）的神道系统，并创造了洪秀全升天受命、代天父下凡诛妖理事的神话故事。这一故事在1848年写成的《太平天日》中首次完整披露。其中描述真主洪秀全升天面见皇上帝的场面时写道：

> 俄而天使扶真主坐轿，迤逦从东方大路而升。主在轿甚不过意，到天门，两旁无数娇娥美女迎接，主目不斜视。到天堂，光彩照人，迥异尘凡，见无数穿龙袍角帽者咸来见主。继传旨剖主腹，出旧换新，又将文字排列，旋绕主前，一一读过。后有天母迎而谓曰："我子！尔下凡身秽，待为母洁尔于河，然后可去见尔爷爷。"

真主洁身之后，拜见天父。天父为其一一指点凡间妖魔害人情状，当场鞭挞孔丘，咎其教人之书多错。又赐真主洪秀全玉玺、宝剑，及"太平天王大道君王全"之封号，令其下凡诛妖：

> 主别天父上主皇上帝及天兄基督，临下凡时有难色。天父上主皇上帝曰："尔勿惧，尔放胆为之，凡有烦难，有朕作主。"

待真主重返人间，自是志度恢宏，奋力于斩邪留正，行人间正道，建立地上天国。

《太平天日》以扑朔迷离的情节，充满奇想的文字，勾勒了一个宗教、政治意味十分浓厚的神话世界。在这个由皇上帝所主宰的神话世界里，洪秀全以上帝次子自居，从而获得了足以和人间帝王之至高至尊相抗衡的神性；洪秀全肩负的斩邪留正、诛妖除魔的使命，是受命于天地主宰之神的宏大事业，充满着神圣正义的光彩和无坚不摧的力量。此后，当这一神话故事被作为天国政权的创世纪而广为宣传时，便成为太平军将士胜利信念的重要支柱。

在太平天国早期的文献作品中，如果说《太平天日》以神秘奇幻的笔触勾画了天国信仰体系，《三原》则以充沛的激情，描绘了天国政治理想。《三原》分别为《原道救世歌》《原道醒世训》《原道觉世训》，其创作时间早于《太平天日》。《三原》的思想内容有两个基点：一是反复申明上帝当尊、邪神当绌的基本观点，以为人间君主腼然称帝，实为僭越；二是依据基督教义、儒家经典和农民阶级自发的要求，阐发了打破等级特权，实现“天下一家，共享太平”的乌托邦理想。其《原道醒世训》写道：

> 遐想唐、虞三代之世，天下有无相恤，患难相救，门不闭户，道不拾遗，男女别涂，举选尚德。……盖实见夫天下凡间，分言之，则有万国，统言之，则实一家。皇上帝天下凡间大共之父也，近而中国是皇上帝主宰化理，远而番国亦然；远而番国是皇上帝生养保佑，近而中国亦然。天下多男人，尽是兄弟之辈，天下多女子，尽是姊妹之群，何得存此疆彼界之私，何可起尔吞我并之念。……惟愿天下凡间我们兄弟姊妹，跳出邪魔之鬼门，循行上帝之真道，时凛天威，力遵天诫，相与淑身淑世，相与正己正人，相与作中流之砥柱，相与挽已倒之狂澜，行见天下一家，共享太平。几何乖离浇薄之世，其不一旦变而为公平正直之世也！几何陵夺斗杀之世，其不一旦变而为强不犯弱、众不暴寡、智不诈愚、勇不苦怯之世也。①

洪秀全激情四溢地描述了一个令人神往的公平正直、充满博爱精神的

① 《钦定英杰归真》，《太平天国印书》（下），南京：江苏人民出版社1979年版，第766页。

大同世界。天国的未来如此美好,如此充满诱惑,它极易深入人心,鼓动起农民阶级为之奋斗的狂热情感。

《原道醒世训》等作品,在起事准备时期,便由洪秀全、冯云山等人日夜抄写,四处送人,广为传播。《三原》在太平天国建国后的 1853 年重刊,除删去了儒家称道之语和改"歌""训"为"诏"外,主要内容仍一如其旧。《太平天日》正式刊印于 1862 年,但其内容在 1848 年冬由洪秀全宣布。它们始终是太平天国革命的思想旗帜。作为诗文作品,它所创造的升天受命的神奇故事与"天下一家,共享太平"的政治理想,随着天国政权声势的扩大,逐渐具有了经典性的意义,它在太平天国内部的感情教育与思想鼓动方面,发挥着重要的作用。金田村起义之初,起义军困于莫村、永安等地,粮食殆尽,敌兵四伏,杨秀清假托天父名义,赋诗鼓舞士气,其中一首云:"天父下凡事因谁,耶稣舍命代何为。天降尔王为真主,何用烦愁胆心飞。"建都初期,天京曾发生地震和叛逃事件,洪秀全作《诛妖诏》,又以天朝神佑的说法,安定人心:"万样认爷六日造,同时今日好诛妖。地转实为新地兆,天旋永立新天朝。军行速追诰教胆,京守严巡灭叛逃。一统江山图已到,胞门宽草任逍遥。"在这类作品里,作者有意识地利用由事业的正义神圣感所释放的能量,来调整军队的作战心态,维护人心的稳定。

建都天京之后,洪氏集团可以相对从容地运用政权的力量,健全意识形态,组织精神生活。建都后太平天国的诗文创作,存在着两种发展趋向:一是崇高化。这类作品或饱含激情,赞颂英雄主义精神和行为;或循循善诱,宣讲天情真道,意在振奋人心,升华情感,增强每个个体为天国事业殊死斗争的使命感和自觉意识。二是神秘化。这类作品多出自洪秀全、杨秀清之手。他们以半人半神的身份执掌政权,故而常以近于谶语、字谜的诗文作品表达意志,下达诏令。其难以破译、含混费解的语义,使人因高深莫测而奉若神灵,制作者则可以根据不同需要予以阐释。

以宣讲天情真道、弘扬英雄主义精神为主旨的作品首推《天情道理书》，此书是侯相奉东王杨秀清之命而作。书的主要内容有二：一是宣明天父、天兄权能、神威及天王、东王拯救、教导之恩，"使人人各知感戴，咸思奋勉"；二是"将自金田起义以来其显明易见之事，聊举大略，以为鉴戒"。写作目的在于"窃愿我们兄弟姊妹依赖是书，益以自励，坚耐心肠，修好炼正"①。其引导教诲之用意十分明确。书中以"永享天父大福，永沐上帝荣光"的理想激励众人，又辅之以情、理，劝其忍耐心志，摒却凡情，终得正果。其言曰：

> 试以凡情求利者言之：营财贸之徒，或为商，或为贾，离乡别井，劳碌奔驰，不分昼夜，或三年而回乡一次，或五年而回乡一次，逐逐谋利，不顾室家，固未闻系念妻孥舍利不求，而贪一时之苟安也。是求利者尚且如此坚耐，何况我们今日谋创之业，名垂万载，世世子孙永享天福于无穷乎？又试以凡情求名者言之：或举人，或俊秀，数百里而应乡试，数千里而应会场，抛父母，别妻子，何暇顾念室家？若得志则一科两科，可邀显达；不得志则知音未遇，徒自伤悲。富厚者犹可返旆家乡，贫乏者不免淹留异地，然犹不惮辛勤，力图上进，必求其成名而后快。是求名者坚耐尚且如此，况我们同打江山，立万万年之基业，享万万年之真福乎？

言辞委婉真挚，句句为推心置腹之谈。

《天情道理书》后附有以杨秀清名义发布的褒奖天国弟妹诗五十一首。此五十一首诗并非作于一时，共三十题，每一题名都冠以"果然"二字，分别赞扬诸如"识天敬天""脱尽凡情""真心扶主""修好炼己""英雄""忠

---

① 《天情道理书》，《太平天国印书》(下)，南京：江苏人民出版社1979年版，第515页。

心""坚耐"等各种优秀品质与英雄行为。其《果然忠勇》诗云："我们弟妹果然忠，胜比常山赵子龙。起义破关千百万，直到天京最英雄。"其《果然忠心》诗云："最堪嘉尚是忠贞，沥胆披肝个个诚。扶主有心同踊跃，顶天立志倍勤殷。关张气勇堪为伍，班马才高岂是论？心膂股肱昭节概，声威耽耽扫胡尘。"其《果然是天堂子女》诗云："堪嘉弟妹立纲常，全敬神爷姓字扬。自此无忧罹地狱，自然永远在天堂。"在这些诗中，儒家的忠义贞节，洋教的天堂地狱，上帝基督，黄盖赵云，诸种行为规范，诸种英雄人物，都被各取所需地用来激发英雄精神，锻铸英雄意志。诗的字里行间，充满着对英雄主义行为的赞美与渴望。这类作品重在将太平天国所从事的事业崇高化，以激发人们的荣誉感、责任感，使他们在对敌斗争中具备更大的勇敢，更强的信念和英勇牺牲的精神。

如果说太平天国建都后出现的带有崇高化倾向的作品，意在激发英雄主义精神，如同战鼓、号角，直接作用于人们的行动的话，那么另一类带有神秘化倾向的作品，则试图借助语义的朦胧与暗示，创造一种依常人目光难以估透窥知的精神隐秘世界，以由宗教式神秘所产生的神道力量补充于由英雄主义情结所激发的人道力量。

太平天国活动的始终，都带有浓郁的宗教色彩。洪秀全之异梦升天，杨秀清、萧朝贵之假托天父、天兄附体传言，在金田村起义前后发动群众、稳定人心的过程中，起到了重要作用。这种与太平天国生存攸关的政治神话一旦形成，则需要全力维持。作为天王真主，洪秀全早年传道时就"有口所常道的诗歌式对联词句，用以令听者深留印象"。这些诗歌式对联词句，或托天父所言，或为自言，大都写得恍惚迷离，近于谶语。如《太平天日》中天父唱与天王之诗云："一个牛蹄有百五，人眼看见酒中壶。看尔面上八十丈，有等处所实在孤。"其语因仙气太重而让人十分费解。金田村起义后，洪秀全始以诗作为"天王诏旨"下布四方。《金陵杂记》云洪氏"或数日出一伪诏，或作一诗发出贴于照壁"。这些诗或为传道，或代谕令，诗的韵色遂消失殆尽。如《十全大吉诗》其一云："三星共照日出天，禾王作主救人善。尔们认得禾救饥，乃念日头好上天。"此诗为宣道之作，诗中暗寓"洪秀全作主救人"之意，而其表述形式则活脱是一诗谜。太平天国丁巳柒年（1857）新刻的《天父诗》，收录了洪秀全、杨秀清以诗代诏的部分作品，这些诗大都根据某一具体的事件或思想倾向，借天父上帝的威灵，有针对性地进行思想教育和行为指导。这类诏诗重在功利，诗味寡淡，有时又故弄玄虚，带有浓厚的因果报应的思想色彩，失去了洪秀全等人早期诗作的虎虎生气，人威为神威所压倒。曾为曾国藩幕僚的张德坚在《贼情汇纂》中评洪秀全之诗说："其句读则如俚曲盲词，大都费解。窥其意似亦稍知文义者，故意矫揉造作，成此支离曼衍之调。"其余不论，若以"费解""矫揉造作"评价洪氏集团的神道、代诏之诗，确实并不过分。作为政治行政性指令，神道、代诏之诗有其特定效用，而作为文学作品，却因其充满着宗教的神秘和行为的说教，使人感到索然无味。

由以上分析可以看出，太平天国文学活动主要是围绕着建构信仰体系、组织思想情感、陶写英雄意志的目的进行的，其对文学功能的开掘，偏重于感情教育、思想净化和意志培养方面。太平天国的文学活动虽然粗糙、简单，但却是实用有效的，在促进集团利益与个体内心需要相结合的过程中，发挥着重要作用。

太平天国文学活动的政治功利主义倾向是十分明确的。它甚至成为天国政权团结凝聚、赖以生存而必不可少的重要手段。普列汉诺夫说过："任何一个政权只要注意到艺术，自然就总是偏重于采取功利主义的艺术观，这也是可以理解的。因为它为了自己的利益就要使一切意识形态都为它自己所从事的事业服务。"[1]这种文学功利主义倾向在曾氏集团的文学活动中同样存

---

① ［俄］普列汉诺夫：《艺术与生活》，《普列汉诺夫美学论文集》，北京：人民出版社1983年版，第830页。

在，区别仅在于其政治利益的内在含义与作用范围不同。

　　曾氏集团以"窃外夷之绪，崇天主之教"，"举中国数千年礼义人伦诗书典则，一旦扫地荡尽"之类的罪名攻讦太平天国，其自身则以卫道绌邪、保护文化传统相号召而广结思想同盟。故而，卫护现存的封建思想规范、道德准则及文化秩序（包括文学精神），并调整其不适应的部分，是曾氏集团及清王朝政治与文化利益的总体需要。曾国藩以义理、经济、考据、辞章诸种学术门类的守先待后者自居，表现了曾氏集团对待文化与文学传统的基本态度。守先待后的思想主旨，使曾氏集团的文学活动与传统文学的发展保持着更多的精神连接和血缘关系，更明确地显现出传统文学继鸦片战争之后的发展与调适趋势。

　　中国古典文学在长期的发展过程中，形成了强大的传统机制，而同时又具有适应社会发展的调节功能。传统机制与调节功能的相互作用，保证了中国文学自身形态的稳定和发展。鸦片战争之后社会现实的巨大变化，促使时代文化精神向经世致用的方向倾斜，文学开始从神韵、格调、性灵诸种艺术梦幻中走出，直面血与火的社会现实。这种文学风气的转换，并不意味着必须经历一场飓风狂飙式的革命，因为它只是传统文学机制的一次功能性调节，一种系统内部经常发生的板块式移动。在这一调节过程中，文学家只是寻求适宜的方式来调整自己对现实的把握，力求在心理、认识、语言、风格等方面，获得与社会现实和文化精神之间新的平衡。正因为如此，鸦片战争之后文学风气的转换，没有也不可能真正影响与改变文学家的观念形态和深层心理结构。它的作用，主要表现为强化了文学对社会现实的关注及其自身的实践功利性特征。

　　曾国藩以"坚车行远"之说为核心的文学价值观，明确地把文事辞章之学看作是士儒侧身天地、有所作为的必备功夫，看作是实现某种政治功利与人生目的的手段，喻之为"道德之钥，经济之舆"，这种认识正是对以伦理、政治为主导的文学传统与鸦片战争后经世致用时代精神的认同。曾国藩身居高位，被宋诗派、桐城派共同奉为一代宗师。但曾氏在两军对峙十余年间最有成效的文学实践，是致力于桐城古文的中兴与改造。这种改造不论是提倡转益经史百家，作雄奇瑰玮、气象光明之文，还是以经国济世之道充实身心义理之学，并功德言于一途，都隐含着功能调适的意向，旨在通过改造调整，使桐城派古文适应社会发展，更有效地服务于封建政治集团的利益。纵观湘乡派主要成员薛福成、黎庶昌、吴汝纶、张裕钊的散文创作，其在清风曲涧、身边琐细的记述之外，明显地增加了讨论所谓经世要务和当代掌故得失的内容，又在委婉流畅、清淡朴素的基础上，着意于锻炼瑰玮雄辩、铺陈说理的功夫。

守先待后的基本文化指向，使曾氏集团的文学期待视野并没有超出功能调适的范围。由于缺乏创作主体深层心理结构的变化，因而它所建立的情感世界在人生意趣、艺术思维、精神气韵、审美意象诸方面，都无法摆脱传统创作模式和浓重的士大夫格调。

让我们以曾国藩的戎马诗作作为例证。曾国藩起兵之初以汉人在籍侍郎身份率军，身处满与汉、君与臣、钦差与地方、王师与"贼寇"重重矛盾的夹缝之中，成败得失、荣辱进退时时萦绕于怀，且常常处在一着失手、全盘皆输的窘迫境地，其所遭遇的现实生活环境可谓是十分独特且色彩缤纷。但是，当这种独特而色彩缤纷的现实生活在经受作者主观情感的分解、融合并转化为审美现实（作品）时，则常常被简化还原为传统诗歌中所司空见惯的情感模式与表现形态，诸如狂放不羁的书生意气、感士不遇的忠怀孤愤、萦怀世事而又寄情自然、志在事功故作澹泊超然，曾诗所表现的是典型的士大夫式的情调和心态。

曾国藩率兵之初，朝廷因猜忌重重不肯委以重任，各省官绅倨傲不愿予以合作，湘军行动时时受掣。曾国藩在困厄之中，时时以"忍""浑"二字自我排遣。其长诗《会合一首赠刘孟容郭伯琛》向挚友谈起兵事，顿生"成败真梦耳"的感慨。诗中描述湘军出省作战情形时写道：

江汉天下雄，三年宅蛇豕。王师有蹴踏，戈船照清泚。掀浪
煮鼋鼍，洪涛染为紫。长驱下蕲黄，铁锁沉江底。群龙水中生，
怒螳车下死。

湘军出师虽有气势，但因地方势力不予配合，军备饷粮时时匮乏不继，
湘军困难重重，窘态万端：

倚啸潜庐间，天戈欲东指。人事有变迁，由来不可拟。鬼火
夜灼天，壤云压高垒。龙骧付一炬，韩壁仅可抵。偕行竟无衣，
存足乃无履。夜半饥肠鸣，大声震江水。

湘军境况如此，地方官绅却隔岸观火，报诸热嘲冷讽。面对此景，作
者只有以"坚忍"自慰，以"息欲无争"消除满腹牢骚，以"局量太小，不
足任天下大事"求得精神平衡。

忧患阅千变，返听观无始，老夫苦多须，须多老可鄙。二子
苦无髭，无髭亦可耻。自乏谐俗韵，不关年与齿。贞松无春竞，
岁晏行可俟。

"自乏谐俗韵"为牢骚之语，"贞松无春竞"则以贞松自比，以不争一日
长短而释忿息争。

时时自省，事事坚忍，敛锋息忿，不争一日长短，曾国藩的处世态度
体现了为士林中人所称道的"器量涵养"。这种器量涵养背后是大欲大志。
辅助"圣主"中兴，显示书生身手，终成平治大业，是他甘受诟病、忍辱负
重的精神支撑。他赞美"圣主"中兴之业云："圣主中兴迈盛周，联翩方召

并公侯。神威欲挟雷霆下，大业常同江汉流。"①又称道湘籍书生从戎报国之举云："山县寒儒守一经，出山姓字各芳馨。要令天下销兵气，争说湘中聚德星。旧雨三年精化碧，孤灯五夜眼常青。书生自有平成量，地脉何曾独效灵。"②当天京初克，曾氏欣喜万分，为其弟曾国荃所写寿诗云："庐陵城下总雄师，主将赤心万马知。佳节中秋平剧寇，书生初试大功时。"③书生率军建树平寇之功，成就"中兴"之业，是曾国藩最引为自豪之事，故于诗中屡屡提及，念念不忘。虽是颂人，亦是自颂。

曾氏投笔从戎之前，官职虽高，不过是读书养望而已，青云有路，无缘攀援。其《答李生》诗抒写怅然之情道：

> 我虽置身霄汉上，器小仅侪瓶与罍。立朝本非汲黯节，媚世
> 又无张禹才。似驴非驴马非马，自憎形影良可咍。

怀才不遇之慨，溢于言表。当其征战疆场，得逞平治之志之时，却又苦于纷扰，生逃遁解脱之想：

> 惨憺兵戎春复秋，浊醪谁信遣千忧。战场故鬼招新鬼，世事
> 前沤散后沤。驰逐几同秦失鹿，劬劳只愧鲁无鸠。何时浩荡轻鸥
> 去？一舸鸱夷得少休。④

---

① 曾国藩：《次韵何廉昉太守感怀述事十六首》，《湖湘文库·曾国藩全集14》，长沙：岳麓书社2011年版，第81页。
② 曾国藩：《次韵何廉昉太守感怀述事十六首》，《湖湘文库·曾国藩全集14》，长沙：岳麓书社2011年版，第80页。
③ 曾国藩：《沅甫第四十一初度》，《湖湘文库·曾国藩全集14》，长沙：岳麓书社2011年版，第85页。
④ 曾国藩：《次韵何廉昉太守感怀述事十六首》，《湖湘文库·曾国藩全集14》，长沙：岳麓书社2011年版，第79页。

至"剿寇"功成、位极人臣后，则又自惭徒窃高位，学问无成。《赠李眉生二首》其一诗云：

> 倦翮复南翔，重眺钟阜烟。旧游多环萃，群卉正芳鲜。谓可扩吾襟，孤怀乃悄然。非材窃禄位，俯仰惭高天。术业一无成，浩浩送流年。癖惰常废事，识暗或蔽贤。多病无安食，多悔少佳眠。无德居高明，众鬼瞰瑕愆。无学臻衰耄，但为时所镌。谁言所遇顺？抚衷百虑煎。……人世多乖迕，圆一缺常千。

徘徊于功名、学业，兼情于政坛、书斋，立功、立德、立言，古人所谓三不朽者难以全备兼胜，故而生出无限惆怅烦恼、忧怀孤愤。达济天下与独善其身、功盖一世与学惠百代、志图高远与安顺守雌，中国士大夫所面临的古老命题折磨着作者的灵魂，迫使他"多病无安食，多悔少佳眠"。无休止地冥思究明，无休止地自省自责，曾氏恪守着中国士人自我完善的思想方式。其以"求阙"名其斋，即寓自求缺陷与不满之意，亦暗合于东坡"守骏莫如跛"之说。曾国藩晚年时为家运太隆、虚名太大而悚惶不已。他对人生的感悟落脚于"天命诚可畏"[1]，落脚于"行止皆有待"[2]，落脚于物极而必衰，其精神遁逃之处，仍不出儒、道两途。

十余年接连不断的战争，给江南地区带来了破坏性的灾难。曾氏《赠吴南屏》诗描述战后破败景象时写道："即今南纪风尘靖，乱后遗黎多眚灾。荒村有骨饲狐貉，沃土无人辟蒿莱。筋力登危生理窄，斗粟谁肯易婴孩？三里诛求五里税，关市或逢虎与豺。"如此深重灾难，杀戮成性的湘军当不辞

---

① 曾国藩：《赠李眉生》，《湖湘文库·曾国藩全集14》，长沙：岳麓书社2011年版，第91页。

② 曾国藩：《赠李眉生》，《湖湘文库·曾国藩全集14》，长沙：岳麓书社2011年版，第91页。

其咎。1861年安庆之役中，曾国藩多次写信给曾国荃，主张"克城以多杀为妥，不可假仁慈而误大事"①。又云："既已带兵，自以杀贼为志，何必以多杀人为悔。"②此时的曾国藩凶相毕露，全没有了温文尔雅的儒者气象。但曾氏诗中，湘军则成为救民于水火的仁义之师。1862年，曾国藩攻克巢县等地，曾国藩赋诗云："将军一扫陵阳道，便有游人说踏青。"③至曾国荃占领天京，又称其为"黄河余润沾三族，白下饥民活万家"④。盛赞湘军解民于倒悬、有德于百姓。曾国藩还作有《爱民歌》《水师得胜歌》《陆军得胜歌》等歌谣。这些歌谣重在鼓舞军心、统一意志和整齐行为规范，其作用与太平天国的《天情道理书》等类作品相同。

曾国藩的诗歌创作未曾脱离中国士大夫所固有的情感方式和审美心态，这一事实表明：历史、文化传统以及与其相适应的艺术思维方式在鸦片战争后的文坛仍然具有强大的支配力量。这种支配力量我们在太平天国后期思想领袖洪仁玕的诗歌作品中照样可以感觉到。文化传统与审美习惯的继承，不依政治利益的不同而有所分畛。洪仁玕早年曾同冯云山、洪秀全一道将所在私塾中的偶像和孔子牌位尽行除去，但总理天朝政权后，却又自称"生长儒门"⑤，并告诫读书人切实践履孔孟道德，以为"如读书士子不思学尧舜之孝悌忠信，遵孔孟之道德，而徒以牲醴敬孔孟，……以为功名可必显达，此是

---

① 曾国藩：《致沅季弟五月十八日夜》，《湖湘文库·曾国藩全集20》，长沙：岳麓书社2011年版，第651页。

② 曾国藩：《致沅季弟六月十二日巳刻》，《湖湘文库·曾国藩全集20》，长沙：岳麓书社2011年版，第660页。

③ 曾国藩：《浃旬之间官军连克州县七城要隘四处伯敷以诗见贺奉笔并简荺卿尚斋海航筱泉眉生七绝四首》，《湖湘文库·曾国藩全集14》，长沙：岳麓书社2011年版，第83页。

④ 曾国藩：《沅甫第四十一初度》，《湖湘文库·曾国藩全集14》，长沙：岳麓书社2011年版，第86页。

⑤ 洪仁玕：《钦定军次实录》，《太平天国印书》（下），南京：江苏人民出版社1979年版，第782页。

士人痴心梦想"①。洪仁玕对待儒学态度的逆转，应该说主要是出于太平天国后期思想稳定和政治统治的需要，但其感情世界的深处，也确实存在着对传统士人人格理想与人生境界的留恋和向往。他的诗，重复着士人对修齐治平古志人生课题的关心，充满着家国兴亡的责任感。

太平天国建都天京之初，洪仁玕因为种种原因未能前往。1858年6月，当他由香港启程奔赴天京时，作《香港饯别》诗，诗云：

> 枕边惊听雁南征，起视风帆两岸明。未挈琵琶挥别调，聊将诗句壮行旌。意深春草波生色，地隔关山雁有情。把袖挥舟尔莫顾，英雄从此任纵横。②

其历尽磨难、终成天京之行、求仁得仁的欢喜荡漾在字里行间。此去英雄展志，纵横驰骋，自然充满着天高海阔的豪壮气概。洪仁玕至天京被委以重任后，其诗中所表现的政治抱负，一是志在生灵，吊民伐罪，二是挺志扶君，抱才佐王。其写于军旅之中的《二月下浣军次遂安城北吟于行府》诗云：

> 志在生灵愿未酬，七旬苗格策难侔。足跟踏破山云路，眼底空悬海月秋。意马不辞天地阔，心猿常与古今愁。斯民官长谁堪任？徒使企予叹白头。

> 鞑秽腥闻北斗昏，谁新天地转乾坤？丈夫不下英雄泪，壮士无忘漂母飧。志顶江山心欲奋，胸罗宇宙气潜吞。吊民伐罪归来

① 洪仁玕：《钦定英杰归真》，《太平天国印书》（下），南京：江苏人民出版社1979年版，第771页。
② 洪仁玕：《钦定军次实录》，《太平天国印书》（下），南京：江苏人民出版社1979年版，第781—782页。

日，草木咸歌雨露恩。

志在生灵，吊民伐罪，正是诗人身为儒生而不惮星霜，鞍马征战的根本原因。"意马不辞天地阔，心猿常与古今愁""志顶江山心欲奋，胸罗宇宙气潜吞"，表现了一种由正义感、献身感所激发的豪情。驱除鞑秽，扭转乾坤，别创新天新地，诗中充满着信心。至于个人价值的实现，则以顶天报国、挺志扶君为最高理想。洪仁玕《谕复敌天燕方永年诗》写道：

自古名人姓字标，岂关逞智负贤芬？顶天报国存公道，便是才谋德最高。

备阅诗章识抱才，果然王佐出尘埃。翱翔择木知良鸟，挺志扶君是栋材。只为胸中云雾净，自然身列凤凰台。他时奏凯回朝日，应与宗兄大畅怀。

将个人才智融于报国事业、佐王扶君、治国平天下，这正是为中国士人所屡屡称道的政治襟怀与人生理想。

如上所述，相同的社会与人文环境，相似的心理机制与人生态度，使咸同之际政治、军事对峙的双方，在情感世界存在着某种共生地带。与此同时，他们对时代精神的感悟和对中国命运的认识，亦同样存在着某种共识。这种共识集中地表现为对中国近代化道路的思想选择。

1840 年第一次鸦片战争之后，中国近代思想先驱林则徐、魏源出于补天自救和避害自卫的目的，主张"悉夷情""立夷馆、翻夷书"，提出"师夷之长技以制夷"的战略口号，此正是中国近代自强之路的最初探求。1860年前后，随着第二次鸦片战争的爆发和帝国主义侵略活动的加剧，中国思想界再次掀起自强求富的思想热潮。这一思想热潮的积极成果，在太平天国是

《资政新篇》的推出，在湘淮集团则是洋务思想的初步形成。

《资政新篇》是洪仁玕到达天京之后，根据太平天国后期的严峻形势和世界资本主义迅速发展的现实所提出的治政方略。《资政新篇》首陈因时制宜，审时度势之必要，以为"事有常变，理有旁通，故事有今不可行而可豫定者，为后之福；有今可行而不可永定者，为后之祸"。又历数世界各国大势，以为英美最强，缘其"法善"；俄国学佛兰西"邦法""技艺"，百余年来，声威日著；暹罗、日本与英、美通商，今为富智之邦；马来、秘鲁、新嘉坡、天竺皆拜偶像，故积弱不振。"倘中邦人不自爱惜，自暴自弃，则鹬蚌相持，转为渔人之利，那时始悟兄弟不和外邦欺，悔之晚矣。曷不乘此有为之日，奋为中地倡，以顶天父天兄纲常，太平一统江山万万年也。"处在弱肉强食的时代，中国的出路在于清醒认识世界大势与本民族的生存危机，加强团结，不失时机地"度势行法""精巧其制"，与万邦争雄。洪仁玕为此提出在中国发展新兴资本主义的种种措施。其中包括发展近代工矿、交通、金融、新闻事业，建立近代化的生产力和生产关系；同先进资本主义国家进行经济和科学交流，走出自给自足、闭关自守的狭隘天地。其立论之大胆、措施之详尽，都足以振聋发聩，令世人耳目一新。譬如洪仁玕论"柔远人之法"云："凡外邦人技艺精巧，邦法宏深，宜先许其通商"，"惟许牧司等，并教技艺之人入内、教导我民，但准其为国献策，不得毁谤国法也"。又以为与世界各国交往，要持平等态度，克服天朝上国之倨傲简慢；"凡于往来言语文书，可称照会、交和、通和、亲爱等意，其余万方来朝，四夷宾服及夷狄戎蛮鬼子，一切轻污之字皆不必说也。盖轻污字样，是口角取胜之事，不是经纶实际，且招祸也。……如必欲他归诚献曝，非权力所能致之，必内修国政，外示信义，斯为得尔。"此等学说，对习惯于闭关自守，自恃为"天朝上国"，以"夷狄蛮貊"称呼一切外国人的国人来说，是闻所未闻的。洪仁玕利用他久居香港所获得的对世界各国交往惯例及对西方文明的认识，为太平天国后期政治、经济、文化的发展提出了富有建设性的意见。虽然由于天京内讧、战争频仍、缺乏和平建设环境等原因，《资政新篇》中的大部分措施未能付诸实行，但《资政新篇》作为探求中国近代化路径的思想成果，却永远具有里程碑的价值和意义。

曾氏集团兴办洋务思想的启动，以第二次鸦片战争失败为契机，与清廷中枢奕䜣等人倡行的"自强新政"桴鼓相应。咸同之际，在外侮日甚、民变交炽的内外危局之中，清政府视外侮为"肢体之患"，而内乱才是"心腹之患"，实行攘外必先安内的绥靖政策。故而当1840年《北京条约》签订之后，朝野上下一时热衷"借夷助剿"问题的讨论，曾国藩认为攘外与安内两事应"妥为经划"，"目前资夷力以助剿济运得纾一时之忧，将来师夷智以造炮制船，尤可期永远之利"[1]。安内"剿匪"之近功，攘外御夷之远利，均当以"自强"为结穴，"自强"包含着安内与攘外的双重目的。"欲求自强之道，总以修政事、求贤才为急务，以学作炸炮、学造轮舟等具为下手工夫。"内修政事，外学制造，"但使彼（夷）之长技我皆有之，顺则报德有其具，逆则报怨亦有其具"[2]，御侮之事，则可以做到战守进退自如。曾国藩兴办洋务的热情，萌生于"借师助剿"，植基于御侮自强，践履于"师夷智造炮制船"。他在1863年因筹建江南制造总局一事与李鸿章联名的奏章中写道："机器制造局一事，为今日御寇之资、自强之本。"

曾国藩生前，与李鸿章、左宗棠等人结成了松散的兴办洋务的思想同盟。湘淮集团致力于近代军事工业的兴起，把魏源等人"师夷之长技"的设想付诸实践，为近代自强运动的发展开辟了道路，培养了人才。虽然由于社会地位、政治利益、精神信仰诸方面的原因，他们对西方文明的接受始终在中体西用的怪圈中盘桓，但他们自觉不自觉地踏上了中国近代化的端线，在

---

[1]　曾国藩：《遵旨复奏借俄兵助剿发逆并代运南漕折》，《湖湘文库·曾国藩全集2》，长沙：岳麓书社2001年版，第618页。

[2]　曾国藩：《同治元年五月》，《湖湘文库·曾国藩全集17》，长沙：岳麓书社2011年版，第289页。

被迫甚至是极不情愿的情况下，作出了通向近代社会变革的选择。此后，由军事上自强到经济上的求富，再到政治上的维新与思想文化领域中的革命，中国近代史合乎逻辑地遵循世界进步潮流和社会发展趋势而逐步展开。

太平天国与曾氏集团在民族自强道路的选择上取得了一定的共识。曾国藩幕僚赵烈文称《资政新篇》"其中所言，颇有见识"，"观此一书，则贼中不为无人"[1]。李秀成被捕后陈言："欲与洋鬼争衡，务先买大炮早备为先。"曾国藩于此语批了"此条可采"四字。[2]但这些共识对于对峙的双方来说，都仅仅表现为一种理智认识，一种无可逃避的理性选择。这种认识和选择与人们现有的心理现实与情感基础存在着背离和冲突，因而很难顺利地转化为自觉的审美创造。咸同之际，人们的情感世界尚在抵拒着欧风美雨的侵袭和诱惑，文学创作于异域文明，亦竭力保持着高贵的缄默，这种现象正与辛亥革命后文学对欧风美雨的热情礼赞，形成了鲜明的对比。

历史的发展，总是由渐变的积累而达于突变的飞跃。

---

① 赵烈文：《能静居士日记·咸丰十一年》，长沙：岳麓书社 2013 年版，第 299 页。
② 罗尔纲：《李秀成自述原稿注》，北京：中华书局 1982 年版，第 351—352 页。

稗官争说侠与妓

小说在民族初期文化结构中志怪志异、自生自灭的地位——明清小说所完成的文化僭越——补史、劝戒、发愤：十九世纪作家对小说文体功能的确认——侠妓故事的文学禀赋——十九世纪小说侠妓热题的成因——侠妓小说的主题模式——侠之归顺与驯化：十九世纪写侠小说的变异——道德救世：侠义小说家的政治假想——十九世纪言妓小说与明末市井小说、清初才子佳人小说之异同——编织情爱理想与展示风流恩怨：言妓小说的两大主旨——情痴、情正、情变、情戒：言妓小说由情爱梦幻走向情场现形的轨迹——品花心态：狭邪中人特有的性爱心理十九世纪末，当维新派策动思想与文学改良风潮之际，新学泰斗严复、夏曾佑联名在《国闻报》发表了一篇题为《本馆附印说部缘起》的文章。文章的主要思想成果表现在它试图完成对以下两个问题的解释：第一，普遍人性在人类生活中的作用及其与文学永恒性主题的关系；第二，小说文体在表现人性及再现人类行为时所显示出的优长。文章认为：茫茫宇宙，古今中外，凡为人类莫不有一"公性情"，曰"英雄"、曰"男女"。英雄、男女之性相互依存，支撑人类在物竞天择法则支配之下的社会与自然进化的漫长旅途中，自强不息，繁衍生存，从蛮荒混沌、茹毛饮血走向文明之化。英雄、男女之性与人类文明进化相始终，又自然存在于每个社会个体的血肉之躯中。英雄、男女之性为政教礼乐之本、文章词赋之宗。若将英雄、男女之性形诸笔端，"作为可骇可愕可泣可歌之事，其震动于一时，而流传于后世，亦至常之理，无足怪矣"。至于再现英雄、男女之性，托之于经、子、集等言理之书，莫如托之于史、小说等纪事之书；托之于史书，则又莫如托之于小说。小说与史书相较，史书重在实录，而小说则"凿空而出，称心而言，更能曲合乎人心"，故而"曹、刘、诸葛，传于罗贯中之演义，而不传于陈寿之志；宋、吴、杨、武，传于施耐庵之《水浒》，而不传于《宋史》"。作者据此宣称:"说部之兴,其入人之深,行世之远,几几出于经史上,而天下人心风俗,遂不免为说部所持。"

《缘起》一文旨在为新民救国运动和小说界革命的兴起而鼓噪,但其视英雄、男女为人类普遍人性,以擅长表现普遍人性、艺术再现人类行为而推重小说,却是超出时论、颇有识地的见解。人类的存在与发展,充满着艰难困厄,也充满着欲望梦幻。对人生进取的渴望,对英雄行为的崇拜,对缠绵情爱的企求,构成了世俗人生最为普遍的情感,而小说是一种重在再现的艺术,它力图在实虚真幻之间,展示人类生活场景与行为、情感,再现历史与人生,以满足人类自知、求奇与审美愉悦的各种需求。在世俗人生、普遍人性与小说之间,存在着最为简捷的通道和最为短暂的化入距离。因而,当明清小说超越志怪、讲史的题材范围,以现实世俗生活为主要场景,以"极摹人情世态之歧,备写悲欢离合之致"[1]为小说写作旨志之时,解人急难的义士侠客、缠绵怨慕的痴男情女,便跃然成为小说中的主角,英雄之性、男女之情遂演绎成为无数人世间悲欢离合故事的主题原型。

十九世纪小说最引人注目的创作趋向,是长篇白话作品中侠、妓题材的空前盛行,形成了稗官争说侠、妓的特有景观。说侠者有《三侠五义》(首刊于 1879 年)、《荡寇志》(首刊于 1851 年),说妓者有《品花宝鉴》(首刊于 1849 年)、《青楼梦》(成书于 1878 年)、《花月痕》(首刊于 1888 年)、《海上花列传》(结集本出版于 1894 年)。合英雄之性、男女之情于一身的有《儿女英雄传》(成书于 1849 年)。其卷帙繁多,蔚为大观,成为一种不容忽视的文学现象和创作潮流。十九世纪侠、妓小说是英雄之性、男女之情传统主题模式的衍化与畸变,作者分别选取世俗人生中最富有神秘传奇色彩的人物与生活场景,在工笔浓彩、腾挪变化之中,演述着人世间的悲喜剧。十九世纪侠、妓小说产生在中国封建社会正在走向土崩瓦解的社会背景中,小说

---

[1] 抱翁老人编:《今古奇观》,冯裳标校,上海:上海古籍出版社1992年版,第1页。

本身所显现的思想观念、主题模式、情感理想、审美旨趣，将是本章最为关心的课题。

一、文化变动与小说主旨

中国古典文学在长期的发展过程中，形成了发达的审美教化意识。审美教化意识把人类的审美活动与道德完善看作是充满必然联系的过程，时时提醒文学家在进行美的创造的同时，要给人以善的启示，以唤起人们的反省与良知，从而影响与规范其思想及行为。由真及美，由美及善，终达于德行净化、人格完成。在审美与教化的和谐中，求得生命个体对社会伦理政治的心悦诚服。

审美教化意识源于儒家礼乐文化，它最早表现在诗学观念之中。孔子论诗，以为诗可以"兴、观、群、怨"，"迩之事父，远之事君"①。《毛诗序》论诗，以为诗可以"经夫妇，成孝敬，厚人伦，美教化，移风俗"。这种将审美与伦理教化、家国政治紧密连接的诗学观，突出地强调了诗的社会功能。在以治平修齐、安邦治国为人生最高理想的传统价值体系中，诗也因为有裨政教而被以莫大的殊荣，沾溉上高贵气象。继诗学之后，文有载道、明道之说，文取得了与诗并肩的资格。诗裨政教、文以载道之所以被历代文人墨客所津津乐道，除去文化认同的原因之外，其中不无托体自尊以显示高雅优越的心理作祟。

如果以神话寓言作为中国小说的源头，小说的成育年代并不晚于诗文。小说是一种虚构的叙事文体，其虚构的特质与诗文同构，其叙事的体征则与历史毗邻。在传统的文化构成中，小说没有诗文的殊荣，更不能与历史相提

---

① 杨伯峻译注：《论语译注》，北京：中华书局 2006 年版，第 208 页。

并论。在虚构性叙事—小说与记叙性叙事—历史之间，我们的祖先对历史投入了其他民族无法相比的热情。历史对于民族的社会性生存，有着更为直接的作用，它担负着记述严肃重大事件的任务。战争风云、朝代更替、文明进化，其气魄之恢宏，笔力之深厚，篇帙之繁重，令人叹为观止。在优秀的史学著作中，我们可以感受到强烈的文学气息。跌宕完备的情节，栩栩如生的人物，生动具体的生活场景，使人获得史实之外的审美愉悦，文学记叙被渗透、融化在历史记叙之中。而以文学性叙事为职志的小说则流落于撷拾异闻杂说、志怪志异的地步，作为人们茶余饭后的谈资和消遣，任其自生自灭。

小说在民族初期文化结构中的位置，是由它自身所显现的价值系统与社会需求程度所决定的。我国封建文化形成的基础，是农业化生产方式及由这种方式所带来的等级文化观念。它所拥有的文化成员，必然与农业社会生产方式的存在有着至关重要的联系。小说文体在班固《汉书·艺文志》中被界定为"或托古人，或记古事，托人者似子而浅薄，记事者近史而悠谬"。"浅薄""悠谬"的看法，就决定了小说在封建初期文化结构中处于"君子弗为，然亦弗灭"的非中心与游离性地位，对小说功能的认知局限在志怪志异的范围之内，它便很难获得广泛的社会需要，它的"悠谬"特征与所载之异闻杂说，只为少数有闲者所欣赏、解读。

明清两代，随着单一农业生产方式的缓慢解体和市民文化的兴起，传统的文化结构及文化成员之间的排列秩序面临着新的调整，于是，小说借助外力开始不失时机地由文学的边缘向中心地带运动。促成小说运动的直接外力来自两个方面：一是市民文化导向，一是小说家对小说功能的重新阐释。市民文化在晚明人文主义思潮的激荡下，表现出对自然人性和社会平等理想的追求，对普通人命运的关心。市民文化导向促使社会产生对世俗人生与人间故事的消费需求和阅读期待，为小说开辟了施展才能的广阔天地。而小说理论家则试图通过对小说功能与价值的重新阐释，从思想观念入手，改变小说的社会形象及在整个文化结构中的地位。

小说遭人鄙夷的重要原因，在于人们普遍认为它既不及诗文高雅又不及史书有用。明清小说家推重小说，则试图论证小说兼备诗、文、史之优长，可以补史、劝诫，怡神导情，与圣经贤传同为发愤之作。

补史之说流行最早，此说旨在通过揭示小说与正史之间互补依存的关系，论述小说存在的价值和意义。自班固《汉书·艺文志》中列小说家为九流之外的第十家，关于小说价值的争讼便延绵不绝。班固对小说的立论本来是相当谨慎的。他一方面认为，"小说家者流，盖出于稗官，街谈巷语，道听途说者之所造也"；另一方面又引用《论语》中"虽小道，必有可观焉，致远恐泥"之说，以为于小说，"君子弗为也，然亦弗灭也。闾里小知者之所及，亦使缀而不忘。如或一言可采，此亦刍荛狂夫之议也"。此话的前段，常为轻诋小说者所引用，而后段，则为小说家据为口实。他们试图从"虽小道，必有可观"之处，肯定小说的存在价值。但这种存在是以自轻自贱、自处小道为代价的。至晋人葛洪有以《西京杂记》"裨《汉书》之阙"[①]的说法，小说家遂寻找到一种补史的生存理论。明清时期，补史说盛行一时，不但讲史之演义称为补史，而且描摹市井人情、备写悲欢离合故事的小说亦称为补史。补史论者比较史书与小说两种叙事文体的差异，以为史书重实录而传信，小说尚虚幻而传奇。史书为官书，大抵写君主承继、将相踪迹；小说为稗史，可构写世间奇情侠气，逸韵英风。史书写一人一事即是一人一事，小说写一人一事可括百人百事。小说与史书相比，具有独特的虚构性和典型意义，两者尺短寸长，无贵贱之分，不能相互替代，只能依存互补。

如果说，补史说试图通过揭示小说与历史之间互补依存的关系，论证小说存在的价值和意义，尚带有一定迂回性的话，劝诫导情说则将诗文为之崇高的教化功能径直搬来，据为己有，从而心安理得地跻身于文学坛坫。这

---

① 葛洪辑：《西京杂记全译》，成林、程章灿译注，贵州：贵州人民出版社 1993 年版，第 224 页。

第五章　稗官争说侠与妓 ｜ 213

种"僭越式"行为，正是传统文化结构发生变化的重要迹象。晚明士林中，激荡着崇尚自身灵知的人文精神，除性灵之外，一切思想规范与艺术法度都为时人所鄙夷。同时，在宋代之后即已出现的文化下移总趋势的影响下，士大夫所拥有的雅文学形式——诗、文，在新的文化构成中无力独霸文坛。小说、戏曲等后起成员便乘虚而入，占据了诗文固守不住的地盘，堂而皇之地担负起教化的责任。由稗史小道骤然升迁，小说得到了它梦寐以求的地位，因而便不遗余力地炫耀自身劝诫导情的功能，企求通过这种毫不逊色于诗文的功能显示，巩固其由"庶出"变而为"嫡出"的新贵地位。晚明小说家冯梦龙在《古今小说序》中对小说的教化作用有着由衷的赞叹，以为小说可使"怯者勇，淫者贞，薄者敦，顽钝者汗下。虽小诵《孝经》《论语》，其感人未如是之捷且深矣"。动人观感，起人鉴戒，劝善惩恶，当小说成为新兴文化结构中的重要成员时，它必须同时承担与身份相符合的职责。对道德主题、劝诫导情功能的认同，无疑使小说的存在有了更为坚实的基础。

小说对诗文之崇高的僭越还表现为它对发愤著书说的移植。发愤著书说是我国文学发生理论的最基本命题。它把文学家的审美创造过程看作是一种忧郁愤懑情绪的宣泄。这种忧郁愤懑情绪的形成，根源于社会与个体、现实与理想之间的种种不和谐。宣泄的欲望支配作家产生进行审美创造的冲动，并把个人的忧思孤愤灌注在作品之中。创作者通过这种宣泄达到心灵的平衡与精神的自足，完成对社会现实生活的评判与参与。发愤著书说引导人们以审美创造的方式消解怨愤、寄托理想、干预现实，符合传统文化关心社会、和谐人生的基调，因而为历代文人墨客乐道不疲。《论语》有"不愤不启，不悱不发"①之说，屈原有"惜诵以致愍兮，发愤以抒情"②的诗句，司

---

① 杨伯峻译注：《论语译注》，北京：中华书局 2006 年版，第 77 页。
② 汤炳正、李大明、李诚等注：《楚辞今注》，上海：上海古籍出版社 2012 年版，第 123 页。

马迁有"西伯拘而演《周易》，仲尼厄而作《春秋》，屈原放逐，乃赋《离骚》，左丘失明，厥有《国语》……《诗》三百篇，大抵圣贤发愤之所作也。此人皆意有郁结，不得通其道，故述往事，思来者"①之至论，韩愈有"和平之音淡薄，而愁思之声要妙；欢愉之辞难工，而穷苦之言易好"②之名言。但诸人感时发愤之说，皆指诗文著述而言，明清人则把感时发愤之说引入小说理论之中。李贽评《水浒》，以为此传为"发愤之所作"。施、罗二公愤"宋室不竟，冠屦倒施，大贤处下，不肖处上"③，故有此作。自李贽以发愤说解读《水浒》，从书中发见作者之政治感慨与思想寄托之后，"发愤""寄托"之说，则常见于小说家笔端。蒲松龄之《聊斋自志》云："浮白载笔，仅成孤愤之书，寄托如此，亦足悲矣。"曹雪芹自述《红楼梦》的写作是"满纸荒唐言，一把辛酸泪。都云作者痴，谁解其中味"。蒲、曹均以别有寄托自命，显示出两位小说大家于"补史""劝戒"之外的价值追求。这种价值追求更注重小说作品中展示创作主体对社会生活的感受力、审视力和主观感情。它不再是以游戏笔墨去记述街谈巷语，也不满足于以旁观说话人的口吻去讲述市井间曲折离奇的故事，而是以饱蘸情感之笔，描摹社会人生，寄寓幽情孤愤。

小说是文学家族中的后起之秀，其文体成熟晚于诗歌、散文。明清人似乎在一个早上突然发现历来遭人鄙夷的小说具有如此广阔重要的社会功能，因而对它推崇备至。小说功能的全面展现是以明清文化结构的变动为依托的，其崛起促使文化门类内部重新调整诸成员的职责范围。小说以其虚构性叙事的边缘优势分别向与其邻近的文化成员如历史、诗歌、散文的领域内

① 班固：《汉书》，赵一生点校，杭州：浙江古籍出版社 2000 年版，第 846 页。
② 吴孟夏、蒋立甫主编：《古文辞类纂评注》（上册），安徽：安徽教育出版社 2004 年版，第 250 页。
③ 朱一玄、刘毓忱编：《水浒传资料汇编》，天津：南开大学出版社 2012 年版，第 171 页。

渗透、蚕食，分享或占据它们无法固守的阵地。明清人对小说功能的发现和重新阐释，很大程度上是对历史、诗歌、散文功能的攫取和横向移植。新的社会变动及文化结构赋予小说前所未有的功能内涵，而小说在接受这些功能内涵的同时，也在积极地改善自身的社会形象，扩大表现领域，寻求名实相符的存在价值。小说由此步入自身发展的黄金时期。

小说的功能机制与存在价值的全面发现，是明清文学演进的重要成果。这一成果既然是由特定历史时期内的生产方式和与之相适应的文化结构所共同赋予的，因而，只要这种生产方式与文化结构没有重大改变，小说的功能机制与存在价值便会成为一种固定的权威性的符码而为社会所普遍接受。明清时期，演史、神魔、市井、人情小说潮流几经更迭，但补史、劝诫、发愤诸说，却始终是作家与评论家取材命意、抉隐发微的归宿。

十九世纪小说是明清小说发展的尾声，当小说家眉飞色舞、津津乐道地讲述着一个个起因结局各不相同的侠与妓故事的时候，他们无不对补史、劝诫、发愤说再三致意，淋漓发挥。小说评论者也总是在有益于世道人心，别寓有寄托怀抱处属意立论。作家与评论家对小说创作宗旨的正面阐发，多集中于小说的序跋之中。小说序跋是我们窥视与了解十九世纪小说价值观念和小说家文化角色认同的绝好窗口。

十九世纪侠妓小说，多为文人创作。明清小说所显示的实绩和层层文化风潮激荡的结果，使小说家一改自轻自贱、以小道自处的萎缩心理，不断扩大补史说的成果，动辄将小说与经传子史相提并论，比较其优劣。古月老人为初刻本《荡寇志》作序云："自来经传子史，凡立言以垂诸简编者，无不寓意于其间，稗官野史，亦犹是耳。"[1]此语强调稗官野史立言寓意与经传子史者同。俞蛟序重刻本《荡寇志》云："古今来史乘所载，事多失实。忠孝所存，有不能径行直达者，而姑以杳渺之谈出之，固不仅《荡寇

---

① 俞万春：《荡寇志》，戴鸿森校点，北京：人民文学出版社1981年版，第1039页。

志》也。"①史失于实而忠孝存在于杳渺之谈，稗史则庶几胜于正史矣。半月老人论《荡寇志》有功于世道人心道："昔子舆氏当战国时，息邪说，讵诐行，放淫辞，韩文公以为功不在禹下。而吾谓《荡寇志》一书，其功亦差堪仿佛矣。"②将小说之功直比于禹、孟，此种气概怎能为明、清以前之人所可以想见。

小说家气吞斗牛、直率无忌，自有其仗恃所在。小说家的仗恃首先来自对辅翼教化文化角色的认同和对小说文体独特社会效应的自信。中国封建文化的构成，是以纲常伦理为其内在核心的。在这一内在核心之中，包蕴着对封建皇权政治与社会等级秩序永世长存的理论阐释，也包蕴着对每个社会个体行为规范与心理原则的基本要求。封建文化的各个门类在行使自身职责的同时，以各自的形式与文化核心保持着联结，并履行各自的义务。与文化核心紧疏不同的联结，形成了各个门类文化品位上的差异。当小说被视为街谈巷语、道听途说之类时，它只能处于"君子弗为，然亦弗灭"的非中心与游离性地位。当小说随着明清之际文化结构的调整，成功地完成向文学中心地位的移动后，它便逐渐取得了辅翼教化的资格，取得了在社会人生系统中的重大存在意义，同时也具有了和经史子传分庭抗礼的实力。与纲常教化的亲疏，决定着小说的荣辱毁誉。因而，十九世纪侠、妓小说作者无不将辅翼教化、整肃人心、有裨世道作为小说创作主旨，小说评论家则把发掘作品中所隐含的思想意蕴、破译它所具有的教化意义视为自己的本分。俞万春积数十年之力写成《荡寇志》，未及刊行而先殁。其子俞龙光作《荡寇志·识语》，明其父著书之意云："盖先君子遗意，虽以小说稗官为游戏，而于世道人心亦大有关系，故有是作。"徐佩珂序《荡寇志》，以为此书"盖以尊王灭寇为主，而使天下后世，晓然于盗贼终无不败，忠义之不容假借混蒙，庶几

---

① 俞万春：《荡寇志》，戴鸿森校点，北京：人民文学出版社1981年版，第1051页。
② 俞万春：《荡寇志》，戴鸿森校点，北京：人民文学出版社1981年版，第1048页。

尊君亲上之意，油然而生矣。"栖霞居士为《花月痕》题词曰："说部虽小道，而必有关风化，辅翼世教，可以惩恶劝善焉，可以激浊扬清焉。"[1]邹弢作《青楼梦叙》，以为"是书标举华辞，阐扬盛俗，为渡迷之宝筏，实觉世之良箴"[2]。观鉴我斋序《儿女英雄传》，以为当今之世，"醒世者恒堕狐禅，说理者辄归腐障"。小说于转移人心，整肃教化，自应当仁不让。"自非苦心，何能唤醒痴人；不有婆口，何以维持名教？"[3]众人竞相从转移人心、维持教化的角度揭示侠、妓小说的创作宗旨，这种价值趋同现象，既表现为对小说社会政治功能的强调性认同，也隐含着小说努力保持已有文化品位的苦心。

十九世纪小说家对小说文体特征充满着自信。他们认为，小说以寻常之言、不经之笔，托微辞伸庄论、假风月寓雷霆，在悦目赏心之中，劝善惩恶、激浊扬清，其作用于世道人心者，可谓是得天独厚，为其他文学体裁所不可替代。观鉴我斋为《儿女英雄传》作序，以为"其书以天道为纲，以人道为纪，以性情为意旨，以儿女英雄为文章。其言天道也，不作玄谈；其言人道也，不离庸行；其写英雄也，务摹英雄本色；其写儿女也，不及儿女之私。本性为情，援情入性。有时诙词谐趣，无非借褒弹为鉴影而指点迷津；有时名理清言，何异寓唱叹于铎声而商量正学，是殆亦有所为而作与不得已于言者也。"于庸行中见人道，在诙谐中寓抑扬，借褒弹指点迷津，寓唱叹商量正学，这正是小说家作用于世道人心的独特手段。钱湘序《荡寇志》，以"不禁之禁"之说概括小说整肃人心世道之功能。其言曰："思夫淫辞辟说，禁之未尝不严，而卒不能禁止者，盖禁之于其售者之人，而未尝禁之于其阅者之人；即使其能禁之于阅者之人，而未能禁之于阅者之人之心。"而

---

① 魏秀仁:《花月痕》，杜维沫校点，北京：人民文学出版社 1982 年版，第 424 页。

② 俞达:《青楼梦叙》，《青楼梦》，傅成标点，上海：上海古籍出版社 1994 年版，第 4 页。

③ 文康:《儿女英雄传原载序文》，《儿女英雄传》，启泰校点，济南：齐鲁书社 2008 年版，第 3 页。

《荡寇志》一书，寓劝诫之意于可资鉴影的故事之中，"兹则并其心而禁之，此不禁之禁，正所以严其禁耳。"以小说息淫辞辟说，戒奸盗诈伪，疏引而非堵湮，导情而非窒欲，可望收到"不禁之禁"的效果，这又是小说的擅场之处。问竹主人序《三侠五义》，以为此书"极赞忠烈之臣，侠义之士"，又能"以日用寻常之言，发挥惊天动地之事"，"昭彰不爽，报应分明，使读者有拍案称快之乐，无废书长叹之时"，也极力从体裁优势的角度称赞小说作用人心之便捷。小说"以日用寻常之言，发挥惊天动地之事"，则可做到雅俗共赏，既可供优雅君子爱好把玩，又使引车卖浆者流所喜闻乐见，拥有广大的阅读群体。至于"昭彰不爽，报应分明，使读者有拍案称快之乐，无废书长叹之时"，则庶几近于寓教于乐，与中国传统的由审美而及于教化，终达于社会和谐的政治理想入丝合扣。

除去对辅翼教化文化角色的认同和对小说文体独特社会功能的自信外，十九世纪小说家的良好感觉还来自对发愤著书说的依仗。如前所述，自明清人将发愤著书这一诗文创作中的古老命题引入小说理论中后，小说创作遂获得了从杂谈补史之初级形态中挣脱，走向更为自由的创造空间的机会。发愤著书理论把小说创作看作是由作者主观情感积极参与的创造性活动。它引导小说家以巨大的热情贴近与反映现实生活，鼓励小说家理直气壮地抒写个人对社会、人生的感触、忧愤与评价，使小说家的目光不再仅仅停留于遥远的历史，而更自觉地面对生活现实。发愤著书说扩大了小说的社会功能和表现领域，小说创作不再满足于充任游戏消闲、诙谐调侃的角色，而是企求有所作为、有所寄托；不再拘泥于据实以录、羽翼正史，而是着力寻求现实世界中足以令人回肠荡气的艺术真实；不再是街谈巷论、杂谈逸闻的辑录搜集，而是饱含着作者人生阅历与主观情感的发愤之作。从诗文理论移植而来的发愤著书说，在为小说开辟更为自由、更为广阔的表现空间的同时，也在无形中改变着小说的社会形象与文化品位。发愤著书说使得先前拘于名实之辨的文人骚客不复小觑说部，从而毅然下海，操笔着墨，抒写悲凉慷慨、抑塞磊落之气。

发愤著书说作为一种文学发生理论，其最基本点是把文学创作看作是作者怨愤之情的郁结与发泄。而作者的怨愤之情又多由现实生活、人生路途中所遭受的种种穷困阻厄所激发引起。现实与人生的穷困阻厄造就了作者莫可告语的愤慨忧思，其郁结氤氲、积蓄酝酿，一旦喷薄而出，铺泻成文，便是天地间最真实美好的情感，最感人至深的文字。在发愤著书理论中，愤慨忧思被赋予最为神圣崇高的意义，它是点燃作家创作激情的圣火，又是贯穿于作品始终的原型情感。

十九世纪侠妓小说的作者与评论者，习惯于从辅翼教化的角度挖掘小说的社会意义，同时，又习惯于以发愤著书理论解读小说的思想价值。辅翼教化与发愤著书，如同他们手中的双刃之剑，批隙导窾，运用纯熟。以发愤著书理论解读小说，需要着意在作者所演述的故事中发现某种感慨与寄托，并努力品咂其所包容的深层意味和人生意义，寻绎其与作者身世阅历的微妙联系。花隐倚装序《青楼梦》，以为此书虽敷写欲河爱海之事，其骨子里都是寄寓"美人沦落、名士飘零"之感慨。"其书张皇众美，尚有知音，意特为落魄才人反观对镜，而非徒矜言绮丽为也。""览是书者，其以作感士不遇也可。倘谓为导人狭邪之书，则误矣。"栖霞居士为《花月痕》题词，以为此书令浅识者读之，不过是怜才慕色文字，其实，作者在怜才慕色的题面下，对比玩味着两种人生。《花月痕》主写韦与刘、韩与杜两对人物，韦痴珠落魄一生，"踽踽中年，苍茫歧路，几于天地之大，无所容身，山川之深，无所逃罪"，刘秋痕"以袅袅婷婷之妙妓，而有难言之志趣，难言之境遇"，韦、刘同病相怜，寂寞不遇。韩荷生、杜采秋与韦、刘同为书生妙伎，却才遇明主，飞黄腾达，享尽人间荣华富贵。遇与不遇，别如霄壤。世态炎凉如此，怎能不令人感慨系之，又怎可仅以"怜才慕色"视之。马从善以馆于作者家最久的身份序《儿女英雄传》，以为文康此书为感慨家道中落之作，"先生少席家世余荫，门第之盛，无有伦比。晚年诸子不肖，家道中落，先时遗物，斥卖略尽。先生块处一室，笔墨之外无长物，故著此书以自遣"。"先生一生亲历乎盛衰升降之际，故于世运之变迁，人情之反复，三致意焉。先生殆悔其已往之过，而抒其未遂之志欤？……嗟乎！富贵不可常保，如先生者，可谓贵显，而乃垂白之年，重遭穷饥。读是书者，其亦当有所感也。"在诸篇序跋中，评论者循着发愤著书理论的思路，要言不烦、轻车熟路地为读者破译小说作品中隐寓的寄托感慨。发愤著书理论为文学批评者提供的是一种释原式思维。它把文学创作过程看作是某种愤慨忧思情绪的郁结发散，因而，批评者的主要任务是用画龙点睛式的语言解释、还原作品的原发性情绪。执着于人生课题，是中国文学发展的显著特征。着意在普遍存在，无法消弭的现实与理想、个体与社会诸种冲突、抵牾中寻求植被地带，这是发愤说作为一种文学发生理论源远流长，并由诗文而推及小说的奥妙所在。伤时悯世的忧患，人生际遇的失意，精神的痛苦，心灵的疮痍，永远是构成人类情感生活的重要内容。将作品归属于人生多艰、感士不遇等大而无当、无所不适的类型化主题，以边缘模糊的语言触角引发读者的情感共鸣和联想认同，使之在阅读中获得会心释然的快感，这是虽已套式化的释原式批评长期存在流行的重要原因。

当我们回顾明清小说演进历史，对照分析十九世纪小说价值观念构成的时候，我们可以看到，随着明清时期文化结构的板块式移动，小说的非中心游离性地位得到改善，其功能机制和存在意义也日益得到丰富和全面展示。十九世纪处在明清文化结构变动的余波之中，在摆脱了自惭形秽的卑怯心理，勇于将小说与经史贤传相提并论之后，小说家逐渐将小说文体的文化功能由补史而移于辅翼教化与发愤著书，旨在扩大小说在社会、人生系统中的存在意义，巩固其社会地位，并期望在诗文词赋中已趋暗淡的理论之光，能在小说文体中重放异彩。奇迹终于未能出现，十九世纪小说并没有能够为中国古典小说作出一个辉煌的束结，侠、妓小说的盛行便是这个时代所收获的一颗酸涩的畸果。

二、侠妓演述：热题成因与主题模式

侠与妓，是江湖间与风尘中的人物。他们浪迹天涯、漂萍人间，有着不同于常人的价值观念、行为方式，也有着不同于常人的欢乐痛苦和人生感受。侠与妓的生活，构成了独特而神秘的社会风景。侠与妓并非高蹈世外不食人间烟火者，相反，他们以各自的方式与尘世保持着割舍不断、千丝万缕的联系。特殊的生活阅历，使他们有比普通人更丰富的侠骨柔肠，有比普通人更耐咀嚼的人生故事。讲述侠与妓故事的作品源远流长，自汉人之《游侠列传》至明人之《水浒传》，自唐人之《教坊记》至明人之《杜十娘》，写侠写妓者，精品不断，异彩纷呈，构成了一条五光十色的艺术长廊。

历代作家之所以对侠、妓题材情有所钟，侠、妓故事的演述之所以绵延不绝，其原因是多重的。人类生活的组成以人性作为底蕴。对恶的憎恨，对善的赞美，对美的追求，对英雄之性的崇拜，对儿女之情的迷恋，构成了人类最基本的人性原则和情感指向。侠、妓故事写英雄之争天抗俗，儿女之柔情似水，展示人性中阳刚与阴柔之美的两种极致；写恶者终得恶报，善者终得善果，让人性在善恶美丑的巨大张力中磨砺洗刷，从而启迪人们对人性真谛的领悟。侠、妓故事痛快淋漓地展示人类最基本的人性原则和情感指向，这是原因之一。人类生活是一种社会性活动，其自身充满着对社会公正和人性自由发展的渴望。在中国封建社会里，社会公正原则遭到君权原则的压抑，礼教规范束缚着人性的自然发展，人们便把对社会公正和人性自由的期待转移到文学世界，转移到侠、妓故事的演述中，在侠之以武犯禁的行为中寻求正义公平，在妓之青楼歌榭的温柔里寄托浪漫风流。侠、妓故事的演述，有着深广的社会心理基础，这是原因之二。侠、妓生活既与世俗社会保持着广泛联结，又具有自身活动的隐秘性。与社会广泛联结，便有许多可以讲述的人间故事，为作家展示特定时代的生活场景、风俗人情，表现社会各个阶层的人物活动，提供了莫大的便利。侠、妓活动的隐秘性，又给故事本身平空带来了许多诡秘和传奇色彩，作者可以在较大的自由度上制幻设奇，纵横捭阖，提高作品的可读性与愉悦效应，侠、妓故事具有天然而无与伦比的文学禀赋，这是原因之三。

上述仅为侠、妓故事演述常盛不衰的一般性原因。十九世纪，继《聊斋》之志怪、《儒林》之讽世、《红楼》之言情之后，侠、妓题材骤然成为小说的表现热点，形成了一种长篇纷呈、言侠言妓者双峰对峙、几于主持说苑的声势。这种"稗官争说侠与妓"现象的形成，又有其特殊的时代与文化成因。

十九世纪，中国封建社会在经久不息的动荡中已走向崩溃的边缘。道咸以降，内乱不已，外侮频加，战争风云笼罩海内。封建政权失去往日的威严与灵光，现有的思想信仰堤坝纷纷坍陷，政治文化秩序陷入混乱，整个社会像失去重心的陀螺摇摆不定。面对纷乱的现实，人们在心理上充满着对命运、对未来的恐惧、焦虑、忧患和莫名的失落感。忧道者追忆着逝去的帝国盛世、文治武功，沉湎于补天救世的梦幻，期待着封建秩序的恢复、纲常伦理的重整，渴望仗剑戡乱、澄清乾坤、再振雄威的英雄出现。狂狷者恃才傲世，世遭奇变，更觉英雄末路，既不能为世所用，遂以声色犬马消磨心志，在粉黛裙裾中寻求红粉知己，寄托不遇牢愁。嬉世者游戏人生，值此更以及时行乐、苟且偷安为生命宗旨，在游花采美、情场角逐中寻求快慰。世纪之变，影响着一代士人的心理结构、人生情趣，对世纪英雄的幻想和颓废感伤的士人心态，为侠、妓热题的流行创造了适宜的文化氛围。

就小说自身演进的历史而言，明清两代说侠之书，自《水浒》之后，继踵者寥如晨星，康乾年间成书的《说岳全传》问世不久便遭查禁，此与清代禁忌繁多的文化政策不无关系。侠之以武犯禁与官方统治多有抵触，故命运不佳。与之形成鲜明对比的言情之作，则高潮迭起。明末之市井小说，清初之才子佳人小说，清中叶之《红楼梦》及其续书，生活场景由市井而转至家庭，情调由艳冶而渐至优雅。十九世纪文网松弛，行侠者先出现于公案小说中，助官破案，缉盗戡乱。世人对于侠义工作久别重逢，分外亲切，故而趋之若鹜。言情之作徜徉于后花园与簪缨之家既久，读者口餍耳倦而作者亦意拙技穷。道咸年间，继京都狎优之风盛极之后，海上洋场间粉薮脂林，不胜枚举，狎妓成为时下士林风尚。言情之作把生活场景由后花园转向青楼妓院，主人公由官宦子弟、名门淑媛改换为冶游文人与卖笑倡优，只是举手之劳，侠、妓热题的形成又是小说家适应读者审美时尚的有意选择。

侠、妓故事讲述江湖英雄行侠仗义、勾栏妓院男女相悦之事，这是一个司空见惯而永远富有阅读效应的题材。但十九世纪小说家面对侠、妓题材，并不感到十分轻松，他们的心理压力来自题材之外。如何在侠、妓故事的演述中，落实劝诫、泄愤的小说主旨，通过故事讲述、人物活动传达作者的政治观念、文化意识，起到整肃人心、泄导人情的作用？如何使侠、妓行为的描写，限制在适宜的"度"内，使之契合于社会认可的思想与道德规范，达到社会效应与题材效应的一致？这些问题，都被小说家有意识地统一消融在主题模式的设计中。主题设计，这是小说家进入创作过程所不可回避的问题，也是作家思想意念渗透于故事讲述之中的第一通道。在说侠之作中，作者将侠义天马行空的活动编织在公案故事的经纬中，把传统侠义题材中的侠、官对立模式，转换为侠、官协力，同扶圣主、共戡盗乱的主题模式。侠以武犯禁一变而为侠以武纠禁。在说妓之作中，作者或重写实，敷陈京都海上巨绅名士之艳迹，或重写意，借美人知遇抒写英雄末路之牢愁。无论敷陈艳迹之主题模式，还是抒写牢愁之主题模式，无不在描绘柔情中推重风雅，渲染用情守礼而鄙夷猥亵放荡，总体奉行着情清欲浊、重情斥欲的价值标准。

十九世纪写侠之长篇小说主要有《荡寇志》《三侠五义》《儿女英雄传》等。《荡寇志》又名《结水浒传》。作者俞万春出身诸生，曾随父从征瑶民之乱，以功获议叙。俞氏以二十余年之力，写成《荡寇志》一书，书之序言及结子部分言其著书之意甚明。俞氏认为，施耐庵著《水浒传》，并不以宋江为忠义,施氏"一路笔意,无一字不写宋江之奸恶"。而罗贯中之续书竟有宋江被招安平叛乱之事,将宋江写成真忠真义,使后世做强盗者援为口实,以忠义之名,行祸国之实。罗之续书刊刻行世,坏人心术,贻害无穷。《荡寇志》一书,即要破罗续书之伪言,申明"当年宋江并没有受招安、平方腊的话,只有被张叔夜擒拿正法一句话",以使"后世深明盗贼忠义之辨,丝毫不容假借"。俞书自《水浒传》金圣叹七十回本删改本卢俊义之噩梦续起,至梁山泊英雄非死即诛,忠义堂被官军捣毁,山寨为官军填平,一百零八股妖气重归地窟,张叔夜、陈希真终成平乱大功并封官加爵处止。

《荡寇志》一书把宋江等人写成杀人放火、打家劫舍、戕官拒捕、攻城陷邑、占山为王的贼寇,他们与朝中奸臣高俅、蔡京、童贯暗中勾结,沆瀣一气。方腊起事浙江之时,朝中曾有招安宋江、借力平乱之议,蔡京极力撺掇促成此事。但宋江贼心难收,为安定梁山人心,羁縻众将,表面欢天喜地应允,暗中却差人杀了使者,自绝了梁山受招安之路。与梁山盗贼对阵的是已告休的南营提辖陈希真、陈丽卿等人。陈氏父女武艺出众、才略超人,因逃避高俅父子迫害出走京师。在走投无路的情况下,遂与姨亲刘广奔猿臂寨落草,权作绿林豪杰,并收拢祝永清等一批骁将,与梁山作对。他们身在江湖,心存魏阙,时时念叨皇恩浩荡,一心以助官剿匪的行为,"得胜梁山,作赎罪之计"。猿臂寨与梁山多次对阵交锋,使梁山人马损兵折将,最后在朝廷委派大员张叔夜的统领下,一举平灭梁山。

《荡寇志》在故事结构上以叙写陈氏父女活动及猿臂寨建兴为主线。《水浒传》中的官盗、忠奸矛盾在书中虽依然可见,但已退居于事件背景的交代之中。作为绿林好汉对立面的贪官污吏、土豪恶霸则杳然无迹。《荡寇志》一书主要展示的是两大江湖集团的争斗厮杀及其不同的命运归宿。猿臂寨首领陈氏父女因受奸佞迫害而走上绿林,这与宋江等人走上梁山并无不同。所不同的是,陈氏父女落草之后,辄以逆天害道之罪民自责,外惭恶声,内疚神明,时时不忘皇恩浩荡,日夜伺机助官剿寇,立功赎罪,将有朝一日接受招安，作为解脱之道；宋江等人则啸聚山野，假替天行道之名，攻城陷邑，对抗官府，桀骜不驯，于招安之事缺乏诚心。陈氏父女深明天理，以有罪之身，助王剿乱，终为朝廷所用，功成名就；宋江等人一意孤行，背忠弃义，倒行逆施，终至人神共怒，身败名裂。陈氏父女报效朝廷，真得忠义之道；宋江等人恃武犯禁，已入盗寇之流。作者正是在一侠一盗、一荣一衰的命运对比中，夸耀皇权无极，法网恢恢，晓告世人，忠义之不容假借混蒙，盗贼之终无不败。尊君亲上，招安受降，是绿林侠义、江湖英雄最好、最理想的归宿。

如果说《荡寇志》一书的思想主旨是尊王灭寇，那么《三侠五义》的思想主旨则是致君泽民。《三侠五义》又名《忠烈侠义传》，它在民间说唱艺术的基础上，经文人增饰而成。《三侠五义》是一部较为典型的以清官断案为经，以侠义行侠为纬的公案侠义小说。它带有更多的市井细民对清官与侠义行为的理解和愿望。作品前二十七回讲述清官包拯降生出仕，决狱断案，审乌盆、斩庞昱、为李太后申冤寻子的故事。自南侠展昭得包拯举荐、被封"御猫"事件之后，引出三侠五义的纷纷登场，他们由互相猜忌，敌视争斗，终至联袂结盟，各奋神勇，各显绝艺，辅助清官名臣除暴安良，为国为民献忠效力。

《三侠五义》是以忠奸、善恶、正邪作为故事基本冲突的。小说展示了上自宫廷皇室、下至穷乡僻壤间的种种社会矛盾。贪官污吏结党营私，诬陷忠良，铸就冤狱；土豪恶霸荼毒百姓，鱼肉乡里；皇亲国戚广结党羽，图谋不轨。这些奸邪丑恶的存在，为清官、侠士提供了用武之地。他们相互辅助，洞幽烛微，剪恶除奸，济困扶危，仗义行侠，为民除害，清官与侠义代表着社会公正与正义。作者致君泽民的思想主旨，也正是在清官与侠士的行为中体现出来的。在作品中，包拯、颜查散等清官名臣，展昭、欧阳春等义士侠客，充当着君主意志与民众愿望的中介。君主的意志通过清官名臣的作为而得能显现，清官名臣的作为依靠侠客义士的辅助而获得成功，侠客义士除暴安良的行为，又体现着民众社会公正的愿望。清官名臣、侠客义士，上尽效于朝廷，下施义于百姓，使民众愿望与君主意志、社会公正原则与君权原则获得和谐统一，这正是作者所期望的致君泽民的思想与行为规范。

《三侠五义》中的侠客义士系有产者居多。在归附朝廷之前，大都有过飘零江湖、行侠仗义甚至以武犯禁的行为。他们归附朝廷并非是屈服于政府的武力，而大多是出于为国效力的愿望，对清官名臣高风亮节的折服及对皇上知遇之恩的报答，他们的归附被视为一种义举。当他们接受清官的统领之后，其除暴安良的行为便不再仅仅具有行侠仗义、打抱不平的性质，而是一种代表政府意志的活动。侠义之士一旦与江湖隔绝、与个人英雄行为分离，江湖上少了一位天马行空的英雄，而官府中则多了一名抓差办案的吏卒。这也是侠义何以与公案小说合流的重要原因之一。

《三侠五义》显示出侠义与公案小说的合流。《儿女英雄传》则试图将侠义与言情故事同说。《儿女英雄传》初名《金玉缘》，作者文康在《缘起首回》中借天尊之口揭明此书立意云：世人大半把儿女英雄看作两种人，两桩事，殊不知英雄儿女之性，纯是一团天理人情，不可分割。"有了英雄至性，才成就得儿女心肠；有了儿女真情，才做得出英雄事业。"又谓世人看英雄儿女，误把些使用气力、好勇斗狠的认作英雄，又把些调脂弄粉、断袖分桃的认作英雄，殊不知英雄儿女真性在忠孝节义四字，立志做忠臣、孝子，便是英雄心；做忠臣而爱君，做孝子而爱亲，便是儿女心。由君亲而推及兄弟、夫妇、朋友，英雄儿女至性便昭然人世、长存天地。作者正是在这种理念的基础上铺缀文字，"作一场英雄儿女的公案，成一篇人情天理的文章，点缀太平盛世"。

《儿女英雄传》以书生安骥与侠女何玉凤（十三妹）的弓砚之缘作为故事主线。汉军世族旧家子弟安骥携银往淮南救父，路遇强人，为十三妹所救。十三妹本中军副将何杞之女，其父为大将军纪献唐所陷害，玉凤携母避祸青龙山，习武行侠，待机复仇。十三妹在能仁寺救出安骥之后，当下为安骥与同时救出的村女金凤联姻，并解送威震遐迩的弹弓，让他们一路作讨关护身的凭证，十三妹自己拾得安骥慌乱中丢下的砚台。安骥之父安东海获救后，弃官访寻十三妹于青云峰，告知她父冤已申，以砚弓之缘为由，极力撮合十三妹与安骥的婚姻。玉凤嫁安骥后，与张金凤情同姐妹，又善于持家理财，鼓励丈夫读书上进。安骥科场得意，官至二品，政声载道，位极人臣。金、玉姐妹各生一子，安老夫妻寿登期颐，子贵孙荣。

《儿女英雄传》为侠客义士、绿林英雄安排了一条与陈希真父女、南侠、五鼠不同的归顺道路——走向家庭生活。十三妹身为将门之女，自幼弯弓击剑，拓弛不羁。家难之后，凭一把倭刀、一张弹弓啸傲江湖，驰名绿林，血溅能仁寺，义救邓九公，行侠仗义，抱打不平，是何等的豪放威武。但这些在饱读诗书的安学海看来，却是璞玉未凿，"把那一团至性，一副才气弄成一团雄心侠气，甚至睚眦必报，黑白必分。这等人若不得个贤父兄，良师友苦口婆心地成全他，唤醒他，可惜那至性奇才，终归名堕身败"[1]。故而决心尽父辈之义，披肝沥胆，向十三妹讲述英雄儿女的道理。十三妹听了安学海的劝解，"登时把一段刚肠，化作柔肠，一股侠气，融为和气"，决意"立地回头，变作两个人，守着那闺门女子的道理才是"[2]。一向打家劫舍、掠抢客商、称雄绿林的海马周三等人，也听从教诲，学十三妹的样子，决心跳出绿林，回心向善，卖刀买犊，自食其力，孝老伺亲。走向家庭生活的侠女十三妹，将倭刀弹弓尽行收藏，英雄身手只在窃贼入房、看家护院时偶而显露。

在上述三部写侠小说中，侠义之士或接受招安，或报效朝廷，或步入家庭，无一不走着一条通向自身异化的命运之路。他们由啸聚江湖、逸气傲骨变而为循规蹈矩、事故世俗，由替天行道、仗义行侠变而为为王前驱、以

---

① 文康：《儿女英雄传》，启泰校点，济南：齐鲁书社 2008 年版，第 113 页。
② 文康：《儿女英雄传》，启泰校点，济南：齐鲁书社 2008 年版，第 113 页。

228 | 十九世纪中国文学思潮

武纠禁，由现行政治法律、伦理纲常的挑战者和反叛者变而为执行者、维护者，这种以表现江湖侠士收心敛性、改邪归正行为为主旨的作品，我们不妨称之为"归顺皈依"主题。这种主题模式的形成，带有晚近期封建皇权政治文化的特征，建立在一套以忠君观念为核心的价值理论体系之上。根据这种价值理论体系，作者极力寻求绿林英雄与皇权政治妥协调和的方式，而又总是以侠义之士向皇权政治的归顺皈依作为最终结局。作者正是在这种归顺皈依的主题模式下，寄寓着劝诫的意蕴和重整纲常伦理、社会秩序的渴望。

十九世纪言妓小说有写实、写意之分。写实者，敷陈京都海上巨绅名士之艳迹，重在描绘繁华乡里、风月场中的闻闻见见，此类作品有《品花宝鉴》《海上花列传》。写意者，借美人知遇抒写英雄末路之牢愁，重在赏玩潦倒名士、失意文人之落拓不羁、雅致风流，此类作品有《青楼梦》《花月痕》。

乾嘉以降，京都狎优之风甚盛。公卿名士招梨园中伶人陪酒唱曲、狎爱游乐，成为一时风尚。虽所招均为男子，与之调笑戏谑，却以妓视之，呼之为"相公"。流风所被，以至"执役无俊仆，皆以为不韵，侑酒无歌童，便为不欢"[1]。《品花宝鉴》所记述的即京都狎优韵事。作者陈森，道光中寓居都中，因科场失意，境穷志悲，日排遣于歌楼舞榭间，于狎优之风，耳闻目睹，遂挥毫以说部为公卿名士、俊优佳人立传写照，道人之所未道而兼寓品评雌黄之意。

作者认为："大概自古及今，用情于欢乐场中的人，均不外乎邪正两途。"[2]本书之立意，即要写出正者之高洁和邪者之卑污，以作为品花者鉴影之具。故而书中开首第一回，先将缙绅子弟、梨园名旦各分为十类，推之为欢乐场中之正品，又将卑污之狎客、下流之相公分为八种，斥之为欢乐场中

---

① 柴桑：《京师偶记》，《北京历史风土丛书》第一辑，上海：上海古籍出版社1998年版，第6页。

② 陈森：《品花宝鉴》，洪江标点，上海：上海古籍出版社1994年版，第1页。

的邪类。书中用主要笔墨描写十位"用情守礼"的缙绅子弟与十位"洁身自好"优伶的交往。十位优伶来自京都联珠与联锦两大戏班，他们聪慧清秀、仪态婉娴，在红氍毹上各有绝技。虽生于贫贱、长于污卑，却自尊自爱、择良友而交结，出淤泥而不染。十位缙绅子弟家资丰饶，地位显赫，才华横溢，风流倜傥，他们视"这些好相公与那奇珍异宝、好鸟名花一样，只有爱惜之心，却无亵狎之念"①。其中波折横生，作者极尽曲意的是对梅子玉与杜琴言、田春航与苏蕙芳交往故事的描述。梅、杜之交，形淡情浓、悲多欢少，而重写其缠绵相思之苦；田、苏之交，炽热率直、知己相报，而重写其道义相扶之乐。最终众名士功名各自有得，众优伶脱离戏班，跳出孽海，会聚于九香楼中，将那些舞衫歌扇、翠羽金钿焚烧尽净，皆大欢喜。在描述美人名士好色不淫的交往之外，书中还穿插讲述了奚十一等无耻狎客与蓉官、二喜等"狐媚迎人，娥眉善妒，视钱财为性命，以衣服作交情"的下流优伶的荒淫行径，作为美人名士的对照。作者以为："单说那不淫的，不说几个极淫的，就非五色成文、八文合律了。"②

《品花宝鉴》对京城品优之风的描述抱着一种猎奇写实、激浊扬清的基本态度，正因为如此，作者在书中序言里一再声称书中所言"皆海市蜃楼，羌无故实"。"至于为公卿，为名士，为俊优、佳人、才婢、狂夫、俗子，则如干宝之《搜神》，任昉之《述异》，渺茫而已。"但不少好事者还能一一寻出书中某人即世上某人的蛛丝马迹。

《海上花列传》问世晚于《品花宝鉴》近半个世纪，但其刊行后的遭遇几同于《品花宝鉴》。《海上花列传》最初连载于《海上奇书》杂志时，作者即在《例言》中声明："所载人名实俱凭空捏造，并无所指。如有强作解人，妄言某人隐某人，某事隐某事，此则不善读书，不足与谈者。"但读者与研

---

① 陈森：《品花宝鉴》，洪江标点，上海：上海古籍出版社1994年版，第43页。
② 陈森：《品花宝鉴》，洪江标点，上海：上海古籍出版社1994年版，第212页。

究者仍饶有趣味地索解书中的本事。《潭瀛室笔记》云："书中人名皆有所指，熟于同、光间上海名流事实者，类能言之。"许廑父为民国十一年《海上花列传》排印本作序，谓此书为作者谤友之作。诸说无须稽考，但作者之罗列众相、点缀渲染的本领，却通过索求本事者积极踊跃这一现象反映出来。

《海上花列传》开篇第一回言写作缘起云："只因海上自通商以来，南部烟花日新月盛，凡冶游子弟倾覆流离于狎邪者，不知凡几。虽有父兄，禁之不可，虽有师友，谏之不从。此岂其冥顽不灵哉？独不得一过来人为之现身说法耳。"作者即是以"过来人"的身份，写照传神，属辞此事，点缀渲染，以见青楼花巷令人欲呕之内幕，繁华场中反复无常之情变。"苟阅者按迹寻踪，心通其意，见当前之媚于西子，即可知背后之泼于夜叉，见今日之密于糟糠，即可卜他年之毒于蛇蝎。也算得是欲觉晨钟，发人深省者矣。"

与《品花宝鉴》中的狎优场面相比，海上烟花生活充满着更多的铜臭气味。《海上花列传》的作者似乎已失去了《品花宝鉴》作者那种欣赏名士做派、玩味品花情韵的雅兴，更多的是以平实冷静而不动声色的笔调描述欢乐场中的艰辛悲苦。书中首回写花也怜侬在花海上踯躅流连，不忍舍去，那花海"只有无数花朵，连枝带叶，浮在海面上，又平匀，又绵软，浑如绣茵绵罽一般，竟把海水都盖住了。"正因为如此假象，畅游花海者才容易失足落水："那花虽然枝叶扶疏，却都是没有根蒂的，花底下即是海水，被海水冲激起来，那花也只得随波逐流，听其所止。若不是遇着了蝶浪蜂狂，莺欺燕妒，就为那蚱蜢、蜢螂、虾蟆、蝼蚁之属，一味的披猖折辱，狼藉蹂躏。惟夭如桃，秾如李，富贵如牡丹，犹能砥柱中流，为群芳吐气；至于菊之秀逸，梅之孤高，兰之空山自芳，莲之出水不染，哪里禁得起一些委屈，早已沉沦汩没于其间。"花海之绵软其表，险恶暗藏，花朵之随波逐流，命运不能自主，花海、花朵的暗喻表达着作者对海上烟花生涯的理解。

《海上花列传》以赵朴斋由乡下到上海访亲、初涉妓寮起，至其妹赵二宝被史三公子骗婚而惊梦处止，以赵家兄妹的命运照应故事首尾。而中间叙事写人，则采用史书中列传体例与《儒林外史》的规制，加上所谓穿插藏闪之法，插叙了三十余位妓女和奔走于柳街花巷中的嫖客、老鸨各色人等之间的恩怨纠葛、风波结局。其中反目成仇、背信弃义者有之，附庸风雅、迂阔痴情者有之，始合终离、始离终合、不离不合者有之，寒酸苦命、淫贱下流、衣锦荣归者也各有之。在这个以叫局吃酒、打情骂俏、争风吃醋、钩心斗角为主要生活内容的社会层面里，充满着人世间的喧嚣波澜。

《海上花列传》曾以《青楼宝鉴》之名刊印。它和《品花宝鉴》之所以同称为"宝鉴"，即含有还其真面、引为法戒的两重含意。两书作者在故事叙述中都以"过来人"的口气现身说法，他们对特定生活场景的描述，遵照"道人之所未道""写照传神""其形容尽致处，如见其人、如闻其声"的写实宗旨，以接近现实真实的努力，向读者讲述京都海上欢乐场中的怪怪奇奇、妍媸邪正，为狭邪中人物立传写照。这种以展示狭邪生活场景、描摹梨园青楼世态人情、寄寓警世劝诫之意为主旨的作品，我们称之为言妓之作中的"敷陈艳迹"模式。

言妓之作"敷陈艳迹"模式之外的另一支流是"人生感悟"模式。如果说，敷陈艳迹之写实派承《儒林外史》之笔意，旨在罗列众相、为狭邪者立传、为风月场写照的话，人生感悟之写意派则以发愤说为底蕴，借青楼风月之演述，玩味人生悲欢离合、荣辱穷达之禅机，抒写人生牢愁与感慨。《花月痕》《青楼梦》的写作之旨，近于后一类型。

《花月痕》为何而作？作者魏秀仁于本书《后序》中云："余固为痕而言之也，非为花月而言之也。"花之春华秋实，月之阴晴圆缺。其形人人得而见之，而花月之痕，则非人人都能体味。花之有落，月之有缺，人若有不欲落、不欲缺之心，花月之痕遂长在矣。花月之痕，得人之怜花爱月之情而存在，"无情者，虽花妍月满，不殊寂寞之场，有情者，即月缺花残，仍是团圆世界"。人海因缘之离合，浮生踪迹之悲欢，与花月何异？有情者，其合也，诚浃洽无间，其离也，虽离而犹合。此一段庄言宏论，正是作者铺缀文字的立意所在。

《花月痕》开首即为一篇"情论"。"情之所钟,端在我辈","乾坤清气间留一二情种,上既不能策名于朝,下又不获食力于家,徒抱一往情深之致,奔走天涯"。不遇之士情深不能自抑,无处排遣,故向窗明几净、酒阑灯炧处寻求适情之物与多情之人,借诗文词赋、歌舞楼榭寄情耗奇。"那一班放荡不羁之士,渠起先何曾不自检束,读书想为传人,做官想为名宦,奈心方不圆,肠直不曲,眼高不低,坐此文章不中有司绳尺,言语直触当事逆鳞,又耕无百亩之田,隐无一椽之宅,俯仰求人,浮沉终老,横遭白眼,坐团青毡。不想寻常歌伎中,转有窥其风格倾慕之者,怜其沦落系恋之者,一夕之盟,终身不改。"仕途官场不遇之人,得遇于寻常歌伎;欲为传人名宦不成,而倦归于温柔之乡。《花月痕》开首之"情论",点明所言之"情"的特殊规定性,又俨然是一篇不羁名士与青楼佳丽天作地合的辩词。

"一夕之盟,终身不改",作者将名士美人青楼之遇的情感关系推向了一种理想化的极致。"幸而为比翼之鹣,诏于朝,荣于室,盘根错节,脍炙人口;不幸而为分飞之燕,受谗谤,遭挫折,生离死别,咫尺天涯,赍恨于秋,黄泉相见。"[1]作者正是根据幸与不幸的命运、荣辱与共的情盟来安排情节、设置人物的。《花月痕》主要讲述"海内二龙"韩荷生、韦痴珠与"并州二凤"杜采秋、刘秋痕悲欢离合的故事。韩、韦以文名噪世,以文字相识,同游并州,得识青楼佳丽杜、刘。韩有经世之略,得人推荐,于并州兵营赞襄军务,屡建奇勋。后应诏南下,收复金陵,官至封侯,与所恋佳妓杜采秋终成眷属,采秋被封为一品夫人。韦痴珠著作等身,文采风流,倾倒一时,所上《平倭十策》,虽不见用,却享名海内。倏忽中年,困顿羁旅,内窘于赡家无术,外穷于售世不宜,心意渐灰。与并州花选之首刘秋痕情意相投,却无资为其赎身,终至心力交瘁,咯血而死,秋痕自缢以殉。韩、杜与

---

① 魏秀仁:《花月痕》,杜维沫校点,北京:人民文学出版社 1982 年版,第 3 页。

韦、刘，同是情盟似海，结局却是天壤之别。韩、杜之交，是"幸而为比翼之鹣"者，韦、刘之交，则是"不幸而为分飞之燕"者。作者以歆羡之笔写"比翼之鹣"，而以凄惋之笔写"分飞之燕"。幸与不幸的根结何在？韩荷生得遇而位极人臣，故福慧双修、恩宠并至；韦痴珠不遇而穷愁困顿，虽眷爱而不能相保。遇与不遇，是达与不达、幸与不幸的根本。痴珠华严庵求签，知与秋痕终是散局，但蕴空法师告知，数虽前定，人定却也胜天，而痴珠终因不遇而无力赎回秋痕；荷生欲娶采秋，鸨母初亦为难，后闻荷生做了钦差，追悔不及，亲将采秋送迎，韩、杜终得如愿以偿。作者在《花月痕前序》中写道："浸假化痴珠为荷生，而有经略之赠金，中朝之保荐，气势赫奕，则秋痕未尝不可合。浸假化荷生为痴珠，而无柳巷之金屋，雁门关之驰骋，则采秋未尝不可离。"虽然离合之局，系于穷达，荣辱之根，植于遇与不遇，但若情之长存，离者亦合，辱者犹荣。作者对人生命运、情爱价值的理解于此可鉴。

与《花月痕》不谋而合，《青楼梦》亦以一篇"情论"横亘篇首。作者以为"人之有情，非历几千百年日月之精华，山川之秀气，鬼神之契合，奇花异草，瑞鸟祥云，祯符有兆，方能生出这痴男痴女。生可以死，死可以生，情之所钟，如胶漆相互分拆不开"。书中所讲述的痴男痴女，其前生都是仙界人物，因种种原因谪降人间，了却风流姻缘。痴男为吴中名士金挹香，其素性风流，志欲先求佳偶，再博功名，与青楼中三十六妓交游，特受爱重。金挹香历遍花筵，自称"欢伯"。入泮之后，众美咸以新贵目之，青云得路，红袖添香，娶众美中纽氏为妻，另纳四美为妾，妻妾和睦，温馨倍增。挹香为显亲扬名，捐官浙江，割股疗母以尽孝，政绩斐然而尽忠。欲重访众美，众美已纷纷如鹤逝凤去，云散难聚。心灰意冷之中，决意弃官修道，回头向岸，终与妻妾白日升天，与三十六美再次聚首，重列仙班。

作者自称《青楼梦》一书是"半为挹香记事，半为自己写照"①。书中以情论起兴，以空、色作结。依照"游花园、护美人、采芹香、掇巍科、任政事、报亲恩、全友谊、敦琴瑟、抚子女、睦亲邻、谢繁华、求慕道"②的情节顺序展开故事，描摹了一位勘破三梦、全具六情者一生的经历。其以《青楼梦》命书名，乃是因为主人公以游花园、护美人，遍交天下有情人为初志，中经怜香惜玉、拥翠偎红之痴梦，花晨月夕、谈笑诙谐之好梦，入官筮仕、显亲扬名之富贵梦之后，回顾平生，诸愿得遂，父母之恩已报，富贵功名得享，妻妾之乐领略，人世间之痴情、真情、欢情、离情、愁情、悲情一一经历，欢尽悲来，顿生浮生如梦、过眼皆空的感受，终至参破情关、洗空情念而升仙入道。金挹香之慕道，并非由于人生失意而寻求精神解脱，而是由于人生得意而寻求更完美的自我完成，寻求更永恒的生命存在。作者依据封建士人最完美的人生理想设计了主人公的一生。这里的"情关""情念"，已不局限于男女之情的范畴，而是泛指人生存在的一切生命欲求。一切生命欲求都得以实现，便在升仙入道中寻求生命的永恒。《青楼梦》前半部也有敷陈艳迹的痕迹，但它只是把青楼艳遇作为人生之梦的一种加以夸示。《青楼梦》不同于敷陈艳迹写实派之处，在于运用理想化的手法，将作者对人生存在意义的理解融汇在其所编造的人间故事之中。

三、忠义观念与英雄驯化现象

侠在中国是英雄的别名。侠之所以有口皆碑、受人仰慕，除了他们具有绝顶的武艺、过人的胆略、超常的智慧之外，还因为他们具有强烈的使命

---

① 俞达:《青楼梦》，傅成标点，上海：上海古籍出版社 1994 年版，第 277 页。
② 俞达:《青楼梦》，傅成标点，上海：上海古籍出版社 1994 年版，第 2 页。

感、正义感、英勇的牺牲精神和坚贞的英雄气节。

武艺、胆略、智慧，是侠之克敌制胜的资本，而使命感、正义感、牺牲精神和英雄气节，则是侠士立身行世所特有的思想品格和行为准则，也是侠之所以成其为侠，侠之人格光辉之所在。侠以行仁仗义，"兴天下之利，除天下之害"①作为自己的使命。关于"仁义"，司马迁《史记·自序》中所谓"救人于厄，赈人不赡，仁者有乎？不食信，不倍言，义者有取焉"的诠释，最符合侠之仁义精神。侠以排难解纷、求仁重义为本分。侠之正义感，来自个人的良知和性善本能。它依照于社会公正的原则，而并非亦步亦趋于政治、法律之规范。侠之锄强扶弱、除暴安良，在政治、法律范围之外主持着社会正义和公平，虽然其行为大多具有以武犯禁的性质而与现行政治、法律制度相违背。侠之牺牲精神，体现着摩顶放踵、以利天下的思想境界。他们重然诺、轻性命，一言既出，万死不辞，赴汤蹈火，决不退避。侠之英雄气节，表现为独立于世，傲骨铮铮，威武不能屈，富贵不能淫，听命于知己，而不听命于达贵，视金钱、名利如草芥粪土，冰清玉洁，超然世俗。

在侠之思想品格和行为准则中，正义感和英雄气节是最可宝贵的。侠之建立在个人良知、性善本能和社会公正原则之上的正义感，使他们永远为社会所不可缺少，并有别于侵孤凌弱、横行不法、为所欲为的豪暴之徒。失去了行仁仗义、维护社会公正的正义感，侠便失去了其存在的价值和意义。侠之独立于世、傲骨铮铮的英雄气节，使他们赢得了天下人的仰慕、尊敬和信赖。失去威武不能屈、富贵不能淫的英雄气节，委身依附于达贵或计较于个人的进退荣辱，侠便失去了受人仰慕、尊敬的资格。

十九世纪写侠小说最引人注目的现象是侠的归顺与驯化。侠义之士或接受招安，或报效朝廷，或步入家庭，其行为方式渐次向着步入规范的方向

---

① 墨子：《墨子·兼爱下》，毕沅校注，吴旭民校点，上海：上海古籍出版社 2014 年版，第 65 页。

发展。他们仍具有绝顶的武艺，过人的胆略，超常的智慧，并不乏使命感和牺牲精神，但他们的正义感和英雄气节却发生了变异。他们依旧以行仁仗义、兴天下之利、除天下之害为己任，但仁义利害的判别标准不再依据于个人良知、性善本能和社会公正原则，而是依据于皇权政治的需要。他们以尊王灭寇、致君泽民甚至以恪守妇道作为自身价值实现的最高目标，将啸聚江湖、替天行道的锋芒收敛，将独立于世、傲骨铮铮的脊梁弯曲，或甘心为王前驱、效力官府，以博得封赏为荣，或将弓刀收藏、回心向善，践履于三从四德。这种向皇权政治、伦理归顺皈依的变异倾向，动摇了传统的侠义观念。归顺朝廷、皈依官府、走入家庭，十九世纪侠义小说的这种价值取向，赋予其书中的侠义形象以一种类型学的意义。他们不再是逍遥江湖、无拘无累，超然于政治、法律之外的正义使者，而是听命于号令、委身于官府，剿匪平贼、抓差办案的驯化型英雄。这一变异完成的代价是巨大的，它使作品中的侠义形象失去了神圣的人格光辉，人们十分自然地将这一英雄驯化现象看作是侠义品格的堕落。

以聚啸任侠起事，以自生自灭或归顺投诚告终，江湖上并不乏这样的事例。个体或结义团体反抗社会，很难旷日持久。但将归顺皈依皇权、奔走效力官府，或守着闺门道理作为侠的最佳归宿，甚至把绿林当作终南捷径，当作晋身扬名的阶梯，以充满欣赏的笔墨，津津有味地描写英雄驯化现象，却反映了十九世纪小说家的政治见解和思想倾向。当十九世纪小说家面对动荡不安、烽火四起的结局，以辅翼教化、整肃人心的社会角色自居时，他们试图在侠义故事的演述中，寻找到一条绿林英雄与皇权政治消解对立、妥协合作的途径，以实现重整天地纲常、再建太平盛世的愿望。皇权的神圣利益是天经地义、不可动摇的，那么，皇权政治与绿林英雄的妥协合作，只能以绿林英雄的变异而得以实现。小说家用以更换侠之正义感和英雄气节的思想材料是以君臣人伦为主要内容的忠义观念。

绿林中的"忠义"，历来有多层含义。一是就侠之本分而言，不食信，不背言，一诺千金，受人之托，忠人之事，行仁仗义，维护公正，此种忠义是侠义之士的基本风范，建立在良知与道义的基础之上。一是就侠义之间而言，相互信任，同功同过，同生同死，肝胆相照，此种忠义自发地起始于一种团结御侮的愿望，建立在天涯沦落、荣辱与共的情感与命运基础之上。一是就侠义与皇权而言，忠君事君，知恩报效，侠以尊君亲上为本分，君掌生杀予夺之权力，此种忠义为封建礼教秩序之大端，建立在对皇权绝对服从的封建伦理主义的基础之上。十九世纪写侠小说再三致意者，主要是第三种忠义。

宋江等人在《水浒传》中是被作为忠义者加以表彰的。李贽的《忠义水浒传序》曾对宋江之忠义称赞不已："谓水浒之众，皆大力大贤有忠有义之人可也，然未有忠义如宋公明者也。今观一百单八人者，同功同过，同生同死，其忠义之心，犹之乎宋公明也。独宋公明者，身居水浒之中，心在朝廷之上，一心招安，专图报国，卒至于犯大难，成大功，服毒自缢，同死而不辞，则忠义之烈也。"被李贽称为"有忠有义""忠义之烈"的梁山人物，在《荡寇志》中，则被指斥为假忠义者流。他们小有不忿，则啸聚山野，又与朝中奸臣暗中勾结，攻城陷邑，赏功戮罪，僭越君臣名分，《荡寇志》揭露宋江等梁山英雄忠义之伪，又重在破其"官逼而反""替天行道"之说。

书中第九十四回，写宋江自称忠义武怒之师，欲讨伐猿臂寨，猿臂寨寨主陈希真修书力陈忠义之辨并历数宋江所为云："往训有言：不背所事曰忠，行而宜之曰义……公明忠义之名满天不，而不察杀人亡命，有司所宜问，无故而欲效法黄巢，血染浔阳，世人所宜骇。乃饮怨衔毒，报复尽情，行而宜之之说安在？啸聚而后，官兵则抗杀官兵，王师则拒敌王师。华州、青州、东平、东昌，皆天子外郡，横遭焚掠；黄钺白旄，赏功戮罪，皆朝廷王章，俱为僭用，不背所事之说又安在？"这就是说，不忍小忿而自行报复，血染浔阳，为行而不宜；啸聚山野而抗拒王师，僭越名分，为有背所事。行而不宜与有背所事，皆非忠义之举，但宋江却以忠义之师自称，适见其忠义之伪。陈书又云："盗贼、忠义之不相蒙，犹冰炭之不相入也。""夫天下莫耻于恶其名而好其实，又莫耻于无其实而窃其名……希真不敢树忠义之望，而公明不肯受盗贼之名也。希真自知逆天害道，而公明必欲替天行道也。无盐自惭嫫陋，人皆谅之；夏姬自伐贞节，适足为人笑耳。"将宋江无忠义之实而以忠义自夸比作夏姬自伐贞节，也极尽奚落之事。

书中第九十八回写宋江、吴用路遇笋冠仙道，宋江自称避居水涯、替天行道，到处铲除贪官污吏，为民除害。仙人听后笑道："贪官污吏干你甚事？刑赏黜陟，天子之职也；弹劾奏闻，台臣之职也；廉访纠察，司道之职也。义士现居何职，乃思越俎而谋？"此语虽以劝诫口吻出之，却暗藏讥笑锋芒，将梁山好汉替天行道、铲除贪官污吏行为轻诋为越俎代庖的多余之举。不在其位，不谋其政，此名分之限，贪官污吏自有皇权机构加以处置，何劳他人假替天行道之名而置喙其间！在这里，侠存在的合理性、必要性以及所代表的正义精神、社会公正原则，被漫不经心地抹去。把纠正政治、社会弊端的希望寄托在皇权体制自身，体现了十九世纪初流行于士大夫阶层中的"自救"心理。

《荡寇志》中，据忠义之辨、君臣大义向梁山英雄官逼而反、替天行道说发难的还有两场重头戏，一是徐槐忠义堂教训卢俊义，一是王进阵前大骂林冲。书中第一百十九回写徐槐初任郓城知县，以为梁山以忠义为名，蛊惑人心，不可不先破其名，教而后诛，便以地方官身份，登临忠义堂。此时适逢宋江、吴用去了泰安，梁山副头领卢俊义出面接见。徐槐一见卢，劈头便问："尔梁山聚集多人，名称忠义，可晓得忠义二字怎样讲的？"卢俊义以"伏处草茅，以待朝廷之起用，忠也；会集同志，以公天下之好恶，义也"作答。徐槐道："焚掠州郡，剪屠生灵，又是何说？"卢俊义以"贪官污吏，乃朝廷之蠹，故去之；土豪乡猾，乃民物之害，故除之，非敢焚掠剪屠也"作答。徐槐步步紧逼，以何故刺杀天使、自毁招安纶綍相诘难，以目无官长、僭越名分相责备。卢俊义理屈辞穷，以梁山一百余人，半皆负屈含冤而至，聚义梁山，凡闻有不平之处，辄拟力挽其非，此心此志，苍天可鉴之语辩解。徐槐借机慷慨陈词道："天子圣明，官员治事，如尔等奉公守法，岂有不罪而诛？就使偶有微冤，希图逃避，也不过深山穷谷，敛迹埋名，何敢啸聚匪徒，大张旗鼓，悖伦逆理，何说之辞！"徐槐一番只许州官放火、不许百姓点灯的理论，竟使卢俊义无语可对，徐槐肆意羞辱诋毁梁山事业，忠义堂中无人敢起立反驳。徐槐临行时又叫随员射穿忠义堂前"替天行道"的大旗，梁山各头领面面相觑，畏其正气而任其飘然而去。卢俊义受徐槐诘驳，退入卧室，连声自叹："宋公明，宋公明！你把忠义二字误了自己，又误了我卢俊义。""算来山泊里干些聚众抗官、杀人越货的勾当，要把这忠义二字影子占着何用！"卢俊义的忏悔，已是一种英雄意志的屈服。另有书中第一百三十三回，写王进代表官军与林冲对阵，大战百余回合之后，王进斥骂林冲是前半世服侍高俅、后半世归依宋江，落个强徒名望，埋没了一生本事："到如今，你山寨危亡就在目前，覆巢之下，岂有完卵？我王进作朝廷名将，你林冲为牢狱囚徒，同是一样出身，变作两般结局。"林冲以"朝廷用了奸臣，害尽良人受苦，直到无路可投，只好自全性命"为自己辩解。对林冲逼上梁山之说，王进讥笑道："高俅要生事害你，高俅何尝不生事害我？""不解你好好一个男子，见识些许毫无；踏着了机关，不会闪避，逼近了陷阱，尚自游衍。……可怪你一经翻跌之后，绝无显扬之念，绝无上进之心，不顾礼义是非，居然陷入绿林。难道你舍了这路，竟没有别条路好寻么？""你想逃罪，今番罪上加罪；你想免刑，今番刑上加刑。不明顺逆之途，岂有生全之路？种种皆你自取之咎，尚欲衔怨他人，真是荒谬万分。"

徐槐指陈大义，王进现身说法，其思想逻辑则毫无二致。因忿发难而犯上作乱，官逼而反之说纯属狡狯逃遁之辞；以扫除贪官污吏之名而攻城陷邑，替天行道之说亦为荒诞无稽之谈。梁山英雄用以为自己行为之正义性辩护的"官逼而反""替天行道"之说，都被书中官方人物驳得体无完肤。而昔日被逼上梁山并为替天行道信仰英勇奋斗过的英雄，在忠义之辩、君臣大义的宏论面前，竟噤如寒蝉、理屈词穷，失却争辩的勇气。精神信念已被对方折服的军队，怎能指望战场获胜呢？梁山英雄的失败，首先表现在其正义感和英雄气节的陨落。信念的折服，是一种特殊的英雄驯化现象。

《荡寇志》中，身负尊王灭寇重任而被赋予真忠真义品格的是猿臂寨英雄。他们武艺高强，信念坚贞。寨主陈希真初受高俅欺凌时，戴宗等人曾前去劝说其上梁山入伙，陈希真事后对女儿说："我怎的没路走，也不犯做贼！便做贼也不犯做宋江的副手。"① 陈希真被迫而入绿林后，深知"君臣大义不可轻弃"②，故时刻不忘接受招安，报效朝廷。遇官兵征讨，则不与之正面交战，一再以"未敢忘朝廷累世厚恩，效宋江之为"③，表白心迹。高俅被梁山人马困于蒙阴，陈希真奉命救援，陈丽卿因父亲欲救仇人而提出疑问，陈希真道："打狗看主，他是官家的大臣，不争你杀了他，如何对付得官家。"蒙阴之战中，陈希真在阵前告白对手林冲说："希真为想受招安，不得不伤动众位好汉。为我回报宋公明，如此方是受招安的真正法门。"④ 果然，蒙阴解围后，陈希真、刘广因"奋勇报效，献馘收城，忠诚共睹"⑤ 而被允许引见，天子钦授总管之衔。希真闻讯，"舞蹈谢恩"⑥，从此更是拼死效力，终至平定梁山，得辅国大将军等诸多封赏。

陈希真是《荡寇志》中归顺皈依的英雄典型。其志念忠忱，虽流落江湖而不忘君臣大义，以为王前驱、剿寇清匪的行动赢得接受招安的资格，走出了与梁山好汉不同的命运之路。梁山平灭之后，朝中痛定思痛，寻求国运常新、苍生永奠的万全之方，张叔夜奏禀数端，其中关于梁山事务则云："前次梁山弭患，实赖该武臣云天彪、陈希真等勇敢有为，该地方官徐槐首

---

① 俞万春：《荡寇志》，北京：华夏出版社 1995 年版，第 21 页。
② 俞万春：《荡寇志》，北京：华夏出版社 1995 年版，第 113 页。
③ 俞万春：《荡寇志》，北京：华夏出版社 1995 年版，第 168 页。
④ 俞万春：《荡寇志》，北京：华夏出版社 1995 年版，第 312 页。
⑤ 俞万春：《荡寇志》，北京：华夏出版社 1995 年版，第 400 页。
⑥ 俞万春：《荡寇志》，北京：华夏出版社 1995 年版，第 407 页。

先拔帜。……应请圣上申谕中外，即以梁山事务为前鉴，为武员者，当以云天彪、陈希真为式，为地方官者，当以徐槐为式。"① 陈希真之作为，正是作者理想中的英雄模式。其真忠真义的实质，则是把认同与归顺皇权作为弃旧图新、走出逆境、改变自身命运的契机。

与《荡寇志》中的英雄通过剿匪立功而获取眷爱封赏稍有不同，《三侠五义》中的侠士大多是由于清官力荐而得与朝廷效力的。陈希真本京畿提辖，以剿灭梁山有功获取眷爱封赏，可谓梅开二度；三侠五义原本野云闲鹤，其赖清官力荐而得与朝廷效力，则是皈依正途。两书之构思叙写各有不同，但其写英雄驯化却是异曲同工。

《三侠五义》中所谓三侠，即南侠展昭，北侠欧阳春，双侠丁兆兰、丁兆蕙；所谓五义，即钻天鼠卢方，彻地鼠韩彰，穿山鼠徐庆，翻江鼠蒋平，锦毛鼠白玉堂。三侠五义中，最先与包拯结识的是南侠展昭。展昭浪迹江湖，"遇有不平之事，便与人分忧解难"②，包拯赴京赶考、陈州放赈、天昌镇遇刺、庞府除妖，均靠展昭襄助才逢凶化吉。包拯为国荐贤，给展昭一次在耀武楼表演绝艺的机会，受到天子赏识而被封为御前四品带刀护卫，并得到"御猫"的绰号。展昭被封之事，尤其是"御猫"的绰号，激怒五鼠，白玉堂遂有大闹东京之举。后得包拯周旋，五鼠得赦，金殿试艺后，被一一加封官衔。南侠与五义对皇上加封，皆受宠若惊，甚感皇恩浩荡。书中写展昭在耀武楼施展本领，为皇上表演纵跳之法，腾上翻下，险象环生。"天子看至此，不由失声道：'奇哉！奇哉！这哪里是个人，分明是朕的御猫一般。'谁知展爷在高处业已听见，便在房上与圣上叩头。"③得一"御猫"绰号而感激至此，其侠气傲骨已不复可见。白玉堂大闹东京，抱有与南侠较量、在圣

① 俞万春：《荡寇志》，北京：华夏出版社 1995 年版，第 675—676 页。
② 石玉昆：《三侠五义》，北京：华夏出版社 2013 年版，第 67 页。
③ 石玉昆：《三侠五义》，北京：华夏出版社 2013 年版，第 117 页。

上面前显示本领的目的。此事果然惊动天子，天子以御审为名，在寿山福海让先行投案的卢方、蒋平、徐庆显艺。显艺之日，卢方等绝早地就披上罪衣罪裙。包公见了，吩咐不必，俟圣旨召见时再穿不迟。卢方道："罪民等今日朝见天颜，理宜奉公守法。若临期再穿，未免简慢，不是敬君上之理。"[1] 显艺之时，三人勉力巴结，口口声声以"罪民"自称。徐庆鲁莽，回话中偶以"我"自称，"蒋平在后面悄悄拉他，提拨道：'罪民、罪民'。"其小心卑恭之态，于称谓中已毫发毕现。

南侠与五义一一被封，得力于包拯推荐，更得力于天子圣明。卢方三人演艺后，圣上宣包拯进殿道："朕看他等技艺超群，豪侠尚义，国家总以鼓励人才为重，朕欲加封他等职衔，以后也令有本领的各怀向上之心。"[2] 心高气傲、连连闯祸的白玉堂投案后，五义唯恐皇上治罪，包拯宽慰众人道："你等不知圣上此时励精图治，惟恐野有遗贤。""只要你等以后为国家出力报效，不负皇恩就是了。"[3] 侠士绝艺在身而志图报国，皇上励精图治而奖掖人才，加之清官穿针引线，从中斡旋，侠士、清官、皇上之间的三元结盟遂得以形成。皇上以超擢选用人才，清官以知遇施恩于侠士，侠士以效忠报皇上超擢之恩，以效力报清官知遇之恩，侠士通过清官，形成了与皇权的人身依附关系，并以知恩图报而维持着走入仕途后的心理平衡。展昭初识丁兆蕙，与其诉说衷肠道："兄台再休提那封职，小弟其实不愿意。似你我兄弟疏散惯了，寻山觅水，何等的潇洒。今一旦为官羁绊，反觉心中不能畅快，实实出于不得已也。"丁兆蕙问道："大丈夫生于天地之间，理宜与国家出力报效。吾兄何出此言？莫非言与心违么？"展昭回答："小弟从不撒谎，其中若非关碍着包相爷一番情意，弟早已挂冠远隐了。"[4] 在包拯劝慰五

---

① 石玉昆：《三侠五义》，北京：华夏出版社 2013 年版，第 236 页。
② 石玉昆：《三侠五义》，北京：华夏出版社 2013 年版，第 239 页。
③ 石玉昆：《三侠五义》，北京：华夏出版社 2013 年版，第 285 页。
④ 石玉昆：《三侠五义》，北京：华夏出版社 2013 年版，第 147—148 页。

义后，蒋平问白玉堂："五弟，你看相爷如何？"白玉堂道："好一位为国为民的恩相。"蒋平笑道："你也知是恩相了。可见大哥堪称是我们兄长，眼力不差，说个知遇之恩，诚不愧也。"[1]由感知遇之恩而生报答之意，由义相而至忠君，这正是《三侠五义》中侠义之士皈依官府的思想情感基础。

既入官府，便要守官家的规矩。书中第五十七回，写蒋平告诫白玉堂道："到了开封府，见了相爷，必须小心谨慎，听包相爷的钧谕，才是大丈夫所为。若是你仗自己有飞檐走壁之能、血气之勇，不知规矩，口出胡言大话，就算不了行侠仗义的英雄好汉，就是个混小子。"将血气之勇收起而听命于将令，皈依之后的英雄，将使命感、正义感托付于清官，在清官的统率下，改变路见不平拔刀相助的行侠方式，而尽力于致君泽民、除暴安良，英雄们执行着侠士与官吏的双重职能。

侠士与清官的结合，代表着封建社会一个圆满的政治理想，在人们的心目中，清官是刚正严明、为民请命的官僚形象，是政治与法律范围内公正与正义的代表。侠士以行侠尚义、济困扶危、剪恶除奸为本分，是政治与法律之外社会公正与正义的代表。清官以办案方式除奸、依靠法律程序惩处邪恶，其周期长且易遭不测；侠士以武力方式除恶、依靠血性之勇伸张正义，其盲目性大而不免失之鲁莽。两者结合则可相得益彰，从而构成一种强大的、有组织的、效率极高的为君王剪除贪官奸臣、为民众打击土豪劣绅的力量。《三侠五义》正是在上述政治理想的基础上勾画故事的，侠士与清官合作，澄清了刘妃勾结郭槐残酷迫害皇上生身之母李妃的冤案，使皇上母子团圆，打击了仗势依权、陷害忠良、为霸一方、侵吞救灾皇粮的庞吉、庞昱父子，剪除了横行乡里、欺榨百姓的恶霸马刚、马强、花冲等豪强恶霸，粉碎了皇叔襄阳王赵爵图谋不轨、蓄意篡位的阴谋。在追随清官抓差办案的过程中，侠士显示出强烈的使命感和牺牲精神。白玉堂为盗取赵爵的盟书，孤身

---

① 石玉昆:《三侠五义》，北京: 华夏出版社 2013 年版，第 285 页。

潜入冲霄楼，惨死于铜网阵；邓车把颜查散的官印丢在逆水泉里，蒋平自告奋勇，在"飕飕寒气侵入肌骨"的泉水中将官印捞出。一些未曾被封官的侠士，如欧阳春，在搭救杭州太守倪太祖、杀马刚、捉花冲、擒马强一系列事件中，主动配合，事后并不邀功，以为"凡你我侠义作事，不要声张，总要机密，能够隐讳，宁可不露本来面目，只要剪恶除强、扶危济困就是了"①。已获封赏的侠士，尚还保留着几分刚烈正直的性格。包拯之护卫赵虎，听到包拯之侄包三公子为行不法时，便指使苦主到开封府击鼓鸣冤："看我们相爷如何办理！是秉公呵，还是徇私呢？"②至真相大白后，方开怀释然。正是由于反映了封建社会中人们对清官与侠士行为及他们所代表的清正公平政治理想的渴望，《三侠五义》能够为市井细民所喜闻乐见；同时也正因为描写了豪侠之士对皇权的皈依、与官府的合作，《三侠五义》才获取了生存与流行的可能。

与陈希真接受招安而剿匪、南侠五义报答知遇之恩而缉盗不同，《儿女英雄传》中的何玉凤则为人情天理所折服，将一团英雄刚气化为儿女柔情，由行侠绿林而遁入家庭。何玉凤出身于军宦之门，虽身为红妆，却喜爱刀剑枪法，对十八般武器样样都拿得起来，因婚姻之事得罪父亲上司纪献唐，其父何杞被下狱而毙命。何玉凤本欲以手中刀弓取仇人之首级，但一念纪献唐为朝廷重臣，国家正在用他建功立业，不可因一人私仇而坏国家大事；二念冤冤相报，使父亲九泉之下被个不美之名；三念万一有个闪失，母亲无人赡养。瞻首忠、孝两端，都不可轻举妄动，故而退避江湖，化名十三妹，伺机再行报仇。十三妹在江湖之上，奉行"愿天下人受我的好处，不愿我受天下人的好处"③的宗旨，济人困急，解人危难，赢得侠名。靠手中的刀、弓，

---

① 石玉昆：《三侠五义》，北京：华夏出版社 2013 年版，第 298 页。
② 石玉昆：《三侠五义》，北京：华夏出版社 2013 年版，第 228 页。
③ 文康：《儿女英雄传》，启泰校点，济南：齐鲁书社 2008 年版，第 53 页。

寻趁些贪官污吏、劣幕豪奴、刁民恶棍的不义之财用度，"把个红粉的家风，作成个绿林的变相"①。十三妹与安骥萍水相逢，知其是个正人孝子，便在任侠尚义中又多了一层同病相怜的情义，故不但奋勇从能仁寺和尚刀下救出安公子，并成人之美、慷慨赠金。十三妹在能仁寺中与张金凤说道："你我不幸托生个女孩，不能在世界上轰轰烈烈作番事业，也得有个人味。——有个人味，就是乞婆丐妇，也是天人。没个人味，让她紫诰金封也同狗彘。"②所谓"人味"，正是人情天理，这人情天理在十三妹念忠、孝两端而退避江湖和"愿天下人受我的好处，不愿我受天下人好处"的行为方式中已充分地显示出来。安骥之父安学海正是看准了这一点，故而也从人情天理处入手，竭力说服十三妹还却红装，谨守妇道。

安学海是旗人之后，饱读诗书，晚年中进士，出任河工知县，因不肯贿赂河台遭受陷害。经历这场官海风波之后，更无意于功名富贵，决心弃官不仕，要向海角天涯寻着那十三妹，报她搭救之恩。安老爷虽不通官场规矩，却能把天理人情的道理讲得头头是道，并工于心计，赚得十三妹心服口服，步步入彀。当安老爷从十三妹师父邓九公口里探知十三妹身世并得知十三妹母亲近日病亡，其正欲整理行装、为父报仇时，便决意劝阻她的莽撞行为。邓九公对安老爷道："你是不曾见过她那等的光景，就如生龙活虎一般。大约她要说的话，作的事，你就拦她，也莫想拦得个住手住口。否则，你便百般问她求她，也是徒劳无益。"③这个拦也拦不住、求也求不应，软硬不吃、油盐不进的女中豪杰，在安老爷的大道理和连环妙计面前连连败退。十三妹决计报父仇，安老爷告知其父仇已报，作恶多端的纪献唐已由天下最大英雄、九五之尊、龙飞天子赐帛而自尽。十三妹见父仇已报，母寿已终，欲

---

① 文康：《儿女英雄传》，启泰校点，济南：齐鲁书社 2008 年版，第 54 页。
② 文康：《儿女英雄传》，启泰校点，济南：齐鲁书社 2008 年版，第 53 页。
③ 文康：《儿女英雄传》，启泰校点，济南：齐鲁书社 2008 年版，第 113 页。

以身殉死，安老爷以父辈挚友与通家之好的身份开导十三妹，以为殉身尽孝不过是匹夫匹妇的行径，算不得智、仁、勇三者兼备的英雄行为。十三妹听从安老爷之言，将母亲灵柩送回故乡与父亲合葬，诸事已毕，欲终身守志，不出闺门。安老爷谓其终身守志"虽不失儿女孝心，却不合伦常至一"，"虽说愚忠愚孝，其实可敬可怜"。决心终身守志，错就错在痛亲而不知慰亲，守志而不知继志，于是便引经据典，列举史书中记载的孝、贤、烈、节、才、杰各类女子的故事，以"必君臣、父子、夫妇三纲不绝，才得高、曾、祖、父、身、子、孙、曾、元九伦不败。假若永不适人，岂不先于伦常有碍"①的大道理开导之。

碍于天理，屈于人情，何玉凤答应做安家的媳妇，弓砚之缘得以圆满。安老爷至此方如释重负，以为终于以德报恩，将十三妹引上正途。何玉凤入安家后，"安不忘危，立志要成全起这分人家，立番事业"②。何玉凤立志所做的事业除了侍奉翁姑、支持门庭、料量薪水之外，最重要的是帮助丈夫读书上进。新婚不久的菊宴上，何玉凤劝说安骥道："如今天假良缘，我两个侍奉你一个，头一件得帮助你中个举人，会上个进士，点了翰林，先交待了读书这个场面。至于此后的富贵利达，虽说有命存焉，难以预定，只要先上船，自然先到岸。……那时博得个大纛高牙，位尊禄厚，你我也好作养亲之计。"又说："你一意读书，但能如此，我姐妹纵然给你暖足搔背，扫地拂尘，也甘心情愿。"③至此，叱咤于青云山、显威于能仁寺的女侠已不复可见，代之而出的是一位妇德、妇言、妇容、妇工四者兼备，立志保佑丈夫闯过知识、书房、成家、入宦人生四重关隘的家庭主妇。

何玉凤无论如何骁勇机警，能言善辩，却无论如何也无法绕过天理人

---

① 文康：《儿女英雄传》，启泰校点，济南：齐鲁书社 2008 年版，第 199 页。
② 文康：《儿女英雄传》，启泰校点，济南：齐鲁书社 2008 年版，第 254 页。
③ 文康：《儿女英雄传》，启泰校点，济南：齐鲁书社 2008 年版，第 255 页。

情的屏障。何玉凤折服于天理人情，与南侠五义稽首于知恩图报，梁山英雄理屈于君臣大义，陈希真得逞于尊王灭寇，具有同等的意义。十九世纪写侠小说中的人物命运与作者的道德意识有着紧密的连接。在作品的人物命运之上，寄托着作者的道德评判和以重整道德观念为契机，恢复封建社会礼治秩序的愿望。以拯救道德而达于救世救国，是中国士人奇特的政治假想。这种政治假想建立在中国特有的家族亲缘关系与皇权统治秩序互相渗透的社会政治结构之上，在这种社会政治结构中，孝亲与忠君被赋予同等神圣不可侵犯的意义，并被看作是家庭与社会和谐的凝合之物。当孝亲与忠君成为个体伦理的自觉时，天下遂归于一统和平，当其受到背叛时，天下则纷乱无序。反之推论，当天下纷乱无序时，必定是道德败坏的结果，救时救世，必以刷新、振兴道德为先。十九世纪小说家并未能摆脱这一道德救世情结，他们在侠之归顺皈依的描写中，掺和着整饬纲常的希望，表现出通过道德调整达到补天自救的社会文化心理。侠的归顺皈依是仁风化雨、太平盛世的征兆，能给人带来皇权无极、万民乐业的虚幻，同时也给犯上作乱者指明一条归心向顺的生路。对辅翼教化文化角色的认同和作者道德理念的逻辑演绎，造成十九世纪写侠小说中侠士形象使命感和牺牲精神移位，正义感与英雄气节变异，因而十九世纪写侠小说中的侠义英雄虽然具有绝顶的武艺、过人的胆略、超常的智慧，但却带有洗脱不掉的猥琐之相。十九世纪写侠小说为古典小说的侠义部落提供了一种英雄模式——驯化英雄模式。

四、情爱旨趣与狭邪心理

就描写男女相悦故事而言，十九世纪言妓小说与明末市井小说、清初才子佳人小说有着较为接近的血缘关系。与市井和才子佳人小说相比，言妓小说最显著的特点是将生活场景由社会、家庭转向青楼妓院，人物由市井细民、才子佳人变而为嫖客娼妓。同样写男女相悦故事，言妓小说在市井小说邂逅相遇、心挑目许和才子佳人小说郎才女貌、吟诗联情的模式之外，撤去婚姻、家庭生活框架和以婚姻、家庭生活为唯一目的的情爱指向的限制，赋予男女主人公以更为自由、随意的交往关系和活动空间。

对于勾栏酒肆、青楼妓院中的狭邪生活，十九世纪言妓小说有着大致相同的理解标准。它们并不把狭邪生活的存在尽然看作是一种社会的病态和丑恶，也不把狭邪行为等同于见色生心、淫荡纵欲。在婚姻、家庭生活框架的限制之外写男女相悦故事，言妓小说遵循着泄愤劝诫的写作宗旨，恪守着情清欲浊、重情谊轻背盟的情爱旨趣。它既不像明末市井小说那样率直真切地表现人欲主题，在赞美自然人性的同时夹带着本能肉欲的描写；也不像才子佳人小说那样，亦步亦趋于理性自律规范，迂腐呆板地讲述着一个个"发乎情，止乎礼仪"的婚姻故事。言妓小说着意在狭邪故事中，编织着男女相悦，不以婚姻、家庭生活为唯一指向的情爱理想，展示京都海上巨绅名士挟美纵酒、以钱买笑的风流恩怨、怪怪奇奇。

编织情爱理想与展示风流恩怨，作者从狭邪生活中挖掘社会意蕴的立足点不同，形成了言妓小说中人生感悟之写意派与敷陈艳迹之写实派之间的分野。写意派视青楼妓院是系恋寄情处所，狭邪游人为多愁善感之辈，在青楼妓院与狭邪游人之中，有着浃骨汲髓、动人心魄的人间真情；写实派视青楼妓院是行乐风流处所，狭邪游人有妍媸邪正之分。在青楼妓院与狭邪游人中，既有钟情矢志之上品，也有卑污下贱之顽赖。写意派重在以哀感牢愁之笔抒写心志，足证情禅；写实派则以激浊扬清之笔绘摹世态，现形劝诫。

《花月痕》《青楼梦》无疑属于编织情爱理想类型的作品。两书写青楼生活、狭邪人物，总带有几分掩饰不住的赞美激情。作者力图在狭邪故事的演述中，寻觅人世间磨灭与失落的情爱。两书均以"情论"开卷，以明全书意趣。而两段"情论"却又无异于两篇狭邪情爱的赞辞。《花月痕》首回设"小子"与"学究先生"辩难，《青楼梦》首回设金挹香与叶仲林辩难。《花月痕》

中的学究先生与《青楼梦》中的叶仲林持论相当，大抵以为红粉青楼并无真情，对勾栏中人不可留恋。学究先生语曰："人生有情，当用于正。陶靖节《闲情》一赋，尚贻物议；若舞衫歌扇，转瞬皆非，红粉青楼，当场即幻，还讲什么情呢？"勾栏中人"有几个梁夫人能识蕲王？有几个关盼盼能殉尚书？大约此等去处，只好逢场作戏，如浮云在空"。叶仲林语曰："夫青楼之辈，以色事人，以财利己；所知为谄，不知其情。况生于贫贱，长于卑污，耳目皆狭，胸次自小。所学者，婢膝奴颜；所工者，笑傲谑浪。即使抹粉涂脂，仅晓争妍斗媚，又何知情之所钟耶？"学究先生与叶仲林之语，代表着世俗之人对青楼娼妓的普遍看法，此等观念在钟情名士看来，却大谬不然。《花月痕》《青楼梦》之作，正志在于破此等俗念。《花月痕》中"小子"驳斥学究先生道："忠孝节义，发端于性，却沛生于情，无有真情，也无有真性。自习俗浇薄，用情不能专一，君臣、父子、兄弟、夫妇、朋友之间，且相率而伪，何况其他！""今人一生，将真面目藏过，拿一副面具套上，外则当场酬酢，内则迩室周旋，即使分若君臣，恩若父子，亲若兄弟，爱若夫妇，谊若朋友，亦只是此一副面具，再无第二副更换。"人心如此，世俗如此，使钟情之辈真情无处发泄，文章不能求售于有司，言语动辄直触当事逆鳞，不得已寄情于名花时鸟，不得已用其真情，显其真面于红粉裙衩、歌台舞榭之中。"不想寻常歌伎中，转有窥其风格倾慕之者，怜其沦落系恋之者"，世间真情泯灭而存于青楼歌伎之间，怎可说红粉青楼并无真情，勾栏中人不可留恋呢？《青楼梦》中金挹香驳斥叶仲林道："夫秦楼楚馆，虽属无情，然金枝玉叶，士族官商有情者，沦落非乏其人，第须具青眼而择之，其中岂无佳丽？况歌衫舞袖，前代有贵为后妃者，他如绿珠奋报主之身，红拂具识人之眼，梁夫人勋垂史册，柳如是志夺须眉，固无论矣；即马湘兰之喜近名流，李香君之力排阉党，风雅卓识，高出一筹！然则章台之矫矫，不大胜于深闺之碌碌者乎？又况梨涡蕴藉，樊素风流，过虎丘而吊真娘，寓钱唐而怀苏小小，胥属文人墨士，眷恋多情之事也，兄何轻视若斯耶？"其历数章台矫矫，以破贫贱卑污之说，又旁引前代名士眷恋之事，寄寓遍访名花情思。两书开卷之"情论"，已奠定全书的情爱基调，而书中故事、人物活动，则是其情论的演绎和印证。

《花月痕》中的两对男女主人公，相识于风尘之中，虽命运结局大不相同，韩、杜发达，韦、刘困厄，但发达者不改初衷，困厄者相濡以沫，都能做到"一夕之盟，终身不改"。韦痴珠、韩荷生海内漂泊，以名士自许，并州初识刘秋痕、杜采秋便堕入情网而不可自拔。书中第十六回写痴珠对荷生议论道："我们眼孔不知空了几许人物，我们胸襟不知勘破了几许功名富贵，只这分儿上，眼孔里不敢轻视一个，胸襟里万不能打扫得干净。""可见人生未死，凭你有什么慧剑，这情丝是斩不断。"韩荷生深有同感道："你这议论，斯为本色。大抵是个真英雄、真豪杰，此关是打不破呢。"在作者笔下，韦、韩在仕途上有遇有不遇，而在情关面前却都是幸运者。作者对韩、杜之交，重在写其发达富贵之中的"真意气"，对韦、刘之交，则重在写其历经磨难之中的"真性情"。发达富贵，不改初衷，固属可贵；而贫贱困厄，相濡以沫，更见真情。书中在描述韦痴珠与刘秋痕明知终是散局，却歃血以盟的场面时道：

> 痴珠喝了半杯酒，留半杯递与秋痕，叹口气道："你的心我早知道，只我与你终究是个散局。"秋痕怔怔地瞧着痴珠，半晌说道："怎的？"痴珠便将华严庵的签、蕴空的偈，并昨夜所有的想头，一一述给秋痕听了。秋痕……突的转身向北窗跪下，说道："鬼神在上，刘梧仙负了韦痴珠，万劫不得人身。"这会风刮得更大，月都阴阴沉沉的，痴珠惊愕。秋痕早起来，说道："你喝一杯酒。"一面说，一面扎起左边小袖，露出藕般玉臂，把小刀一点，裂有八分宽，鲜血流溢……秋痕不语，将血接有小半杯，将酒冲下，两人分喝了。

韦、刘之交，建立在"同是天涯沦落人"的情感基础之上。韦以文采风流而使美人解佩，刘以多情多义而得名士欢心。韦落魄一生，侘傺而亡，刘义无反顾，以死殉情。韦、刘虽未花好月圆，却体味了人间至情，并不失为一种涉足狭邪中潦倒名士所期望的情爱理想。作者书序中"有情者，即月缺花残，仍是团圆世界"的宏论即由此而发。

　　如果说，《花月痕》中"富贵不改，贫贱不移"的情爱理想，仍不过是婚姻、家庭生活题材中矢志不渝情爱理想的移植，那么，《青楼梦》中"意欲目见躬逢，得天下有情人方成眷属"①的情爱方式，则带有更丰富的狭邪情爱的特点。《青楼梦》中的男主人公金挹香，素性风流，志欲访遍花丛，寻找佳偶，以为"苟得知己相逢，亦何嫌飘残之柳絮，蹂躏之名花"②，故而徜徉青楼，"凡遇佳人丽质，总存怜惜之心"③，得交三十六美。挹香以欢伯、花铃自视，以历遍花筵、畅饮爱河来抚慰岑寂，于三十六美中择最为知己者娶作妻妾，享受众星拱月、五美团圆的艳福全福。

　　金挹香立志访遍花丛，"意欲目见躬逢，得天下有情人方成眷属"的行为，并不纯粹出于对封建婚姻制度反叛的意图，作者在这种乖戾行为中，夸示着一种人生的辉煌——历遍花筵、畅饮爱河的人生辉煌。这种人生辉煌带有泛爱和放纵的倾向，但它是在青楼妓院这一特殊场合中进行的，风雅掩盖了其恣行放纵的一面；又打着寻找有情知己的旗号，寻情给予其泛爱行为以堂皇的解释。选乎色而钟乎情，历遍花筵，畅饮爱河，不啻为狭邪中人心目之中的另一种情爱理想，这种理想带有较浓重的享乐主义色彩。

　　与《花月痕》相同，《青楼梦》对青楼风尘、狭邪人物充满着赞美激情，把他们描绘为钟情爱义之辈。金挹香梦访仙境中之留绮居，与居住此处的历

　　① 俞达：《青楼梦》，傅成标点，上海：上海古籍出版社 1994 年版，第 2 页。
　　② 俞达：《青楼梦》，傅成标点，上海：上海古籍出版社 1994 年版，第 3 页。
　　③ 俞达：《青楼梦》，傅成标点，上海：上海古籍出版社 1994 年版，第 6 页。

朝佳丽、绝代名妓一一拜见，倾吐钦慕之情，以不能在众香国里与美人朝夕盘桓引以为憾。闻听苏州新来两位校书，金挹香与邹拜林商议，扮作乞丐，前去拜访，两位烟花中人并不嫌弃，反以白银相赠，挹香对其不以落魄为憎、劝励贫士的侠义之举，由衷佩服，声称："从此我金某决不以青楼为势利场矣。"[①] 书中第十回有金挹香向青浦旧好竹卿表白心迹道："至于我金挹香之素衷，恨不得将你们众位美人，都抬高到天上去，方遂本来之念。"而金氏最终择定佳侣，也确实践履了其"苟得知己相逢，亦何嫌飘残之柳絮，蹂躏之名花"的誓言，所娶一妻四妾，均为目见躬逢、有情多义之人。正妻纽爱卿与姬妾素玉、琴音为烟花中人，小素原为校书吴慧卿之侍婢，貌虽非倾国倾城，挹香因其冶容合度，不以微贱而轻之。秋兰为农家女，路遇强人，为挹香所救，挹香落难隆寿寺，又为秋兰搭救，恩恩相报，亦纳为小妾。上述行止都被作者作为钟情之验而加以渲染，以为此种痴情"而非好色好淫者之比也"[②]。

同是编织情爱理想，《花月痕》以缠绵见长，《青楼梦》以癫狂取胜。在其情爱理想中，婚姻只是情爱发展中的一个过程，而并非最终目的。寻得钟情知己，比婚姻家庭的建立更为至关重要。得一钟情知己，虽未能终成眷属，仍是花好月圆，如《花月痕》中之韦痴珠与刘秋痕；访遍花丛，亲见躬逢，已是众星拱月，妻妾满堂，仍为旧美云散、鹤离风去而凄情伤感，怅然若失，如《青楼梦》中之金挹香。以钟情知己为情爱理想之至境，汲汲以求，自无可非议；在情爱故事的悲欢离合中，寄寓人生穷达聚散之感慨，亦易为理解。但在青楼妓院、狭邪人物中寻找人间真情，不知是一代钟情之辈的旷达风流，抑或是其不幸悲哀？

《品花宝鉴》《海上花列传》的写作旨趣，属于展示风流恩怨类型。《品

---

① 俞达：《青楼梦》，傅成标点，上海：上海古籍出版社 1994 年版，第 69 页。
② 俞达：《青楼梦》，傅成标点，上海：上海古籍出版社 1994 年版，第 255 页。

花宝鉴》写京都狎玩相公习俗中的闻闻见见，《海上花列传》写海上通商后南部烟花间的怪怪奇奇，其重在通过梨园青楼之世态人情的描摹，为狭邪者写照，为风月人立传，为人世间留鉴。对于笔下人物及其活动，它们不像《花月痕》《青楼梦》那样，一味充满着赞美激情，而是据其品行，分出清浊邪正，寄寓扶正祛邪、激浊扬清之意。品评雌黄优伶娼妓、狭邪中人，其所持标准不外乎情与欲、钟情与负心之辨，因而在作者对书中人物的抑扬褒贬之中，即可窥知其情爱旨趣之大端。

《品花宝鉴》将用情于欢乐场中之人，分为邪正两途，正者"皆是一个情字"①。其中，缙绅中子弟有情中正、情中上、情中高、情中逸、情中华、情中豪、情中狂、情中趣、情中和、情中乐十种，梨园中名旦与之相对，有情中至、情中慧、情中韵、情中醇、情中淑、情中烈、情中真、情中酣、情中艳、情中媚十种，缙绅中子弟是用情守礼的君子，梨园中名旦是洁身自好的优伶，此为欢乐场中的上等人物，他们冰清玉洁、光彩照人。至于邪者，"这个情字便加不上"②，他们只知口耳之娱、声色是逐，分为淫、邪、黠、荡、贪、魔、祟、蠹八种，此为欢乐场中的下等人物，他们脏腑秽浊、卑污下贱。

同为欢乐场中之人，邪、正两途的行径有霄壤之别。用情守礼君子行列中的"群仙领袖"徐子云，以巨资修建怡园，供京城名旦日夕来游，子云"视这些好相公，与那奇珍异宝、好鸟名花一样，只有爱惜之心，却无亵狎之念，所以这些名旦，个个与他忘形略迹，视他为慈父慈母，甘雨祥云，无话不可尽言，无情不可径遂"③。邪佞淫秽之徒中的奚十一，则用尽心机，设置机关，以钱物诱使好财相公上当，以遂淫欲。洁身自好优伶行列

---

① 陈森：《品花宝鉴》，洪江标点，上海：上海古籍出版社1994年版，第1页。
② 陈森：《品花宝鉴》，洪江标点，上海：上海古籍出版社1994年版，第1页。
③ 陈森：《品花宝鉴》，洪江标点，上海：上海古籍出版社1994年版，第43页。

中的苏蕙芳，对死命纠缠的丑类潘其观，极尽揶揄捉弄，令其丑态百出，保全了节操，对痴情于己而临近穷途末路的名士田春航则好言相劝，处处相帮，结成道义之交。卑污下贱优伶中的蓉官、二喜等人，骨节少文，举动皆俗，"狐媚迎人，娥眉善妒，视钱财为性命，以衣服作交情，今日迎新，明朝弃旧"[①]，出卖色相，缠头是爱，与洁身自好优伶不可同日而语。两样行径对比，邪正妍媸立辨。

《品花宝鉴》所写十对用情守礼之君子与洁身自好之优伶中，以梅子玉与杜琴言所用笔墨最多，作者胸臆间之情论，也多随梅、杜交往而发之。梅、杜尚未谋面时，已灵犀相通，思念日久。书中第十回写徐子云以"琴言有情于吾兄"之语试探之，梅子玉笑道："情之一字，谈何容易？就是我辈文字之交，或臭味相投，一见如故，或道义结契，千里神交，亦必两情眷注，始可言情，断无用情于陌路人之理。"书中述及诸人以假琴言再行试探，假琴言作出媚态千种，梅子玉则寸心不乱的情景时写道：

> 琴言惺忪忪两眼，乘势把香肩一侧，那脸直贴到子玉的脸上来，子玉将身一偏，琴言就靠在子玉怀里，嗤嗤的笑。子玉已有了气，把他推开，站了起来，只得说道："人之相知，贵相知心。你这么样，竟把我当个狎邪人看待了。"琴言笑道："你既然爱我，你今日却又远我。若彼此相爱，自然有情，怎么又是这样的。若要口不交谈，身不相接，就算彼此有心，想死了也不能明白。我道你是聪明人，原来还是糊糊涂涂的。"子玉气得难忍，即说道："声色之奉，本非正人。但以之消遣闲情，尚不失为君子。若不争上流，务求下品，乡党自好者尚且不为。我素以此鄙人，且以自戒，岂肯忍心害理，荡检逾闲。你虽身列优伶，尚可以色艺致名，

---

① 陈森：《品花宝鉴》，洪江标点，上海：上海古籍出版社1994年版，第109页。

何取于淫贱为乐。我真不识此心为何心。起初我以你为高情逸致，落落难合，颇有仰攀之意。今若此，不特你白费了心，我也深悔用情之误。"

推重知心知情而鄙夷肌肤相接，追求精神吸引、道义交契而摒却荡检逾闲、淫贱为乐，梅子玉的情论与行止代表了用情守礼君子的情爱趣味和行为规范。但与优伶日夕相处，即使是用情极正，也终是狭邪举动，故其情论又网开一面，以"声色之奉，本非正人。但以之消遣闲情，尚不失为君子"的解释，为欢乐场中用情守礼君子的精神型同性恋行为辩护。

在言妓诸作中，《海上花列传》问世最晚，其写作精神与稍后云涌而起的谴责小说极为接近。书中叙海上妓家之事与人情世态，寓褒贬抑扬于平实笔法之中。作者在书中首回自称此书"写照传神，属辞比事，点缀渲染，跃跃如生，却绝无半个淫亵秽污字样，盖总不离警觉提撕之旨"。如果说，《花月痕》《青楼梦》乐道于情痴，《品花宝鉴》属意于情正，《海上花列传》则描摹于情变，提撕于情戒。

《海上花列传》首回对花海的描写，是颇有象征意味的。无数花朵，连枝带叶，漂在海上。花没有根柢，随波逐流，听其所止。观花之人如只见花、不见水、跌落花海之中，即很难自拔。书中第三十九回的号称"风流广大教主"的齐韵叟，因赵二宝沦为偡人之事感叹道："上海个场花，赛过是陷井，跌下去个人勿少涅！"同写青楼妓院、狭邪游人，《海上花列传》给人的感觉是，在男女交往相悦过程中，情爱基础正在悄悄地消退，金钱则汹汹然喧宾夺主。偡人因生活所迫而为偡人，嫖客图声色之娱而为嫖客，痴情者渐少，趋利者增多。十九世纪言妓小说中始终笼罩着的温情脉脉的面纱，正逐渐被金钱的巨手所撕破，言妓小说开始由人为的梦幻接近于现实的真实。

在《海上花列传》中，陶玉甫与李漱芳的情义结盟可谓是凤毛麟角。

陶玉甫与李漱芳相好许久，情意缱绻。玉甫欲讨漱芳为正室，家人以为倡人从良，难居正室，坚持不允。漱芳因此抑郁成病。玉甫一心一意，衣不解带，服侍于病榻之前。至漱芳病重并撒手而去，玉甫痛不欲生，号啕不止，"哭得喉音尽哑，只打干噎，脚底下不晓得高高低低"。又强打精神，尽心为漱芳办理后事，代为照看漱芳尚未成年的妹妹浣芳。谁知发丧刚毕，玉甫重返漱芳居室时，看到"房间里竟搬得空落落的，一带橱箱都加上锁，大床上横堆着两张板凳，挂的玻璃灯打碎了一架，伶伶仃仃欲坠未坠，壁间字画亦脱落不全，满地下鸡鱼骨头尚未打扫"[1]。主人尸骨未寒，居室即受如此糟蹋，妓家之绝情，更增添了玉甫人去楼空的悲怆。齐韵叟等人感叹漱芳命薄情深，玉甫可怜可敬，于首七之日公祭漱芳。待诸事尽毕，玉甫仍落落寡欢，少有笑颜。生报以情，死尽于义，此种情契义盟在《海上花列传》中是绝无仅有的，书中更多的则是背情弃义的例子。赵二宝为倡人后，结识了史三公子，赵家对史三公子竭力讨好巴结。史三公子盘桓赵家既久，也喜二宝没有风尘气味，以娶作正房相许。二宝不胜感激，竟自涕泪交颐，次日便"不敷脂粉，不戴钗钏，并换一身净素衣裳"，决意闭门谢客，连史三公子所付局钱也照样送还，又举债筹划置做衣服，采买嫁妆之事，单等史三公子自金陵家中归来后，结成姻缘。谁知史三公子一去之后，再不回返，待赵朴斋去金陵打听时，才知史三公子已去扬州迎亲。乍听此信，二宝昏死过去，醒来之后，强忍悲痛处理完善后事宜，至晚间：

　　二宝独自睡在床上，这才从头想起史三公子相见之初，如何目挑心许；定情之顷，如何契合情投；以后历历相待情形，如何性儿浃洽，意儿温存；即其平居举止行为，又如何温厚和平，高

---

　　① 韩邦庆：《海上花列传》，觉园、愚谷标点，上海：上海古籍出版社1994年版，第255页。

华矜贵，大凡上海把势场中一切轻浮浪荡的习气一扫而空。万不料其背盟弃信，负义辜恩，更甚于冶游子弟。想到此际，悲悲戚戚，惨惨凄凄，一股怨气冲上喉咙，再也捺不下，掩不住。那一种呜咽之声，不比寻常啼泣，忽上忽下，忽断忽续，实难以言语形容。[1]

此种背盟弃信、负义辜恩的行为，怎能为《花月痕》中"一夕之盟，终身不改"者、《青楼梦》中声称"决不以青楼为势利场"者所可以想见。由乐道于情痴，到属意于情正，再到描摹情变，提撕情戒，围绕情爱中心，十九世纪言妓小说由高蹈虚幻走向面对现实，由诗般赞美走向写实现形，由抒写心志、足证情禅走向绘摹世态、寄寓劝诫、情爱旨趣的变化，从某种角度显示着这个时期言妓小说的发展轨迹。

言妓小说叙说欢乐场中男女相悦的故事，在描摹情爱的同时，很难无视性爱的存在，摒却性爱的参与。既要夸示狎妓纵酒、男欢女爱的倜傥风流，又要标榜情清欲浊的情爱趣味，落实泄愤劝诫的写作主旨，两者构成了言妓小说叙述与表现过程中的双向限定。言妓小说对无可回避的性爱交往，一是采用含蓄的语言和暗示的手法，将爱的直观性描写限制在点到即止的限度内，使小说的文字表面不出现猥亵字样；二是利用青楼妓院的特殊氛围，将大量有形的性爱交往，控引、内化在意念形态，注重在狭邪人物日常行为的描写中，揭示其性爱心理的存在。

青楼妓院是一个具有独特两性活动行为秩序的场合，所显示的性爱心理以狭邪行为作为表征，与狭邪行为互为表里，故可称之为狭邪心理。言妓小说中最为常见的狭邪心理是品花与意淫心态。

---

① 韩邦庆：《海上花列传》，觉园、愚谷标点，上海：上海古籍出版社1994年版，第369页。

言妓小说中的青楼风尘与狭邪游人，构成了情爱与性爱的两极。在情爱活动中，双方共同寻求心灵相应，精神契合，其地位是对等的。但在性爱过程中，双方对各自性爱角色的认同结果，便有了较大的差异。青楼人物不幸沦落于风尘之中，心志再高，也不得不以色、艺事人，她们充满摆脱耻辱生活的渴望，但无力完成自救。她们几乎别无选择，只有凭借绝佳色艺，等待与赏识者的相遇，在性爱活动中，扮演着一种无奈、被动、耻辱的角色。狭邪游人不论是落拓名士还是巨商缙绅，又无论其品格高下，既涉足狭邪之中，无不要在群花围绕、玉软香温中获得心灵慰藉和感官满足，他们在性爱活动中，时时显示出一种居高临下的优越感。忘情于欢乐场中的狭邪游人，不管是追逐声色还是寻觅真情，大都以品花者自居，而对于所眷爱之人则毫无例外地以花视之。花与品花，成为青楼风尘与狭邪游人之间性爱关系和性爱地位的一种形象性隐喻。

　　品花心态是狭邪游人特有的性爱心理，以性别角色的优越感和性爱支配欲望为底蕴，又在品题花榜、召妓会酒等狭邪行为中时时表现出来。在《品花宝鉴》中，缙绅子弟对待优伶不呼其名而称其号，不许他们称老爷、请安，让他们在宴会上坐首席，似乎十分看重。但这只是出于一种惜爱之心而非真正的人格尊重。缙绅子弟行列中的主要人物田春航论及优伶的好处道："譬如时花美女，皎月纤云，奇书名画，一切极美的玩好，是无人不好的，往往不能聚在一处，得了一样已是快心。只有相公，如时花，却非草木；如美玉，不假铅华；如皎月纤云，却又可接而可玩；如奇书名画，却又能语而能言；如极精极美的玩好，却又有千娇百媚的变态出来。失一相公，得古今之美物，不足为奇，得一相公，失古今之美物，不必介意。"[1]将优伶直比于奇书名画，人格尊重之意又从何谈起！《青楼梦》中的金揖香对眷爱之人声称："我金揖香之素衷，恨不得把你们众位美人都抬高到天上

---

　　① 陈森：《品花宝鉴》，洪江标点，上海：上海古籍出版社 1994 年版，第 108 页。

去。"①极见推崇之意。而转眼即夸耀历遍花筵，可称欢伯的资格和艳福、全福一齐修来的风流。其推崇之辞，原不过是癫狂采花时的呓语。《花月痕》中的至情之人韩荷生，戎马倥偬中重订花榜、品评并州佳丽，以群花围绕、玉软香温为人生乐事。《品花宝鉴》中的守礼君子史南湖，作《曲台花选》雌黄京城名旦，以为"世间能使人娱耳悦目，动人荡魄"，莫过于优伶。正是在品花心态的支配下，狭邪游人把青楼看作销金蚀魂、荡情遂欲的场所，把挟美纵酒、醉卧花丛视为人生风流。《海上花列传》中的名士高亚白为自己所作的帐铭中写道："仙乡、醉乡、温柔乡，惟华胥乡掌之；佛国、香国、陈芳国，惟槐安国翼之。我游其间，三千大千，活泼泼地、纠缦缦天，不知今夕是何年。"②十足醉生梦死的做派。《青楼梦》中的金挹香，在众美环绕中声称："我金挹香不要说有你们二十几位美人，就是二百几十位美人，总一样看待，雨露均调的。"③一派色情狂嘴脸。与之相反，青楼风尘、梨园优伶则很少有如此趾高气扬、颐指气使的机会，他们对自己的社会地位与所扮演的性爱角色充满着自卑、耻辱的感觉。《花月痕》中论及并州花榜，秋痕冷笑道："我们本来是凭人摆弄的，爱之加膝，不爱之便要坠渊，又有什么凭据可以说得出来。"④其心境与兴趣盎然作狭邪之游者，自是天渊之别。

言妓小说中揭示的另一类狭邪心理是意淫。意淫与品花心态有着紧密的联系。意淫是一种意念化的情欲冲动，它以"欲"为能量基础而又以"情"的形式表现出来。意淫的形成，是行为者的性爱冲动受阻（就言妓小说来说，是在某种道德感、品行规范的制约下）而向着意念、情感方向转化的结果。意淫过程可使行为者在感官和心理上获得某种性爱满足，又不悖

---

① 俞达：《青楼梦》，傅成标点，上海：上海古籍出版社 1994 年版，第 45 页。
② 韩邦庆：《海上花列传》，觉园、愚谷标点，上海：上海古籍出版社 1994 年版，第 237 页。
③ 俞达：《青楼梦》，傅成标点，上海：上海古籍出版社 1994 年版，第 57 页。
④ 魏秀仁：《花月痕》，杜维沫校点，北京：人民文学出版社 1982 年版，第 33 页。

于"发乎情，止乎礼义"的伦理原则；它可以堂而皇之地施行于大庭广众之中，众目睽睽之下，而不致遭受非议，甚至被推为雅致多情之举、情根情种规范。在既要表现男欢女爱题材又要秉承情清欲浊主旨、塑造用情守礼形象的言妓小说中，意淫是一种常见的性爱替代形式。

品题花榜几乎是每部言妓小说中不可缺少的情节。从故事叙述角度来讲，品题花榜情节可以集中而简要地介绍故事中的主要人物，从狭邪心理分析的角度，又是品花与意淫心态最有说服力的证据。巨室子弟、文人墨客在青楼歌妓、梨园优伶之中，遴选姿容，较量技艺，编定花榜，对入选对象从肌理肤色、姿容神情，到头饰足弓、擅长技艺都一一加以评品，评者品者都不免有意淫行为的参与。《花月痕》第六回写韩荷生平寇有功，太原绅士传齐花选十佳为荷生洗尘。荷生见过十佳，顿生重定花榜之意。书中写荷生欢宴之后，面对一穗残灯时的心思道："今日这一聚，也算热闹极了，丹翚、曼云，自是好角色；掌珠、秋香，秀骨姗姗，也过得去。只有秋痕，韵致天然。虽肌理莹洁不及我那红卿，而一种柔情侠气，真与红卿一模一样。且歌声裂石，伎艺较红卿还强些。"[1] 如这一番品评，尚属入魔未深，至其所写花榜云某"姿容妙曼，妍若无骨，丰若有余"，某"风鬟雾鬓，妙丽天然，裙下双弯，犹令人心醉"[2]，则直是一种意淫笔墨了《品花宝鉴》描述杜琴言与梅子玉初次会面以及众位缙绅子弟会酒的场面时写道："子玉正要伸手去取（酒杯），琴言用手盖着酒，只不许饮。大家看着这双手，丰若有余，柔若无骨，宛如玉笋一般。任你铁石心肠，也怦怦欲动。"[3] 众位缙绅子弟的"怦怦欲动"，只停留在意念形态，并未逾越用情守礼的行为规范，但这种见色生心的冲动是很难用一个"情"字所能涵括的。书中又道："子玉今日初会琴

---

① 魏秀仁：《花月痕》，杜维沫校点，北京：人民文学出版社1982年版，第39页。
② 魏秀仁：《花月痕》，杜维沫校点，北京：人民文学出版社1982年版，第44页。
③ 陈森：《品花宝鉴》，洪江标点，上海：上海古籍出版社1994年版，第95页。

言，天姿国色已经心醉，……（子玉）又把琴言饱看一番，虽彼此衷曲不能在人面前细剖，却已心许目成，意在不言之表了。"①这种醉眼蒙眬中的"饱看"，不啻也是一种意淫举止。性爱兴奋只停留在意念状态，谓之好色，谓之多情，而超出意念范围，即有淫亵之嫌了。书中人物王恂解释道："世惟有好色不淫之人始有真情，若一涉淫亵，情就是淫亵上生的，不是性分中生的。"②好色生于人之本性，淫亵源于泛滥情欲，不避好色本性，堵湮淫亵之欲，这正是言妓小说描述性爱而止于意淫的原因。至于《青楼梦》写金挹香醉卧花丛，梦中与花仙相会，感到"芳香缕骨，已觉摇曳心旌"③；《品花宝鉴》写梅子玉久不见琴言，相思成病，梦吃中念叨着"七月七日长生殿，夜半无人私语时"之类的情话④。这类梦恋幻境的出现，是意念化性爱冲动的又一表现形式。

言妓诸作中，多是描述青楼风尘与狭邪游人之间的异性交往，唯《品花宝鉴》一书写缙绅子弟与梨园优伶之间的同性交往。《品花宝鉴》揭示了其他作品中所未有的同性恋现象。同性爱慕心理是狭邪心理中的又一种类型。

清雍正年间，政府推行"除贱为良"政策，在法律形式上废除了官妓制度，京官狎妓，处分极严。乾嘉以降，京师梨园林立，演戏之风盛极一时。当时乐部之中，旦角悉为少年男子扮演。他们年轻貌美，清秀纤柔，加之经过从艺训练，台上台下表现出某种女性化形体特征，深得朝贵名公、王孙商贾的喜爱，竞相以陪酒歌僮相召，呼为相公。狎妓之禁与演戏之风，促成了京师间男风的盛行。狎优品优，成为一时雅举。不少戏班中伶业与相公业兼营，相公业收入相当可观，并可以此结交名贵，使戏班有稳固的立足

---

① 陈森：《品花宝鉴》，洪江标点，上海：上海古籍出版社 1994 年版，第 96 页。
② 陈森：《品花宝鉴》，洪江标点，上海：上海古籍出版社 1994 年版，第 215 页。
③ 俞达：《青楼梦》，傅成标点，上海：上海古籍出版社 1994 年版，第 47 页。
④ 陈森：《品花宝鉴》，洪江标点，上海：上海古籍出版社 1994 年版，第 256 页。

之地。《品花宝鉴》中魏聘才言道："京里的戏是甲于天下的。我听得说那些小旦，称为相公，好不扬气。就是王公大人，也与他们并起并坐，像要借他的声气，在那阔佬面前吹嘘吹嘘。叫他陪一天酒，要给他几十两银子，那小旦谢也不谢。"[1]由此话可窥知乾嘉以降男优之风盛行的情景及原因。此风一直延续至清代末年。《品花宝鉴》把用情于欢乐场中之人分为邪正两途，而对于狎优之风并无深责之意。其笔下的缙绅子弟尽是用情守礼之辈，但对风行京师的男色之好却是津津乐道、盛赞不已。号称群仙领袖的徐子云，用巨资修建怡园，供名旦游乐，虽日夕与名旦往来，但"只有爱惜之心，却无亵狎之意"，家庭生活温馨和睦。其与夫人夸示相公的好处云："我们在外面酒席上，断不能带着女孩子，便有伤雅道。这些相公的好处，好在面有女容，身无女体，可以娱目，又可以制心，使人有欢乐而无欲念。这不是两全其美么？"既可赏心悦目，而又无伤雅道，故以两全其美称赞与相公交往的好处，此话道出了京师间有较高地位与社会名望者与相公交往的一般性心态。缙绅子弟中的田春航，并不如徐家资产丰饶、地位显赫，其从扬州游学京师，为闹相公弄得囊橐羞涩，每日青蔬半碟，白饭一盂，仍乐此不疲。其为自己的行为辩护道："纵横十万里，上下五千年，那有比相公更好的东西。不爱相公，这等人也不足比数了。……造物尚于相公不辞劳苦，一一布置如此面貌，如此眉目，如此肌肤身体，如此巧笑工颦，娇柔宛转，若不要人爱他，何不生于大荒之世，广漠之间，与世隔绝，一任风烟磨灭，使人世不知有此等美人，不亦省了许多事么？"[2]一派享乐造物、舍我其谁的痴情之语。他对相公的感知，所谓"巧笑工颦，娇柔宛转"，明显地存在着一种女性化的幻觉，其对相公优伶的一片爱恋的痴情，与这种性别角色转移的幻觉有着密切关系。其又论色淫之辨云："我最不解今人好女色则以为常，好男色则

---

[1] 陈森：《品花宝鉴》，洪江标点，上海：上海古籍出版社1994年版，第14页。

[2] 陈森：《品花宝鉴》，洪江标点，上海：上海古籍出版社1994年版，第108页。

以为异，究竟色就是了，又何必分出男女来？好女而不好男，终是好淫，而非好色。彼既好淫，便不论色。若既重色，自不敢淫。"[1]如此明目张胆地为男色之好行为辩白，自是一种敢冒天下之大不韪的名士做派。田春航的痴情傲骨，终得报偿。自程门立雪，得识具有侠胆义肠的优伶苏蕙芳后，蕙芳帮他排忧解难，做了状元，娶得一位与苏蕙芳姓氏、相貌十分相像的名门淑女。田春航的言行，表现出潦倒名士的狂狷执拗。与徐子云、田春航相比，梅子玉同性爱慕心理的形成，带有更多的青春期特点。梅家家教极严，"宅中丫环、仆妇甚多。仆妇三十岁以下，丫环十五岁以上者，皆不令其服侍子玉，恐为引诱。而子玉亦能守身如玉，虽在罗绮丛中，却无纨绔习气"[2]。当好友史南湘、颜仲清初次向他出示《曲台花榜》、夸耀优伶好处时，子玉觉得两人对男旦如此迷恋，十分可笑，反驳史、颜之论道，男扮旦角，"色虽美而不华，肌虽白而不洁，神虽妍而不清，气虽柔而不秀"，不如女子"眉目自见其清扬，声音自成其娇细，姿致动作，妙出自然，鬓影衣香，无须造作"。世上只有女子"方可称为美人、佳人"。并声称"不愿看小旦戏，宁可看净末老丑，翻可舒荡心胸，足助欢笑"[3]。及其出于好奇，一睹琴言演戏，则闻香惊艳，相信好友所言不尽虚诳，终涉足梨园，与琴言演出了惜香怜玉、委婉动人的情恋故事。

《品花宝鉴》中的缙绅子弟，对京师间风行一时的男色之好，虽发表了激进的赞同言辞，但他们的行为并没有逾越用情守礼的规范。他们与优伶的关系一直保持在情感纠葛与同性爱慕的阶段，并最终将这种爱慕共同转化、升华为互相帮助，改变各自生存环境的努力，显示出作者极力称道的"情中之正"的风范。

---

① 陈森：《品花宝鉴》，洪江标点，上海：上海古籍出版社 1994 年版，第 108 页。
② 陈森：《品花宝鉴》，洪江标点，上海：上海古籍出版社 1994 年版，第 2 页。
③ 陈森：《品花宝鉴》，洪江标点，上海：上海古籍出版社 1994 年版，第 7 页。

受宋代以后新儒家伦理学说中天理与人欲命题的辐射性影响，明清言情小说无法摆脱情欲之辨的巨大困扰。在言妓小说之前，明末市井小说与清初才子佳人小说对情欲之辨的回答，形成了两种模式。市井小说在人文主义思潮的激荡下，提倡个性与生命力的解放，重视自然人性的满足，对情的描写一往而深，对欲的表现大胆直接。才子佳人小说在清初复古主义思潮的影响下，更看重理性自律，他们对明末小说的纵欲倾向颇有微词，极力标榜"发乎情，止乎礼义"的行为规范，才子佳人小说尽量将"欲"从"情"中排挤干净，情的波澜翻天覆地，而欲海深深却一波不惊。言妓小说生当天崩地坼的封建末世，一方面不忘道德救世、整饬风俗的责任，另一方面则要宣泄人生失意的牢愁，夸示狎妓纵酒的风流。道德感、末路惆怅和享乐情绪交织在言妓小说中，使它在以巨大热情编织婚姻、家庭生活之外的情爱理想的同时，并不掩饰情意绵绵的人欲躁动，在对青楼风尘、狭邪游人性爱追逐的描写中，又保持着不涉淫亵的优雅风度。在情与欲关系的处理上，言妓小说游弋于市井与才子佳人小说之间，更多地沾溉了《红楼梦》所谓"盖描摹痴男女情性，其字面绝不露一淫字，令人目想神游，而意为之移"①的笔意。

　　侠妓小说的盛行，构成了十九世纪不可忽视的文学现象。当小说家群起以辅翼教化和发愤著书的魔棒去触及英雄、男女题材时，他们在侠义和狭邪故事的讲述中，自觉地融入了各自对现实生活、人伦理想、英雄之性、男女之情诸多问题的理解和思考。侠妓小说展示了世俗人生中最富有传奇色彩的社会风景，所塑造的驯化英雄、狭邪男女带有明显的封建末世的印痕，显示出独特的思想风貌和审美特征。文学思潮的研究，不可仅仅注目于优秀、传世的作品，凡存在过的并风靡一时的文学现象，都应理所当然地笼括在研究视野之中。

---

　　①　陈其元：《庸闲斋笔记》，崔承运、金川选注，石家庄：河北教育出版社 1996 年版，第 212 页。

附　录

梁启超与近代文学启蒙

"——在社会上造成一种不逐时流的新人。"

"——在学术界上造成一种适应新潮的国学。"[①]

这是 1927 年初夏，饱经沧桑而潜心于教书著述的梁启超，以清华研究院导师的身份，对研究院中莘莘学子语重心长的告诫。此时的梁启超，已将数年前"舆论界骄子""新思想界勇士"所特有的踔厉风发、咄咄逼人的气势敛藏收起，而丰富的社会阅历与教书著述之余的闲暇，使他对于"做人"与"为学"的思考，变得更加通达从容。"造成不逐时流的新人"，"造成适应新潮的国学"，这既是步入夕阳之年的梁启超对青年学子的殷切期待，又是他晚年学术追求生活心境的写照。一年多后，这位中国近现代史上叱咤风云的文化巨匠在北平溘然长逝。盖棺举悼之时，国内知名学者与文化名流，追忆他襄助变法，维新蒙难、海外流亡，倒袁讨张，历经成败之风雨，"日在彷徨求索"中的一生，最为青睐最为推崇的是梁氏以书生救国，以文学新民的功绩。梁启超政见多变，但其"维新吾国，维新吾民"的宗旨始终如一；梁启超为学博杂，但其为"新思想界之陈涉""尽国民责任于万一"的志向始终如一。梁启超以他特有的敏感、热情、勤奋以及充满自信、轻灵锐

---

① 梁启超：《北海谈话记》，《梁启超全集》第 16 集，汤志钧、汤仁泽编，北京：中国人民大学出版社 2018 年版，第 391 页。

利、富有情感的文笔，在十九世纪末二十世纪初的数十年间，掀起了梁启超式的思想风暴，创造出"震动一世，鼓动群伦"，甚且至于"一言兴邦，一言丧邦"的辉煌。梁启超是中国近代思想启蒙运动的主将，更是近代文学启蒙思想的陶铸者。在促进近代文学启蒙与近代思想启蒙紧密结合，以文学启蒙推动思想变革方面，梁启超有过积极的努力并产生了巨大影响。

梁启超在 1922 年所写的《五十年中国进化概论》中，将中国近代思想的进化分为环环相扣、步步联接的三期。其进化过程像蚕变蛾、蛇脱壳一样，经历种种艰难苦痛而又渐入新境。咸同年间，是中国人"先从器物上感觉不足"的第一期，舍己从人，便有了制械练兵的洋务运动；甲午战争至民国六七年间，是"从制度上感觉不足"的第二期，变革政体，便有了维新变法与辛亥革命。五四前后是"从文化上感觉不足"的第三期，改良道德，便有了新文化运动。作为亲历者与参与者，梁启超的概括是十分真切而富有历史感的。正是这种环环相扣，级级嬗进的历史演化，构成了梁启超政治与文化选择的思想氛围和时代背景。

作为"拿变法维新做一面大旗，在社会上开展运动"的风云人物与"急先锋"，梁启超是极富有进取精神与生命激情者。这两者使其行为与情感方式带有明显的个性特征而有别于其他维新思想家。梁启超曾生动地将思想进化比喻作危崖转石，又以为"自己的人生观"，是以"责任心"和"兴味"作基础的。责任心促使梁启超时时不忘救国新民重任，不间断地追求新知，融汇西学，并以"烈山泽以辟新局"的气度，将其介绍输入于闭塞菱靡的中国思想界，企望以不倦的努力，逐步引导国民从自在的愚昧中觉醒，走向自主，携手创造民族复兴、与世界文明同步的未来。"兴味"则使梁启超不满足于已有，不拘囿于成见，不恂恂然守一师之说，时时保持拒旧而迎新的心态，且"不惜以今日之我，难昔日之我"。当康有为自诩"吾学三十岁已成，以后不复有进，亦不必求进"时，梁启超则"常自觉其学未成且忧其不成，数十年日在彷徨求索中"。在维新思想家中，梁启超不愿以"富于成见"之稳健取信于人，而更乐于以"徇物而夺其守"，"移时而抛故"的善变赢得读者。不变的"责任心"与善变的"兴味"，皆以对民族、对真理热爱的情感作为依托。

梁启超自称："我是感情最富的人。"富有感情而又不肯压抑这种感情的梁启超，把启发国民蒙昧、洗礼民族精神的新民救国运动看作是包蕴着无限崇高感、神圣感的事业。这一事业赋予他拯救者的激情，也赋予他诗人般的灵感和情思。他比其他维新思想家更慧眼独具地意识到：输入新理，介绍新知，启发蒙昧，不但应作用于国民的理智，还应作用于国民的情感；新民德、开民智、鼓民力，也应包括更新国民的情感世界。而影响作用于国民情感最有效的媒介是文学。新民救国，不可不借重于文学的力量；思想启蒙，不可无有文学启蒙的鼎力相助。在促进文学与思想启蒙、政治革命牢牢结盟，使之成为新民救国旗帜下的重要生力军的过程中，梁启超比其他维新思想家投入了更多的精力，也取得了更多的成功。

当然，梁启超对文学情有独钟，除了个人的爱好气质使之然外，主要是由于他个人也并不掩饰的功利性原因。当梁启超不厌其烦地讲述"文学之盛衰与思想之强弱常成比例"的道理时，当梁启超煞有介事地编造着海外文学救国的神话时，当梁启超极力倡导"以稗官之异才，写政界之大势"的政治小说时，无不自然而然地把文学与政治革命、思想启蒙的目的联结起来。梁启超在《清代学术概论》中曾一语破的地指出：新学家治学的总根源在于"不以学问为目的而以为手段"。以学问为手段、为工具，达到政治变革、救亡图存的目的，这在瓜分之声喧嚣四起，国内思想界闭塞萎靡的时代，是新学家十分合乎逻辑的策略性选择，康有为所鼓吹的托古改制是如此，梁启超所策动的文学启蒙、文学革新也是如此。

梁启超与文学启蒙的缘分，可以说是与他的文学生涯、政治生涯同时开始的。而在梁启超参与维新、海外流亡与京居的不同生活阶段，文学启蒙也包蕴着不尽相同的内涵与特质。

1890 年，十八岁的梁启超入京会试后途经上海，"从坊间购得《瀛环志略》读之，始知有五大洲各国"。此年，梁启超拜康有为为师，决意舍去训诂词章之旧学，而为陆王心学及史学、西学。梁启超的学术活动由此起步。自此年起至 1898 年百日维新的数年间，梁启超与师友砥砺气节，探求学问，参与公车上书，组织强学会，主办《时务报》，兴办时务学堂，共同寻求自强之路，鼓荡变法风潮。由一介儒生蓦然置身于政治浪潮的中心，梁启超既充满着救世的豪情与渴望，又带有年轻者所特有的浪漫与激进。梁启超晚年回忆 1894 年与麦孟华、夏曾佑在京读书的情况道：

> 那时候我们的思想真"浪漫"的可惊……我们当时认为，中国自汉以后的学问，全要不得的，外来的学问都是好的……再加上些我们主观的理想——似宗教非宗教，似哲学非哲学，似科学非科学，似文学非文学的奇怪而幼稚的理想。我们所标榜的"新学"就是这三种原素混合构成。[①]

正是这种虽不免粗糙浮泛但蕴含着极大思想活力的"新学"，构成了梁启超主办《时务报》时著书立说的根柢。梁启超是借助在《时务报》上所发表的文字而名声噪起的。读者接受梁启超，并非因为他有至深至妙的学理高论，而是因为他善于以报章文体的形式，以充满激情而流畅明白的笔触，把康有为《孔子改制考》《新学伪经考》等著作中过于经院化、过于艰涩深奥的学说转换为平易通俗的语言，把亡国灭种之惨祸、清廷腐朽之秕政、"变亦变、不变亦变"的变法道理一一条分缕析给读者，从而取得了"士大夫爱其语言笔札之妙，争礼下之。上自通都大邑，下至僻壤穷陬，无不知新会梁

---

① 梁启超：《亡友夏穗卿先生》，《梁启超全集》第 17 集，汤志钧、汤仁泽编，北京：中国人民大学出版社 2018 年版，第 320—322 页。

氏者"的轰动效应。

出道的成功，坚定了梁启超以文字之功导愚觉世、开通民智的人生价值取向。从甲午中国战败的教训中，梁启超意识到："泰西之强，不在军兵炮械之末，而在士人之学。"中国"言自强于今日，以开民智为第一义"。优胜劣败的世界环境中，民智不开，对西方士人之学、立国之本懵懂不知，则必然造成"今吾中国之于大地万国也，譬犹亿万石之木舰，与群铁舰争胜于沧海也。而舵工榜人，皆盲人瞽者，黑夜无火，昧昧然而操柁于烟雾中"的重重险象，开通民智（包括官智、绅智），于士人，要多译西书，介绍学理，涤其旧习，莹其新见；于百姓，则应提供言文合一、宜于妇人孺子、日用饮食的文字。无论士人百姓，都可倚重俚歌说部，施之于教而劝之于学：

> 今宜专用俚语，广著群书，上之可以借阐圣教，下之可以杂述史事，近之可以激发国耻，远之可以旁及夷情，乃至宦途丑态、试场恶趣、鸦片顽癖、缠足虐刑，皆可穷极异形，振厉末俗，其为补益，岂有量哉！①
>
> 西国教科之书最盛，而出以游戏小说者尤夥，故日本之变法，赖俚歌与小说之力。盖以悦童子，以导愚氓，未有善于是者也。他国且然，况我支那之民不识字者十人而六，其仅识字而未解文法者，又四人而三乎？②

以启发蒙昧作为己任，为民族自强谋求方策，梁启超此时所写的"愿替生民病，稽首礼维摩"的诗句，正表达了这种心志。在《与严幼陵先生

① 梁启超：《变法通议》，《梁启超全集》第1集，汤志钧、汤仁泽编，北京：中国人民大学出版社2018年版，第66页。
② 梁启超：《蒙学报、演义报合叙》，《梁启超全集》第1集，汤志钧、汤仁泽编，北京：中国人民大学出版社2018年版，第280页。

书》中，梁氏辩白心迹道："启超常持一论，谓凡任天下事者，宜自求为陈胜吴广，无自求为汉高，则百事可办。故创此报（《时务报》）之意，亦不过为椎轮，为土阶，为天下驱除难，以俟继起者之发挥光大之。"[1]为椎轮，为土阶，为陈胜吴广，以俟继起者，此正是启蒙思想家的气度风范。维新思想家为谋求民族自强选择了政体变革之路，而政体变革的成败又以全民族思想觉悟为基础。在维新思想家的观念中，文学正是作为施教劝学、开通民智的手段之一，作为移风易俗、思想启蒙的方式之一，与政体变革、民族自强的总目标连为一体的。立言以求觉世，导愚而至妇孺，则不可不讲求言文合一而有宜于日用饮食，不可不讲求寓教于乐而借重于俚歌说部。民族自强、政体变革在赋予文学以使命感的同时，又规定制约着文学在作为启蒙思想的载体时，其从众向俗的基本发展方向。它将排斥孤芳自赏式的清高，而追求左右人心的社会效应。鉴于此，梁启超别出心裁地把文分为传世与觉世两种：

> 学者以觉天下为任，则文未能舍弃也。传世之文，或务渊懿古茂，或务沉博绝丽，或务瑰奇奥诡，无之不可。觉世之文，则辞达而已矣。当以条理细备，词笔锐达为上，不必求工也。[2]

传世之文，宜于通人博士、专门之家；而抱有为椎轮、为土阶、为陈胜吴广之志的梁启超，其所着意揣摩、心向往之的自然是"条理细备、词笔锐达"的"觉世之文"。稍后，其自序《饮冰室文集》又谓："吾辈之为文，

---

① 梁启超：《与严幼陵先生书》，《梁启超全集》第 19 集，汤志钧、汤仁泽编，北京：中国人民大学出版社 2018 年版，第 533 页。

② 梁启超：《湖南时务学堂学约十章》，《梁启超全集》第 1 集，汤志钧、汤仁泽编，北京：中国人民大学出版社 2018 年版，第 297 页。

岂其欲藏之名山俟诸百世之后也？"①诸说再明白不过地表明了梁氏为文的基本取向。

维新时期，新学家的智慧与精力多集中在政体变革方面。"以政学为主义，以艺学为附庸"的思路，使梁启超对文学启蒙仅引其绪而未畅其意。戊戌政变后，维新派自上而下利用政府行政职能进行政治变革的希望流于破产。昨日尚为新政至贵的康梁，转眼之间成为"飘然一声如转蓬"的海外流亡者。待收拾起覆巢而无完卵的伤感、君恩友仇未报的悲慨、昨功今罪壮志未酬的失落之后，梁启超继续着读书著述的事业。其在《夏威夷游记》中自言初至日本发奋读书的情况道："自居东以来，广搜日本书而读之，若行山阴道上，应接不暇，脑质为之改易，思想言论与前者若出两人。"②逃亡日本的当年，梁启超就在横滨创办了以"维护支那之清议，激发国民之正气"为宗旨的《清议报》。1902 年，复创办《新民丛报》《新小说》。在海外重整旗鼓，以"献身甘作万矢的，著论肯为百世师"自励的梁启超，掀起了一场持续数年、影响颇大的新民救国风暴。

新民救国的实质是全民性的思想维新。梁启超认为：在世界各国以民族主义精神立国的今日，民弱者国弱，民强者国强。中国言变法数十年而无成效者，皆因于新民之道未有留意。苟有新民，何患无新制度，无新政府，无新国家？中国要抵御列强以杜外患，拯救危亡以求自强，不可不更新国民精神。新民之道有二：一是"淬厉其所本有而新之"，即发扬光大本民族已有的思想精蕴、优秀品格；二是"采补其所本无而新之"，即吸取他民族之优长以补我之所未及。围绕新民救国的宗旨，梁启超一方面以"梁启超式"的输入，向国人连篇累牍地介绍亚里斯多德、柏拉图、培根、笛卡尔、康

① 梁启超：《饮冰室文集序》，《梁启超全集》第 14 集，汤志钧、汤仁泽编，北京：中国人民大学出版社 2018 年版，第 485 页。

② 梁启超：《夏威夷游记》，《梁启超全集》第 17 集，汤志钧、汤仁泽编，北京：中国人民大学出版社 2018 年版，第 259 页。

德、孟德斯鸠、卢梭、达尔文等人的学说。另一方面，积极鼓励国民以民族主义、爱国主义为指导，建立利群、自尊、自信、冒险、竞争、进取、尚武的国民道德，养成刚毅、坚忍、百折不挠、凛然不可犯的民族品格，携手共创"波澜倜傥，五光十色，必更有壮奇于前世纪之欧洲者"的二十世纪少年之中国。

与维新时期主要通过国民教育开通民智的做法相比，新民救国具有更宏大的气势，更丰富的内涵，更深广的启蒙意义。它不再拘泥于政体变革之外在形质，而着眼于文野强弱之内在精神，它不再看重一时一事之成败，而更关心民族未来之命运。它鼓励国民从自在的愚昧中觉醒，自觉地参与民族精神的改造与重建工程，自下而上地促进中国政治的渐进和社会的文明之化。

像一位辛勤的拓荒者，流亡之中的梁启超如饥似渴地在所能接触到的著译之作中，为国人采集着思想的薪火，积蓄着除旧布新的希望。被破坏的快意、创造的激情和民族未来的辉煌所鼓舞，梁氏的笔端，洋溢着浓烈的进取精神和爱国情感，充满着叱咤风云的气势和惊心动魄的魔力。梁启超以他特有的真诚与热情赢得了读者，《清议报》《新民丛报》因此在海内外不胫而走。

梁启超在构筑他新民救国的理想时，充分意识到文学的价值和意义。"文学之盛衰，与思想之强弱，常成比例。"新民救国既然是一场更新国民精神、改造国民性的思想启蒙运动，文学作为国民精神的重要表征，无疑是"新民"所不可忽视的内容；而文学自身所具有的转移情感，左右人心的特性，又是"新民"最有效的手段。从国民精神进化而言，文学需要自新；从促进国民精神进化而言，文学又担负着他新的责任。对文学，梁启超抱有"自新"与"他新"的双重期待。

一切都像是十分偶然。梁启超在逃亡日本的海船中，得一日本政治小说《佳人奇遇记》而读之，触发了译印政治小说的想法。次年在去夏威夷的途中，得日本记者德富苏峰之文而读之，产生了文界革命及诗界革命的冲动。这些看似一时得之的思想，实际上都是蓄志已久的，民族自新的事业需要号角与鼙鼓。

且看梁启超为国人所编造的域外文学救国的神话：

读泰西文明史，无论何代，无论何国，无不食文学家之赐；其国民于诸文豪，亦顶礼而尸祝之。①

在昔欧洲各国变革之始，其魁儒硕学，仁人志士，往往以其身之所经历，及胸中所怀，政治之议论，一寄之于小说……往往每一书出，而全国之议论为之一变。彼美英德法奥意日本各国政界之日进，则政治小说，为功最高焉。②

梁氏希望这种神话也出现于中国，他热情地呼唤以文学浸润国民之思想、陶铸国民之灵魂的造福者、启蒙者：

呜呼！吾安所得如施耐庵其人者，日夕促膝对坐，相与指天画地，雌黄今古，吐纳欧亚，出其胸中所怀块垒磅礴、错综繁杂者，而一一熔铸之，以质于天下健者哉！③

亦有不必自出新说，而以其诚恳之气，清高之思，美妙之文，能运他国文明新思想移植于本国，以造福于其同胞，此其势力，

---

① 梁启超：《饮冰室诗话》，《梁启超全集》第 3 集，汤志钧、汤仁泽编，北京：中国人民大学出版社 2018 年版，第 215 页。

② 梁启超：《译印政治小说序》，《梁启超全集》第 1 集，汤志钧、汤仁泽编，北京：中国人民大学出版社 2018 年版，第 680—681 页。

③ 梁启超：《文明普及之法》，《梁启超全集》第 2 集，汤志钧、汤仁泽编，北京：中国人民大学出版社 2018 年版，第 47 页。

亦复有伟大而不可思议者。如法国之福禄特尔、日本之福泽谕吉、俄国之托尔斯泰诸贤是也。[①]

以清高之思，美妙之文，雌黄古今，输入文明，左右世界，造福同胞，在梁启超看来，是一项穆高如山，浩长似水，值得馨香而祝之，溯洄而从之的事业。文学新民救国，梁启超不仅仅是倡导者，更是力行者。梁启超发表于《清议报》《新民丛报》上的"务为平易畅达，时杂以俚语、韵语及外国语法，纵笔所至不检束"和"条理明晰，笔锋常带情感，对于读者，别有一种魔力"的"新文体"，无不以"开文章之新体，激民气之暗潮"作为宗旨。梁启超于诗，主张"竭力输入欧洲之精神思想"。其在《清议报》上开辟《诗文辞随录》，又在《新民丛报》上连载《饮冰室诗话》，提倡用诗"改造国民之品质"。梁启超推小说为文字之最上乘，以熏浸刺提概括小说支配人道之力。其所创办《新小说》，标榜"务以振国民精神，开国民智识"为目的，又在写作《新中国未来记》中特意注明，"兹编之作，专欲发表区区政见，以就正于爱国达识之君子"。梁启超以戏曲为文学中的"大国"、韵文中的"巨擘"。其所作《劫灰梦传奇》《新罗马传奇》，意在"借雕虫之小技，寓逬铎之微言"，又开"捉紫髯碧眼儿，被以优孟衣冠"的先例。

如果说，学问饥荒与政治昏昧的时代，造就了作为舆论界骄子、思想界陈涉的梁启超，而思想维新、新民救国工程的实施，则造就了作为文学启蒙、文学革新领袖的梁启超。梁启超在鼓动诗界、文界、小说戏曲界革命时，始终围绕着新民救国的宗旨。正是从民族自新思想中，梁启超获得了文学创造的激情和灵感。也正是附着于民族自新之上，近代文学启蒙、文学革新才拥有超乎自身影响之外的意义与辉煌。

---

① 梁启超：《论学术之势力左右世界》，《梁启超全集》第 2 集，汤志钧、汤仁泽编，北京：中国人民大学出版社 2018 年版，第 469 页。

1912 年 11 月，梁启超结束了长达十四年的海外流亡生活，回到北京。此后京居的十数年间，他涉足政界，复又退出。曾经拥袁，旋又倒袁，辛亥革命后政党纷争、百无建树的局面，使他大失所望。目睹"我国民积年所希望所梦想，今殆已一空而无复余"，"二十年来朝野上下所昌言之新学政，其结果乃为全社会所厌倦所疾恶"的现实，梁氏深感痛心。为何"凡东西各国一切良法美意，一入吾国，无不为万弊之丛"？梁氏认为：新学新政固有其粗率浅薄之处，但"平心而论，中国近年风气之坏，坏于佻浅不完之新学说者，不过什之二三，坏于积重难返之旧空气者，实什而七八"。此外，数年来，"举国聪明才智才士，悉萃于政治"；"政治以外之凡百国民事业悉颓废摧坏"；"政治一有阙失，而社会更无力支柱"。故欲除辛亥革命死气沉沉之气象，仍须从"讲求国民之所以为国民者"处做起，从可以资养支柱政治的国民事业做起，以思想文化的进步补救政治革命的不足。

　　自称"学问兴味、政治兴味都甚浓"的梁启超，在其晚年，最终选择了执教著述的学者生涯。梁启超在《清代学术概论》中曾提出"学者的人格"问题，他认为："所谓'学者的人格'者，为学问而学问，断不以学问供学问以外之手段。故其性耿介，其志专壹，虽若不周于世用，然每一时代文化之进展，必赖有此等人。"[1]此说既是梁启超对新学家早年"以学问为手段"做法的修正，又是其脱离政治的喧嚣，走入书斋的宁静之后，以学术报国心志的表述。

　　在新的文化运动中，梁启超对文学复兴的期望最为殷切。他认为：

　　　夫国之存亡，非谓夫社稷宗庙之兴废也，非谓夫正朔服色之存替也，盖有所谓国民性者……国民性何物？一国之人，千数百

---

　　① 梁启超：《清代学术概论》，《梁启超全集》第 10 集，汤志钧、汤仁泽编，北京：中国人民大学出版社 2018 年版，第 294 页。

年来，受诸其祖若宗，而因以自觉其卓然别成一合同而化之团体，以示异于他国民者是已。国民性以何道而嗣续？以何道而传播？以何道而发扬？则文学实传其薪火而管其枢机。明乎此义，然后知古人所谓文章为经国大业不朽盛事者，殆非夸也。[1]

文学既是国民精神的传薪、民族凝聚的纽带，其自当引起策动国民文化运动者的注意。梁启超晚年论及清代学术，常将其比之于欧洲文艺复兴："前清一代学风，与欧洲文艺复兴时代类甚多。其最相异之一点，则美术文学不发达也。"但梁氏断言，此种不发达之中，正蕴藏着复兴发展的生机：

> 我国文学美术，根柢极深厚、气象皆雄伟，特以其为"平原文明"所产育，故变化较少，然其中徐徐进化之迹，历然可寻。且每与外来之宗派接触，恒能吸受以自广。清代第一流人物，精力不用诸此方面，故一时若甚衰落，然反动之征已见。今后西洋之文学美术，行将尽量输入。我国民于最近之将来，必有多数之天才家出焉，采纳之而傅益以己之遗产，创成新派，与其他之学术相联络呼应，为趣味极丰富之民众的文化运动。[2]

梁启超的这段文字，写在五四新文化运动方兴未艾的 1920 年。步入生命晚年的梁启超，不再充任立于潮头的人物。尤其是欧游归来，目睹了西方科学主义的破产和精神危机之后，他更关心中国对于世界文明的责任，更关心中国学术对于人类精神发展的贡献，更关心中国文学对国民运动的滋养及

---

[1] 梁启超：《丽韩十家文钞序》，《梁启超全集》第 9 集，汤志钧、汤仁泽编，北京：中国人民大学出版社 2018 年版，第 157 页。

[2] 梁启超：《清代学术概论》，《梁启超全集》第 10 集，汤志钧、汤仁泽编，北京：中国人民大学出版社 2018 年版，第 295 页。

融汇中西之后的复兴发展。1923 年，梁启超在《为创办文化学院事求助于国中同志》中告白："启超确信我国文学美术在人类文化中有绝大价值，与泰西作品接触后当发生异彩，今日则蜕变猛进之机运渐将成熟。"[①] 在此预言中，充满着对民族文学前景的乐观自信，也包含着曾是耕耘者其期待收获的急切。

（原载《史学月刊》1999 年第 2 期）

---

① 梁启超：《梁启超创设文化学院》，《梁启超全集》第 12 集，汤志钧、汤仁泽编，北京：中国人民大学出版社 2018 年版，第 15 页。

但开风气不为师

——龚自珍的诗文与嘉道文学精神

"一事平生无齮龁，但开风气不为师。"① 这是龚自珍1839年辞官回家途中所写的诗句。次年，鸦片战争爆发。再一年，龚自珍英年早逝，诗中的"平生"之言，也便一语成谶。龚自珍生前是寂寞的，客居京师，久困闲曹，年不及五十，挂冠回籍；龚自珍身后是热闹的，其诗文不胫而走，流播甚广。褒扬者如梁启超，谓"晚清思想之解放，自珍确与有功焉。光绪间所谓新学家，大率人人皆经过崇拜龚氏之一时期"②。南社及柳亚子称龚诗为"三百年来第一流"③，社中唱和，以集龚句为雅。贬抑者如张之洞，其论及同光年间学术，以为二十年来都下经学讲《公羊》、文章讲龚自珍、经济讲王安石，造成"理乱寻源学术乖"④ 的局面。稍后的章太炎斥龚文为"伪体"，以

---

① 龚自珍：《己亥杂诗·其一百四》，《龚自珍全集》，王佩诤校，上海：上海古籍出版社1999年版，第519页。

② 梁启超：《清代学术概论》，《饮冰室合集·三十四》，北京：中华书局1989年版，第54页。

③ 柳亚子：《定庵有三别好诗余仿其意作论诗三截句》，孙文光编《龚自珍研究资料集》，合肥：黄山书社1984年版，第234页。

④ 张之洞：《学术》，《龚自珍研究资料集》，孙文光编，合肥：黄山书社1984年版，第98页。

为"自珍之文贵于世，而文学涂地垂尽"①。龚自珍对鸦片战争之后思想界、文学界的巨大影响，源于他"未雨之鸟，戚于飘摇"②的敏感，"引《公羊》义，讥切时政，诋排专政"③的睿智，"四海变秋气，一室难为春"④的衰世预告和"乐亦过人，哀也过人"⑤，"怨去吹箫，狂来说剑"⑥的血性狂狷。如果从嘉道之际的士人阶层中寻找一位最能代表这一时期自作主宰，神采飞扬，慷慨激厉，歌哭无端士林风尚的作家，则非龚自珍莫属。

作为风云际会的鸦片战争时期重要的思想家、学者和文学家，龚自珍是丰富的。"从来才大人，面目不专一"⑦，龚氏之诗，是一种自期，也是一种自况。段玉裁曾写信勉励自珍"博闻强识，多识蓄德，努力为名儒，为名臣，勿为名士"⑧。在前辈名儒、名臣的期待中，龚自珍最终还是走上了名士之路。

清代学术在嘉道之际，古文经学韶华未尽，今文经学异军突起，学术界的汉学、宋学之争渐为古、今文经之争所取代。龚自珍学术兴趣广泛，不愿走前辈抱残守阙、皓首穷经之路，他为自己设置的学术目标和方法是杂采

---

① 章太炎：《校文士》，孙文光编《龚自珍研究资料集》，合肥：黄山书社 1984 年版，第 141 页。
② 龚自珍：《乙丙之际箸议第九》，《龚自珍全集》，上海：上海古籍出版社 1975 年版，第 7 页。
③ 梁启超：《清代学术概论》，《饮冰室合集·三十四》，北京：中华书局 1989 年版，第 54 页。
④ 龚自珍：《杂诗，丁亥自春徂秋，偶有所触，拉杂书之，漫不诠次，得十五首·其二》，《龚自珍全集》，王佩诤校，上海：上海古籍出版社 1999 年版，第 485 页。
⑤ 龚自珍：《琴歌》，《龚自珍全集》，王佩诤校，上海：上海古籍出版社 1999 年版，第 446 页。
⑥ 龚自珍：《湘月》，《龚自珍全集》，王佩诤校，上海：上海古籍出版社 1999 年版，第 565 页。
⑦ 龚自珍：《题王子梅盗诗图》，《龚自珍全集》，王佩诤校，上海：上海古籍出版社 1999 年版，第 505 页。
⑧ 段玉裁：《与外孙龚自珍札》，孙文光编《龚自珍研究资料集》，合肥：黄山书社 1984 年版，第 6 页。

百家，对汉学与宋学，今文经与古文经学，无所尊，无所废。作为衰世与乱世的先觉者，龚自珍倡言学术应通乎当世之务，士人应知晓经史施诸今日孰缓、孰亟，孰可行、孰不可行。作为"一代之治，即一代之学"的实践者，龚自珍既汲取古文经学实事求是、贵创致用、以复古为解放的学术精髓，又融合今文经学中"张三世""通三统""微言大意""托古改制"的思想要义，既不鄙视汉学之道问学，又不轻诋宋学之尊德性，不尊师法，不守绳墨，在讲经论史、答问述学的题面下，以善入善出、俶诡连忭的语言，议论军国，臧否政治，讥切时政，诋排专制。

龚自珍才华横溢，英绝自信，感觉敏锐，口不择言，与士林交往，以气节血性相砥砺。对"天下无巨细，一束之于不可破之例"①的官场，"而才士与才民出，则百不才督之缚之，以至于戮之"②的社会，及"今上都通显之聚，未尝道政事，谈文艺也"③的萎靡士风，深恶痛绝，其诗文中"伤时之语，骂坐之言"④多有。龚自珍言多奇僻，自称"性懒情多兼傲骨"⑤，其"广额巉夷，戟髯炬目，故衣残履"⑥的外貌，"朝从屠沽游，夕拉驵卒饮"⑦的细行，透露出狂放不羁的性格。1823 年，龚自珍在给江沅的信中说："榜

① 龚自珍：《明良论四》，《龚自珍全集》，王佩诤校，上海：上海古籍出版社 1999 年版，第 35 页。
② 龚自珍：《乙丙之际箸议第九》，《龚自珍全集》，王佩诤校，上海：上海古籍出版社 1999 年版，第 6 页。
③ 龚自珍：《明良论一》，《龚自珍全集》，王佩诤校，上海：上海古籍出版社 1999 年版，第 30 页。
④ 王芑孙：《复龚璱人书》，《龚自珍研究资料集》，孙文光编，合肥：黄山书社 1984 年版，第 7 页。
⑤ 龚自珍：《贺新凉》，《龚自珍全集》，王佩诤校，上海：上海古籍出版社 1999 年版，第 570 页。
⑥ 陈元禄：《羽琌逸事》，《龚自珍研究资料集》，孙文光编，合肥：黄山书社 1984 年版，第 55 页。
⑦ 龚自珍：《丁亥自春徂秋，偶有所触，拉杂书之，漫不诠次，得十五首·其五》，《龚自珍全集》，王佩诤校，上海：上海古籍出版社 1999 年版，第 486 页。

其居曰'积思之门'，颜其寝曰'寡欢之府'，铭其凭曰'多愤之木'。^① 积思、寡欢、多愤，大致勾勒出龚自珍京师生活时期的情感世界。

嘉道之际，文网渐弛，京师文人诗酒雅集增多，"避席畏闻文字狱，著书都为稻粱谋"的萧煞气象不复存在。龚自珍先后与魏源、邓显鹤、管同、姚莹、周济、何绍基、黄爵滋、潘德舆、张际亮、张维屏、汤鹏、吴葆晋、包世臣、蒋湘南、沈垚、阮元、林则徐等一代名士诗酒唱和，引为同道。他们彼此切磋学术，砥砺气节，振刷精神，培植政见。1838 年朝野对鸦片贸易弛禁还是严禁的争论中，上述士人大多是严禁派成员。这一年，林则徐被任命为钦差大臣赴广州禁烟，龚自珍作《送钦差大臣侯官林公序》，希望林公此去，"使中国十八行省银价平，物力实，人心定"^②。林则徐回信，以为龚氏信中所言，"非谋识宏远者不能言，而非关注深切者不肯言也"。1840 年，龚自珍与人论天下大势，以为"即使英吉利不侵不叛，望风纳款，中国尚且可耻而可忧"^③。这种预言不幸而成为现实，从鸦片战争开始，中国便被耻辱和忧患紧紧纠缠。有人评嘉道士林风尚，以为"近数十年来，士大夫诵史鉴，考掌故，慷慨论天下事，其风气实定公开之"^④，"但开风气"的龚自珍在鸦片战争爆发后的第二年去世，但他的思想和创作却在中国近代闪耀着光芒，并获得了巨大的嗣响。

---

① 龚自珍:《与汪居士笺》,《龚自珍全集》, 上海: 上海古籍出版社 1975 年版, 第345 页。

② 龚自珍:《送钦差大臣侯官林公序》,《龚自珍全集》, 王佩诤校, 上海: 上海古籍出版社 1999 年版, 第 171 页。

③ 龚自珍:《与人笺》,《龚自珍全集》, 王佩诤校, 上海: 上海古籍出版社 1999 年版, 第 341 页。

④ 佚名:《定庵文集后记》,《龚自珍研究资料集》, 孙文光编, 合肥: 黄山书社 1984 年版, 第 174 页。

一、颓波难挽挽颓心

处在山雨欲来的时代，"我生受之天，哀乐恒过人"①的龚自珍，用敏感而洞达的心灵，感受盛衰转换，危机四伏的社会生活。龚自珍的文学思想，以尊心、尊情、尊自然为三大基石，可合称之为"三尊说"。

尊心说强调在文学创作中尊重作家的主体地位和思想力、判断力。在嘉道之际呼唤士风复甦的思想背景下，龚自珍崇尚心力，提倡心察。"心无力者，谓之庸人。报大仇，医大病，解大难，谋大事，学大道，皆以心力。"②士人的心力来自坚毅自信的品格。有心力才能有所担当，有所进取。士能担当，能自律，能有廉耻，能有气象，方能激扬清淑，以振厉天下，以成就事业。其《文体箴》云："呜呼！予欲慕古人之能创兮，予命弗丁其时。予欲因今人之所因兮，予莜然而耻之。耻之奈何？穷其大原。抱不甘以为质，再已成之纭纭。虽天地之久定位，亦心审而后许其然。苟心察而弗许，我安能额彼久定之云？"③心审心察是一种独立思考、理性判断的能力和态度。乾坤宇宙，天地万物，经史子集，无一不需心审心察，独立思考，而后有所体贴，有所判断，这也是清儒提倡的实事求是的精神。人云亦云，陈陈相因，则与心审心察的态度格格不入。尊心说的提出，以嘉道之际士风复甦为底蕴。起衰救敝，振刷士气，当从恢复士人的自信心、判断力入手。

尊心说的理路，与尊史说相通。龚自珍在《尊史》一文中，提出"尊史即尊心"之说。龚自珍认为："史之尊，非其职语言、司谤誉之谓也，尊

---

① 龚自珍：《寒月吟》，《龚自珍全集》，王佩诤校，上海：上海古籍出版社1999年版，第481页。

② 龚自珍：《壬癸之际胎观第四》，《龚自珍全集》，王佩诤校，上海：上海古籍出版社1999年版，第15—16页。

③ 龚自珍：《文体箴》，《龚自珍全集》，王佩诤校，上海：上海古籍出版社1999年版，第418页。

其心也。"尊心之作，善入善出。所谓善入，即对天下山川形势，人心风气，了然于心：对礼、兵、政、狱、掌故、文体、人物，如言家事；所谓善出，就是要从所叙写的历史场景中跳出，肃然踞坐，晒睐指点，作理性判断和客观评述。"不善入者，非实录，垣外之耳，乌能治堂中之优耶？则史之言，必有余咙；不善出者，必无高情至论，优人哀乐万千，手口沸羹，彼岂复能自言其哀乐也耶？则史之言，必有余喘。"① 善入善出，两者是治经史文学者应有的境界。毋咙毋喘，自尊其心，其言尊人尊，可以达到出乎史、入乎道的境界。

心力又是道力，它需要培植，需要修炼。龚自珍有诗论道力心力云："道力战万籁，微芒课其功。不能胜寸心，安能胜苍穹。相彼鸾与凤，不栖枯枝松。天神倘下来，清明可于通。返听如有声，消息鞭愈聋。死我信道笃，生我行神空。障海使西流，挥手还于东。"② 意思是说，心力的培养，要志向高洁，神气清朗，注意倾听自己的内心世界，不屑世俗的毁誉憎爱，生我死我，无怨无悔，以期心力强大，可以障海西流，挥日还东。龚自珍对心力的崇拜，用诗的语言表达出来，更显得热情澎湃。心力还与童心母爱依傍："黄金华发两飘萧，六九童心尚未消。叱起海红帘底月，四厢花影怒于潮。"③ "独有爱根在，拔之譬难下。梦中慈母来，絮絮如何舍？"④ 童心母爱为心力增添若干暖意。

"尊心说"真实反映出嘉道之际士人阶层自作主宰、激情四溢的精神风

---

① 龚自珍：《龚自珍全集》，王佩诤校，上海：上海古籍出版社1999年版，第80页。
② 龚自珍：《杂诗》，《龚自珍全集》，王佩诤校，上海：上海古籍出版社1999年版，第486页。
③ 龚自珍：《梦中作四截句》，《龚自珍全集》，王佩诤校，上海：上海古籍出版社1999年版，第496页。
④ 龚自珍：《杂诗》，《龚自珍全集》，王佩诤校，上海：上海古籍出版社1999年版，第486页。

貌。"颓波难挽挽颓心"①，在"一人为刚，万夫为柔"的高压时代遭遇崩溃的时候，龚自珍等人热切呼唤士人能忧能愤，能思虑作为，能有廉耻无渣滓之心力的复甦，呼唤士人进取、担当精神和心审、心察思想力的复甦。尊心说作为文学主张，其倡导诗文之作，应看重心灵与思想之光，注重自我，张扬个性，以歌哭无端、剑气箫心的狂放，表达一代士人拯衰救敝之志和幽光狂慧之想。

"尊情说"强调情感在文学创作中的地位和作用。龚自珍《宥情》一文，设甲乙丙丁戊就"情"这一论题相互辩难。有人以为：有士于此，其于哀乐，言而不厌，其阴气有欲，岂美谈耶？与以旦阳之气、上达于天的圣人有别；有人引西方圣人之言，以为欲有三种，情欲为上，不应以情为鄙夷；有人认为情与欲有别，人有异于铁牛、土狗、木寓龙者即在情。对纷纭众说，作者未置可否，"龚子闲居，阴气沉沉而来袭心，不知何病"？回忆童年，"一切境未起时，一切哀乐未中时，一切语言未造时，当彼之时，亦尝阴气沉沉而来袭心"②，此种状况，不知为东方圣人所责难，还是为西方圣人所责难？

十五年后，龚自珍又有《长短言自序》，提出"尊情说"："情之为物也，亦尝有意乎锄之矣；锄之不能，而反宥之；宥之不已，而反尊之。"情何以为尊？"无往为尊，无寄为尊，无境而有境为尊，无指而有指为尊，无哀乐而有哀乐为尊。"情无往无寄、无境而有境、无指而有指、无哀乐而有哀乐的存在方式，使之为尊。情何以为畅？"畅于声音""先小咽之，乃小飞之，又大挫之，乃大飞之，始孤盘之，闷闷以柔之，空阔以纵游之，而极于哀，哀而极于瞀，则散矣毕矣。"情以声音，作用于人，"闻是声也，忽然而起，

---

① 龚自珍：《己亥杂诗·其十四》，《龚自珍全集》，王佩诤校，上海：上海古籍出版社 1999 年版，第 510 页。

② 龚自珍：《宥情》，《龚自珍全集》，王佩诤校，上海：上海古籍出版社 1999 年版，第 90 页。

非乐非怨，上九天，下九渊，将使巫求之，而卒不自喻其所以然"。情畅于声音，给人以如此美妙的享受，这是作者宥之不已，而反尊之的原因所在。"虽曰无住，予之住也大矣；虽曰无寄，予之寄也将不出矣。"①

作为思想家，龚自珍认识到人不同于铁牛、土狗、木寓龙的地方即在于其有情感，因而不鄙夷情感的存在，对"阴气沉沉而来袭心"采取一种宽容的态度。作为诗人，其对诗文写作过程中情感的生成、酝酿、升华、艺术表现等诸多环节，感觉十分细致，对文学以情感与审美的方式感动人、陶冶人的特性，也深有体会。龚自珍宣告在情感的世界里，"住也大矣，寄也不出"，体现出自作主宰的精神品格，同时也是其精神生活的一种写照。"结习真难尽，观心屏见闻。烧香僧出定，哔梦鬼论文。幽绪不可食，新诗乱如云。鲁阳戈纵挽，万虑亦纷纷。"②"故物人寰少，犹蒙忧患俱。春深恒作伴，宵梦亦先驱。不逐年华改，难同逝水徂。多情谁似汝？未忍托禳巫。"③住寄于情感世界中的诗人，被奇想幽思所困扰，不招而来，挥之不去，哀乐忧患，纷纷扰扰。其《写神思铭》一文云："鄙人禀赋实冲，孕愁无竭，投闲簋乏，沉沉不乐。抽豪而吟，莫喧其绪；敧枕内听，莫讼其情。谓怀古也，曾不朕乎诗书；谓感物也，岂能役乎鑿悦。将谓乐也胡迓至而不和；将谓哀也，抑屡袭而无痎。"这种情绪情感纠结所带来的喜怒哀乐，演绎而成的神思妙想，"不可告也，矧可疗也"④？故而尊之。

"尊自然说"追求心力、情感在文学创作中的自然发挥、自由表达。龚

---

① 龚自珍：《长短言自序》，《龚自珍全集》，王佩诤校，上海：上海古籍出版社1999年版，第232页。

② 龚自珍：《观心》，《龚自珍全集》，王佩诤校，上海：上海古籍出版社1999年版，第445页。

③ 龚自珍：《赋忧患》，《龚自珍全集》，王佩诤校，上海：上海古籍出版社1999年版，第478页。

④ 龚自珍：《写神思铭》，《龚自珍全集》，王佩诤校，上海：上海古籍出版社1999年版，第411页。

自珍以风喻心力情感，以水喻语言文字，以为："外境迭至，如风吹水，万态皆有，皆成文章，水何容拒之哉！"①又有诗云："万事之波澜，文章天然好。"②他提出"文毕所欲言而去"的论文标准：以为谭山水，问掌故，求建制，辨沿革，无论何种文体，"其率是以言，继是以言，勤勤恳恳，以毕所欲言，其胸臆涤除余事之甘苦，而专以言"③，即是天下至文。他还称赞唐以来李、杜、韩、黄等大家之诗："皆诗与人一，人外无诗，诗外无人，其面目也完。"而同样以"完"字来称赞友人汤鹏之诗："何以谓之完也？海秋心迹尽在此，所欲言者在此，所不欲言而卒不能不言在此，所不欲言而竟不言，于所不言求其言亦在是。要不肯掊扯他人之言以为己言，任举一篇，无论识与不识，曰，此汤益阳之诗。"④"诗与人一"之"完"与"毕所欲言而去"，都推尚一种自由书写的写作境界。自由书写的前提是胸臆间有所感慨，有所思想。不然，必然是剿掠脱误，摹拟颠倒，如醉如吆以言。

　　"尊自然说"在《病梅馆记》中表现得更为完整，更可触摸。该文章认为，当今的文人画士认为"梅以曲为美，直则无姿；以欹为美，正则无景；梅以疏为美，密则无态"，于是鬻梅者投其所好，"斫其正，养其旁条，删其密，夭其稚枝，锄其直，遏其生气，以求重价，而江浙之梅皆病"。作者感伤之余决心治疗病梅，其方法是"纵之，顺之，毁其盆，悉埋于地，解其棕缚"⑤，并设想广贮江浙之梅，以平生之力疗之。这是一篇带有深刻寓意的杂

　　① 龚自珍：《与江居士笺》，《龚自珍全集》，王佩诤校，上海：上海古籍出版社1999年版，第345页。
　　② 龚自珍：《自春徂秋，偶有所触，拉杂书之，漫不诠次，得十五首》其十二，《龚自珍全集》，王佩诤校，上海：上海古籍出版社1999年版，第487页。
　　③ 龚自珍：《绩溪胡户部文集序》，《龚自珍全集》，王佩诤校，上海：上海古籍出版社1999年版，第208页。
　　④ 龚自珍：《书汤海秋诗集序》，《龚自珍全集》，王佩诤校，上海：上海古籍出版社1999年版，第241页。
　　⑤ 龚自珍：《病梅馆记》，《龚自珍全集》，王佩诤校，上海：上海古籍出版社1999年版，第186页。

文。江浙之梅皆病的原因是鬻梅者迎合了文人画士畸形美、病态美的标准，而使正、直、有生气之梅变成曲、欹、无生气的病梅。要疗救病梅，则须解除一切束缚，舒其根枝，顺其天性，让其自由自在地生长，成为具有自然美、健康美的新梅。疗梅如此，疗救其他一切被束缚、被损害、被摧残的东西，也应如此。

尊心、尊情、尊自然构成了龚自珍文学思想的基本框架。三尊说的核心是自作主宰。在对自然与社会等重大问题的思考判断中提倡"尊心"，尊重个人的思想力、判断力，唤醒士阶层的担当精神；在情欲纠缠，阴气沉沉而来袭心时提倡"尊情"，感情为人类所独有，因而弥足珍贵。将感情酝酿升华，形诸文字，畅于声音，是最美妙而最让人陶醉的事情；在"形诸文字，畅于声音"的文学创作过程中，提倡"尊自然"，解除束缚，信腕信口，文如其人，诗与人一。"三尊说"所体现出的自作主宰的精神气象，以嘉道之际士气高涨、士风复甦为底蕴，充满着对士人能力、意志、情感、创造力的渴望，它呼唤以作家为主体，在重视个人独特的思想判断、独特的内心体验的基础上，创造自然天成、自由书写的传统。

龚自珍的"三尊说"，在鸦片战争前夕的思想界，闪耀着启蒙思想的光辉。"三尊说"与明末公安派贵我尊己的文学性灵论遥相呼应，其不拘规矩格套，崇尚心灵纯真，得自然之趣，成天籁之美的文学主张，在复古拟古、陈陈相因之风甚为浓厚的文坛，具有石破天惊、振聋发聩的作用。而其奇诡瑰丽，亦狂亦怨，"触之峥嵘，忆之缠绵"的诗文作品，更是让人耳目一新，感发奋起。

二、何物千年怒如潮

龚自珍有诗云："佛言劫火遇皆消，何物千年怒如潮？经济文章磨白昼，幽光狂慧复中宵。来何汹涌须挥剑，去尚缠绵可付箫。心药心灵总心病，寓言决欲就灯烧。"①借用这首诗来描述龚自珍的诗文创作是十分恰当的。来何汹涌之忧患与去尚缠绵之幽绪，构成了龚自珍诗文创作的双翼。

龚自珍的散文作品，题材广泛。除了谈经说佛、金石舆地、序跋墓志之外，经济文章与幽光狂慧之作，大致可从社会批判，衰世预告，呼唤变革三个方面解读。

龚自珍散文中的社会批判集中在学风、士风及封建专制制度等方面。1813年天理教突袭皇宫，嘉庆帝仓皇中亲自出战迎敌。天理教败后，嘉庆下罪己诏，惊呼此为"汉、唐、宋、明未有之事"，并向社会征求批评救治之方。这一事变，是乾嘉盛世的转折点，也是嘉道之际学风、士风复甦的起始点。龚自珍的社会批判的文章，如《乙丙之际箸议》十一篇、《壬癸之际胎观》九篇、《古史钩沉论》四篇、《明良论》四篇，大多写作在这一时期。

清代学术，学人之智慧集中在说经注经。龚自珍指出：当下士林为学之风，有三种失误，即"称为儒者流则喜，称为群流则愠，此失其情也。号为治经则道尊，号为学史则道绌，此失其名也。知孔氏之圣，而不知周公、史佚之圣，此失其祖也"②。治经史者，又大多不通乎当世之务，"不通乎当世之务，不知经史施于今日之孰缓、孰亟，孰可行、孰不可行也"。这种学、治脱节，造成"道德不一，风教不同，王治不下究，民隐不上达，国有养士之赀，士无报国之日"。学风的转换，应恢复"一代之治，即一代之学""是道也，是学也，是治也，则一而已矣"③的传统。

① 龚自珍：《又忏心一首》，《龚自珍全集》，王佩诤校，上海：上海古籍出版社1999年版，第445页。
② 龚自珍：《古史钩沉论二》，《龚自珍全集》，王佩诤校，上海：上海古籍出版社1999年版，第24页。
③ 龚自珍：《乙丙之际箸议第六》，《龚自珍全集》，王佩诤校，上海：上海古籍出版社1999年版，第4页。

至于士风萎靡，龚自珍更是痛心疾首。其《明良论二》云：

　　士皆知有耻，则国家永无耻矣；士不知耻，为国之大耻。历览近代之士，自其敷奏之日，始进之年，而耻已存者寡矣！官益久，则气愈偷；望愈崇，则诎愈固；地益近，则媚亦愈工。至身为三公，为六卿，非不崇高也，而其于古者大臣巍然岸然师傅自处之风，非但目未睹耳未闻，梦寐亦未之及。臣节之盛，扫地尽矣。……

　　窃窥今政要之官，知车马、服饰、言语捷给而已，外此非所知也。清暇之官，知作书法、赓诗而已，外此非所问也。堂陛之言，探喜怒以为之节，蒙色笑，获燕闲之赏，则扬扬然以喜，出夸其门生、妻子。小不霁，则头抢地而出，别求夫可以受眷之法，彼其心岂真敬畏哉？问以大臣应如此乎？则其可耻之言曰：我辈只能如此而已。……嗟乎哉！如是而封疆万万一有缓急，则纷纷鸠燕逝而已，伏栋下求俱压焉者鲜矣。①

　　士风萎靡的现象如此，而造成这种现象的原因何在？龚自珍把批判的锋芒直指封建专制制度和最高统治者。其《古史钩沉论一》云：

　　昔者霸天下之氏，称祖之庙，其力强，其志武，其聪明上，其财多；未尝不仇天下之士，去人之廉，以快号令，去人之耻，以嵩高其身；一人为刚，万夫为柔，以大便其有力强武。……

　　气者，耻之外也；耻者，气之内也。温而文，王者之言也；

---

① 龚自珍：《明良论二》，《龚自珍全集》，王佩诤校，上海：上海古籍出版社 1999 年版，第 31 页。

惕而让，王者之行也；言文而行让，王者之所以养人气也。籀其府焉，徘徊其钟簴焉，大都积百年之力，以震荡摧锄天下之廉耻；既殄、既狄、既夷，顾乃席虎视之余荫，一旦责有气于臣，不亦暮乎！①

王者对士人不仅以高压震荡摧锄，还有种种愚弄钳制之术：龚自珍早年所写的《京师乐籍说》，通过京师及通都大邑必有乐籍这一社会现象的分析，揭露了霸天下者控驭士人的心机。文章以为，霸天下者，不能无私，而"士也者，又四民之聪明喜议论者也。身心闲暇，饱暖无为，则留心古今而好议论。留心古今而好议论，则于祖宗之立法，人主之举动措置，一代之所以为号令者，俱大不便"，因而霸天下者之于士，便有种种钳制之术。乐籍制度的设立，便是钳制天下游士的手段之一：

乐籍既棋布于京师，其中必有资质端丽、桀黠辨慧者出焉。目挑心招，捭阖以为术焉，则可以钳塞天下之游士。乌在其可以钳塞也？曰：使之耗其资财，则谋一身且不暇，无谋人国之心矣；使之耗其日力，则无暇日以谈二帝三王之书，又不读史而不知古今矣；使之缠绵歌泣于床第之间，耗其壮年之雄才伟略，则思乱之志息，而议论图度，上指天下画地之态益息矣；使之春晨秋夜为套体词赋、游戏不急之言，以耗其才华，则议论军国、臧否政事之文章可以毋作矣。②

① 龚自珍：《古史钩沉论一》，《龚自珍全集》，王佩诤校，上海：上海古籍出版社1999年版，第20页。
② 龚自珍：《京师乐籍说》，《龚自珍全集》，王佩诤校，上海：上海古籍出版社1999年版，第118页。

乐籍制度，于清朝中叶即已废除。作者以乐籍制度为靶向，指出学术研究、文学创作中种种以琐耗奇、消磨心志的方式，都是钳制士人的手段。士人不通古今，思乱志偃，议论图度、指天画地之态益息，议论军国、臧否政事之文不作，这是霸天下人之幸，却是天下之士的悲哀。

在鞭挞专制制度，呼唤学风士风转换的同时，龚自珍还以敏感的触觉，猖狂恢诡的语言，预告衰世的来临。龚自珍凭借以良史之忧忧天下的感知，借用今文经学的"三世说"，把社会形态分为盛世、衰世、乱世三类，又以人才的升降遭际为判断标志，描述了衰世到来的景象和感受：

> 衰世者，文类治世，名类治世，声音笑貌类治世。黑白杂而五色可废也，似治世之太素；宫羽淆而五声可铄也，似治世之希声；道路荒而畔岸隳也，似治世之荡荡便便；人心混混而无口过也，似治世之不议。左无才相，右无才史，阃无才将，庠序无才士，陇无才民，廛无才工，衢无才商，抑巷无才偷，市无才驵，薮泽无才盗，则非但鲜君子，抑小人甚鲜。当彼其世也，而才士与才民出，则百不才督之缚之，以至于戮之。戮之非刀、非锯、非水火；文亦戮之，名亦戮之，声音笑貌亦戮之。戮之权不告于君，不告于大夫，不宣于司市，君大夫亦不任受。其法亦不及要领，徒戮其心，戮其能忧心、能愤心、能思虑心、能作为心、能有廉耻心、能无渣滓心。又非一日而戮之，乃以渐，或三岁而戮之，十年而戮之，百年而戮之。才者自度将见戮，则蚤夜号以求治，求治而不得，悖悍者则蚤夜号以求乱……起视其世，乱亦竟不远矣……履霜之屩，寒于坚冰。未雨之鸟，戚于飘摇。痹痨之

疾，殆于痈疽。将萎之华，惨于槁木。①

龚自珍又将一日分为三时，分别为蚤时、午时和昏时。蚤时、午时，是清和之气汇聚，宜君宜王的时节，而昏时则是"日之将夕，悲风骤至，人思灯烛，惨惨目光，吸引暮气，与梦为邻"②的时节。这些诗一般语言中传达的，是一颗敏感的心灵对封建王朝由盛转衰历史过程特有的观察与感受，它是那样的细腻精准。这些早年扑朔迷离的衰世预告，在龚自珍1839年重过扬州时，通过对一个城市的记忆而被大大强化了。《己亥六月重过扬州记》，就扬州繁华已去，而人心不觉，依旧嘉庆故态，承平气象，从而引发了作者今昔与自然之运的感慨："天地有四时，莫病于酷暑，而莫善于初秋。澄汰其繁缛淫蒸，而与之为萧疏澹荡，泠然瑟然，而不遽使人有苍茫寥沉之悲者，初秋也。"③初秋时节，人们沉溺在暑威除却的惬意之中，而深谙盛衰自然之运的人，则一叶落而知天下秋了。龚自珍《西域置行省议》以更为准确的语言描写嘉道时局云：

> 今中国生齿日益繁，气象日益嚣，黄河日益为患，大官非不忧，主上非不谙，而不外乎开捐例、加赋、加盐价之议。譬如割臀以肥脑，自啖自肉，无受代者。自乾隆末年以来，官吏士民，狼艰狈蹶，不士、不农、不工、不商之人，十将五六；又或饮烟草，习邪教，取诛戮，或冻馁以死；终不肯治一寸之丝、一粒之

---

① 龚自珍：《乙丙之际箸议第九》，《龚自珍全集》，王佩诤校，上海：上海古籍出版社1999年版，第6—7页。

② 龚自珍：《尊隐》，《龚自珍全集》，王佩诤校，上海：上海古籍出版社1999年版，第86页。

③ 龚自珍：《己亥六月重过扬州记》，《龚自珍全集》，王佩诤校，上海：上海古籍出版社1999年版，第186页。

饭以益人。承乾隆六十载太平之盛，人心惯于泰侈，风俗习于游荡，京师其尤甚者。自京师始，概乎四方，大抵富户变贫户，贫户变饿者，四民之首，奔走下贱，各省大局，岌岌乎皆不可以支月日，奚暇问年岁？①

面对危机四伏的社会，龚自珍呼唤改革："一祖之法无不敝，千夫之议无不靡，与其赠来者以劲改革，孰若自改革？"② "自改革"是出于一种补天自救的愿望，是出于"自古及今，法无不改，势无不积，事例无不变迁，风气无不转移"③ 的判断。

1826年，魏源《皇朝经世文编》成书，收入龚自珍《乙丙之际箸议第六》《平均篇》《农宗》《西域置行省议》《蒙古像教志序》等文，其所体现的改革自救的方略，或倡言一代之治，即一代之学；或主张平均贫富，避免小不相齐，渐至大不相齐，以至丧天下；或设想以家族宗法的形式，调解土地分配；或关心蒙古地理学术，献控驭抚绥之策。龚自珍晚年引为得意、预言"五十年后言定验"的《西域置行省议》《东南罢番舶议》，是其多年事天地东西南北之学的成果。前文以为应考虑内地无产之民迁徙西域、设置行省的战略计划，以二十年为期，强盛国运国基。后文对东南沿海番舶环伺、鸦片输入、白金外流甚为忧虑，而作罢番舶之议。龚自珍西域置行省议五十年间得以实现，而东南罢番舶议则无从落实。

鸦片战争给中国带来的巨大变化，是《东南罢番舶议》的作者所无法

---

① 龚自珍：《西域置行省议》，《龚自珍全集》，王佩诤校，上海：上海古籍出版社1999年版，第106页。

② 龚自珍：《乙丙之际箸议第七》，《龚自珍全集》，王佩诤校，上海：上海古籍出版社1999年版，第6页。

③ 龚自珍：《上大学士书》，《龚自珍全集》，王佩诤校，上海：上海古籍出版社1999年版，第319页。

想象的。中国在鸦片战争后被迫加入全球性的战争角逐与生存竞争中，其所面临的矛盾和问题，绝非学治一致、平均贫富一类方剂所能奏效的。龚自珍"何敢自矜医国手，药方只贩古时丹"的自信，失去了凭借之所，便成为一种呢喃之语。这可能是《东南罢番舶议》未能收入文集，而至今湮没无闻的原因。批判精神的强大精彩和自救方案的纤细平庸，也许是梁启超《清代学术概论》中"初读《定庵文集》，若受电然；稍进乃厌其浅薄"[①]论断的由来。

龚自珍散文的魅力，首先来自其思想穿透力和想象力。龚自珍三代为官的家世和京师二十余年的仕宦经历，使他对清王朝千疮百孔、危机四伏的政权体制的种种弊端，洞若观火。与朝野上下士林名流的广泛交往，使他对王霸殊统、文质异尚有着敏锐的感觉判断。嘉道之际士林中"天下艰难，宜问天下之士"社会参与意识的风行，赋予他留心古今而好议论的书生意气。方读百家，好杂家言，于今、古文经无所尊、无所废的治学态度，为他提供出经入史、左右逢源的学术凭借。龚自珍散文的思想穿透力，来自清醒的现实感，而想象力来自把握与捕捉形象的学养与能力。

《明良论》四篇，是作者"讥切时政，诋排专制"的代表作品。《明良论》从社会最为敏感、最为关注的士大夫与朝廷的关系分析入手，揭示了两者之间四个方面的紧张。一是人主不以富贵养士，士求温饱与泰然无忧而不可得，无有忘其身家而与朝廷相与为谋者。二是人主遇大臣如遇犬马，不以礼劝节全耻。士不知有耻，为国之大耻。三是人主用人论资排辈，年老者尸位素餐，新进者无所作为，朝廷上下奄然而无生气。四是人主对百官行琐屑牵制之术，天下无巨细，一束之于不可破之例。作者笔下所描述的种种紧张，都能穷形极相，切中老大帝国政权运行中的时弊，非熟悉官场情况，深

<hr>

① 梁启超：《清代学术概论》，《饮冰室合集·三十四》，北京：中华书局1989年版，第54页。

刻观察、细心揣摩者所不能言。作者左縈右拂的剖析批判，无不以三代六经为准的，段玉裁评曰："四论皆古方也，而中今病，岂必别制一新方哉？毫矣，犹见此才而死，吾不恨矣。"[①]龚自珍此类政论文体，又善于把握与捕捉形象。《明良论》写士大夫为温饱而困，无所用心于君国时道："今上都通显之聚，未尝道政事谈文艺也；外吏之宴游，未尝各陈设施谈利弊也。其言曰：地之腴瘠如何？家具之厅不足如何？车马敝而责券至，朋然以为忧，居平以贫故，失卿大夫礼，甚者流为市井之行。崇文门以西，彰义门以东，一日不再食者甚众，安知其无一命再命之家也？"[②]作者选取最典型的细节，寥寥数笔，勾画出京师士大夫的心态与做派。又善设喻说理，如言官场规矩，呆板生硬，让人无所用其技之情形道："人有疥癣之疾，则终日仰搔之，其疮痏，则日夜抚摩之，犹惧未艾，手欲无动不可得；而乃卧之以独木，缚之以长绳，俾四肢不可屈伸，则虽甚痒且甚痛，而亦冥心息虑以置之耳。何也？无所措术故也。"[③]束缚手脚的官场，让有作为的人，日渐麻木不仁。形象、设喻等文学表现手法的运用，使以"讥切时政，诋排专制"为主题的政论杂文，更富有可读性与感染力。

　　龚自珍描摹衰世，预告危机之作，更是旁出机杼，意味深长。借助今文经学的"三世说"，龚自珍建立了自己对社会现实评价的逻辑起点。以"不欲明言，不忍卒言"的艺术方式，描摹清王朝盛衰转换的种种迹象，传达叶落知秋、最难将息的复杂心态，是龚自珍散文的又一艺术贡献。士人的遭际命运如何，是龚自珍评价盛衰之世的重要向标。其《乙丙之际箸议第

---

①　龚自珍：《明良论四》，《龚自珍全集》，王佩诤校，上海：上海古籍出版社1999年版，第36页。

②　龚自珍：《明良论一》，《龚自珍全集》，王佩诤校，上海：上海古籍出版社1999年版，第30页。

③　龚自珍：《明良论四》，《龚自珍全集》，王佩诤校，上海：上海古籍出版社1999年版，第34页。

二十五》云：“入其国，其士大夫多，则朝廷之文必备矣，其士大夫之家久，则朝廷之情必深矣。豪杰入山泽，责人主之文也，劳人怨士之顛頷，觖人主之情也。”① 我们可依靠这一向标，来解读恍惚迷离的《尊隐》。《尊隐》将一日分为蚤、午、昏三时，蚤、午时是宜君宜王的时节，昏时是吸引暮气，与梦为邻的时节。山中之傲民、悴民，在昏时来到京师，京师不能接纳，且裂而磔之，豪杰遂与京师形成对立对峙。作者以铺张之笔写京师与山中之民此消彼长之势道：

> 如此则京师如鼠壤；如鼠壤，则山中之民壁垒坚矣。京师之日苦短，山中之日长矣。风恶，水泉恶，尘霾恶，山中泊然而和，洌然而清矣。人攘臂失度，啾啾如蝇虻，则山中戒而相与修娴靡矣。朝士寡助失亲，则山中之民，一啸百吟，一呻百问疾矣。朝士僝焉偷息，简焉偷活，侧焉惶惶商去留，则山中之岁月定矣。多暴侯者，过山中者，生钟簴之思焉。童孙叫呼，过山中者，祝寿考之毋遽死矣。其祖宗曰：我无余荣焉，我以汝为殿矣。其山林之神曰：我无余怒焉，我以汝为殿矣。俄而寂然，灯烛无光，但闻鼾声，夜之漫漫，鶡旦不鸣，则山中之民，有大音声起，天地为之钟鼓，神人为之波涛矣。②

豪杰尽入山泽，非朝廷之幸事；京师与山中之民力量的此消彼长，正是一种衰世之象。龚自珍《壬癸之际胎观第六》云：“大忧不正言，大患不

① 龚自珍:《乙丙之际箸议第二十五》,《龚自珍全集》，王佩诤校，上海：上海古籍出版社 1999 年版，第 12 页。

② 龚自珍:《尊隐》,《龚自珍全集》，王佩诤校，上海：上海古籍出版社 1999 年版，第 87—88 页。

正言，大恨不正言。"① 不正言而托以廋词隐语，言尽而意象朦胧难辨，给人以充分的遐想空间。这也是作者晚年《己亥杂诗》中甚为得意，称"少年《尊隐》有高文"的原因所在。

龚自珍散文的魅力还来自"哀也过人，乐也过人""才也纵横，泪也纵横"的书生意气和自作主宰、特立独行的意志品质。龚自珍早年，曾以诗文各一卷投吴中尊宿王芑孙，王复信以为龚文有两不宜，一是文集名《伫泣亭文》，其名不祥；二是其文"上关朝廷，下及冠盖，口不择言，动与世忤"。② "口不择言，动与世忤"是一种书生意气。龚自珍《送夏进士序》为书生辨白道："天下事，舍书生无可属，真书生又寡。"③ 作者以为，是真书生则不必以喙自卫，回护其拙，使书生进退失据。"口不择言，动与世忤""哀也过人，乐也过人"的书生意气，何尝不是士人以尊心尊情为底蕴的结果？其《纵难送曹生》一文论孤独求道云："天下范金、抟埴、削楮、揉革、造木几，必有伍。至于士也，求三代之语言文章，而欲知其法，适野无党，入城无相，津无导，朝无诏。弗为之，其无督责也矣。为之，且左右顾视，踆踆而独往，其愀然悲也夫？其颓然退飞也夫？"④ 这种孤独求道的行为，是书生的执着，是豪杰的胆略，虽蒙暴诃讪笑，而无所退避。"侧身天地本孤绝，刬乃气悍心肝淳"⑤，龚自珍的哀乐与孤独是深重而悲凉的。其《送歙吴君序》叙写少年到中年的心路历程道：

① 龚自珍：《壬癸之际胎观第六》，《龚自珍全集》，王佩诤校，上海：上海古籍出版社 1999 年版，第 86 页。

② 王芑孙：《复龚璱人书》，《龚自珍研究资料集》，孙文光编，合肥：黄山书社 1984 年版，第 7 页。

③ 龚自珍：《送夏进士序》，《龚自珍全集》，王佩诤校，上海：上海古籍出版社 1999 年版，第 164 页。

④ 龚自珍：《纵难送曹生》，《龚自珍全集》，王佩诤校，上海：上海古籍出版社 1999 年版，第 172 页。

⑤ 龚自珍：《杂诗，壬午十月廿夜大风，不寐，起而书怀》，《龚自珍全集》，上海：上海古籍出版社 1999 年版，第 463 页。

十八九读古书，执笔道天下事。有执予裾而汛者曰：世固无人，慎勿为若言。则怒嗉之曰：否！奈何无人？入世五六年，窥当路议论颜色，车敝敝周乎国门。又有执予裾而汛者曰：世尚有人，安用若？则又怒嗉之曰：否？奈何有人？始之否也，不知其无也；继之否也，不知其有也。东西南北以为客，游海，继而心茫洋，目迷渐，乘孤舟洄乎大漩之中，飓浪讧作，魂魄皆涣散，怪鸟悲鸣，日暮冥冥，求所谓奇虬、巨鲸、大珠、空青卒无有。已矣！退而归于坯。心已定矣，睫已合矣，槁乎其如息，偠乎其不任重载。然而有叩吾门，贡吾以奇虬、巨鲸、大珠、空青之异者，疑十而信一。疑十而信一，则是志已忘也，志忘则欲其惊亦难。且劝复往，则必色色恐矣。①

由少年不知世固无人，到不知世上有人，是第一重悲凉；由心茫洋，目迷渐，有所期待到心定睫合，疑十信一，是第二重悲凉；执笔道天下事的少年，转瞬已到槁木死灰，志忘神怠的中年，让人感慨良多。文中最后宣称："倘见有少年孤舟独行者，邮以视予，予请复往。"这种孤独求道，百折不回的情怀，让作者的笔下始终保持着丰富敏感的触觉和坚韧不拔的意志力量。其《己亥六月重过扬州记》，则充满着天人合一的通透与空灵感。作者从澄汰其繁缛淫蒸中，感知到自然时序之初秋；从嘉庆故态、承平气象中，感知到老大帝国之初秋；从"虽澹定，是夕魂摇摇不能自持"中，感知到个体生命也进入"赋侧艳则老矣，甄综人物，蒐辑文献，仍以自任，固未老矣"的人生之初秋。作者在生命之秋仍壮心不已，"予之身世，虽乞籴，自

---

① 龚自珍：《送钦吴君序》，《龚自珍全集》，王佩诤校，上海：上海古籍出版社1999年版，第163页。

信不遽死，其尚犹丁初秋也欤"①？其在《病梅馆记》中又设想："安得使予多暇日，又多闲田，以广贮江宁、杭州、苏州之病梅，穷予生光荫以疗梅也哉？"②龚自珍散文作品中所表现出的哀乐过人、才泪纵横的书生意气，与自作主宰、特立独行的精神品格互为表里，具有吸引读者的特殊力量。

龚自珍散文中的书生意气，既代表着嘉道士人特有的意志品格和精神气象，又表现出独特的个性特征。"从来才大人，面目不专一"，龚自珍散文根据思想内容表达的需要，变换不同的表达方式，形成不同的表现风格，显示着作者驾驭文体与文字的能力。同是早年的议论文字，《乙丙书》《古史钩沉》等文援古刺今，辞文旨远，篇义混茫，隐晦曲折；而《明良论》四篇则思路缜密，文气清妥，论题明确，旨意显豁。至于《尊隐》《捕蜮第一》《捕熊罴鸱鸮豺狼第二》《捕狗蝇蚂蚁蚤蝇蚊虻第三》等寓言之作，则更能显现龚文俶诡连犿，旁涌泛出的特点。同是晚年的作品，《送钦差大臣侯官林公序》献三种决定义，三种旁义，三种答难义，一种归墟义，推心置腹，言真意切；而《己亥六月重过扬州记》《病梅馆记》，则左萦右拂，寄意深远。龚自珍的讥切时政之文，口不择言，而学术批评之文，同样锋芒毕露。其《识某大令集尾》以七重心之说，层层剥笋式地揭露阳湖文派领军人物恽敬谤儒谤佛，以文学家自遁，而优孟衣冠的虚伪，笔力千钧。龚自珍的文字，有时惜墨如金，冷峻得出奇。如《杭大宗逸事状》，写好友杭世骏因主张朝廷用人，泯满汉之分而得罪罢官，返乡后两次迎驾乾隆，两次受辱的过程：

乙酉年，纯皇帝南巡，大宗迎驾，召见，问汝何以活？对曰：
臣世骏开旧货摊。上曰：何为开旧货摊？对曰：买破铜烂铁，陈

---

① 龚自珍：《己亥六月重过扬州记》，《龚自珍全集》，王佩诤校，上海：上海古籍出版社 1999 年版，第 185 页。

② 龚自珍：《病梅馆记》，《龚自珍全集》，王佩诤校，上海：上海古籍出版社 1999 年版，第 186 页。

于地卖之。上大笑；手书买卖破铜烂铁六大字赐之。

　　癸巳岁，纯皇帝南巡，大宗迎驾。名上，上顾左右曰：杭世骏尚未死么？大宗返舍，是夕卒。①

　　文章用极简洁的文字，描述了"一人为刚，万夫为柔"的专制时代，一个秉笔直言书生的悲惨命运。冷峻的文字后面，是一种揭露和控诉。龚自珍的文字，有时又纵横捭阖，铺张得热烈。其《送徐铁孙序》描述诗之本原诗之境界道：

　　　　夫诗必有原焉，《易》《书》《诗》《春秋》之肃若沉若，周、秦间数子之缜若峥若，而莽荡，而嘈哤，若敛之惟恐其氐，挈之惟恐其隘，孕之惟恐其昌洋而敷腴，则辽之长白、兴安大岭也有然。审是，则诗人将毋拱垂手，肃拜植立，挢乎其不敢议，愿乎其不敢大言乎哉！於是乃放之乎三千年青史氏之言，放之乎于八儒、三墨、兵、刑、星气、五行，以及古人不欲明言，不忍卒言，而姑猖狂恢诡以言之之言，乃亦掀证之以并世见闻，当代故实，官牍地志，计簿客籍之言，合而以昌其诗，而诗之境乃极。则如岭之表，海之浒，磅礴浩汹，以受天下之瑰丽，而泄天下之拗怒也，亦有然。②

　　诗之原，广收而博取；诗之境，磅礴而浩汹。"受天下之瑰丽，而泄天下之拗怒"之诗，是作者理想中诗之极致。其洋洋洒洒、激情四溢的文字，

---

　　① 龚自珍：《杭大宗逸事状》，《龚自珍全集》，王佩诤校，上海：上海古籍出版社1999年版，第161页。
　　② 龚自珍：《送徐铁孙序》，《龚自珍全集》，王佩诤校，上海：上海古籍出版社1999年版，第165页。

显示着龚文豪放跌宕、奇古博丽的另一种风采。

三、亦狂亦侠亦温文

　　龚自珍生前曾三次自编诗集。第一次是道光三年（1823 年）32 岁时，共有诗四卷，但编而未刻，诗的细目与篇数不详。第二次是道光七年（1827 年），编录道光元年以来诗作成《破戒草》《破戒草之余》两集，共收诗 184 首。第三次是道光十八年（1838 年）47 岁时，把 1806 年到 1838 年的诗合编为二十七卷，篇数不详，也未刻印。上述诗作在龚自珍去世后，只有《破戒草》《破戒草之余》与 1839 年刊刻的《己亥杂诗》315 首完整流传下来，共有诗五百首。后经多方搜集整理，1959 年中华书局刊出王佩诤校《龚自珍全集》，共收诗 603 首，可分称之为编年诗与《己亥杂诗》。

　　龚自珍现存的编年诗主要的创作日期是 1819 年至 1827 年，1830 年之后的诗，大多是后人辑佚而成的吉光片羽，已难窥全豹。编年诗较为集中地记录与反映了诗人京师生活时期的情感世界和心路历程。1819 年，龚自珍第一次到京参加会试不中，从刘逢禄受《公羊春秋》。次年，捐职内阁中书，开始了在京城读书、写作、交友、仕宦的生活。编年诗的前三首诗分别为《吴山人文徵、沈书记锡东饯之虎丘》《题吴南芗东方三大图》《行路易》，三诗中的"我有箫心吹不得，落花风里别江南""周情与孔思，执笔思忡忡""三寸舌，一枝笔，万言书，万人敌"[①]的诗句，表露出初出茅庐诗人的人生憧憬与理想。"剑气箫心"所代表的情感方式，"周情孔思"所蕴含的人间关怀，"万言书，万人敌"所概括的人生理想，构成了龚自珍编年诗的思想情感原

---

　　① 　龚自珍：《吴山人文徵、沈书记锡东饯之虎丘》，《龚自珍全集》，王佩诤校，上海：上海古籍出版社 1999 年版，第 439—440 页。

点。"万言书，万人敌"是龚自珍编年诗的第一个思想情感的原点。上万言书而献治平策，为帝王师；学万人敌而运筹帷幄，决胜千里之外，这是每个书生都有的入世理想。龚自珍1819年所作的《杂诗，己卯自春徂夏，在京师作，得十有四首》[1]云：

> 少小无端爱令名，也无学术误苍生。白云一笑懒如此，忽遇天风吹便行。
>
> 荷叶黏天玉蛛桥，万重金碧影如潮。功成倘赐移家住，何必湖山理故箫。
>
> 东抹西涂迫半生，中年何故避声名？才流百辈无餐饭，忽动慈悲不与争。

在少年得志的诗人看来，天风、功成、声名，乃囊中探物、唾手可得之事。但随着科考不第，阅世日深，少年得志渐成为失意，书生意气也变为牢骚：

> 名场阅历蓊无涯，心史纵横自一家。秋气不惊堂内燕，夕阳还恋路旁鸦。东邻嫠老难为妾，古木根深不似花。何日冥鸿纵迹遂，美人经卷葬年华。[2]
>
> 秋心如海复如潮，但有秋魂不可招。漠漠郁金香在臂，亭亭古玉珮当腰。气寒西北何人剑，声满东南几处箫。斗大明星烂无

---

① 龚自珍：《杂诗，己卯自春徂夏，在京所作，得十有四首》，《龚自珍全集》，王佩诤校，上海：上海古籍出版社1999年版，第441页。

② 龚自珍：《逆旅题壁，次周伯恬原韵》，《龚自珍全集》，王佩诤校，上海：上海古籍出版社1999年版，第449—450页。

数，长天一月坠林梢。①

东华环顾愧群贤，悔著新书近十年。木有文章曾是病，虫多言语不能天。略耽掌故非匡济，敢侈心期在简编。守默守雌容努力，毋劳上相损宵眠。②

第一首诗《逆旅题壁，次周伯恬原韵》写在第二次会试失败后，自京师南返的途中。诗人由科考失利，而引发对死气沉沉、老气横秋社会的不满。秋气已至，堂燕不觉；夕阳西下，犹恋昏鸦。东邻美女，已经迟暮；古木根深，何处着花？有志向才华的人，只有纵迹四野，在美人经卷中消耗年华了。第二首诗《秋心三首》写在第五次会试失利，才华出众、学有所长的好友相继去世的1825年。秋气如海，秋魂难招。气寒西北，何人仗剑？声满东南，谁复听箫。星烂无数，月坠林梢。诗人既为"漠漠郁金香在臂"英年早逝的好友深感惋惜，也为"亭亭古玉珮当腰"怀才不遇的自己大鸣不平。第三诗《释言四首之一》写任内阁中书之职多年，当值东华门内，悔著新书，顺势应天。略耽掌故，无关匡济之计；以琐耗奇，不作传世侈想。从今往后，更当努力守默守雌，无损上相宵眠。全诗以讽刺的口吻，写出在官场所感受到的压抑。这种动辄得咎的处境，与诗人初入京师"忽遇天风吹便行"的想象，相距甚远。1838年，诗人沉浮宦海近二十年，此年有《退朝偶成》《乞籴保阳》两首诗，诗中有"屠龙吾老矣，羞把老蛟盦"③"苦不合时

① 龚自珍：《秋心三首》，《龚自珍全集》，王佩诤校，上海：上海古籍出版社1999年版，第479页。
② 龚自珍：《释言四首之一》，《龚自珍全集》，王佩诤校，上海：上海古籍出版社1999年版，第482页。
③ 龚自珍：《退朝偶成》，《龚自珍全集》，王佩诤校，上海：上海古籍出版社1999年版，第507页。

宜，身名坐枯槁"①的诗句，其屠龙誓蛟的雄心壮志，不复存在，而烈士暮年的穷愁之感，却时时袭心。

周情孔思是龚自珍编年诗第二个思想情感的原点。周情孔思的核心是儒学精神及其所陶冶的士大夫情操，它构成了龚诗书生意气和人间关怀的底色。读书与写作是龚自珍京师生活的主要内容。初到京师，诗人有"情多处处有悲欢，何必沧桑始浩叹？昨过城西晒书地，蠹鱼无数讯平安"②的感叹。其《城南席上谣》记述了京师文人席间流传的古文家、西北地理家、算学家、金石家、辑佚家、校勘家、说文家、动物学家、掌故家、公羊家等十客，自诩各家治学门径家法的歌谣。歌谣对拘于家法门径的专门之家略带嘲讽的口吻，显示嘉道之际的学界风尚。龚自珍编年诗中有不少追忆京师声气相求、励志互勉的书斋好友之诗。如《夏进士诗》以"策左五百事，赌史三千场"③，写青年学子间的读书竞赛《述怀呈姚侍讲》诗序记述在京与朋友相约读书情况时写道："每得一异书，互相借抄，无虚旬。"④《夜读番禺集，书其尾》中"奇士不可杀，杀之成天神。奇文不可读，读之伤天民"⑤的诗句，即是夜读清廷禁书屈大均集而留下的感慨。

"蚤年撄心疾，诗境无人知。幽想杂奇悟，灵香何郁伊。"⑥"百脏发酸泪，

---

① 龚自珍：《乞籴保阳》，《龚自珍全集》，王佩诤校，上海：上海古籍出版社 1999 年版，第 506 页。

② 龚自珍：《杂诗，己卯自春徂夏，在京师作，得十有四首》，《龚自珍全集》，王佩诤校，上海：上海古籍出版社 1999 年版，第 441 页。

③ 龚自珍：《夏进士诗》，《龚自珍全集》，王佩诤校，上海：上海古籍出版社 1999 年版，第 474 页。

④ 龚自珍：《述怀呈姚侍讲》，《龚自珍全集》，王佩诤校，上海：上海古籍出版社 1999 年版，第 489 页。

⑤ 龚自珍：《夜读番禺集，书其尾》，《龚自珍全集》，王佩诤校，上海：上海古籍出版社 1999 年版，第 455 页。

⑥ 龚自珍：《戒诗五章》，《龚自珍全集》，上海：上海古籍出版社 1999 年版，第 451 页。

夜涌如原泉。此泪何所从？万一诗崇焉。"① 自称有"心疾""诗崇"的诗人，处在个人穷达进退选择的无奈，秋气秋声汹汹逼来的夹击之中，心事浩茫，忧愤深广。其《寥落》诗云："寥落吾徒可奈何！青山青史两蹉跎。乾隆朝士不相识，无故飞扬入梦多。"② 《赋忧患》诗云："故物人寰少，犹蒙忧患俱。春深恒作伴，宵梦亦先驱。不逐年华改，难同逝水徂。多情谁似汝？未忍托襄巫。"③ 读书之我辈，蹉跎于隐逸与入世两端，让人难以左右；如磐之忧患，纠结在春深与宵梦之间，让人无可摆脱。扪心自问忧思多愤与生存艰难的原因，其《十月廿夜大风，不寐，起而书怀》一诗写道："贵人一夕下飞语，绝似风伯骄无垠。平生进退两颠簸，诘屈内讼知缘因。侧身天地本孤绝，矧乃气悍心肝淳！敧斜谑浪震四坐，即此难免群公瞋。"④ 人生在世，本来就充满孤独忧患，何况自己进退两颠簸，气悍心肝淳！诗人向往"布衣结客妄自尊"⑤ 的康乾盛世，向往"诗成侍史佐评论"⑥ 的汉代政治，向往《能令公少年行》所描述的"十年不见王与公，亦不见九州名流一刺通。其南邻北舍，谁与相过从？伛偻丈人石户农，嵚崎楚客，窈窕吴侬，敲门借书者钓翁，探碑学拓者溪童"⑦ 一类可以"怡魂而泽颜"的世外桃源。龚自珍"幽

① 龚自珍：《戒诗五章》，《龚自珍全集》，上海：上海古籍出版社 1999 年版，第451 页。
② 龚自珍：《寥落》，《龚自珍全集》，王佩诤校，上海：上海古籍出版社 1999 年版，第 543 页。
③ 龚自珍：《赋忧患》，《龚自珍全集》，王佩诤校，上海：上海古籍出版社 1999 年版，第 478 页。
④ 龚自珍：《杂诗，壬午十月廿夜大风，不寐，起而书怀》，《龚自珍全集》，王佩诤校，上海：上海古籍出版社 1999 年版，第 463 页。
⑤ 龚自珍：《同年生徐编修宝善斋中夜集》，《龚自珍全集》，上海：上海古籍出版社 1999 年版，第 480 页。
⑥ 龚自珍：《夜直》，《龚自珍全集》，上海：上海古籍出版社 1999 年版，第455 页。
⑦ 龚自珍：《能令公少年行》，《龚自珍全集》，王佩诤校，上海：上海古籍出版社 1999 年版，第 453 页。

想杂奇悟"的诗，曲折细致地表现出嘉道之际一个久困冷署、敏感多思书生内心的矛盾和痛苦。身处封建末世，敏感多思书生的忧患，还来自正在酝酿生成的风云之气："楼阁参差未上灯，菰芦深处有人行。凭君且莫登高望，忽忽中原暮霭生。"[1]暮霭已生，危机四伏，而身居要职的士大夫阶层却依旧浑浑噩噩，蝇营狗苟。其《咏史》诗云："金粉东南十五州，万重恩怨属名流。牢盆狎客操全算，团扇才人踞上游。避席畏闻文字狱，著书都为稻粱谋。田横五百人安在，难道归来尽列侯？"[2]暮霭生处更待风雷之声，江河日下还看砥柱中流。诗人期待士风吏风顿焕精彩，"委蛇貌托养元气，所惜内少肝与肠"者渐少，而"阅世虽深有血性，不使人世一物磨锋芒"者渐多，养成"国有正士士有舌"[3]的士林气象。

龚自珍写于 1827 年的《自春徂秋，偶有所触，拉杂书之，漫不诠次，得十五首》[4]是一组幽想奇悟共有，忧思多愤杂陈的古体诗：

道力战万籁，微芒课其功。不能胜寸心，安能胜苍穹？相彼鸾与凤，不栖枯枝松。天神倘下来，清明可与通。返听如有声，消息鞭愈聋。死我信道笃，生我行神空。障海使西流，挥日还于东。

黔首本骨肉，天地本比邻。一发不可牵，牵之动全身。圣者胞与言，夫岂夸大陈？四海变秋气，一室难为春。宗周若蠢蠢，

---

① 龚自珍：《杂诗，己卯自春徂夏，在京师作，得十有四首·其十二》，《龚自珍全集》，王佩诤校，上海：上海古籍出版社 1999 年版，第 442 页。

② 龚自珍：《咏史》，《龚自珍全集》，王佩诤校，上海：上海古籍出版社 1999 年版，第 471 页。

③ 龚自珍：《饮少宰王定九丈鼎宅，少宰命赋诗》，《龚自珍全集》，王佩诤校，上海：上海古籍出版社 1999 年版，第 499 页。

④ 龚自珍：《杂诗，丁亥自春徂秋，偶有所触，拉杂书之，漫不诠次，得十五首》，《龚自珍全集》，王佩诤校，上海：上海古籍出版社 1999 年版，第 485 页。

嫠纬烧为尘。所以慷慨士，不得不悲辛。看花忆黄河，对月思西秦。贵官勿三思，以我为杞人。

弱龄美高隐，端居媚幽独。晨诵白驹诗，相思在空谷。稍长诵楚些，招魂招且读。陈为乐之方，亚阳语何缛？嘉遁苦太清。行乐苦太浊。愿言移歌钟，来就伊人躅。天涯当兰蕙，吾心当丘壑。蹉跎复蹉跎，芳流两寂寞。忽忽生遐心，终朝阅金玉。

兰台序九流。儒家但居一。诸师自有真，未肯附儒术。后代儒益尊，儒者颜益厚。洋洋朝野间，流亦不止九。不知古九流，存亡今孰多？或言儒先亡，此语又如何。

危哉昔几败，万仞堕无垠。不知有忧患，文字樊其身。岂但恋文字，嗜好杂甘辛。出入仙侠间，奇悍无等伦。渐渐疑百家，中无要道津。纵使精气留，碌碌为星辰。闻道幸不迟，多难乃缘因。空王开觉路，网尽伤心民。

第一首诗言尊重心力。没有心力，人无法面对万籁苍穹的外部世界。心力强健的人，死而信道更笃，生而天马行空。心力可以给人以海水倒流、落日还东的力量。第二首诗言民胞物与。民胞物与是士大夫精神的要谛，也是儒学精神的要谛。儒者仁心广大，视百姓如骨肉，天地本比邻。四海秋气萧瑟，一室难驻春色。嫠妇匹夫，尚知国家社稷为重；慷慨之士，自当常怀杞人之忧。第三首诗言进退蹉跎。高隐之行，屈骚之韵，让人神往。山林清苦，人世混浊，去留蹉跎；天涯芳草，丘壑吾心，两相寂寞。第四首言儒学堪忧。儒学在汉代为九种学派之一，后代益受尊崇。学术的生命力在不断地创新，汉之九种学派，今存有几？有人说儒学先亡，或未可知！第五首言逃禅学佛。恋文字而始有忧患，慕仙侠而气悍谵浪；入世深而渐疑百家，忧患久而逃禅学佛。佛为万法之王，是伤心之民的精神家园。上述五首诗，以其积极进取的心态面对万籁苍穹，讲求民胞物与，视百姓如骨肉，天地本比邻，徘徊于青山与青史之间的价值理念和行为选择，主要来自儒家，带有较为浓厚的周情孔思的思想色彩。诗人对"或言儒先亡"的担心来自清代儒学舍本逐末的治学路径。解经注经，如果"既失精微""又随时抑扬"，班固当年所说的"五经乖析，儒学寝衰"的局面就有可能出现。龚自珍于佛学，经历了"盖三累三折之势，知有佛矣"的曲折过程。随着"万言书""万人敌"志向的无从实现，诗人也越来越多地从佛学中寻求精神慰藉，佛学对龚自珍晚年的思想行为和诗文创作影响很大。其1838年所写的《题梵册》有"儒但九流一，魁儒安足为？西方大圣书，亦扫亦包之"①的诗句，甚至把佛典看作可以包涵儒学精义的圣书。

剑气箫心是龚自珍编年诗的第三个思想情感的原点。"之美一人，乐亦过人，哀亦过人。"②"我生受之天，哀乐恒过人。"③诗人之哀乐来自对春花秋月的感伤，来自对童心母爱的眷恋，也来自"以良史忧天下"所带来的忧患与沧桑之感。"剑"与"箫"，"风雷"与"落花"，"童心"与"母爱"，是龚诗中经常对举的词语。诗人超越常人的哀乐情感，在诗词中物化为"剑气箫心""风雷落花""童心母爱"的意象。众多对举的词语中，与"风雷"有关的意蕴，大致可归并在"剑气"之内，而"落花""童心母爱"的意蕴，又大致可归并在"箫心"之中。龚诗中的剑气箫心意象，是一种人格期待，一种行为选择，又是一种诗美追求。"经济文章磨白昼，幽光狂慧复中宵。来何汹涌须挥剑，去尚缠绵可付箫。"④诗人胸臆中，来何汹涌的是揽辔澄清的

---

① 龚自珍：《题梵册》，《龚自珍全集》，王佩诤校，上海：上海古籍出版社1999年版，第506页。

② 龚自珍：《琴歌》，《龚自珍全集》，王佩诤校，上海：上海古籍出版社1999年版，第446页。

③ 龚自珍：《寒月吟·有序》，《龚自珍全集》，王佩诤校，上海：上海古籍出版社1999年版，第481页。

④ 龚自珍：《又忏心一首》，《龚自珍全集》，王佩诤校，上海：上海古籍出版社1999年版，第445页。

磊落不平之气，去尚缠绵的是幽情孤愤的缥缈神游之思。"三寸舌，一枝笔，万言书，万人敌"①"新知触眼春云过，老辈填胸夜雨沦。天问有灵难置对，阴符无效勿虚陈。"②"布衣结客妄自尊，流连卿等多酒痕。十载狂名扫除毕，一丘倘遂行闭门。"③"名高谤作勿自例，愿以自讼上慰平生亲。纵有噫气自填咽，敢学大块舒轮囷。"④此为剑气之抒写；"不似怀人不似禅，梦回清泪一潸然。瓶花帖妥炉香定，觅我童心廿六年。"⑤"晓枕心气清，奇泪忽盈把。少年爱侧恻，芳意嫿幽雅。黄尘溳洞中，古抱不可写。万言摧烧之，奇气又瘖哑。"⑥"狂胪文献耗中年，亦是今生后起缘。猛忆儿时心力异，一灯红接混茫前。"⑦"妙心苦难住，住即与之期。文字都无著，长空有所思。茶香砭骨后，花影上身时。终古天西月，亭亭怅望谁？"⑧此为箫心之流露。剑气如虹，表现了诗人弘毅自信、狂放任侠的一面；箫心低回，表现了诗人悱恻缠绵、幽想奇悟的一面。以剑气托扬心志，触之峥嵘；以箫心抒写幽想，忆之缠绵。"长铗怨，破箫词，两般合就鬓边丝。"⑨"怨去吹箫，狂来说剑，两

---

① 龚自珍：《行路易》，《龚自珍全集》，王佩诤校，上海：上海古籍出版社 1999 年版，第 440 页。

② 龚自珍：《秋心三首》，《龚自珍全集》，王佩诤校，上海：上海古籍出版社 1999 年版，第 479 页。

③ 龚自珍：《同年版生徐编修宝善斋中夜集》，《龚自珍全集》，王佩诤校，上海：上海古籍出版社 1999 年版，第 480 页。

④ 龚自珍：《杂诗，壬午十月廿夜大风，不寐，起而书怀》，《龚自珍全集》，王佩诤校，上海：上海古籍出版社 1999 年版，第 463 页。

⑤ 龚自珍：《杂诗，壬午午梦初觉，怅然诗成》，《龚自珍全集》，王佩诤校，上海：上海古籍出版社 1999 年版，第 466 页。

⑥ 龚自珍：《杂诗，丁亥自春徂秋，偶有所触，拉杂书之，漫不诠次，得十五首·其一十三》，《龚自珍全集》，王佩诤校，上海：上海古籍出版社 1999 年版，第 487 页。

⑦ 龚自珍：《猛忆》，《龚自珍全集》，王佩诤校，上海：上海古籍出版社 1999 年版，第 495 页。

⑧ 龚自珍：《有所思》，《龚自珍全集》，王佩诤校，上海：上海古籍出版社 1999 年版，第 475 页。

⑨ 龚自珍：《鹧鸪天题于湘山旧雨轩图》，《龚自珍全集》，王佩诤校，上海：上海古籍出版社 1999 年版，第 569 页。

样消魂味。"① "剑气"与"箫心"成为诗人思想情感飞扬的两翼。龚诗中剑气箫心的意象，也从一个侧面显示出嘉道士人自作主宰、担荷天下风气的形成。

龚自珍的诗作除编年诗外，还有《己亥杂诗》。《己亥杂诗》共 315 首，诗体形式均为七绝，因全部写作于 1839 年诗人辞官返家的路上，此年为农历己亥之年，故称之为《己亥杂诗》。龚自珍 1840 年春给好友吴虹生的信中叙述《己亥杂诗》的写作过程时写道：

> 弟去年出都日，忽破诗戒，每作诗一首，以逆旅鸡毛笔书于账簿纸，投一破簏中。往返九千里，至腊月二十六日抵海西别墅，发簏数之，得纸团三百十五枚，盖作诗三百十五首也。②

往返九千里是指诗人农历四月二十三日出北京，七月初九到达杭州，九月十五日再从昆山出发，北上迎接妻儿，十二月二十六日抵昆山别墅。《己亥杂诗》即写作于大半年的往返途中。

《己亥杂诗》所表现的情感是复杂而多层面的。诗人有意在告老还乡这一人生的转折处，用组诗的形式，对自己前半生读书、著述、交游、家世、情感做一整理回顾，留此存照，为前半生谢幕，为后半生揭幕。《己亥杂诗》的第一首诗写道："著书何似观心贤，不奈尼言夜涌泉。百卷书成南渡岁，先生续集再编年。"③南渡在诗人看来，不过是新的著述生活的开始《己亥杂诗》的前十几首诗，描述了诗人辞官返乡的复杂情感：

---

① 龚自珍：《湘月》，《龚自珍全集》，上海：上海古籍出版社 1999 年版，第 565 页。
② 龚自珍：《与吴虹生书·其十二》，《龚自珍全集》，王佩诤校，上海：上海古籍出版社 1999 年版，第 353 页。
③ 龚自珍：《己亥杂诗》，《龚自珍全集》，上海：上海古籍出版社 1999 年版，第 509 页。

我马玄黄盼日曛，关河不窘故将军。百年心事归平淡，删尽
蛾眉惜誓文。

　　罡风力大簌春魂，虎豹沉沉卧九阍。终是落花心绪好，平生
默感玉皇恩。

　　此去东山又北山，镜中强半尚红颜。白云出处从无例，独往
人间竟独还。

　　浩荡离愁白日斜，吟鞭东指即天涯。落红不是无情物，化作
春泥更护花。

　　廉锷非关上帝才，百年淬厉电光开。先生宦后雄谈减，悄向
龙泉祝一回。

　　进退雍容史上难，忽收古泪出长安，百年蓁辙低徊遍，忍作
空桑三宿看？

　　诗人三代京师为宦，可谓"百年蓁辙"，百年心事。从容进退，并非易
事。先生不老，红颜尚在，无奈已成"宦后""故将军"，因而难免落花心绪，
浩荡离愁。我马玄黄，我心踯躅。吟鞭东指，落红有情护花；白云无根，人
间独往独来。诗人不携眷属，雇两车，以一车自载，一车载文集百卷的离京
方式，及十一月不进京亲迎，而在河北固安等待妻儿出都的行为，曾引发研
究者的诸多猜疑，其中何尝没有不愿搅动更多离愁别绪的用意呢？《己亥
杂诗》中的不少诗是写师长朋友的交往与友情的。这些交往和友情过去是
诗人京城仕宦生活的重要内容，今后也将成为诗人心底最温暖的记忆。龚自
珍1829年中进士时，同年中有五十一人留在京城。同年送别，诗人有"五
十一人皆我好"之语，"他年卧听除书罢，冉冉修名独怆神"。乡归后只盼望
同年升迁的好消息了，念此仍不免怅然若失。龚自珍以"秀出天南笔一枝，
为官风骨称其诗"的诗句与同年朱腾告别，感谢其引见入都，帮助治装的友
情。又以"北方学者君第一"的诗句称誉许瀚，并有"烦君他日定吾文"之

托。诗人与好友吴虹生相约，"自今两戒河山外，各逮而孙盟不寒"。希望子孙后代永远是好友。其别黄玉阶、汤鹏的诗分别为："不是逢人苦誉君，亦狂亦侠亦温文。照人胆似秦时月，送我情如岭上云。""觥觥益阳风骨奇，壮年自定千首诗。勇于自信故英绝，胜彼优孟俯仰为。""亦狂亦侠"句，"勇于自信"句，既是对友人的称誉，又是一种自勉，嘉道士人以生气相求，以自信、有所作为相瞩望的风气由此可见。

龚自珍的自信更多地体现在《己亥杂诗》对自己读书、治学、仕宦生涯可圈可点事情的回忆中：

> 霜毫掷罢倚天寒，任作淋漓淡墨看。何敢自矜医国手，药方只贩古时丹。
>
> 眼前二万里风雷，飞出胸中不费才。枉破期门伙飞胆，至今骇道遇仙回。
>
> 齿如编贝汉东方，不学呫嗫况对扬。屋瓦自惊天自笑，丹毫圆折露华瀼。
>
> 张杜西京说外家，斯文吾述段金沙。导河积石归东海，一字源流奠万哗。
>
> 河汾房杜有人疑，名位千秋处士卑。一事平生无齮龁，但开风气不为师。
>
> 文章合有老波澜，莫作鄱阳夹漈看。五十年中言定验，苍茫六合此微官。

前两首言1829年殿试与朝考两次考试异常顺利，遂使功成名就。殿试作对策，大旨本王安石《上仁宗皇帝书》，故有"药方只贩古时丹"之语。而朝考作《御试安边绥远书》，言边疆事洋洋洒洒，因此是"飞出胸中不费才"。第三首诗言自己口齿清晰，声音洪亮，被引见向皇帝报告履历时，声震屋瓦，天子并不责怪。第四首诗"字源一流奠万哗"说明了外公段玉裁之学的地位。第五首诗言自己但开风气，不蓄弟子。第六首诗言《西域置行省议》《东南罢番舶议》两文所议之事，五十年中，定会实现。历史的事实是：西域 1883 年设立行省，而东南番舶却未能得禁。

《己亥杂诗》对路途中所见所闻的记述，多与民情民瘼和风云之气有关。路经市肆，所见升斗尺秤，无人校正。而冀州境内，本应是新桑遍地的季节，但现在很难看到桑树。新种的蒲与柳，三年便砍下给儿孙作屋梁了。民生的凋零可想而知。北方民生凋零，南方也不景气。诗人途经运河，见纤夫十余人拉粮船过闸，号子声起，细算每天上千只船从这里运粮至京，为自己曾挥霍过太仓之粟感到不安。漕政艰难，盐政、河政、禁烟之政同样艰难。"不论盐铁不筹河，独倚东南涕泪多。国赋三升民一斗，屠牛那不胜栽禾？""津梁条约遍南东，谁遣藏春深坞逢？不枉人呼莲幕客，碧纱橱护阿芙蓉。"遥想独撑南天，禁烟大业未成的故友林则徐，诗人顿生"我有阴符三百字，蜡丸难寄惜雄文"的遗憾。天下艰难，艰难在缺少人才。龚自珍对社会评价的逻辑起点，是以人才为坐标的。过镇江时，道士乞撰青词，诗人便有了"九州生气恃风雷，万马齐喑究可哀。我劝天公重抖擞，不拘一格降人才"这样脍炙人口的诗句。

《己亥杂诗》中对个人的命运遭际，也多有慷慨牢骚之语。"少年揽辔澄清意，倦矣应怜缩手时。今日不挥闲涕泪，渡江只怨别蛾眉。""促柱危弦太觉孤，琴边倦眼眄平芜。香兰自判前因误，生不当门也被锄。"两诗中的"倦"字，写出了离京后的孤独与无奈。人生的高扬与繁华已去，让人神往的只有秉烛读书和享受亲情的生活了，"九流触手绪纵横，极动当筵秉烛情。若使鲁戈真在手，斜阳只乞照书城"。诗人过孔府，有"从此不挥闲翰墨，男儿当注壁中书"的感慨，答儿子书，又有"五经烂熟家常饭，莫似而翁啜九流"的叮咛。

《己亥杂诗》还有龚自珍自称为"瘛词"的诗，是诗人因在清江蒲重逢妓女灵箫而写的，共 27 首，约占《己亥杂诗》总数量的十分之一。诗人自注："留蒲十日，大抵醉梦时多，醒时少也，统名之曰瘿词。"龚自珍《己亥杂诗》中有"网罗文献吾倦矣，选色谈空结习存"的诗句，这是对江淮某生书信中有关龚氏出行，"不为花月冶游，即访僧耳"说法的正面回答。诗人并不避讳对选色谈空行为的热衷，且高调处理灵箫传闻："青史他年烦点染，定公四纪遇灵箫。"诗人甚至把选色谈空看作英雄垂暮的无奈与逃遁："偶赋凌云偶倦飞，偶然闲慕遂初衣。偶逢锦瑟佳人问，便说寻春为汝归。""少年虽亦薄汤武，不薄秦皇与武皇。设想英雄垂暮日，温柔不住住何乡？"前诗王国维在《人间词话》中讥为"傁薄"，而诗中以四个"偶"字，写出了人生命运的无常及进退荣辱的百般滋味，也应是神来之笔。《己亥杂诗》组诗的最后一首与谈空有关："吟罢江山气不灵，万千种话一灯青。忽然搁笔无言说，重礼天台七卷经。"万千种话，归于沉寂，且听佛说。

《己亥杂诗》有"诗谶吾生信有之"的诗句，是言出都时有"空山夜雨"的诗句，而当年秋天淮南苦雨。诗人立意为自己前半生总结的《己亥杂诗》也不幸成为诗谶。1840 年春，诗人将《己亥杂诗》写竟，同时欲写全集清本数十份，分贮友朋家。惜宏愿未成，而于次年暴卒于丹阳书院，其诗文因此未能完璧于世，给世人留下无尽的遗憾。

龚自珍的诗具有奇谲瑰丽、风发云逝的气象。就创作精神而言，龚氏崇尚《庄》《骚》，其《自春徂秋，偶有所触，拉杂书之，漫不诠次，得十五首》其三云："名理孕异梦，秀句镂春心。庄骚两灵鬼，盘踞肝肠深。古来不可兼，方寸我何任？所以志为道，淡宕生微吟。一箫与一笛，化作太古琴。"[①]《庄子》的名理异梦，《离骚》的秀句春心，像精灵盘踞肝肠之中。兼取《庄子》的迷离惝恍、《离骚》的芳香恻悱，游刃于方寸之间，发而为高

---

① 龚自珍：《杂诗，丁亥自春徂秋，偶有所触，拉杂书之，漫不诠次，得十五首·其三》，《龚自珍全集》，王佩诤校，上海：上海古籍出版社 1999 年版，第 485 页。

古之音，此正是诗人孜孜以求的诗境。熔《庄》《骚》传统为一炉的可资取范者是李白。其《最录李白集》云："庄、屈实二，不可以并，并之以为心，自白始。儒、仙、侠实三，不可以合，合之以为气，又自白始也。"① 并庄、屈之心，合儒、仙、侠之气，成就了李白想落天外、傲岸脱俗的诗风。学李白者，不可不知"并"与"合"的奥妙与境界。可与李白相提并论的还有陶渊明。龚自珍从陶渊明"悠然见南山"的闲适中体会到了心事与不平。其《己亥杂诗》中论陶诗道："陶潜诗喜说荆轲，想见停云发浩歌。吟到恩仇心事涌，江湖侠骨恐无多。""陶潜酷似卧龙豪，万古浔阳松菊高。莫信诗人竟平淡，二分梁甫一分骚。"在龚自珍看来，陶诗蕴含着与诸葛亮《梁甫吟》、屈原《离骚》一脉相承的磊落不平之气。

　　龚自珍并庄、屈以为心，合儒、仙、侠以为气的诗学理想，在其诗词作品中，是通过剑气箫心、风雷落花、童心母爱等特有的意象得以实现的。龚诗中丰富的想象，东云露一鳞，西云露一爪的表现方法，汪洋奇诡的浪漫风格，近庄而仙、侠；而其感时伤世，悲天悯人，以香草美人，体物写志的表现方法，深婉幽独的自我拷问，近屈而儒家。龚氏 1823 年所作的《三别好诗》，赞美"自髫年好之，至于冠益好之"的清代三位作家，诗人对吴梅村儿女诗中的缠绵情怀，方百川集中的风雷之声，宋大樽《学古集》中的泠然清气推崇备至。诗序以为"自揆造述，绝不出三君""吾知异日空山，有过吾门而闻且高歌，且悲啼，杂然交作，如高宫大角之声者，必是三物也"。② 龚氏翘首以待的"高歌""悲啼""杂然交作"的诗境，不正是"剑气箫心"之谓吗？龚自珍《冬日小病寄家书作》一诗的后记中记述："予每闻

　　① 龚自珍：《最录李白集》，《龚自珍全集》，王佩诤校，上海：上海古籍出版社 1999年版，第 255 页。

　　② 龚自珍：《三别好诗》，《龚自珍全集》，王佩诤校，上海：上海古籍出版社 1999 年版，第 466 页。

斜日中箫声则病，莫喻其故。"[1] 斜阳箫声与幽思愁绪，清澄童心与无边母爱因此而缠绵纠结。张祖廉《定庵先生年谱外纪》记述："先生广额巉颐，戟髯炬目，兴酣，喜自击其腕。善高吟，渊渊若出金石。京师史氏以孟秋祀孔子于浙绍乡祀，其祭文必属先生读之。与同志纵谈天下事，风发泉涌，有不可一世之意。"[2] 龚自珍在日常行为中，即以敏感多情和慷慨激昂为士林所熟知，其性格特征在诗词作品中，则物化为阳刚与阴柔之美的两种极致。以剑气寄托侠骨心志，其势如长风出谷，表现了诗人对担荷天下，通古今、决然否的士林精神和"大言不畏，细言不畏，浮言不畏，挟言不畏"狂狷做派的刻意追求；以箫心抒写幽思奇情，其状如林泉呜咽，表现了诗人对春花秋月、童心母爱的感伤眷依及选色谈空所闪现的幽光狂慧的别样放纵。诗人少年时，充满着"怨去吹箫，狂来说剑，两样消魂味""来何汹涌须挥剑，去尚缠绵可付箫"的激情渴望，而人到中年，又有着"沉思十五年中事，才也纵横，泪也纵横，双负箫心与剑名"[3]"少年击剑更吹箫，剑气箫心一例消。谁分苍凉归棹后，万千哀乐集今朝"[4] 的失落惆怅。剑气与箫心，记录着诗人丰富的思想与情感历程。龚自珍《写神思铭》云："鄙人禀赋实冲，孕愁无竭，投闲箧乏，沉沉不乐。抽毫而吟，莫宣其绪；欹枕内听，莫讼其情。谓怀古也，曾不朕乎诗书；谓感物也，岂能役乎謦欬。将谓乐也，胡迄至而不和；将谓哀也，抑屡袭而无疢。"[5] 禀性多愁寡欢，文情诗思无尽。在怀古

① 龚自珍：《冬日小病寄家书作·后记》，《龚自珍全集》，王佩诤校，上海：上海古籍出版社 1999 年版，第 455 页。

② 龚自珍：《定庵先生年谱外纪》，《龚自珍全集》，王佩诤校，上海：上海古籍出版社 1999 年版，第 632 页。

③ 龚自珍：《丑奴儿令》，《龚自珍全集》，王佩诤校，上海：上海古籍出版社 1999 年版，第 577 页。

④ 龚自珍：《己亥杂诗·其九十六》，《龚自珍全集》，王佩诤校，上海：上海古籍出版社 1999 年版，第 518 页。

⑤ 龚自珍：《写神思铭》，《龚自珍全集》，王佩诤校，上海：上海古籍出版社 1999 年版，第 414 页。

抑或感物中，宣泄哀乐过人的情感，这是一种诗人的精神生活方式。"剑气箫心"作为一种诗风和诗美追求，其又与龚自珍《送徐铁孙序》中所说的"受天下瑰丽，泄天下之拗怒"和率性任情、心作主宰的诗学主张枹鼓相应。

嘉道之际盛衰转换的时代，造就了"伤时之语，骂坐之言，涉目皆是""上关朝廷，下及冠盖，口不择言，动与世忤"[1]的名士，也造就了对社会现实观察敏锐，对人生忧患孤独体会深切的诗人。龚诗中悲天悯人、感士不遇、愤世嫉俗、独清独醒的情感，唤醒我们对古典诗歌长河中高士形象的记忆。而龚诗中惊于秋声、戚于飘摇的末代感伤，对童心母爱的深长眷依，"亦狂亦侠亦温文"[2]的人生意趣，则是活生生的"这一个"，闪烁着个性解放的光彩。龚自珍是站在历史转折关头的诗人，其"善哀善怒""哀以沉造怒则飞"[3]的人生态度，给近代志士仁人留下了灵犀一线。

四、但开风气不为师

龚自珍生前与魏源齐名，世人并称龚、魏。龚、魏同以刘逢禄为师，借助今文经学"三世说""微言大义"等学术思想和方法，在盛衰转换、山雨欲来的嘉道之际，倡导有切于国计民生、伦常日用的学术精神和问学议政、联络声气的士林风尚，是一对志同道合的朋友。十九世纪二三十年代，龚自珍在京师事"天地东西南北"之学时，魏源在协助两江总督整顿盐、河

---

[1] 王芑孙：《复龚璱人书》，孙文光编《龚自珍研究资料集》，合肥：黄山书社 1984 年版，第 7 页。

[2] 龚自珍：《己亥杂诗·其二十八》，《龚自珍全集》，王佩诤校，上海：上海古籍出版社 1999 年版，第 511 页。

[3] 龚自珍：《杂诗，壬午李复轩秀才学璜惠序吾文，郁郁千余言，诗以报之》，《龚自珍全集》，上海：上海古籍出版社 1999 年版，第 464 页。

之政。鸦片战争前夕，魏源动手写作总结有清以来重大军事行动经验的《圣武记》时，龚自珍以"读万卷书，行万里路；总一代典，成一家言"的楹联相赠，寄予厚望。龚自珍离京返乡的途中，有"何敢自矜医国手，药方只贩古时丹"①的诗句自励；魏源《昆山别龚定庵自珍》用"半生湖海气，百年漂泊旅。誓回屠龙技，甘作亡羊补"②的诗句共勉。以"医国手""亡羊补"为共同志向的龚、魏，成为嘉道之际士林中的双子星座。自珍卒后，其子龚橙请魏源编定《定庵文录》，魏源作《定庵文录序》，在概括评论定庵之思想特点、学术选择与文学精神时说道：

> 昔越女之论剑，曰：臣非有所受于人也，而忽然得之。夫忽然得之者，地不能囿，天不能嬗，父兄师友不能佑，其道常主于逆，小者逆谣俗、逆风土，大者逆运会，所逆愈甚，则所复愈大，大则复于古，古则复于本。若君之学，谓能复于本乎，所不敢知，要其复于古也决矣。

> 阴阳之道，偏胜者强，自孔门七十子之徒，德行、言语、政事、文学，已不能兼谊。

> 君愤于外事，而文字突奥洞辟，自成宇宙，其金水内景者欤？虽锢之深渊，缄以铁石，土花绣蚀，千百年后，发硐出之，相对犹如坐三代上。

> 君名自珍，更名巩祚，字璱人，浙之仁和人。于经通《公羊春秋》，于史长西北舆地。其文以六书小学为入门，以周秦诸子、吉金乐石为崖郭，以朝章国故、世情民隐为质干。晚尤好西方之

---

① 龚自珍：《己亥杂诗·其四十四》，《龚自珍全集》，上海：上海古籍出版社 1999 年版，第 513 页。

② 魏源：《昆山别龚定庵自珍》，《魏源集》（下），北京：中华书局 2018 年版，第 604—605 页。

书，自谓造深微云。①

就思想性格特点而言，魏源对龚自珍的概括突出一个"逆"字。"逆"所代表的思想品格，是以"为天地立心"作为使命的士人阶层所应具有的怀疑、批判、否定、选择的判断力、思想力。这种判断力、思想力贯穿于修、齐、治、平的各个环节，大到思想信仰，时势命运的把握，小到性情性格、行为方式的养成。清代是君主高度专制的时代，音训、考证、辨伪、辑佚、校勘之学的盛行，使得传统经典诠释体系逐渐变得破绽百出，士林中"博学于文"之矢，越来越远离"行己有耻"之的，指导帝国各种生活的理论基础，随之也不可避免地走向分崩离析。嘉道之际处在鸦片战争前夜，国内外矛盾交织生成，天朝盛国釉彩日渐剥落。留心古今而好议论的龚自珍，惊于秋声，识在机先，以敏感睿智的笔触，批判专制，揭发伏藏，作盛世之危言，预告曾以文治武功夸耀天下的清王朝，已进入"吸引暮气，与梦为邻"，不再宜君宜王的"昏时"。在盛衰转换之际，龚自珍以"颓波难挽挽颓心"的清醒，大声疾呼士林扫除麻木、苟且、昏昧、卑琐、无所作为的陋习，恢复能忧能愤，能思虑作为，能有廉耻无渣滓之心力，恢复读书人辨析治乱、担当世运、砥砺气节、转移人心的责任。其品藻人物，鄙视"委蛇貌托养元气，所惜内少肝与肠"者之圆熟，褒扬"阅世虽深有血性，不使人世一物磨锋芒"者之刚正。而其本人的行事、交往、为文，则亦狂亦侠，书生意气，率性而为，不拘细行，口不择言，动与世忤。龚自珍对恢复读书人的心力的提倡，对现存思想规范、社会现实及人情世故的否定、批判、忤逆，对于鸦片战争之后在近代思想、政治、文化的变革中，试图有所作为的知识分子具有强大的示范意义。敏感率真，以"良史之忧忧天下"，留心古今而好议论，

① 魏源：《定庵文录序》，《魏源集》（上），北京：中华书局 2018 年版，第 239—240 页。

构成了作为思想家的龚自珍。

就学术而言，魏源对龚自珍的概括突出"通经致用""以朝章国故、世情民隐为质干"的内涵。清代死灰复燃的今文经学至刘逢禄而大，至龚、魏而变。龚自珍以"贯通百家""博综九流"作为学术祈向，于古、今文经，无所尊，无所废，重在汲取其思想精髓，陶铸通经致用的学风。龚自珍很看重向刘逢禄问学所获得的教益，最初拜师时即有"从君烧尽虫鱼学，甘作东京卖饼家"的诗，述写求仁得仁的快意，《己亥杂诗》中又有"端门受命有云礽，一脉微言我敬承"的诗，表达对东南绝学的膜拜。今文经学具有以经议政，善于思辨论述，多非常异义可怪之论的特点，龚自珍从今文经学"微言大义"的治学路径中，得到了从"著书都为稻粱谋"的训诂考据的桎梏中走出的灵感和勇气，并成功地借助今文经学"大一统""三世说"等理论的思想张力，鞭辟入里、慷慨淋漓地剖析社会、解释历史、议论政治、预言危机。龚自珍在《乙丙之际箸议》等著述中把社会形态区分为治世、衰世、乱世三类，治、衰、乱世转换的显性标志是人才的遭际命运。"一祖之法无不弊，千夫之议无不靡"，治乱循环、更张变革被看作是一种历史演进的常态。追寻宋明时代的儒者气象，高扬"以经术为治术""通乎当世之务"的学术精神，化育放言无忌、慷慨激昂的士风学风，龚自珍对包括今文经学在内的儒学精神、儒者气象的重新发现、开掘和选择，在嘉道之际士林和鸦片战争之后的知识分子中具有启发蒙昧、引导风气的作用。引公羊义讥切时政，热心西北舆地之学，深谙朝章国故、世情民隐，好佛学，构成了作为学者的龚自珍。

就文学而言，魏源对龚自珍的概括突出"文字奥窔洞辟，自成宇宙"。"奥窔"是说诗文幽深曲折，"洞辟"是说见解深透，而"自成宇宙"，则是自作主宰，文与人一。龚自珍尊心尊情尊自然的文学三尊说，看重心灵与思想之光，体现着自作主宰、自由书写精神。落花江南、童心母爱的成长环境和"性懒情多兼傲骨"的个人禀性，"周情孔思、民胞物与"的士大夫情怀和"四海变秋气，一室难为春"的社会现实，合成了龚自珍笔下经济文章，来何汹涌，幽光狂慧，去尚缠绵的情感世界。并庄、屈以为心，合儒、仙、侠以为气的审美理想，纷至沓来的风雷落花意象和"怨去吹箫、狂来说剑"的艺术表现方式，完美地结合在一起，让人在高歌、悲啼杂然交作的诗文阅读中，感受与触摸到一位站在嘉道之际历史转折的关头"哀以沉造怒则飞""亦狂亦侠亦温文"的高士形象。哀乐过人，歌哭无端，"受天下之瑰丽，泄天下之拗怒"，构成了作为诗人的龚自珍。

清代嘉道之际，是中国近代社会的转型期，即使没有后来外敌入侵所引发的鸦片战争，清王朝所面临的诸种社会危机，也会必然诱发巨大的社会动荡。生活在嘉道之际的知识群体，作为时代与社会的先觉者，尽管社会地位、生活道路、治学旨趣不同，但面对时艰危局，无不急切地呼唤学风向有切于国计民生、伦常日用的方向转换，士人担负起"相与指天划地，规天下大计"的责任。在嘉道学风士风的激荡下，嘉道文学显示出旺盛的生命活力与刚健之气。"留心古今而好议论"的社会参与意识与率性任情、自作主宰的创造激情，构成了嘉道之际的文学精神。嘉道文学精神以一代士人建功立业，创造由衰转盛奇迹的人生理想与睥睨四海、意气风发的宏大气象为依托，充满着生气勃勃的浪漫气息，闪耀着绚丽夺目的光彩。在嘉道学风、士风转换和文学精神的形成过程中，龚自珍始终是开风气之先的身体力行者。龚自珍属于嘉道之际风生水起的时代。在鸦片战争之后的历史进程中，知识阶层一直是中国社会政治与文化变革的主导者、推动者，嘉道士人所开创的学风士风和文学精神，包括留心古今而好议论、激昂慷慨、指天画地、歌哭无端的浪漫狂放，都被戊戌变法、辛亥革命时期新的一代志士仁人继承延续下来。龚自珍的书生意气，龚自珍的剑气箫心，也因此成为中国近代知识阶层行为情感的凭借和范型。

（刊于 2011 年 9 月《文学评论》第 5 期）

同光体诗人的诗学观与创作实践

　　同光体是清代宋诗运动在清末民初的余响末绪。明代前、后"七子"声称不读唐以后书，鼓噪"文必秦汉，诗必盛唐"，此风甚嚣尘上之际，诗界"称诗者必曰唐诗，苟称其人之诗为宋诗，无异于唾骂"①。但物极必反，至清初，诗歌审美风尚转移变化，遂有"风声调字句之近乎唐音，一切屏而不为，务趋于奥僻，以险怪相尚，目为生新，自负得宋人之髓者"②。学宋诗者以险怪求新奇的审美趋向，不久与乾嘉之际征信求实的学风相融合，便形成了喧嚣一时的以学问入诗，诗人之言与学人之言合一的宋诗运动。

一

　　宋诗运动以杜、韩、苏、黄为诗学风范，追求质实、厚重、缜密的诗美境界，讥讽高标"神韵""格调"者为"无实腹"，力图以穷经通史、援学问入诗的努力，别辟诗学发展蹊径。宋诗运动的代表人物，乾隆、嘉庆年间

---

　　① 叶燮:《原诗》，郭绍虞主编，霍松林、杜维沫校注，北京：人民文学出版社 1979 年版，第 5 页。
　　② 叶燮:《原诗》，郭绍虞主编，霍松林、杜维沫校注，北京：人民文学出版社 1979 年版，第 44 页。

有厉鹗、翁方纲，道光、咸丰、同治年间有程恩泽、何绍基、曾国藩、郑珍、莫友芝。同光体则主要称指光宣及民初年间仍活跃在诗坛上的宋诗派诗人。同光体之名，来自陈衍1901年写的《沈乙庵诗序》，"同光体者，苏戡（郑孝胥）与余戏称同光以来诗人不墨守盛唐者"[①]。代表人物是陈三立、沈曾植、郑孝胥、陈衍。

同光体是一个有着大致相同诗学价值取向的诗歌流派。他们在"不墨守盛唐"的诗学旗帜下，继承宋诗派学人之诗与诗人之诗合一的传统，力图在大乱相寻、变风变雅的时代，以弃取变化、力破余地的努力，为旧体诗歌的存在、发展开疆辟域。同光体诗人的生活道路、情感世界、师承学养、艺术宗尚各自不同，他们主要通过交游唱和、声气应接的方式结盟。同光体诗派得以形成的诗学理论基础大致如下：

（1）不墨守盛唐，力破余地。作为宋诗运动的殿军，同光体把"不墨守盛唐""不专宗盛唐"作为自己的诗学旗帜。这是一个指向多元、宽泛硕大的诗学旗帜，鼓励诗派中的每个创作个体，在遵循由苏、黄上溯杜、韩诗学路径的前提下，获得自我发展、力破余地的最大空间。

同光体诗派"不墨守盛唐"的诗学内涵，可从陈衍的"三元说"、沈曾植的"三关说"中看出端倪。1899年，陈衍与沈曾植在武昌讨论诗学时，曾提出"诗莫盛于三元"之说。1912年陈衍作《石遗室诗话》时具体阐释道：

> 盖余谓诗莫盛于三元：上元开元，中元元和，下元元祐也。君（沈曾植）谓三元皆外国探险家觅新世界、殖民政策，开埠头本领，故有"开元启疆域"云云。余言今人强分唐诗宋诗，宋人皆推本唐人诗法，力破余地耳。庐陵、宛陵、东坡、临川、山谷、

---

① 沈曾植：《沈曾植集》，北京：中华书局2001年版，第12页。

后山、放翁、诚斋，岑、高、李、杜、韩、孟、刘、白之变化也；简斋、止斋、沧浪、四灵，王、孟、韦、柳、贾岛、姚合之变化也。故开元、元和者，世所分唐宋人之枢干也。若墨守旧说，唐以后之书不读，有日蹙国百里而已。[1]

唐开元年间，李、杜、王、孟、高、岑大家并起，开启了唐诗的规模传统，史称盛唐；元和年间，元、白继往开来，形成了"诗到元和体变新"的局面，史谓中唐。宋元祐年间，苏、黄推尚杜、韩，用以文为诗，脱胎换骨的努力创造了宋诗的辉煌。"三元说"拈出开元、元和、元祐三个元气淋漓的年代作为唐宋诗繁荣发展的里程碑，其用意首先是强调宋诗与唐诗一脉相承、血气贯通的联系，破除唐以后之书不读的偏激狭隘，使同光体"不墨守盛唐"的诗学目标，由苏、黄而杜、韩的诗学路径，有所本源；其次是盛推开元、元和、元祐时代开疆辟域、觅新世界的气概和宋诗推本唐人诗法、损益变化、力破余地的精神。打破唐宋壁垒，力破余地，正是"三元说"的精髓所在。"三元说"也因此成为同光体诗学理论的重要旗帜。

作为对陈衍"三元说"的补充，沈曾植晚年又提出"三关说"。"三关说"以晋宋之元嘉替代唐代之开元，以为诗有元祐、元和、元嘉三关，通此三关，始可名家。"三关说"将学诗途径由宋唐而推至六朝。"三元说"与"三关说"，对身处末世的同光体诗人来讲，更多地体现为一种"虽不能至，心向往之"的诗学祈向。

同光体"不墨守盛唐"的诗学目标以宗宋为基本出发点，鼓励并尊重个人的择取创新。借用陈衍《奚无识诗叙》中"相尚"与"自尚"的概念，同光体除在"不墨守盛唐"的"相尚"上保持共识之外，还为诗学者留有自由择取的"自尚"空间："自尚者，一人有一人之境地，一人之性情；所

---

[1] 陈衍：《石遗室诗话》，北京：人民文学出版社2004年版，第7页。

以发挥其境地、性情，称其量，无所于歉，则自尚其志，不随人为步趋者已。"①唐诗声貌不一，宋人学唐已各有翻新，今人学宋学唐，更应弃取变化，且当转益多师："但学一家之诗，利在易肖，弊在太肖。无肖不成，太肖无以成。"②同光体诗派鼓励派中同人打通唐宋、推陈出新的底气，来自对"一代有一代之诗"观念的确信。正是坚信古今之相续不尽，诗道之翻新无穷，同光体诗人才能孜孜不倦于"但取故纸残帙，托之山海，日渔樵于其中，获而献，献而自喜，芒乎不知日月相代乎前也"③。而郑孝胥甚至断言："诗者一人之私言，或配经史垂乾坤。"④但时代毕竟走到了二十世纪初，旧体诗的阅读者和影响力在急剧缩减，其发展更是举步维艰。同光体诗人力破余地的努力，在诗学理论上，只能做到"最古人所以言之法，弃取变化而言之"⑤，在诗歌创作上，只能做到"导引自具之性情，以与古之能者相迎"⑥而已。这种拾遗补阙、掇拾细屑的功夫，很难成就同光体诗派开疆辟域，觅新世界的宏大志向。

（2）诗为写忧之具，体当变风变雅。同光体诗人大都参与过维新变法运动，并有过短暂的从政经历。后因种种原因，成为罢官废吏，而将汲汲入世之心托付于诗学。进入二十世纪后，社会动荡与变革纷至沓来。正值人生中年的同光体诗人深切地感受到他们所熟悉的政治秩序、伦理道德、价值观念都在发生着剧烈的变化，辛亥革命推翻了帝制，更是天崩地裂之变革。而对民初纷纷攘攘的政治与文化变局，同光体诗人不约而同地选择了前清遗老的立场，大多心境颓唐。陈三立《余尧衢诗集序》叙写乱世纷纭之中文

---

① 陈衍：《石遗室诗话》，北京：人民文学出版社 2004 年版，第 826 页。
② 陈衍：《石遗室诗话》，北京：人民文学出版社 2004 年版，第 223 页。
③ 陈三立：《散原精舍诗文集》，上海：上海古籍出版社 2004 年版，第 914 页。
④ 郑孝胥：《海藏楼诗集》，上海：上海古籍出版社 2003 年版，第 117 页。
⑤ 陈衍：《石遗室诗话》，北京：人民文学出版社 2004 年版，第 813 页。
⑥ 陈三立：《散原精舍诗文集》，上海：上海古籍出版社 2004 年版，第 896 页。

人惶惶不可终日之境遇心态道："吾辈保余年、履劫运，遂比丛燕集苇苕之表，姑及未堕折漂浮，啁啾相诉而已。其在《诗》曰：'心之忧矣，云如之何？'诗者，写忧之具也。故欧阳公推言穷而后工，诚信而有征者。"① 这与陈三立"诗者写忧之具"说相呼应。陈衍在《何心与诗序》中提出诗为"寂者之事""诗者荒寒之路，无当乎利禄"② 的论题：诗是寂者之事，诗为荒寒之路，以诗承载忧患，以诗困厄自守，诗已经成为同光体诗人寄托情志、慰藉心灵的生命方式和精神家园。

诗人之不幸，抑或是诗之大幸。王道衰，礼义废，政教失，国政异的时代，当是变风变雅之诗兴作的时代。同光体诗人在风雅之旨将废将亡之际，呼唤怨而迫、哀而伤的变风变雅之作。陈衍以为："惟言者，心之声，而声音之道与政通。盛则为雅颂，衰则变雅变风。"③ 郑孝胥诗云："忽移天地入秋声，欲罢宫商行徵羽。"④ 陈三立痛感士人"更延此大乱相寻之世，居无徒，倡无和，后死孤立，益自悲也"⑤。陈衍的《山与楼诗叙》云：

> 余生丁末造，论诗主变风变雅。以为诗者，人心哀乐所由写宣。有真性情者，哀乐必过人，时而赍咨涕洟，若创巨痛深之在体也；时而忘忧忘食，履决踵，襟见肘，而歌声出金石、动天地也。其在文字，无以名之，名之曰挚，曰横。知此可与言今日之为诗。⑥

① 陈三立：《散原精舍诗文集》，上海：上海古籍出版社 2004 年版，第 956 页。
② 陈衍：《石遗室诗话》，北京：人民文学出版社 2004 年版，第 804 页。
③ 陈衍：《石遗室诗话》，北京：人民文学出版社 2004 年版，第 818 页。
④ 郑孝胥：《海藏楼诗集》，上海：上海古籍出版社 2003 年版，第 102 页。
⑤ 陈三立：《散原精舍诗文集》，上海：上海古籍出版社 2004 年版，第 1000 页。
⑥ 陈衍：《石遗室诗话》，北京：人民文学出版社 2004 年版，第 831 页。

哀乐过人，真挚沉痛，是同光体诗人对变风变雅诗风的基本理解。陈三立"于国于家成弃物，为人为鬼一吟楼"（《病山南归旋失其子过沪相对黯然无语既还敝庐念吾友生趣尽矣欲招为莫愁湖之游收悲欢忻聊寄此诗》），"我生于世如病叶，满蚀虫痕加霾雪"（《次答蒿叟迭用东坡聚星堂咏雪寄怀》），郑孝胥"从此休论王霸事，区区名节已难言"（《答严几道》），"老去诗人似残菊，经霜被酒不成红"（《残菊》），沈曾植"长啸宇宙间，斯怀吾谁与"（《长啸》），"一朝揽辔登车去，从此范水模山绝"（《吴少村中丞画册》），可见同光体诗人的变风变雅之作，笼罩着牢愁哀怨的情绪和色彩。

（3）学人之诗与诗人之诗合一而恣所诣。清代道、咸年间兴起的宋诗派，提倡"就吾性情，充以古籍，阅历事物，真我自立"[1]，追求质实厚重、学力赡富、理趣层出的诗境，陈衍的《近代诗钞叙》以为道、咸诗人何绍基、郑珍、莫友芝等人，开启了清代"学人之言与诗人之言合"的先河。同光体作为宋诗派的继踵者，从自立不俗、力破余地的愿望出发，把"学人之诗与诗人之诗合而恣所诣"视为诗学的重要目标。诗人之诗的要素是性情才思，无性情才思，不足以成其诗；学人之诗的要素是学问学力，无学问学力，不能工于诗。陈衍在《瘿庵诗序》中提出"诗也者，有别才而又关学者也"[2]的命题，其《石遗室诗话》论性情与学问的关系以为：性情才思得于天成，而学问学力源于读书，为诗当从兴象才思入手，中经多读书，多穷理的过程，而逐渐达到出神入化、左右逢源境地。学问之于诗，"如造酒然，味醨者用术必多，及其既熟，固见酒不见术也"[3]。只有性情才思，学问学力两相凑泊，水乳交融，方臻于"以恣所诣"的真诗人境地。

学人之言与诗人之言合一而恣所诣的另一诗学指向是能自树立，语必

① 何绍基：《使黔草自序》，《东州草堂文集》，见沈云龙主编《近代中国史料丛刊》第 89 辑，台北：文海出版社 1973 年版，第 124 页。

② 陈衍：《石遗室诗话》，北京：人民文学出版社 2004 年版，第 806 页。

③ 陈衍：《石遗室诗话》，北京：人民文学出版社 2004 年版，第 824 页。

惊人，字忌习见，力避陈言熟语。能自树立，字忌习见的前提是诗人要有真实怀抱、真实道理、真实本领。陈三立作《顾印伯诗集序》，称顾诗"务约旨敛气，洗汰常语"①。陈衍以为："诗最患浅俗。何谓浅？人人能道之语是也。何谓俗？人人所喜之语是也。"②同光体派论诗，还强调言与己称，反对好为大言，好为高调。陈衍《石遗室诗话》以为："语言文字，各人有各人身份，惟其称而已。所以寻常妇女，难得伟词，穷老书生，耻言抱负。"③反对好为大言，好为高调，既是同光体诗派的诗美选择，也是其遗民情绪的自然流露。

二

同光体诗派的主要成员陈三立、郑孝胥、沈曾植、陈衍，其生活阅历与诗美选择各有不同，他们以各自的诗歌创作，显示着末代诗人真挚沉痛、复杂多变的情感世界和孜孜不倦、力破余地的艺术探求。

陈三立（1852—1937），字伯严，号散原，江西义宁（今修水）人。光绪十五年（1889）进士，官吏部主事。维新变法时期，列名强学会，后襄助其父湖南巡抚陈宝箴创办新政，湖南一时领全国新学新政风气之先。戊戌政变后，父子同被革职，永不叙用，归隐南昌西山。西山又名散原山，三立晚年自号散原，以识隐痛。其后，移居宁、沪、杭、京等地，不复任事，以诗人终老。今人辑其诗文为《散原精舍诗文集》。

《散原精舍诗文集》所收陈三立诗作，始于1901年，此前所作，均未刊

---

① 陈三立：《散原精舍诗文集》，上海：上海古籍出版社2004年版，第1090页。
② 陈衍：《石遗室诗话》，北京：人民文学出版社2004年版，第14页。
③ 陈衍：《石遗室诗话》，北京：人民文学出版社2004年版，第520页。

入。梁启超《广诗中八贤歌》录陈赠梁诗之残句"凭栏一片风云气，来作神州袖手人"，透露出其见谤获罪后忧愤深广的情绪。陈三立 1901 年前后写给儿子的诗中说："生涯获谤余无事，老去耽吟倘见怜。胸有万言艰一字，摩挲泪眼送青天。"（《衡儿就沪学须过其外舅肯堂君通州率写一诗令持呈代柬》，以下所引陈三立诗均引自《散原精舍诗文集》）。年届五十，幽忧郁愤的诗人痛苦地选择了"老去耽吟"的生命方式。义宁是江西诗派宗师黄庭坚的家乡。黄因元祐党祸，被贬涪州，自号涪翁。陈三立既以诗人自期，追思乡先贤，而又有"襟期涪翁有同调"（《由崝庐寄陈芰潭》）、"可似涪翁卧双井"（《雨中题崝庐壁》）之想。

曾经沧海、老去耽吟的诗人，在时事多艰、白云苍狗的时代，很难作超然物外的袖手之人。其苦危槎枒的诗句中，并不乏风云之气、家国之感。"愚儒那有苞桑计，白发疏灯一梦醒"（《孟乐大令出示纪愤旧句和答二首》），"陆沉共有神州痛，休问柴桑漉酒巾"（《次韵黄知县苦雨二首》），"我辈今为亡国人，强托好事围尊俎"（《八月廿八日为渔洋山人生辰补松主社集樊园分韵得鲁字》），味其言无不有烈士之慨。辛亥年后，自悟为诗"激急抗烈"，转而推尚"志深而味隐"的诗境，其讥讽袁世凯复辟的《消息》《上赏》等诗，则是造语曲深、辞旨隐蔽之作。

"一喙两肩无长物，浅斟低唱送残秋"（《叔海既出锁院将于明日取沪至姑苏乃会饮河亭为别次韵调之》），失却政治舞台而以诗人自期的陈三立，把诗看作实现生命价值的重要形式，其诗充满着生命与诗、忧患与诗、愤懑与诗的紧紧纠缠。"日日吟成危苦辞，更看花鸟乱余悲。闲来岁月吾丧我，圣处功夫书与诗。"（《次韵答宾南并示义门》）"泥涂苟活能过我，祸变相仍莫问天。凭几写诗仍故态，向人结舌共残年。"（《酬真长》）末代诗人对其生命与生存状态的自我描述，真挚而悲凉。陈三立在大乱相仍的时代，一方面相信："凡托命于文字，其中必有不死之处，虽历万变万哄万劫，终亦莫得而死亡。"另一方面又以为："朝营暮索，敝精尽气，以是取给为养生送死之具，其生也藉之为业，其死也附之猎名，亦天下之至悲也。"①陈三立的诗作，显示出孜孜于诗学追求而又未能忘却世事纷扰的末代诗人痛苦而分裂的情感世界。

"槎枒出腹还砭俗"（《刘味林编修屡有赠什既来山居赋此酬之》），陈三立的诗句可以用来概括其所追求的诗美境界。"槎枒"之诗，其神兀傲，其气崛奇，神理有余而蕴藉深厚。"砭俗"之作，其感物兴象，遣词造句，避熟避俗，不作习见之语。陈三立论诗，推尊黄庭坚，强调黄诗奥衍苦涩、奇峭劲挺诗面下胎息自然、不汩其真的诗学精神和镂刻造化、冥搜万象的诗学功力。陈三立又十分欣赏陶潜、陆游之诗，以为"陶集冲夷中抗烈""放翁孤抱颇似之"（《陆蔼堂求题其远祖放翁遗像》）。其晚年耽吟杜诗，自谓"涛园钞杜集，半岁秃千毫"（《涛园夜过纵谈杜句》）。其《沪上访太夷》诗云："生还真自负，杂处更能安。意在无人觉，诗稍与世看。所哀都赴梦，可老得加餐。吐语深深地，吹裾海气干。"正是这种自负、傲俗的气质品格和"意在无人觉""吐语深深地"的孜孜以求，造就了陈三立槎枒砭俗的诗境诗风：

　　赢骨瑳瑳夜吐铓，起披月色转深廊。花丛络纬旋围座，石蟹虾蟆欲撼床。近死肺肝犹郁勃，作痴魂梦尽荒唐。初知毅豹关轻重，仰睎青霄斗柄长。（《病起玩月园亭感赋》）

　　补官号作蛮夷长，玩世仍为江海行。白尽须髯偿笑骂，依然肝胆见生平。滔天祸水谁能过，绕梦冰山各自倾。豪气未除沉痛久，只余对酒百无成。（《建昌兵备道蔡伯浩重来白下感时抚事题以贻之》）

----

① 陈三立：《散原精舍诗文集》，上海：上海古籍出版社2004年版，第1090页。

前诗写月夜心事浩茫，后诗写天下时事艰难，无不志意牢落，沉郁慷慨。陈三立的诗善用"残阳""劫灰""孤愁""苍茫""疏灯""啼鹃"等意象，构成萧索诗境。陈衍以为三立之诗，辛亥年间"诗体一变，参错于杜、梅、黄、陈间矣"[①]，其叙述转为曲折，诗风变以郁怒。代表作品有《由沪还金陵散原别墅杂诗》《留散原别墅杂诗》等，陈诗之脍炙人口者，当仍是真气淋漓、匠心独具、用语奇警之作：

> 露气如微虫，波势如卧牛。明月如茧素，裹我江上舟。(《十一月十四夜发南昌月江舟行》)
>
> 高枝喋鹊语，欹石活蜗涎。冻压千街静，愁明万象前。(《园居看微雪》)

陈诗注重苦吟，讲求字与句的锤炼，以达到劲健、陌生、戛戛独造的阅读效果。前诗中"裹"字，后诗中"压"字的运用，都极为精妙传神。陈三立谓黄庭坚诗之妙有云："咀含玉溪蜕杜甫，可怜孤吟吐向壁。""根柢早嗤雕虫为，平生肯付腐鼠嚇。一家句法绝思议，疑凭鬼神对以臆。"(《六月十二日山谷生日乙庵作社集于泊园观宋刻任天社山谷内集诗解用集中观刘永年团练画角鹰韵》)其学黄诗，即注重在诗的骨力、根柢、句法上用功。其"要抟大块阳阳气，自发孤衾癯寐思"(《樊山示叠韵论诗二律聊缀所触以报》其一)的诗句，正是他诗歌创作状态的自我写照。

郑孝胥（1860—1938），字太夷，号苏堪，福建闽县人。1882年与陈衍、林纾同举于乡。1891年出使日本，任神户大阪总领事。1894年归国，入张之洞幕府凡八年。1911年授湖南布政使，未几武昌起义爆发，留寓上海。1924年，奉废帝溥仪之召，为内务府总理大臣，旋为懋勤殿行走。

---

① 陈衍：《石遗室诗话》，北京：人民文学出版社2004年版，第227页。

1932年至奉天参与建立伪满洲国事宜，出任"文教部总长""国务总理大臣"，因丧失民族气节而为世人诟病。著有《海藏楼诗集》。

《海藏楼诗集》所收诗自1889年始，此年诗人三十岁，考取内阁中书，而有"三十不官宁有道，一生负气恐全非"（《春归》）的诗句记叙心情。十年后，郑孝胥在上海筑寓所，取苏轼"万人如海一身藏"诗意，名曰海藏楼，日后所编诗集，即名《海藏楼诗集》。其1898年所作的《海藏楼试笔》诗云："沧海横流事可伤，陆沉何地得深藏。廿年诗卷收江水，一角危楼待夕阳。窗下孔宾思遁世，洛中仲道感升堂。陈编关系知无几，他日谁堪比《辨亡》。"面对沧海横流、变法日亟的时局，正值中年的郑孝胥，徘徊在"遁世"还是"升堂"的矛盾之中，这种进退弃取的矛盾，缠绕着他的一生。是年九月，经张之洞举荐，光绪召见郑孝胥于乾清宫，他陈练兵策，蒙获嘉许，以同知擢用道员，充总理各国事务衙门章京。召见后十余日，戊戌政变作，郑孝胥乞假南归，其哭林旭诗感慨时运多舛，悼友之作中也不无自悼之意。辛亥革命后清帝逊位，郑孝胥以为"磨牙复吮血，大乱从此始"（《十二月二十五日鉴泉示生日诗》，以下所引郑孝胥诗均引自《海藏楼诗集》）。其作《危楼》一诗叙写心境："落木危楼对陨霜，北风吹雁自成行。云含海雨千重暗，秋尽篱花十日黄。已坐虚名人欲杀，真成遗老世应忘。烧城赤舌从相逼，未信河东解祟方。"生性不甘寂寞的郑孝胥，在"蠹字聊自存，俯畜繁食指，同年互吊唁，屈指八九子"（《杂诗》其三）的遗民生活之外，仍踌躇满志，期待中兴之局再起，复当有用于世："余生海角望中兴，帝座扶持赖有人。"（《寿弢庵太保七十》）"老夫虽遗民，未死火在炭。救民诚吾责，卫道在义战。"（《江阴赵焕文茂才殉节纪书后》）对严复参与筹安会的行为，郑孝胥曾以"区区名节已难言"之诗相讥，而他本人最终比严复走得更远。

郑孝胥于每年重阳节必作登高诗，且多为人称道，时人称其为"郑重九"。不同时期的登高诗，显示着诗人不同的意绪心态：

科头直上翠微亭，吴甸诸峰向我青。新霁云归江浦暗，晓风浪入石头腥。忍饥方朔非真隐，避地梁鸿自客星。意气顿年收拾尽，登高何事叩苍冥。（《九日独登清凉山》）

风雨重阳秋愈深，却因对雨废登临。楼居每觉诗为祟，腹疾翻愁酒见侵。东海可堪孤士蹈，神州遂付百年沉。等闲难遣黄昏后，起望残阳奈暮阴。（《重九雨中作》）

天外飞翔莫计程，登高谁忆旧诗名。半生重九人空许，七十残年世共轻。晚倚无间看禹域，端迥绝漠作神京。探囊余智应将尽，却笑南归计未成。（《九日》）

第一首诗是诗人三十岁时登南京清凉山所作，此时少年壮志，前途未卜，一片怅惘心绪。第二首诗写于 1914 年海藏楼中，风雨神州，劫后余生，忧愤杂以无奈。第三首诗写于 1934 年其出任"国务总理大臣"之后，虽求仁得仁，却为千夫所指，而以"南归计无成"作为自我解脱的遁辞。郑孝胥由维新同道到前清遗民，再到伪满傀儡的人生滋味和别样情怀，由重九诗中也可窥知。

郑孝胥是同光体诗派的发起者和中坚。郑孝胥论诗，秉承不墨守盛唐、转益多师的诗学宗旨，主张在诗学盛而诗才弱的时代，于唐于宋各有所取，作变风变雅之诗。郑孝胥为诗，强调胸中先有意，以意赴诗，率意而作，不必作苦吟之态："诗怀文字前，未得殆难会。"（《题晚翠轩诗》）"何须填难字，苦作酸生活。会心可忘言，即此意已达。"（《答樊云门冬雨剧谈之作》）"深人何妨作浅语，浅人好深终非深。"（《答夏剑臣》）这种深人浅语、会心意达的诗学追求与陈三立"槎枒砭俗"的诗自有不同。郑孝胥推陈三立诗"神骨重更寒，绝非人力为"（《海藏楼杂诗》其十三），而又以为："余喜为诗，顾不能为伯严之诗，以为如伯严者当于古人中求之。"① 郑诗学古方向多变，而又觊觎"何当掷笔睨天际，胸无古人任自为"（《弢庵属题董元宰书迹卷子高江村所藏号金沙帖》）的境界。陈衍谓"苏堪为诗，一成则不改""所谓骨头有生所具，任其突兀支离也"②，可见其自信自负，也可见其创作过程与陈三立"自发孤衾瘑寐思"大有不同。陈衍《石遗室诗话》将道光以来诗派分为清苍幽峭与生涩奥衍两派，清苍幽峭一派，同光体以郑孝胥为魁垒；生涩奥衍一派，郑珍、莫友芝之后，同光体中的沈曾植、陈三立实其流派。自陈衍将陈三立、郑孝胥分属生涩奥衍与清苍幽峭两派之后，世人论同光体，总将陈、郑二人相提并论。章士钊题陈三立诗，谓"骨头输与海藏叟，大戟长矛相向森"③，汪辟疆《论诗绝句十一首》认为："义宁句法高天下，简澹神清郑海藏。"④ 胡先骕以为："余尝谓并世诗推陈郑，郑诗如长江上游，水湍石激，郁怒盘折，而水清见底，少渊渟之态；陈诗则如长江下游，波澜壮阔，鱼龙曼衍，茫无涯涘，此其轩轾所在欤？"⑤ 见仁见智，不一而足。

三

沈曾植（1850—1922），字子培，号乙庵，晚号寐叟，浙江嘉兴人。清光绪六年（1880）进士，用刑部主事，专研古今律令书。甲午战后，支持康有为上书变法，赞助开强学会于京师。1898 年被张之洞聘往武昌主两湖书院史席，后任江西按察使、安徽提学使、护理巡抚等职。1910 年辞官返回

① 郑孝胥：《海藏楼诗集》，上海：上海古籍出版社 2003 年版，第 558 页。
② 陈衍：《石遗室诗话》，北京：人民文学出版社 2004 年版，第 11 页。
③ 陈三立：《散原精舍诗文集》，上海：上海古籍出版社 2004 年版，第 1271 页。
④ 陈三立：《散原精舍诗文集》，上海：上海古籍出版社 2004 年版，第 1272 页。
⑤ 陈三立：《散原精舍诗文集》，上海：上海古籍出版社 2004 年版，第 1262 页。

故里。清亡后以遗老居上海。1917 年北上参与张勋复辟，授学部尚书。事败后复归上海，著有《海日楼诗集》。

沈曾植是晚清著名学者，以博览群书、熟辽金元史学、舆地而为学界看重。其早年于诗，偶有所作，大多散佚不存。客居武昌时，与陈衍相识，陈衍推沈曾植为同光体之魁杰，力劝其学有根柢之后，致力于诗："吾亦耽考据，实皆无与己事。作诗却是自己性情语言，且时时发明哲理，及此暇及，盍姑事此？他学问皆诗料也。"沈曾植为之所动，自感诗学深而诗功浅，遂与陈衍、郑孝胥等人结为诗盟，措意于辞章之学，并成为同光体诗派的中坚。

陈衍《石遗室诗话》将同光体中的陈三立、沈曾植之诗归于生涩奥衍一派，其又区分陈、沈之作，以为"散原奇字，乙庵益以僻典，又少异焉"①。沈曾植孜孜于吟咏之学之际，又正是其热衷于佛学之时，诗作也自然成为其出入儒道、攦拾佛典、显示渊博学识之具。其写于 1900 年之春的《病僧行》，被看作是以学问入诗的典范。诗人用生涩艰深、佛典迭出的语言，传达出变法夭折、国事日非后的失望与愤懑，陈衍称之为"博于佛学"的代表作，又说："读此作，谁谓蔬笋酸馅之可与言诗哉！"②诗作到晦涩而不堪卒读的地步，很大程度上已成为诗人显示博学与才华的手段，诗之所以为诗的美感韵味也不复存在。陈三立《海日楼诗集跋》以为："寐叟于学无所不窥，道篆梵笈，并皆究习；故其诗沉博奥邃，陆离斑驳如列古鼎彝法物，对之气敛而神肃。盖硕师魁儒之绪余，一弄狡狯耳，疑不必以派别正变之说求之也。"沈曾植以沉博奥邃见长的诗作，是同光体学人之诗与诗人之诗合一所收获的畸果。

沉博奥邃、陆离斑驳当然不是沈诗的全部，《海日楼诗集》中也不乏明

---

① 陈衍：《石遗室诗话》，北京：人民文学出版社 2004 年版，第 42 页。
② 陈衍：《石遗室诗话》，北京：人民文学出版社 2004 年版，第 402 页。

白晓畅的性情之作。陈衍《沈乙庵诗序》以为："君诗雅尚险奥，聱牙钩棘中，时复清言见骨，诉真宰，荡精灵。"①的是切中肯綮之论。如果说，驰骋才学、聱牙钩棘之诗反映了清末诗坛以学问入诗的一种时尚的话，沈氏清言见骨的性情之作，则表现了末代诗人感时伤世的另一种真实。沈曾植诗中对维新派人物的命运有着广泛的关注，与晚清士林名流彼此唱和之诗甚多。其1907年前后任职安徽时写给时任江苏布政使樊增祥的《寄樊山》诗云："钟山云接九华云，共饮长江作比邻。俭岁诗篇元白少，昔游朋辈应刘陈。文章世变同刍狗，物望人间有凤麟。徼幸黄云秋野熟，腰镰归作耦耕民。"明白如话的诗句中透出文人官员特有的闲适自得和书卷情趣。数年后，沈曾植与前清遗老历经劫波，聚首海上，以诗唱和互慰寂寥时，则另是一番心境了。他1915年前后所写《和庸庵尚书异乡偏聚故人多五首》之四写道："人海沧桑感逝波，长吟日暮意如何？谈天炙毂招佳客，短李迂辛共放歌。造化岂于吾辈薄，异乡偏聚故人多。连床旧雨听相慰，一任阑风伏雨过。"1917年，沈曾植北上，参与张勋复辟之事，重返上海后大病。次年春作《病起自寿诗》有"蓦地黑风吹海去，世间原未有斯人"之句，情绪极为低沉。陈三立论其晚年之诗，认为："晚岁孤卧海日楼，志事无由展尺寸，迫人极之汩圮，睨天运之茫茫，幽忧发愤，益假以鸣不平。诡荡其辞，瘭瘵自写，落落悬一终古伤心人，此与屈子泽畔行吟奚异焉。则谓寐叟诗为一家之离骚可也，为一世之离骚可也。"②同光体诗派辛亥革命前后的诗境心情由此也大略可见。

"少惜雕虫非壮士，老亲风雅转多师"（《题江西诗派二家集》），沈曾植对自己由学者到诗人的角色转换并无悔意，学诗始终坚持转益多师的宗旨。晚年论诗，不肯拘囿于陈衍的"三元说"，而提出"三关说"，把学古方向由唐宋而推前至晋宋六朝，主张"在今日学人，当寻杜、韩树骨之本，当尽心

---

① 沈曾植：《沈曾植集》，北京：中华书局2001年版，第12页。
② 沈曾植：《沈曾植集》，北京：中华书局2001年版，第18页。

于康乐（谢灵运）、光禄（颜延之）二家"①，以山水、禅玄、经训之思之趣入诗，开拓真与俗、理与事融合不隔的诗境。打通晋宋与唐宋，是沈曾植颇为自负的诗学心得和诗学主张。

陈衍（1856—1937），字叔伊，号石遗，福建侯官人。清光绪八年（1882）举人。1898年在京城，为《戊戌变法榷议》十条，提倡维新。政变后，应张之洞之邀往武昌，任官报总编纂，后为学报主事，京师大学堂教习。晚年任教于厦门大学、无锡国专。著有《石遗室文集》《石遗室诗集》《石遗室诗话》《近代诗钞》等。

陈衍也是同光体诗派的发起者，他最早使用"同光体"之名是在1901年所写的《沈乙庵诗序》中，后又在1912年起所写作的《石遗室诗话》中说明同光体的来历："丙戌（1886）在都门，苏堪（郑孝胥）告余，有嘉兴沈子培（曾植）者，能为同光体。同光体者，余与苏堪戏目同光以来诗人不专宗盛唐者也。"②陈衍标榜同光体，既强调同治、光绪年间诗人与道光、咸丰间以何绍基、曾国藩为代表的宋诗派的联系，又区分同光体与宋诗派的不同。同光体与宋诗派的相同之处在于：两者都以杜韩苏黄为学古方向，不专宗盛唐，追求学人之诗与诗人之诗合一而恣所诣的诗学境界；宋诗派与同光体的不同，则在于道、咸之际，丧乱初兴，诗尚不失为雅人之具、和平之音；而同光之际，诗已是变风变雅、怨迫哀伤之作，诗人所事，也已是寂者之事、荒寒之路了。

作为同光体的组织者和理论家，陈衍的诗学活动大多都是围绕着为同光体张目而进行的。陈衍的三元说，将唐之开元、元和，宋之元祐列为诗歌发展的三个盛期，论述"不墨守盛唐"的合理性之所在；其诗人之言与

---

① 沈曾植：《沈曾植集》，北京：中华书局2001年版，第260页。
② 陈衍：《石遗室诗话》，北京：人民文学出版社2004年版，第4页。

学人之言合一说，突出学宋诗者的凭借和擅长；其"诗者，荒寒之路"①说，则是对晚清"道丧文敝，士大夫方驰骛于利禄闻达之场"②风气的牢骚之语。陈衍对诗学理论的推陈出新充满着期待和自信，正是出于对弃取变化、推陈出新的自信，陈衍在 1912 年以后，把很多的精力用在《石遗室诗话》的写作和《近代诗钞》的编选上来。

《石遗室诗话》及《续编》共三十八卷，卷帙浩繁，作者以品评道、咸以来诗人诗作为主，显示出极富个性特色的诗学观念和审美取向。《诗话》中有关同光体的诗人的评论，对同光体中清苍幽峭、生涩奥衍两派的划分，对学人之诗、诗人之诗的界定以及关于诗最患浅俗，最忌大言，诗文要有真实性格、真实道理、真实本领，诗有四要三弊等问题的议论，多为史家所引述。《近代诗钞》共二十四册，收录清道咸年间以来民初诗人诗作凡三百六十九家，每人名下附有小传，部分作家略加评论，评论文字与《石遗室诗话》多有相通，是一部有特色的晚清诗歌总集。

陈衍出生于一个四代积学未仕的家庭，年少时贫寒窘迫的家境，使他充满着飞黄腾达的渴望，但自二十七岁举于乡后，多次会试均不中，留下"愧乏治安才，亦鲜琼琚辞。三上不中隽，乞食江之湄"（《谒贾太傅祠》）的叹喟。其《戏作饮酒和陶》其三写道："少小抱奢愿，广厦与大裘。不贵坐客满，所贵皆名流。蹉跎遂至今，栖栖犹道周。"这种栖栖惶惶的生活，使他悟出了"立言可自致，立功要依托"的道理，并最终以"立言"的方式实现了高朋满座的愿望。1894 年中日甲午战争爆发，陈衍有《杂感》一诗："时既非天宝，位复非拾遗。所以少感事，但作游览诗。""言和即小人，言战即君子。伏阙动万言，蹙国日百里。"此种在民族危亡之际所表现出的消极玩世的态度，招致社会的批评。

---

① 陈衍：《石遗室诗话》，北京：人民文学出版社 2004 年版，第 804 页。
② 陈衍：《石遗室诗话》，北京：人民文学出版社 2004 年版，第 817 页。

同光体是清末民初颇有影响的诗歌流派，其诗学取向体现了末代传统诗人宽泛而慎重的选择。同光体诗人对古今相续不尽、诗道翻新无穷的坚信，使他们在传统诗歌艺术的弃取变化、力破余地方面做出孜孜不倦的探求。同光体诗人的诗歌创作，其诗学路径、诗歌风格各有不同，但都体现着打通唐宋、转益多师的实践精神。同光体诗派的前清遗民立场和宗宋的诗学路径，曾遭到以柳亚子为代表的南社诗人的批评，但南社中宗宋者大有人在，鼓吹诗界革命的梁启超与同光体互相推重，并在辛亥革命前后也渐渐走向宗宋一途。真正动摇同光体诗坛霸主地位的是"五四"新文学运动中出现的白话诗与新诗。白话诗与新诗以完全不同于传统诗歌的情感、意象、形式赢得了青年，也赢得了未来。之后，同光体也与其他旧体诗一起从公众视野中淡出了。

（刊于 2008 年 1 月《文艺研究》第 1 期）

中国近代侠义小说的创作特征

      十九世纪四十年代以后的小说创作是明清小说发展的尾声。这一时期小说最引人注目的创作趋势之一，是长篇白话小说中侠义题材的空前盛行，出现了《儿女英雄传》（1849）、《荡寇志》（1853）、《三侠五义》（1879）、《小五义》（1890）、《彭公案》（1892）等一大批作品。其卷帙繁多，蔚为大观，成为一种不容忽视的文学现象和创作潮流。

      对侠义小说的研究，较早也较有代表性的成果当推鲁迅的《中国小说史略》和胡适的《五十年来中国之文学》，以后的研究多在二者基础之上展开，研究或关注作品的思想内容，或探索其艺术特点，或考证其与古代小说的源流关系。侠义小说作为一种重要的小说类型，在中国可谓源远流长，但基于类型学的角度对侠义小说的研究却显得有些单薄。本文正是从创作特征入手，试图总结与归纳侠义小说这一古老的小说类型在十九世纪四十年代以后的传承与新变。

      中国近代侠义小说的代表性作品有《荡寇志》《三侠五义》《儿女英雄传》等。

      《荡寇志》又名《结水浒传》，作者俞万春认为施耐庵的《水浒传》并不以宋江为忠义，而罗贯中的《后水浒传》"全未梦见耐庵、圣叹之用意，反以梁山之跋扈鸱张，毒痛河朔，称为真忠义……于世道人心之所在……其害有不可胜言者"。所以决定"提明真事，破他伪言""使天下后世，晓然于盗贼之终无不败，忠义之不容假借混朦，庶几尊君亲上之心，油然而生"。①
基于此种创作目的，《荡寇志》从金圣叹删改处写起，以陈希真父女的命运
为主线展开情节。陈丽卿抗拒高衙内调戏，父女俩为躲避高俅父子的迫害，
被迫到猿臂寨落草。但他们始终心念朝廷，一意与梁山为敌，把剿灭宋江等
作为向封建统治者的晋身礼。由于攻打梁山建立了"功绩"，陈希真重为朝
廷录用，升官至都统制。随后他们又和云天彪一起，在张叔夜的统率下，踏
平梁山，《水浒》中之一百单八英雄，到结束处，无一能逃斧钺。

　　《荡寇志》模仿《水浒》笔法，在艺术上取得较高成就。作者善写战
争，对双方争战的攻守进退，娓娓道来，调度自如，不紧不迫，而又惊心动
魄，令人如临其境，如闻其声。其叙事语言精练流畅，造语设景，颇具匠
心。鲁迅《中国小说史略》指出，《荡寇志》"造事行文，有时几欲摩前传之
垒，采录景象，亦颇有施罗所未试者"②，在艺术表现技巧与细节真实细腻等
方面颇有创新，较之《水浒》并不逊色。

　　《三侠五义》是一部较为典型的以清官断案为经，以侠之仗义行侠为纬
的公案侠义小说。小说的内容大致分为两部分。前七十回主要写包公断各种
奇案冤狱以及锄庞昱、为李太后申冤等故事，其中穿插南侠封"御猫""五
鼠闹东京"并归服朝廷等情节。后五十回以包拯的学生颜查散为中心，写他
在众侠客义士协助下诛强锄暴的故事。小说把侠客义士的除暴安良行为与
保护官府大臣、为国立功结合起来，体现了市井细民对清官与贤明政治的
向往。

　　《三侠五义》演绎包公传说，成于艺人之口，其绘声状物，粗笔勾勒而
能传神，叙事语言保留较多的平话习气。故事情节虽属离奇，但能渲染烘

---

　　①　俞万春：《荡寇志·前言》，北京：华夏出版社 1995 年版，第 1 页。
　　②　鲁迅：《中国小说史略》，《鲁迅全集》第 9 卷，北京：人民文学出版社 2005 年版，
第 154 页。

托，使人觉得合情合理。俞樾评价《三侠五义》"事迹新奇，笔意酣恣，描写既细入毫芒，点染又曲中筋节……闲中着色，精神百倍"，可称"天地间另是一种笔墨"[①]。就艺术成就来讲，《荡寇志》与《三侠五义》分别可作为鸦片战争以后文人与艺人说侠之作的代表。

《儿女英雄传》初名《金玉缘》，书述侠女十三妹（何玉凤）因父为纪献唐所害，被迫奉母避居山林，习武行侠，伺机复仇。后以偶然机缘在能仁寺救得携银救父的汉军世家子弟安骥，十三妹遂做主使其与同时被救出的村女张金凤结成姻缘。安骥之父安东海获救后，为报十三妹之恩，挂冠辞官，四处找寻。何玉凤从安父那里得知其父仇人已被朝廷所除，大仇已报，决意出家为父母守丧。后为安父等"晓以大义"多方劝解，亦嫁与安骥，何、张姊妹相称，和睦相处。安骥此后官运亨通，"办了些疑难大案，政声载道，位极人臣"，"金、玉姐妹各生一子，安老夫妻寿登期颐，子贵孙荣"。

《儿女英雄传》是我国小说史上最早出现的一部熔言情、侠义为一炉的保留平话习气的小说，具有较高的艺术性，是一部雅俗共赏、在民间广为流传的作品。小说结构完整，情节曲折，张弛有度，转换自然。书中语言采用地道的北京话，又融入不少满族特有的日常用语，不但生动地再现了当时的生活习俗和风貌，而且具有浓厚的地方色彩和民族色彩。语言生动、诙谐风趣，开地道京味小说之先河。

中国近代侠义小说秉《水浒》《施公》等而来，但精神已有蜕变，表现出鲜明的与封建法权和伦理妥协、合流的倾向。鲁迅在《中国小说史略》中对《三侠五义》的判断——"为市井细民写心，乃似较有《水浒》余韵，然亦仅其外貌，而非精神"[②]，正道出了这一时期的侠义小说与传统同类小说相

---

① 俞樾:《七侠五义》序，见黄霖、韩同文选注《中国历代小说论著选》，南昌：江西人民出版社 2000 年版，第 639 页。

② 鲁迅:《中国小说史略》,《鲁迅全集》第 9 卷，北京：人民文学出版社 2005 年版，第 283—284 页。

比在内在精神上的明显差异。这些差异构成了近代侠义小说的独特面貌：

（一）归顺皈依的主题模式

在上述三部写侠小说中，侠义之士或接受招安，或报效朝廷，或步入家庭，无一不走着一条通向自身异化的命运之路。他们由啸聚江湖、逸气傲骨变而为循规蹈矩、世故世俗，由替天行道、仗义行侠变而为为王前驱、以武纠禁，由现行政治法律、伦理纲常的挑战者和反叛者变而为执行者、维护者，这种以表现江湖侠士收心敛性、改邪归正为主旨的作品，我们不妨称之为"归顺皈依"主题。这种主题模式的形成，带有近代晚期封建皇权政治文化的特征，它建立在一套以忠君观念为核心的价值理论体系之上。根据这种价值理论体系，作者极力寻求绿林英雄与皇权政治妥协调和的方式，而又总是以侠义之士向皇权政治的归顺皈依作为最终结局。作者正是在这种归顺皈依的主题模式下，寄寓着劝诫的意蕴和重整纲常伦理、社会秩序的渴望。

《荡寇志》一书主要展示的是两大江湖集团的争斗厮杀及其不同的命运归宿。猿臂寨首领陈氏父女因受奸佞迫害而走上绿林，这与宋江等人走上梁山并无不同。所不同的是，陈氏父女落草之后，辄以逆天害道之罪民自责，外惭恶声，内疚神明，时时不忘皇恩浩荡，日夜伺机助官剿寇，立功赎罪，将有朝一日接受招安，作为解脱之道；宋江等人则啸聚山野，假替天行道之名，攻城陷邑，对抗官府，桀骜不驯，于招安之事缺乏诚心。陈氏父女深明天理，以有罪之身，助王剿乱，终为朝廷所用，功成名就；宋江等人一意孤行，背忠弃义，倒行逆施，终至人神共怒，身败名裂。陈氏父女报效朝廷，真得忠义之道；宋江等人恃武犯禁，已入盗寇之流。作者正是在一侠一盗、一荣一衰的命运对比中，夸耀皇权无极，法网恢恢，晓告世人，忠义之不容假借混蒙，盗贼之终无不败。尊君亲上，招安受降，是绿林侠义、江湖英雄最好、最理想的归宿。这一思想主旨可归纳为尊王灭寇。

如果说《荡寇志》一书的思想主旨是尊王灭寇，那么，《三侠五义》的思想主旨则是致君泽民。《三侠五义》是以忠奸、善恶、正邪作为故事基本冲突的。小说展示了上自宫廷皇室、下至穷乡僻壤间的种种社会矛盾。贪官污吏结党营私、诬陷忠良，铸就冤狱；土豪恶霸荼毒百姓，鱼肉乡里；皇亲国戚广结党羽，图谋不轨。这些奸邪丑恶的存在，为清官、侠士提供了用武之地。他们相互辅助，洞幽烛微，剪恶除奸，济困扶危，仗义行侠，为民除害，清官与侠义代表着社会公正与正义。作者致君泽民的思想主旨，也正是在清官与侠士的行为中体现出来的。在作品中，包拯、颜查散等清官名臣，展昭、欧阳春等义士侠客，充当着君主意志与民众愿望的中介，君主的意志通过清官名臣的作为而得以显现，清官名臣的作为依靠侠客义士的辅助而获得成功，侠客义士除暴安良的行为，又体现着民众社会公正的愿望。清官名臣、侠客义士，上尽效于朝廷，下施义于百姓，使民众愿望与君主意志、社会公正原则与君权原则获得和谐统一，这正是作者所期望的致君泽民的思想与行为规范。

《三侠五义》中的侠客义士系有产者居多。在归附朝廷之前，大都有过飘零江湖、行侠仗义甚至以武犯禁的行为。他们归附朝廷并非是屈服于政府的武力，而大多是出于为国效力的愿望、对清官名臣高风亮节的折服及对皇上知遇之恩的报答，他们的归附被视为一种义举。当他们接受清官的统领之后，其除暴安良的行为便不再仅仅具有行侠仗义、打抱不平的性质，而是一种代表政府意志的活动。侠义之士一旦与江湖隔绝、与个人英雄行为分离，江湖上少了一位天马行空的英雄，而官府中则多了一名当差办案的吏卒。这也是侠义小说何以与公案小说合流的重要原因之一。

《儿女英雄传》为侠客义士、绿林英雄安排了一条与陈希真父女、南侠、"五鼠"不同的归顺道路——走向家庭生活。十三妹身为将门之女，自幼弯弓击剑，拓落不羁。家难之后，凭一把倭刀、一张弹弓啸傲江湖，驰名绿林，血溅能仁寺，义救邓九公，行侠仗义，打抱不平，是何等的豪放威武。但这些在饱读诗书的安学海看来，却是璞玉未凿，"把那一团至性，一副奇才，弄成一段雄心侠气，甚至睚眦必报，黑白必分。这种人若不得个贤父兄、良师友苦口婆心的成全他，唤醒他，可惜那至性奇才，终归名堕身败"。① 故而决心尽父辈之义，披肝沥胆，向十三妹讲述英雄儿女的道理。十三妹听了安学海的劝解，"登时把一段刚肠，化作柔肠，一股侠气，融成和气"，② 决意"立地回头，变作两个人，守着那闺门女子的道理才是"③。一向打家劫舍、掠抢客商、称雄绿林的海马周三等人，也听从教海，学十三妹的样子，决心跳出绿林，回心向善，卖刀买犊，自食其力，孝老伺亲。走向家庭生活的侠女十三妹，将倭刀弹弓尽行收藏，英雄身手只在窃贼入房、看家护院时偶尔显露。

（二）驯化的侠义英雄类型

与十九世纪侠义小说"归顺皈依"的主题模式相对应的，是这类作品中塑造的一种带有类型学意味的英雄人物模式——驯化型英雄。

侠在中国是英雄的别称。在侠之思想品格和行为准则中，正义感和英雄气节是最可宝贵的，也是侠之所以称其为侠、侠之人格光辉之所在。侠之正义感来自个人良知和性善本能，依照社会公正的原则，而并非亦步亦趋于政治、法律之规范。侠义之士锄强扶弱、除暴安良，在政治、法律范围之外主持着社会正义和公平，虽然其行为大多具有以武犯禁的性质而与现行政治、法律制度相违背，但是侠之英雄气节，表现了独立于世，傲骨铮铮，威武不能屈，富贵不能淫，听命于知己而不听命于达贵，视金钱、名利如草芥粪土，冰清玉洁，超然俗世等精神。如果没有行仁仗义、维护社会公正的正义感，侠便失去了其存在的价值和意义；没有了威武不能屈、富贵不能淫的英雄气节，委身依附于达贵或计较于个人的进退荣辱，侠便失去了受人仰

---

① 文康：《儿女英雄传》，启泰校点，济南：齐鲁书社 2008 年版，第 113 页。
② 文康：《儿女英雄传》，启泰校点，济南：齐鲁书社 2008 年版，第 143 页。
③ 文康：《儿女英雄传》，启泰校点，济南：齐鲁书社 2008 年版，第 146 页。

慕、尊敬的资格。

十九世纪侠义小说最引人注目的现象是侠的归顺与驯化。侠义之士或接受招安，或报效朝廷，或步入家庭，其行为方式渐次向着步入规范的方向发展。他们仍具有绝顶的武艺，过人的胆略，超常的智慧，并不乏使命感和牺牲精神，但他们的正义感和英雄气节却发生了变异。他们依旧以行仁仗义、兴天下之利、除天下之害为己任，但仁义利害的判别标准不再依据于个人良知、性善本能和社会公正原则，而是依据于皇权政治的需要。他们以尊王灭寇、致君泽民，甚至以恪守妇道作为自身价值实现的最高目标，将啸聚江湖、替天行道的锋芒收敛，将独立于世、傲骨铮铮的脊梁弯曲，或甘心为王前驱、效力官府，以博得封赏为荣，或将弓刀收藏、回心向善，践履于三从四德。这种向皇权政治、伦理归顺皈依的变异倾向，动摇了传统的侠义观念。

归顺朝廷、皈依官府、走入家庭，十九世纪侠义小说的这种价值取向，赋予其书中的侠义形象以一种类型学的意义。他们不再是逍遥江湖、无拘无束、超然于政治、法律之外的正义使者，而是听命于号令、委身于官府、剿匪平贼、当差办案的驯化型英雄。这一变异完成的代价是巨大的，它使作品中的侠义形象失去了神圣的人格光辉，人们很自然地将这一英雄驯化现象看作是侠义品格的堕落。十九世纪侠义小说中的侠义英雄虽然具有绝顶的武艺、过人的胆略、超常的智慧，但却带有洗脱不掉的猥琐之相，它为古典小说的侠义部落提供了一种英雄模式——驯化英雄模式。

（三）以君臣人伦为主要内容的忠义观念

将归顺皈依皇权、奔走效力官府，或守着闺门道理作为侠的最佳归宿，甚至把绿林当作终南捷径，当作晋身扬名的阶梯，以充满欣赏的笔墨，津津有味地描写英雄驯化现象，反映了十九世纪小说家的政治见解和思想倾向。十九世纪小说家面对动荡不安、烽火四起的社会现实，以辅翼教化、整肃人心的社会角色自居，试图在侠义故事的演述中，寻找到一条绿林英雄与皇权政治消解对立、妥协合作的途径，以实现重整天地纲常、再现太平盛世的愿望。皇权的神圣利益是天经地义、不可动摇的，那么，皇权政治与绿林英雄的妥协合作，只能以绿林英雄的变异而得以实现。小说家用以更换侠之正义感和英雄气节的思想材料是以君臣人伦为主要内容的忠义观念。

绿林中的"忠义"，历来有多层含义。一是就侠之本分而言，一诺千金，忠人之事，行侠仗义，维护公正，此种侠义是侠士的基本风范，是建立在良知与道义的基础上的。一是就侠义之间而言，同生死共患难，肝胆相照，此种忠义自发地起始于一种团结御侮的愿望，建立在天涯沦落、荣辱与共的情感与命运之上。这两种情况下"忠义"二字实际是偏义词，主要是"义"。一是就侠义与皇权而言，忠君事君，知恩报效，侠以尊君亲上为本分，君掌生杀予夺之权力，此种忠义为封建礼教秩序之大端，建立在对皇权绝对服从的封建伦理主义的基础之上。十九世纪侠义小说再三致意者，主要是第三种忠义。

宋江等人在《水浒传》中是被作为忠义者加以表彰的，但在《荡寇志》中则被指斥为假忠义者之流。作者斥梁山英雄忠义之伪，又重在破其"官逼民反""替天行道"之说。陈希真修书宋江力陈忠义之辨，徐槐忠义堂教训卢俊义，王进阵前大骂林冲等情节，都是这方面的重头戏。昔日被逼上梁山，并为替天行道信仰奋斗过的英雄，在忠义之辨、君臣大义的"宏论"面前，竟然噤若寒蝉、理屈词穷，失却争辩的勇气。作者设计的梁山英雄正义感和英雄气节的陨落，信念的折服，是一种特殊的英雄驯化现象。《荡寇志》中，身负尊王灭寇重任而被赋予真忠真义品格的是猿臂寨英雄。陈希真是作者理想中的英雄模式，其"真忠真义"的实质，则是把认同与归顺皇权作为弃旧图新、走出逆境、改变自身命运的契机。

与《荡寇志》中的英雄通过剿匪立功而获取眷爱封赏稍有不同，《三侠五义》中的侠士大多是由于清官力荐而得与朝廷效力的。陈希真本京畿提辖，以剿灭梁山有功获取眷爱封赏，可谓梅开二度；三侠五义原闲云野鹤，其赖清官力荐而得与朝廷效力，则是皈依正途。两书之构思叙写各有不同，但其写英雄驯化却是异曲同工。

侠士与清官的结合，代表着封建社会一个圆满的政治理想。在人们心目中，清官是刚正严明、为民请命的官僚形象，是政治与法律范围内公正与正义的代表。侠士以行侠尚义、济困扶危、剪恶除奸为本分，是政治与法律之外社会公正与正义的代表。清官以办案方式除奸，依靠法律程序惩处邪恶，其周期长且易遭不测；侠士以武力方式除恶，依靠血性之勇伸张正义，其盲目性大而不免失之鲁莽。两者结合则可相得益彰，从而构成一种强大的、有组织的、效率极高的为君王剪除贪官奸臣、为民众打击土豪劣绅、为王朝消灭绿林人物的力量。《三侠五义》正是在上述政治理想的基础上构思故事的。侠士与清官合作，澄清了刘妃勾结郭槐，残酷迫害皇上生身之母李妃的冤案，打击了仗势依权、陷害忠良、为霸一方、侵吞救灾皇粮的庞吉、庞昱父子，剪除了横行乡里、欺诈百姓的马刚、马强、花冲等豪强恶霸，粉碎了皇叔襄阳王图谋不轨、蓄意篡位的阴谋。在追随清官当差办案的过程中，侠士显示出强烈的使命感和牺牲精神。白玉堂为盗取赵爵的盟书，孤身潜入冲霄楼，惨死于铜网阵；邓车把颜查散的官印丢在逆水泉里，蒋平自告奋勇，在寒气刺骨的泉水中将官印捞出。一些未曾被封官的侠士，如欧阳春，在搭救杭州太守倪太祖、杀马刚、捉花冲、擒马强一系列事件中，主动配合，事后并不邀功。已获封赏的侠士，也还保留着几分刚烈正直的性格。包拯之护卫赵虎，听到包拯之侄子包三公子行为不法时，便指使苦主到开封府击鼓鸣冤，至真相大白，方开怀释然。正是由于反映了封建社会中人们对清官与侠士行为及他们所代表的清正公平政治理想的渴望，所以《三侠五义》能够为市井细民所喜闻乐见，而且风行流传；同时也正因为描写了豪侠之士对皇权的皈依、与官府的合作，《三侠五义》才获取了生存的可能。

与陈希真接受招安而剿匪、南侠五义报答知遇而缉盗不同，《儿女英雄传》中的十三妹则为安学海的一套人情天理的大道理所折服，最终将一团英雄刚气化为儿女柔情，由行侠绿林而遁入家庭。成为安家媳妇的何玉凤，昔日叱咤于青云山、显威于能仁寺的女侠丰采已不复见，代之而出的是一位妇德、妇言、妇容、妇工四者兼备，立志保佑丈夫闯过知识、书房、成家、入宦人生四重关隘的家庭主妇。

何玉凤折服于天理人情，与南侠五义稽首于知恩图报、梁山英雄理屈于君臣大义、陈希真得逞于尊王灭寇，具有同等的意义。十九世纪侠义小说中的人物命运与作者的道德意识有着紧密的联系。在作品的人物命运之中，寄托着作者的道德评判和以重整道德观念为契机，恢复封建社会礼治秩序的愿望。以拯救道德而达于救世救国，是中国士人奇特的政治假想。这种政治假想建立在中国特有的家族亲缘关系与皇权统治秩序互相渗透的社会政治结构之上。在这种政治结构中，孝亲与忠君被赋予同等神圣不可侵犯的意义，并被看作是家庭与社会和谐的凝合之物。当孝亲与忠君成为个体伦理的自觉时，天下遂归于一统和平；当其受到背叛时，天下则纷乱无序。反之推论，当天下纷乱无序时，必定是道德败坏的结果；救时救世，必以刷新、振兴道德为先。十九世纪小说家并未能摆脱这一道德救世情结。他们在侠之归顺皈依的描写中，掺和着整饬纲常的希望，表现出通过道德调整达到补天自救的社会文化心理。

（刊于 2010 年 3 月 《河南大学学报（社会科学版）》第 2 期）

吴敏树与桐城湘乡派

　　吴敏树（1805—1873），字本深，自号南屏，湖南岳阳（巴陵）人。1832 年举于乡，与左宗棠同榜；多次参加会试不中，以大挑补浏阳县教谕，不久自辞，复以山水、交友、著述为乐事。晚年自辑诗文为《柈湖文录》《柈湖诗录》。柈湖乃作者家乡洞庭湖支流。吴敏树卒后，郭嵩焘作《吴君墓表》，称"湖南二百年文章之盛，推曾文正公及君"[①]。曾国藩作为同治中兴的名臣，在与太平天国的对峙中，雅爱古文，在改造桐城派古文的基础上，别创湘乡派，故而成为湖南二百年文章之盛的旗帜性人物。而吴敏树作为一个乡居为主、不入仕宦的地方文人，得以成为与曾国藩相提并论的古文领袖，则是风云际会与历史机缘的共同结果。

一、"有志于古文"的吴敏树

　　一生"有志于古文"的吴敏树，晚年作《柈湖文录序》，自叙其塾师启蒙、京师切磋、自成一家等数个古文学习阶段甚详：

---

　　① 吴敏树：《吴敏树集》，《桐城派名家文集》第 5 卷，严云绶等主编，合肥：安徽教育出版社 2014 年版，第 624 页。

始余初别章句为文，即窃仿先正。师怒之谓：少年之文，当如春花，鲜艳悦人而易售，何取此朴钝者为？余固弗能改。久乃益喜古文。读诗书，至别抄为本，以文拟之。塾题出，不肯即为，而取韩柳文一篇，读之数过，引被沉思，觉心倦欲痛即止。又起为之，如是者数，而文成矣。或出行畦田间，与农夫牧子语，溪旁观水流，一顷遽归，而文成矣。①

在塾师启蒙时期，吴敏树因为生性雅好文辞，而别抄诗书，时时揣摩模拟。作文时，或读韩柳文一过，或行走山水之间，以求有助成文。此种揣摩自悟式的写作，在走出乡里，应试科第，与京师好古文者交流切磋时，则自感不足：

甲辰都下，始见梅伯言、余小坡二君之文，惊而异之，以为过我。因抄取梅氏文数篇以归，案头以洁纸正书之。即见其多不足者，乃日书韩文碑志，细注而读之；抄《孟》书，评《史记》，文且至矣。遭艰棘罢，起而为浏阳学官，三岁治《春秋》成。本壬子复入都，熟观天下英贤今相国曾公、邵中郎位西之流，而吾文未为薄也。旋构乱离，避山中，间出从人事，以其暇治《论语》《孟子》，多为其说，而文之事无所事，问题而题至，与人书札，都不觉成文，且有关时事大者。盖十数年如此矣。②

甲辰年即 1844 年，吴敏树到北京参加会试。其携所别抄归有光之文，

① 吴敏树：《吴敏树集》，《桐城派名家文集》第 5 卷，严云绶等主编，合肥：安徽教育出版社 2014 年版，第 254 页。
② 吴敏树：《吴敏树集》，《桐城派名家文集》第 5 卷，严云绶等主编，合肥：安徽教育出版社 2014 年版，第 254 页。

与梅曾亮、朱琦、邵懿辰等名家交往，京师渐有吴敏树能古文之名，吴敏树
也自感与京师古文家存在差距。壬子年即 1852 年，吴敏树再至京师时，梅
曾亮已离京南下。与曾国藩、邵懿辰等有文名之人相较，吴敏树已经自信
"吾文未为薄也"。从甲辰"惊而异之，以为过我"，到壬子自信"吾文未为
薄也"，正是作者见贤思齐到发愤追赶的古文习练过程。壬子年礼部大挑，
吴敏树得教谕之职，遂绝意举业，抄评韩碑，研读《孟》《史记》《春秋》，
专心为文。十数年的博学约取，加上遭艰棘、构乱离的社会阅历，桦湖乡里
雅好文辞的少年，终于走出"闻见少，孤意自行"的时期，而达于文事自成
的境地。文事自成，是一种孜孜以求、刻意为之的圆满。吴敏树《桦湖文录
序》中不无自得地总结自己古文自成的原因道：

> 盖余不幸不至于大官，遭遇功名，而幸以闲放得纵意为文，
> 年老而文且多，事新而文加快矣。[①]

以文人自处，求文事自成；得闲暇而纵意为文，近老境而事新文多。
吴敏树的自述充满着求仁得仁的愉悦。吴氏《桦湖文录》所载，总体上是一
个古文家的眼界襟怀与情感世界。

性道论说类文，是古文家学术祈向与思想信仰所在。吴敏树在经史研
读方面，有《周易注义补象》《论语考义发》《孟子考义发》《史记别录》等
著述。其读经论史之大旨，可在《桦湖文集》性道论说类文中略见端倪。《桦
湖文集》中论性道，多依宋儒之言，维护宋儒立场。作者以为宋儒发明孔孟
之心，甚博且精。戴震《孟子字义疏正》，专诋程朱，有失狂悖。人之衣食
生养，皆是天命所在，人最重要的是把握好天命："夫惟圣人宜有天下，亦

---

① 吴敏树:《吴敏树集》,《桐城派名家文集》第 5 卷，严云绶等主编，合肥：安徽教育出版社 2014 年版，第 254 页。

惟圣人能不有天下。"①遵从天命，守住本分的价值观和人生态度，潜移默化在《柈湖文集》的字里行间。《渔寄说》一文中，作者自比于知天命、察时运的渔夫：

> 渔寄者，柈湖渔者之所尝寄迹于此也。渔者不能为渔，独喜为钓。钓亦不常得鱼，而自号渔者，钓亦渔之类也。家近同柈湖，故以柈湖著地焉。其钓也不必于湖，或溪、或塘，出舍门里许辄止……
>
> 盖渔者尝读书为文章，举进士不得。且老矣，弃其学官而退为渔。会时用兵，有相知大人者，招令入军中，则谨谢曰："吾力胜一弱竿，岂能荷长戟乎？幸终为渔足矣。"
>
> 闻昔洞庭湖有老渔者，中夜客舟呼问买鱼，老渔答以诗，哦而去，今所传"八十沧浪一老翁"之辞也。吾从子，其许我哉？②

力胜一弱竿，拒绝荷长戟。应天知命的人生观和对野云闲鹤生活的追求向往，使他选择以渔者终老。文中所提及大人招令入军中之事，是指曾国藩兴湘军于湖南，招其军中任事，吴没有响应前往。吴敏树以大挑方式得浏阳教谕后，因学宫祭礼细节不合自己心意，便率性告病去官。其不应曾国藩军中之召及辞官行为，都显现几分狂狷使气的文人做派。

在身边琐细中，记述社会万状、生活百态；在薄物小篇中，显现去取详略、变化照应，是古文家的擅场。《柈湖文集》中的传志杂记之文，多记社会下层人与事，在其琐琐细细记叙中，窥知读书人的生命关切与生活情

---

① 吴敏树:《吴敏树集》,《桐城派名家文集》第 5 卷，严云绶等主编，合肥：安徽教育出版社 2014 年版，第 216 页。

② 吴敏树:《吴敏树集》,《桐城派名家文集》第 5 卷，严云绶等主编，合肥：安徽教育出版社 2014 年版，第 239 页。

致。《业师两先生传》写两位塾师，一位是秦维城，"先生于书多读，通知古今文章各体，不专事四子书章句"。"盖敏树稍知学为诗古文辞，皆自于先生。"秦是吴敏树古文的启蒙老师。另一塾师姓孙。作者写孙姓老师，饱含同情："先生故尝试童子高等，未得入学。老且髦，犹徒走郡城院试。""试罢后，尝至吾嫂房坐茶，语苦流涕，即向嫂诵其试文，曰：是当不佳耶？嫂故不识字，人以为笑。"求童子试而不可得的孙姓塾师，却以翰苑入者寄希望于学生吴敏树。吴因故转学至他处，"先生送之行，远半里许，泣而返曰：'将我良弟子去，空我学矣。'"①寥寥几笔的传神细节，乡间塾师的敬业与困顿跃然纸上。《亡弟云松事状》记亡弟吴庭树事，写家中异出兄弟之友爱："敏树颇好书，不解家人生计，弟独任之，纤毫不以相关。""又从余读书为文字，喜艺花木，辟小园，为楼临之，可三里外望洞庭。花树绕楼下，两人读且卧其中。名楼曰'听雨'，取为苏州语也。"②文集中又有《听雨楼记》一文，写弟凿山而为楼，登楼可见田畴之上下，山溪之曲折，耕夫樵人之劳作。庋书而读之，与云松相对，无比惬意："昔眉山苏氏兄弟，少时诵唐人诗语，而有风雨对床之约。其后各宦游四方，终身吟想此语，以相叹息。二苏公之贤，非余兄弟所敢妄拟，而其欲常聚处之意则同也。"③其文中的山水之美、兄弟情笃，娓娓道来，感人至深，得归有光以来文人之文的神韵与精髓。

《柈湖文集》中的序跋书牍之文，多记作者的友朋交往、学术旨趣、文人情怀。吴敏树的社会交往以湖南籍人为多。《孙之余古文序》为湖南善化

① 吴敏树：《吴敏树集》，《桐城派名家文集》第 5 卷，严云绶等主编，合肥：安徽教育出版社 2014 年版，第 339 页。
② 吴敏树：《吴敏树集》，《桐城派名家文集》第 5 卷，严云绶等主编，合肥：安徽教育出版社 2014 年版，第 359 页。
③ 吴敏树：《吴敏树集》，《桐城派名家文集》第 5 卷，严云绶等主编，合肥：安徽教育出版社 2014 年版，第 387 页。

人氏孙鼎臣文集所写。孙曾任翰林院编修，好古文，与梅曾亮游，与吴敏树遇之于京师，游好于长沙。吴敏树序孙《苍筤文集》，以为"文章之道一，而体有分。能为文章之人，其才或各宜于其体，兼之者难矣"。"文之中又各宜其体之至善者，惟子余然。"①《毛西垣诗序》为湖南岳阳籍诗人毛贵铭诗集而作。毛贵铭经历与吴敏树相似，好诗文，中举后大挑教谕；享年与孙鼎臣相似，只有四十几岁的人生。吴序回忆与集主当年以诗文求永生的约定，是何等的意气风发！《罗念生古文序》是为湖南湘潭籍文人罗汝怀所作。罗氏贡生出身，好诗文及文字训诂之学。参与编写《湖南通志》，又以数十年之力辑《湖南文征》。吴敏树序罗文，称赞其"纪天下之事，通生人之情"②，不必强分秦汉抑或唐宋的宏通旷达《刘孟容中丞归卧南阳图序》为湖南湘乡籍人刘蓉而作。刘蓉小吴敏树十余岁，是曾国藩幕府的重要人物。喜诗古文，有《养晦堂文集》传世。刘蓉从陕西巡抚任上病乞退职，作图请吴敏树序之。吴序称赞刘蓉"魁然为湖南人士之望"③。湖南籍有文字之交的还有武陵籍人杨彝珍、湘潭籍人欧阳兆熊、新化籍人邓显鹤等。特别是与曾国藩、左宗棠、郭嵩焘的交往，构成了吴敏树成为湘乡派中古文家代表的重要条件。吴敏树与湖南籍之外文人交往较多的有邵懿辰、赵烈文。《柈湖文集》中《送邵位西员外奉使山东河工序》《阳湖赵氏先世图序》即写其交往。与上述文人政客的文字交往，成为吴敏树古文写作的重要内容。这种文字之交，成为乡居古文家吴敏树与外部世界沟通的主要渠道和着意建立的人脉资源。

---

① 吴敏树：《吴敏树集》，《桐城派名家文集》第5卷，严云绶等主编，合肥：安徽教育出版社2014年版，第246页。
② 吴敏树：《吴敏树集》，《桐城派名家文集》第5卷，严云绶等主编，合肥：安徽教育出版社2014年版，第251页。
③ 吴敏树：《吴敏树集》，《桐城派名家文集》第5卷，严云绶等主编，合肥：安徽教育出版社2014年版，第258页。

吴敏树论诗古文写作，持"平近"胜于"深远"之说。吴敏树晚年致力于《语》《孟》研读，其《书孟子别抄后》认为：古人中真正做到"文以明道"的只有孟轲与韩愈两人而已。韩愈之文，未专乎道也。专乎道者，孟子而已矣。孟子之道传，得益于其文之功："今读孟子书，如家人常语然，岂不以其文之善乎？然则所谓文以明道者，必如孟子而可焉。不然，吾恐道之未足明而或且幽之也。"孟子以"家人常语明道"创造了为文以明道、文道合一的至境。后世儒者阴同于佛，自歧于儒，明代以课文造士，均与孟子"以家人常语明道"①的为文至境渐行渐远。此后，吴敏树又有《书李翱文后》《书李翱复性书后》，以为唐人李翱阐道之功，不在韩愈之下。惟其文艰深而孤远，故其道不用于时。吴敏树以孟子的得用于世、李翱的不得用于世的遭遇，告诫后世以"文以明道"为目标的古文家，体会文"平近"胜于"深远"道理，主张由韩而上溯孟，得古人"家人常语明道"之古文至境。

吴敏树好归有光文。研读归文，吴敏树认为其受时文所累。唐宋以后古文一厄于程、朱之深远，再厄于时文之分力。其《归震川文别抄序》以为："自四子书之文兴，而文章不及于古。"归有光之文，远宗乎司马，近迹乎欧曾。"借使归氏不生于明，而出于唐贞元、宋庆历之间，无分其力，而穷一生以成其文，岂在李翱、曾巩之后哉？"②此正是作者抄录归有光之文，为之叹息的原因所在。数年之后，吴敏树又有《记抄本震川文后》，回忆甲辰年（1844）偶挟自抄归有光文到京，与梅曾亮、朱琦、邵懿辰以文会友的场景，对归有光之文数年间由沉寂到流行过程，有了新的感叹。在作者看来：甲辰年京师争相传语归文，大抵是出于对古文的爱好，不肯以俗学自敝，故"私喜其文，别抄为书如余者，诸君子视之，若林鸟之鸣而呼其类

---

① 吴敏树：《吴敏树集》，《桐城派名家文集》第 5 卷，严云绶等主编，合肥：安徽教育出版社 2014 年版，第 272 页。

② 吴敏树：《吴敏树集》，《桐城派名家文集》第 5 卷，严云绶等主编，合肥：安徽教育出版社 2014 年版，第 268 页。

也"。而当下相尚于归氏，"其名既盛以尊，学者既皆知师仰其文矣，虽心非诚好者，犹阳事之"。"盖世常习于已成，风趋于众慕，而当其人之时，未有不忽且笑者也。余是以尤叹之。"①

1843 年吴敏树入都参加会试，结识了梅曾亮、曾国藩。梅曾亮是姚鼐弟子，道光年间俨然是姚鼐之后的桐城派的宗主。吴敏树读梅曾亮之文，有"天下之文章，固在于先生"②之叹。退而读书悟道，终至文成。吴敏树有书求梅曾亮为其父写作墓表。梅曾亮 1856 年去世，两年后吴敏树有《梅伯言先生诔辞》。吴敏树先因梅曾亮而列名于好古文之列，复又因曾国藩而与桐城湘乡派结缘。

二、咸同年间的吴、曾文讼

咸同之际的 1858 到 1860 年间，因曾国藩的一篇序文引发的吴、曾文讼，是古文家之性情与政治家之襟怀的一次碰撞。文讼中吴、曾的出发点与逻辑起点不同，其冲突与尴尬也就在所难免。

曾国藩小吴敏树六岁，湖南湘乡人。1838 年参加会试，赐同进士出身，入翰林院深造，开始为期十二年的京师生活。曾国藩 1843 年与好友刘蓉信，言其在京读书生活：

> 自庚子以来，稍事学问，涉猎于前明、本朝诸大儒之书，而不克辨其得失。闻此间有工为古诗文者，就而审之，乃桐城姚郎

---

① 吴敏树：《吴敏树集》，《桐城派名家文集》第 5 卷，严云绶等主编，合肥：安徽教育出版社 2014 年版，第 286 页。
② 吴敏树：《吴敏树集》，《桐城派名家文集》第 5 卷，严云绶等主编，合肥：安徽教育出版社 2014 年版，第 312 页。

中鼐之绪论，其言诚有可取。于是取司马迁、班固、杜甫、韩愈、欧阳修、曾巩、王安石及方苞之作悉而读之，其他六代之能诗者及李白、苏轼、黄庭坚之徒，亦皆泛其流而究其归，然后知古之知道者，未有不明于文字者。[①]

读明清大儒之书，难辨得失；而于古文诗者，心有灵犀。桐城姚郎中鼐之绪论，当指姚鼐《古文辞类纂序》。1854年曾国藩率湘军与太平军作战，开始了近二十年的戎马生涯。1856年姚鼐弟子梅曾亮、方东树去世，桐城派发展最盛的江苏、安徽、江西、广西战事频仍，桐城派传绪不绝如缕。1858年，曾国藩作《欧阳生文集序》，历数桐城派的源流传承和姚鼐之后的发展规模，将桐城古文濒绝、斯文扫地的原因归咎于洪、杨之乱，并隐隐表露出以湖南文学接续桐城派传绪的意向：

> 昔者国藩尝怪姚先生典试湖南，而吾乡出其门者，未闻相从以学文为事。既而得巴陵吴敏树南屏，称述其术，笃好而不厌。而武陵杨彝珍性农、善化孙鼎臣芝房、湘阴郭嵩焘伯琛、溆浦舒焘伯鲁，亦以姚氏文家正轨，违此则又何求？[②]
> ……
> 自洪杨倡乱，东南荼毒。钟山石城，昔时姚先生撰杖都讲之所，今为犬羊窟宅，深固而不可拔。桐城沦为异域，既克而复失。戴钧衡全家殉难，身亦欧血而死。余来建昌，问新城、南丰兵燹之余，百物荡尽，田荒不治，蓬蒿没人，一二文士转徙无所。而广西用兵九载，群盗犹汹汹，骤不可爬梳。龙君翰臣又物故。独

---

① 曾国藩：《曾国藩全集·文集》，殷绍基等整理，长沙：岳麓书社1990年版，第5页。
② 曾国藩：《曾国藩全集·文集》，殷绍基等整理，长沙：岳麓书社1990年版，第245页。

吾乡稍安，二三君子尚得悠游文学，曲折以合桐城之辙。①

    曾氏此文将吴敏树放在姚氏古文之学在湖南首位传人位置。曾国藩的置评，恐怕是郭嵩焘"湖南二百年文章之盛，推曾文正公及君"之语的主要依据。而"吾乡稍安，二三君子尚得悠游文学，曲折以合桐城之辙"之语，明显有以湖南文脉接续桐城派传绪的意图。晚清是一个乡邦意识浓烈弥散的时代。湖南从原湖广区划中分出，单独成省后，其特立独行、不甘人后的想法就特别炽热。在此文之前，曾国藩有《湘乡县宾兴堂记》一文，言"湘勇"之武，已名闻天下，"非他州县所可望而及"。而湘乡之文，却无闻天下。当年会试于礼部者，无湘乡籍士。故官湘乡者，有建宾兴堂之举，以待文兴。曾国藩作文，着力阐发文兴之义，希望"湘中子弟忠义之气，雄毅不可遏抑之风，郁而发之于文。道德之宏，文章之富，将必有震耀环区，称乎今日之武功，而又将倍焉蓰焉者。余虽衰钝，尚庶几操左券于此，请以右券责之"②。以曾国藩的社会地位，用如此富有煽动性的话语，激励乡邦后生，其感发奋起者，自然可以想见。

    邑求文、武并兴之荣，人有文、武双臻之想。曾国藩以文人率军，至1858 年时，天京内讧过后，太平军元气大伤，湘军东南大局初定。曾国藩在戎马倥偬之中，以诵读诗文涵养心志，间怀文人雅士之想，故而有《欧阳生文集序》之作。越一年，又有《圣哲画像记》之作。《圣哲画像记》择古今圣哲三十二人，以学问造诣所长别为义理、考据、辞章三类，比附于孔门四科。三十二人中，姚鼐赫然在册，被置于孔门的文学之科。曾国藩言姚鼐

---

    ① 曾国藩:《曾国藩全集·文集》，殷绍基等整理，长沙：岳麓书社 1990 年版，第 247 页。

    ② 曾国藩:《曾国藩全集·文集》，殷绍基等整理，长沙：岳麓书社 1990 年版，第 240 页。

入选的理由:"姚先生持论宏通,国藩之粗解文章,由姚先生启之也。"① 以自己的学术受益为依据选择姚鼐,是大胆而真诚的。再一年,曾国藩选《经史百家杂钞》。《杂钞》与姚鼐《古文辞类纂》不同有二:一是文体分类,姚选分古文辞为十三类,曾选分为十一类;二是姚选不选经,以示尊经;不录史,以史多不可胜录。曾选录经、史,冠于文体之首,体现涓涓之水,以海为归之意,故名《经史百家杂钞》。从《欧阳生文集序》以湘乡接续桐城,到《圣哲画像记》以姚鼐承接文统,再到《经史百家杂钞》以经史为文章源薮,曾国藩完成了以湘乡派接续桐城派古文传绪的理论准备。

曾国藩在桐城派古文传绪飘忽不定的时刻,以自己对古文文体的理解,改造桐城派,别创湘乡派,一方面有雅好古文,希望增强古文表情达意功用的艺术性考量,同时也掺杂着与太平天国对峙阶段统揽道统、文统,以增加军事文化力量的政治性考量。在这一过程中,曾国藩对姚鼐的推重是出于多种原因的。

文人眼界的吴敏树,对曾国藩攀援桐城、推重姚鼐的行为不以为然,尤其将自己列名于桐城派传绪之中,更是难以接受。在看到曾国藩《欧阳生文集序》后,吴敏树作《与筱岑论文派书》据理力争道:

> 文章艺术之有流派,此风气大略之云尔。其间实不必皆相师效,或甚有不同。而往往自无能之人,假是名以私立门户,震动流俗,反而为世所诟厉,而以病其所宗主之人。如江西流派,始称山谷、后山,而为之图列号传嗣者,则吕居仁。居仁非山谷、后山之流也。今之所称桐城文派者,始自乾隆间姚郎中姬传,称私淑于其乡先辈望溪方先生之门人刘海峰,又以望溪接续明人归

---

① 曾国藩:《曾国藩全集·文集》,殷绍基等整理,长沙:岳麓书社1990年版,第250页。

震川，而为《古文辞类纂》一书，直以归、方续八家，刘氏嗣之。其意盖以古今文章之传系之已也。……姚氏特吕居仁之比尔，刘氏更无所置之。其文之深浅美恶，人自知之，不可以口舌争也。

……宋以后，则皆以韩为大宗，而其为文，所以自成就者，亦非直取之韩也。韩尚不可为派，况后人乎？乌有建一先生之言，以为门户途辙，而可自达于古人者哉？

弟生居穷乡，少师长见闻之益，亦幸不遭身习濡染之害。自年二十时，辄喜学为古文。经、子、《史》《汉》外，惟见有八家之书，以为文章尽于此尔。八股文独高归氏，已乃于村塾古文选本中见归氏一二作，心独异之。求访其集于长沙书肆中，则无有，因托书贾购之吴中。既得其书，别抄两卷。甲辰入都，携之行箧。不意都中称文者，方相与尊尚归文，以此，弟亦妄有名字，与在时流之末，此兄之所宿知也。又见《望溪文集》，亦欲抄之，而竟未暇。盖归氏之文高者在神境，而稍病虚，声几欲下。望溪之文，厚于理，深于法，而或未工于言。然此二家者，皆断然为一代之文，而莫能尚焉者也。其所以能尔者，皆自其心得之于古，可以发人，而非发于人者……

今侍郎序文，不过借时俗流派之语，牵涉多人，以自骋其笔墨。所称诸人学文本末，皆大略不谬。独弟素非喜姚氏者，未敢冒称。而果以姚氏为宗，桐城为派，则侍郎之心，殊未必然。①

此文中吴敏树的立场有三：一是不屑于附会古文流派之说。文章艺术而有流派，是风气大略相近而言，不必皆相师效。建一先生之言，以为门户

---

① 吴敏树：《吴敏树集》，《桐城派名家文集》第 5 卷，严云绶等主编，合肥：安徽教育出版社 2014 年版，第 298—299 页。

途径，容易流为门户之见。唐之韩、柳即不曾为派。二是不耻姚鼐标榜声气的行为。桐城派中建立文派的人物是姚鼐。姚鼐自称私淑乡先辈方苞，编《古文辞类纂》，以方苞上接于明之归有光，下传于同乡刘大櫆。其人为编织文章传承谱系的做法为世所诟病。吴文直将桐城派中姚鼐比之为江西诗派标榜声气的吕本中。三是自述学文本末，自证与桐城派的交集关联，仅在甲辰入都与桐城派姚鼐传人梅曾亮同好归有光之文而已。吴敏树不赞成姚氏宗派之说，也不赞成曾国藩攀援桐城派的做法。

吴敏树致信的主人"筱岑"，名欧阳兆熊，湖南湘潭人，是曾国藩、吴敏树的共同朋友。曾国藩写序的欧阳生，名欧阳勋，是欧阳兆熊的儿子，三十岁病亡。欧阳兆熊请求曾国藩为其儿子文集写序，以寄托哀思。曾国藩在为好朋友儿子文集作序时，透露以湖南文学接续桐城传绪的"野心"，并把老朋友吴敏树排在湖南二百年古文的首位。如此善心好意，反引起吴敏树的较真叫板，这是曾国藩始料不及的。尴尬自然在所难免。曾国藩《复吴敏树》自我作辩道：

> 筱泉前寄示尊书，以弟所作《欧阳生集序》中，称引并世文家，妄将大名胪于诸君子之次，见谓不伦。李耳与韩非同传，诚为失当。然赞末一语曰：而老子深远矣。子长胸中固非全无泾渭，今之属辞连类，或亦同科。至姚惜抱氏虽不可遽语于古之作者，兄至比之吕居仁，则亦未为明允。惜抱于刘才甫不无阿私。而辨文章之源流，识古书之真伪，亦实有突过归、方之处。尊兄鄙其宗派之说，而并没其笃古之功，揆之事理，宁可谓平？至尊缄有曰："果以宗桐城为派，则侍郎之心，殊未必然。"斯实搔着痒处。往在京师雅不欲混入梅郎中之后尘。私怪阁下幽人贞介，何必追逐名誉，不自悶惜。昔睹馪荬之面，今知君子之心。吾乡富人畏为名案所污累，至靡钱五百千，摘除其名。尊兄畏拙文将来援为

案据，何不捐输巨资，摘除大名，亦一法也。[①]

　　曾国藩对吴敏树将姚鼐在桐城派中的地位，比作吕居仁宋代江西诗派中的地位，仍以为欠妥。但承认吴文中"果以宗桐城为派，则侍郎之心，殊未必然。斯实搔着痒处。往在京师雅不欲混入梅郎中之后尘"，被吴敏树的"幽人贞介"逼出了实情。句尾"靡钱摘名"的话，是只有老朋友之间才能有的玩笑。接着，又在评吴文和己文时，谈出对古文的看法：

　　　　见示诗文诸作，质雅劲健，不盗袭前人字句，良可诵爱。中如《书西铭讲义后》，鄙见约略相同；然此等处，颇难以著文。虽以退之著论，日光玉洁，后贤犹不免有微辞。故仆尝称古文之道，无施不可，但不宜说理。

　　　　国藩自癸丑以来，久荒文字……平生好雄奇瑰伟之文，近乃平浅，无可惊喜。一则精神耗竭，不克穷探幽险；一则军中卒卒，少闲适之味。

　　古文之道不宜说理，平生好雄奇瑰玮之文，这些都是曾国藩改造桐城派文的着力之处。曾国藩与吴敏树信透出的为文意向，具有转移古文风尚的意义。对于吴敏树的幽人贞介，曾国藩又向欧阳兆熊称赞："南屏不愿在桐城诸君子灶下讨生活，真吾乡豪杰之士也……国藩之为是叙，不过于伯宜处略闻功甫生平之言论风指，而纵笔及之，非谓时流诸君子者，可以名于世而垂于后。不特不和之，且私独薄之。南屏识得鄙意，曰侍郎之心，殊未必

然，所以搔着痒处。固当相视而笑，莫逆于心。"①曾国藩的夫子自道，更能说明其在桐城派基础上改造古文的心思。

曾、吴未尝谋面时，曾国藩对吴敏树已有狂狷的印象。1852 年清廷命湖南在籍丁忧的曾国藩帮办本省团练，在北京应试的吴敏树作《京师寄曾侍郎书》，有"夺情起复，忠孝兼顾"的劝告，这是只有至朋好友之间才有的行为。数年后，曾仍在军中，父丧，问礼左宗棠、吴敏树，吴有《为曾侍郎论金革无辟》文，劝其以国事为重，"果朝旨仍命之，即无可辞者矣"②。1854 年、1858 年曾国藩率军作战期间，两次在岳阳与吴敏树会晤，都可以说明吴、曾朋友关系的密切程度。

《柈湖文集》中收入吴敏树写给曾国藩书札共七通，时间跨度从 1852 年到 1864 年。1864 年后吴敏树与曾国藩的书信，未见收入集中。1852 年《京师寄曾侍郎书》与 1857 年《答曾侍郎书》是分别写于曾国藩母亲、父亲治丧期间，以国事重于家事的道理，说服曾氏当作夺情起复的抉择，实现既痛其亲，又报其君的兼顾。第三通《上曾侍郎书》写于 1854 年秋天，吴敏树为湘军取得岳阳、武汉之捷致函曾氏，称颂曾氏于"道义文章，高绝今世"之外，又"驱氛扫逆，赫然成此中兴之功"，书札结末言："敏树材薄质衰，不敢图附青云，犹冀以宽闲无虞之日月，尽意文字间，纪述歌谣，稍尽见闻悲喜之实。"③"尽意文字间"，可以看作是吴敏树对曾国藩邀吴进入军幕的婉拒，同时也表达一种对文字生涯的坚守。第四通是 1859 年所写《己未上曾侍郎》，在向曾国藩解释其在《与筱岑论文派书》中为何急于自别于姚

---

① 曾国藩:《曾国藩全集·书信》，殷绍基等整理，长沙：岳麓书社 1990 年版，第 1096 页。
② 吴敏树:《吴敏树集》，《桐城派名家文集》第 5 卷，严云绶等主编，合肥：安徽教育出版社 2014 年版，第 223 页。
③ 吴敏树:《吴敏树集》，《桐城派名家文集》第 5 卷，严云绶等主编，合肥：安徽教育出版社 2014 年版，第 305 页。

蒹，同时，又以欧阳修与梅尧臣关系自况于曾国藩与自己。自己没有相从曾氏幕中，也就自然避免了梅尧臣挟欧阳修自重的尴尬。第五通是1860年写的《庚申上曾制府》，称赞曾氏看重文字之缘，不斥其妄，反引敏树为知己的雅量。第六通1861年的《辛酉上曾公》请托吴氏从弟吴士迈军中任事之事。1864年的《甲子上曾爵相》是收入《柈湖文集》中的最后一通与曾氏的书札。此时曾国藩已攻陷南京，吴札为贺功之作："敏树于甲寅戊午之岁，两谒旌麾于湖上。虽不克随侍执鞭之末，其私心悬系，未尝不在营幕之间。是以当捷音之传，跃然耸病躯，掣渔竿，起而旋舞也。"此战让湖南人扬眉吐气："抑思我湖南之人，自经相公倡带义旅，毕力戎行，目今荷朝家恩宠，官勋烜赫，偏于行路。方隅小省，忽而有此，诚振古之奇事，天下之人，固高视湖南之人，而湖南之人，亦皆以自矜喜。"①上述七通书札中的"敏树于先生，本不宜以形迹自外，独自恨无当世才，不能服从以自达""以宽闲无虞之日月，尽意文字间""以欧、梅之目，自相比许""私心悬系，未尝不在营幕之间"都是读者理解把握吴、曾关系的关键词。而书札中反复提到的"湖南之人"，则是湘乡派得以形成的乡邦血缘基础。

《曾国藩全集》中收入与吴敏树书札计六通。第一通写于1860年，是对吴敏树《与筱岑论文派书》的回应。此信已如上所引。曾国藩除强调"往在京师，雅不欲混入梅郎中之后尘"之外，又以为"古文之道，无施不可，但不宜说理"。信中论及归有光之文，曾国藩建议吴敏树参看他《书归震川文集后》一文。曾国藩《书归震川文集后》，嫌归文规模狭小，直以"浮芥舟以纵送于蹄涔之水，不复忆天下有曰海涛者乎"②讥讽归文的琐屑不堪。规模狭小是曾国藩与学归有光之文的吴敏树论文的重大分歧之一。另外的重

---

① 吴敏树：《吴敏树集》，《桐城派名家文集》第5卷，严云绶等主编，合肥：安徽教育出版社2014年版，第308—309页。
② 曾国藩：《曾国藩全集·文集》，殷绍基等整理，长沙：岳麓书社1990年版，第149页。

大分歧就是对古文是否成派及姚鼐的派主地位的论定。第二通写于 1861 年，称赞吴敏树为他们共同的朋友毛西垣刊刻遗诗。第三通写于 1865 年，告知幕府近况。第四通抱怨调任畿辅，衰病相寻。第五通写于 1870 年，感叹"颓然衰老，回思生平术业，百无一成。近或偶作文字，而心如枯井，不惟难追古人，即自视二三年前所作，已觉远逊"[①]。第六通写于 1871 年，告知收到吴敏树《柈湖文录》，称赞其写作成就，并重提十年前讥评姚鼐之旧案。这些信札让人感受到同乡与朋友之间的平等与真诚。

三、与桐城湘乡派共舞

曾国藩致吴敏树的第三通书札写于 1865 年。信中，曾国藩在抱怨公事烦、意绪凋疏的同时，有"幕僚多好学之士，足慰老怀"[②]的字样。1865 年前后进入曾国藩幕府，被称为曾门四弟子的有吴汝纶、张裕钊、薛福成、黎庶昌。薛福成有《叙曾文正公幕府宾僚》[③]叙曾氏幕府宾僚云集的盛况甚详。其中，黎庶昌、吴汝纶等列名在从公治军书、遇事赞画类；张裕钊、吴敏树被列入从容讽议、并不责以公事类。曾国藩对幕僚弟子，告以"文者，道德之钥，经济之舆"[④]的经验，告以文可以自淑淑世，可以坚车行远的道理，

① 曾国藩:《曾国藩全集·文集》，殷绍基等整理，长沙：岳麓书社 1990 年版，第 7073 页。

② 曾国藩:《曾国藩全集·文集》，殷绍基等整理，长沙：岳麓书社 1990 年版，第 5368 页。

③ 薛福成:《薛福成集》，《桐城派名家文集》，严云绶等主编，合肥：安徽教育出版社 2014 年版，第 93 页。

④ 薛福成:《薛福成集》，《桐城派名家文集》，严云绶等主编，合肥：安徽教育出版社 2014 年版，第 463 页。

勉励他们为"行远之计，不可不早具坚车"①。曾国藩对桐城派之文的改造，依照黎庶昌《续古文辞类纂叙》中的概括，集中体现在"扩姚氏而大之，并功德言于一途"两个方面：

> 姚先生兴起于千载之后，独持灼见，总括群言，一一衡量其高下，铢黍之得，毫厘之失，皆辨析之醇驳较然，由是古今之文章，谬悠淆乱，莫能折衷一是者，得姚先生而悉归论定。即其所自造述，亦浸淫近复于古。然百余年来，流风相师，传嬗赓续，沿流而莫之止，遂有文敝道丧之患。至湘乡曾文正公出，扩姚氏而大之，并功德言于一途，綷揽众长，轹归掩方，跨越百世，将遂席两汉而还之三代……

> 曾氏之学，盖出于桐城，固知其与姚先生之旨合，而非广己于不可畔岸也。循姚氏之说，屏弃六朝骈丽之习，以求所谓神理气味格律声色者，法愈严而体愈尊；循曾氏之说，将尽取儒者之多识，格物博辨训诂，一内诸雄奇万变之中，以矫桐城末流虚车之饰，其道相知，无可偏废。

扩姚氏而大之，主要是扩大古文写作的取范途径，"熟读扬、韩各文，而参以两汉古赋"②，写作雄直坚劲、毗于阳刚之文；并功德言于一途，主要是鼓励弟子幕僚超越吟咏性情、记述琐屑的文人之文的格局，使奇句单行的古文，勉力担负起合功、德、言于一体的重任，走向议论记叙表情达意更广阔的天地。当曾国藩"扩姚氏而大之，并功德言于一途"的意图在曾门弟子

---

① 曾国藩：《曾国藩全集·书信》，殷绍基等整理，长沙：岳麓书社1990年版，第7页。
② 曾国藩：《曾国藩全集·书信》，殷绍基等整理，长沙：岳麓书社1990年版，第934页。

的身体力行下得到实现时，湘乡派才得以形成。湘乡派并没有另起炉灶，湘乡派是在桐城派古文的基础上，经曾国藩的引导改造而完成的。曾门弟子的写作，已不再是气清体洁的文人之文，而是纵横捭阖的政治家之文。

随着曾国藩所主导的湘乡派文人集团的兴起，吴敏树在生命的最后十余年间，以虽若即若离但生命关切的方式，与湘乡派共舞。

晚年的吴敏树仍坚守古文家的情怀，虽自诩"年老而文且多，事新而文加快矣"，其为文内容，仍以写作个人际遇感受为中心；其为文风格，仍以气清体洁为目标。其"事新文快"的特点，主要体现在与曾氏集团成员的往来与书信中，时有议论军国，不平则鸣之类的情感流露。1861 年，吴敏树在忠义书局任事，接湖南巡抚毛鸿宾信，请吴敏树、郭嵩焘、罗汝怀考虑修《忠义录》之事。吴氏有感于"自江忠烈始帅湘勇，而今督帅曾公踵而扩之，楚南之勇军半天下，而十年来征战之绩，死事之烈，当在国史之编者不少"①，与郭嵩焘商量编《忠义录》事。后因郭嵩焘在体例上提出许多质疑，未能实施，吴敏树随即辞去忠义书局之事。1865 年，曾国藩旧部刘蓉罢陕西巡抚南归，邀吴敏树、郭嵩焘、罗汝怀游君山，吴敏树作《刘霞仙中丞游君山诗跋》，看到游览之中"筠公（郭嵩焘）微多愤嫉，霞公（刘蓉）特夷然"的情景，引发作者一番"惟不平而平者，乃可以为平；而不平之盛者，其平亦盛。故论文而语道，非二事也"②的书生议论。从这一时期吴敏树与朋友的书信中可知，吴敏树与曾国藩信中所说的"私心悬系，未尝不在营幕之间"的话，并非虚语。

对桐城派，吴敏树仍坚持古文不必有派的说法。其 1858 年前后作《梅伯言先生诔辞》重申自己的立场：

---

① 吴敏树：《吴敏树集》，《桐城派名家文集》第 5 卷，严云绶等主编，合肥：安徽教育出版社 2014 年版，第 321 页。

② 吴敏树：《吴敏树集》，《桐城派名家文集》第 5 卷，严云绶等主编，合肥：安徽教育出版社 2014 年版，第 287 页。

为古文词之学于今日，或曰当有所授受。盖近代数明昆山归太仆、我朝桐城方侍郎，于诸家为得文体之正。侍郎之后，有刘教谕、姚郎中，名传侍郎之学，皆桐城人，故世言古文，有桐城宗派之目。而上元梅郎中博言，又称得法于姚氏。

余曩在京师，见时学治古文者，必趋梅先生，以求归、方之所传。而余颇亦好事，顾心窃隘薄时贤，以为文必古于词，则自我求之古人而已，奚近时宗派之云？果如此，是文之大厄也。而余间从梅先生语，独有以发余意。又读其文数十篇，知先生之文，自得于古人，而寻声相逐者，或未之识也。余自是益求之于古书。①

固执己见的不仅仅是吴敏树，直至晚年，曾国藩还依然坚持为姚鼐辩言。1871年，接到《枻湖文录》后的曾国藩，与吴敏树有第六通书札：

大著古文敬读一过，视昔年仅见零篇断幅者尤为卓绝。大抵节节顿挫，不用矜奇辞奥句，而字字若履危石而下，落纸乃持重绝伦。其中闲适之文，清旷自怡，萧然物外。如《说钓》《杂说》《程日新传》《屠禹甸序》之类。若翱翔于云表，俯视而有至乐。

国藩尝好读陶公及韦、白、苏、陆闲适之诗，观其博揽物态，逸趣横生，栩栩焉神愉而体轻。令人欲弃百业而从之游，并物我而纳诸大适之域，非他家所可及。今乃于尊集中数数遘之，故编中虽兼众长，而仆视此等尤高也。

与欧阳筱岑书中论及桐城文派不右刘、姚，至比姚氏于吕居

---

① 吴敏树：《吴敏树集》，《桐城派名家文集》第5卷，严云绶等主编，合肥：安徽教育出版社2014年版，第413页。

仁，讥评得无少过。刘氏诚非有过绝辈流之诣，姚氏则深造自得，词旨渊雅。其文为世所称诵者，如《庄子章义序》《礼笺序》《复张君书》《复庄松如书》《与孔撝约论祭书》《赠撝约假归序》《赠钱献之序》《朱竹君传》《仪郑堂记》《南园诗存序》《绵庄文集序》等篇，皆义精而词俊，敻绝尘表，其不厌人意者，惜少雄直之气，驱迈之势。姚氏固有偏于阴柔之说。又尝自谢为才弱矣。其论文亦多诣极之语。惟亟称海峰，不免阿于私好。要之，方氏之后，惜抱固当为百余年主盟，未可与海峰同类而并薄之也。[①]

关于姚鼐和桐城派的文讼仍然喋喋不休进行时，曾国藩与吴敏树的生命已悄然进入垂暮之年。

1868 年 4 月，吴敏树有江南之行。为欢迎老友，曾国藩作七言古体诗长篇《赠吴南屏》。其中忆旧部分有"当时洞庭醼别酒，乾坤战伐正喧豗。沅湘义军参差起，十事欲成九事乖"之语。追昔而抚今，经历十年战争，江南之地，遍地疮痍，"即今南纪风尘靖，乱后遗黎多眚灾。荒村有骨饲狐貉，沃土无人辟蒿莱。筋力登危生理窄，斗粟谁肯易婴孩？三里诛求五里税，关市或逢虎与豺"。哀民生之多艰，成为曾诗的主题，也成为此后"莅邰倡和"的主题。曾诗艳羡吴敏树的乡居生活："羡君高卧君山顶，吞吐湖月无愁猜。"最末写老友来访的心情："飘然一叶忽东下，相见各怜双鬓皑。宁知沧桑阅百变，复此对持掌中杯。苍天可补河可塞，惟有好怀不易开。努力且谋千日醉，高谈巢燧及有邰。"[②] 吴敏树和诗，首言曾氏功业，"相公千载论人杰，声华早岁光蓬莱。湖湘一呼子弟出，踊跃妇女连童孩。艰难一身耸

---

① 曾国藩：《曾国藩全集·书信》，殷绍基等整理，长沙：岳麓书社 1990 年版，第7495—7496 页。

② 吴敏树：《吴敏树集》，《桐城派名家文集》第 5 卷，严云绶等主编，合肥：安徽教育出版社 2014 年版，第 487 页。

天柱，狂啮反走随惊豺。竟扫金陵洗窟穴，清凉山色还佳哉。塞天勋业已何有，旷世襟怀人不猜"。再言追慕之意及人生感慨："我生执鞭意诚慕，自顾腐草心弥哀。苦寻章句得微隙，稍觉耳目开昏霾。匆匆未显牛马走，皎皎敢矜霜雪皑。亦怜活计等闲尽，剩欲倾倒琉璃杯。"[1]吴敏树和诗后，大江南北继和者三百余人。因曾国藩诗首尾二韵为"葄"与"邰"，好事者集为《葄邰倡和集》，吴敏树也因此风光无限，名声大噪。

葄邰倡和是曾氏幕府文人的一次集体唱和。赵烈文、莫友芝、张文虎、黎庶昌、曾纪泽、吴汝纶、罗汝怀、李善兰、郭嵩焘、高心夔、戴望等均有和诗之作。他们中的不少人，是因为投奔曾氏幕府才有了谋生做事的机会。比如咸同年间宋诗派的代表诗人莫友芝。莫与郑珍齐名，在京师书店与曾国藩偶遇，遂成好友。在科场蹉跎、一误再误后，投奔曾氏幕府，参与创办扬州书局。另一位宋诗派领军人物、湖南籍书法家何绍基，在四川被贬官后，游走山东、湖南书院，晚年在曾国藩的帮助下主持扬州、苏州书局，校刊《十三经注疏》，老死于苏州。黎庶昌应试不第，以直言上疏得县令用，生计仍难以为继。入幕府后得曾国藩器重，得两次密荐升职。南京收复，同治中兴，老友来访，集体唱和。吴敏树的到来给曾国藩治下带来了一次集体的文学狂欢。

吴敏树这次江南之行，游走沪、苏、杭，客居江宁，盘桓约半年之久，与曾门弟子幕僚黎庶昌、吴汝纶、赵烈文结为忘年交。黎庶昌《书柈湖文录后》记吴在江宁逸事："君故善饮，每夕必得酒而后寐。一夕与客人剧谈，忽忘饮酒。客去，夜分向尽，索之厨下，不得。顾视床头有巨瓮，命仆趣启封。封涂胶，骤不可启。君乃自持门撑击剥之。""良久，瓮启，持碗汲引。碗巨，瓮又不可入，君益叫跃号呼，如渴骥将奔冷泉也。""其不滞于天机

---

① 吴敏树：《吴敏树集》，《桐城派名家文集》第 5 卷，严云绶等主编，合肥：安徽教育出版社 2014 年版，第 487 页。

若此。"①吴敏树离开金陵时有《述别赠赵惠甫黎莼斋吴挚甫》一文，文中记曰："来江南，既见相国曾公，今且别去。曾公之处吾以友也，吾不敢自外于公，盖逮今二十余年矣。兵事间未得相从，其心常常私念公也。而吾处公之府中有年，甚少于我而乐与之友者，得三君焉：曰阳湖赵惠甫，遵义黎莼斋，桐城吴挚甫。""今吾归，将不复见三君，即死亦何所为悲？幸不即死，自在巴陵洞庭闲为无事老人，而时时登君山之顶，见江湖东流，未尝不以想望三君矣。"②回到家乡后，吴敏树将东游所写八十四首诗辑为《东游草》一卷。1870年，曾国藩致信吴敏树，以为"前岁金陵重聚，颇极文游跌宕之乐。十年积惊，为之一快"③。同年，曾国藩给刘蓉信，谈及与吴敏树、郭嵩焘共同游衡巇之约。年底，吴敏树将《文录》《诗录》各五十部寄曾国藩。曾有书札盛赞吴文。1872年二月，曾国藩死于江宁官署，后归葬长沙。次年八月，吴敏树卒。十月，刘蓉卒。好友间的衡巇之约，失去了实现的可能。曾国藩与吴敏树两位"湖南二百年文章之盛"的开启者，几乎同时终场谢幕。

四、走上经典化的曾、吴文讼

曾、吴去世后，曾、吴咸同之际关于桐城派与姚鼐的争论，被不断叙述，不断演绎，遂成为学术史、文学史的一段公案。

1889年，黎庶昌在日本编成《续古文辞类纂》。黎选依照曾国藩《经史

---

① 黎庶昌：《黎庶昌集》，《桐城派名家文集》第14卷，严云绶等主编，合肥：安徽教育出版社2014年版，第383页。
② 吴敏树：《吴敏树集》，《桐城派名家文集》第5卷，严云绶等主编，合肥：安徽教育出版社2014年版，第330页。
③ 曾国藩：《曾国藩全集》，殷绍基等整理，长沙：岳麓书社1990年版，第7072页。

百家杂钞》的宗旨对姚鼐《古文辞类纂》补选，补选共上、中、下三卷，上卷补经、子，中卷补史，下卷补清代之文。曾国藩、吴敏树及曾门弟子的古文，均在被选之列。黎庶昌《续古文辞类纂序》有言：

> 桐城宗派之说，流俗相沿，已逾百岁，其弊至于浅弱不振，为有识者所讥。读曾文正公暨吴南屏三家之书，断断之辨，自可以止。然公输虽巧，不用规矩准绳，又可乎哉？本朝文章，其体实正自望溪方氏，至姚先生而辞始雅洁，至曾文正公识变化以臻于大。桐城之言，乃天下之至言也。①

黎庶昌为曾国藩弟子，其随营六年，出使欧洲数国，后两度以二品道员身份任驻日本国大臣。黎庶昌《续古文辞类纂序》中提及曾、吴文讼，着重强调曾国藩对桐城派文不满在浅弱不振，其贡献在"识变化以臻于大"。

1892 年，湖南长沙人王先谦编辑刊行《续古文辞类纂》。姚鼐《古文辞类纂》明代归有光之后，清代只录方苞、刘大櫆。王先谦续书，收上至乾隆姚范，下至咸丰吴敏树三十九家文四百五十五篇，计三十四卷。吴敏树作品与曾国藩作品共同进入王氏续编之列。王先谦《续古文辞类纂例略》论曰：

> 曾文正公亟许姬传，至列之《圣哲画像记》，以为"粗解文章，由姚先生启之也"；然寻其声貌，略不相袭。道不可以一，而法不必尽同。斯言谅哉！南屏沉思孤往，其适于道也，与姚氏无乎不合。学者读文正《欧阳生文集序》及南屏《与筱岑论文派

---

① 黎庶昌：《黎庶昌集》，《桐城派名家文集》第 14 卷，严云绶等主编，合肥：安徽教育出版社 2014 年版，第 387 页。

书》，百余年文人承嬗离合之迹，略可睹矣。[①]

王先谦是湖南长沙人，是著名的湘绅领袖。1889年回长沙定居，任城南书院、岳麓书院山长。投资实业与刻书业。其编辑刊行《续古文辞类纂》，讲述曾、吴文讼，重在从曾、吴故事中可以窥知"百余年文人承嬗离合之迹"，其张扬湖南文脉的意图是十分明确的。曾、吴在咸同年间的文讼，被文家所不断提及，并根据自己的需要，不断变换着叙述的角度和立场，在这种不断提及与各自叙述中，曾、吴文讼走向经典。

以上数处重提曾、吴文讼，大都为曾国藩张目，1893年，王先谦整理《柈湖文录诗录》易名为《柈湖文集》，其《柈湖文集序》以"自别"二字还原吴敏树立场：

> 始居京师，以文见推于梅郎中曾亮。时梅先生方以桐城文派之说启导后进，其言由国朝姚、刘、方三君，上溯明归震川氏，以嗣音唐、宋，为古文正宗。先生顾谓文之必得力于古书，不当建一先生之言以自隘。其后曾公为文叙述文派，称引及先生，遂与友人书极论之，所以自别异甚力。[②]

经典化的过程在古文辞选本中初露端倪，而在文学史研究的浪潮中升堂入室。1909年前后，李详在《国粹学报》第四十九期上发表《论桐城派》一文，再提曾、吴文讼，且将曾国藩之后的桐城派别名为湘乡派：

---

① 王先谦：《中国近代文论选》，舒芜主编，北京：人民文学出版社1959年版，第319页。

② 吴敏树：《吴敏树集》，《桐城派名家文集》第5卷，严云绶等主编，合肥：安徽教育出版社2014年版，第209页。

至道光中叶以后，姬传弟子，仅梅伯言郎中一人。同时好古文者，群尊郎中为师，姚氏之薪火，于是烈焉。复有朱伯韩、龙翰臣、王定甫、曾文正、冯鲁川、邵位西、余小坡之徒，相与附丽。俨然各有一桐城派在其胸中。伯言亦遂抗颜居之不疑。逮曾文正为《欧阳生文集序》，复畅明此旨，昭昭然若揭日月。文正功勋莫二，又为文章领袖，其说一出，有违之者，惧为非圣无法。不知文正此序，乃结为文章波澜，不意举世尊之若此。惟巴陵吴氏具有先见，作书与文正，力自剖别。文正即答书，许其摘免。虽为相戏之言，其情固输服矣。文正之文，虽从姬传入手，后益探源扬、马，专宗退之，奇偶错综，复字单义，杂厕相间，厚集其气，使声采炳焕，而戛然有声，此又文正自为一派，可名为湘乡派，而桐城派久在祧列。[1]

李详是江苏兴化人，曾受知于江苏学政王先谦。李详所言曾、吴文讼背景和各自立场，与历史事实较为接近。加上湘乡派的命名，其论标志着曾、吴文讼由口耳相传时代，进入学术研究的时代。1925年，曾与李详结为忘年文友的钱基博，在上海光华大学中文系主任任上，著《中国现代文学史》，其论及桐城派云：

厥后湘乡曾国藩以雄直之气，宏通之识，发为文章，而又据高位，自称自淑桐城，而欲少矫其懦缓之失；故其持论以光气为主，以音响为辅，探源扬、马，专宗退之，奇偶错综，而偶多于奇，复字单词，杂厕相间，厚集其气，使声彩炳焕而戛焉有声。

---

① 李详：《中国近代文论选》，舒芜主编，北京：人民文学出版社1959年版，第732页。

此又异军突起而自成一派，可名为湘乡派。①

　　钱基博的立论，与李详极为接近。曾、吴文讼与桐城湘乡派携手走进
了大学的知识体系。曾国藩幕府讨论振颓起衰之计，拯时救世之道的湘乡派
之文，与桐城派讲求"义法""雅洁"的桐城派文，及吴敏树所"自别"的
清旷自怡，萧然物外的文人之文，应该是有着许多质的区别。湘乡派文从桐
城派文中脱化而出，另辟新径，是晚清文坛的重大事件。理清还原咸同之际
的曾、吴文讼的过程及意义，便成为本文的学术出发点。

（刊于 2020 年 9 月《文学评论》第 5 期）

---

　　① 钱基博：《中国现代学术经典：钱基博卷》，刘梦溪主编，石家庄：河北教育出版
社 1996 年版，第 38 页。

敝帚自珍（代跋）

　　在我国现存第一篇文学理论和文学批评的专论《典论·论文》中，曹丕引当时民间谚语"家有敝帚，享之千金"，用以表达东西虽然不好，但拥有者却十分珍惜的情感。当我把自己过去、现在写作的学术论文收辑结集，交中国大百科全书出版社出版时，所想到的最合适表达心情的词，就是"敝帚自珍"。

　　与中国大百科全书出版社结缘，是该社 2015 年启动编纂《中国大百科全书》第三版时，我被中国文学卷主编袁行霈先生选定为修订编写组成员，作为近代文学分支主编统筹中国近代文学有关词条的撰写与修订工作。《中国大百科全书》第三版的编纂工作在编写组专家与出版社同人的共同努力下进展顺利，我也通过学术互动与百科社结识，成为百科社的读者与作者。

2018 年，河南省设立"中原文化名家"专项资助项目，支持社科成果的出版。我申请到了该项目，并从此开始谋求将过去与现在的著述结集出版。于是便有了这次不自量力的"敝帚自珍"之举。此次整理出版 5 种著作，分别为《桐城派研究》《十九世纪中国文学思潮》《近代变革与文学转型》《中国百年学术与文学》《陈三立陈寅恪研究》。

《桐城派研究》，曾以《古典主义的终结：桐城派与"五四"新文学》为书名，1998 年由上海文艺出版社出版，此次为修订再版。1998 年版有《后记》，简单记述此书写作缘起：1984 年我随导师任访秋先生参加在常熟举办的中国近代文学史料工作会议。主持会议的中国社科院文学所邓绍基研究员把桐城派研究资料的整理任务交予河南大学承担，会后我便在任访秋先生的指导下进行工作，同时我的硕士学位论文也就顺理成章地以中后期桐城派研究为题开展。1993 年申请国家社科基金项目时，我以"晚清旧派文学研究"为题申报成功，获得资助经费 8000 元。申报项目时，原计划将晚清桐城派、文选派、宋诗派、常州词派作总括性的描述，以窥知五四前夕旧派文学的生存状态。结果涉笔至桐城派，竟达 30 余万字。于是就以桐城派研究结项。此书的主要章节得到任访秋先生、赵明先生、刘增杰先生、栾星先生、樊骏先生、舒芜先生的指导帮助。这次准备再版时与上海文艺出版社联系，他们很专业也很大度，答应可以修订后由他们再版，也可由其他出版社出版。

《十九世纪中国文学思潮》，曾以《悲壮的沉落》为书名，1992 年由河南大学出版社出版，此次再版增补了部分内容。此书原为刘增杰先生 1988 年国家社科规划项目《19—20 世纪中国文学思潮史》五卷本的第一卷，主述 19 世纪中国文学思潮。五卷本因种种原因，最终未能在河南大学出版社出齐。刘增杰教授卧薪尝胆，多年之后，重集旧部，修改补充，于 2008 年在上海文艺出版社出版《中国近现代文学思潮史》，全书 87 万字。百科社对该书再版时，我将所写作的第一卷《悲壮的沉落》易名为《十九世纪中国文学思潮》。原书字数偏少，为保持各卷文字大致均衡，增补了本人后期所写作的多篇与该主题相关的论文，作为附录。

《近代变革与文学转型》，原名为《中国近代文学论集》，是我 2005 年自选五十岁以前的论文，为自己进入知天命之年的自贺，2006 年由中华书局出版，采用自己心中理想的竖排繁体形式。但我随即发现，竖排繁体，是会大大影响阅读效率的。就我自己的阅读来说，更愿意选择简体横排而非繁体竖排，遑论其他读者。集中的《柳亚子简论》是我在大学读本科时发表在《河南大学学报》上的第一篇文章。当时，河大中文系在本科生中提倡学术论文写作，此文是由我执笔成文，请任访秋先生指导的第一篇学术习作。《中国近代文学史绪论》是解志熙、袁凯声和我 1986 年共同完成写作的。当时任访秋先生约请国内专家，编写国内第一部《中国近代文学史》作为高校教材，我协助有关编写工作。《中国近代文学史》教材的《绪论》原来是任先生亲自撰写的，高屋建瓴，立论稳妥。而当时国内学术界正流行"新三论"，受其影响，刚满三十岁的我，约两个原没有参与教材编写的二十五岁的同门师弟解志熙、袁凯声，闭门一月，套用我们生吞活剥的理论，去解释中国近代文学的演进。完成后，由我拿给任先生看，已记不清当时是如何向先生表达的了。后来《中国近代文学史》1988 年由河南大学出版社出版时，换用了我们所写作的《绪论》。2008 年在任访秋先生去世八年后，我们在刘增杰先生的主持下编辑《任访秋文集》，我有机会看到先生《日记》中关于《中国近代文学史绪论》取舍的两处记载，初读任访秋先生《日记》中的文字，顿感汗流浃背、无地自容。从先生的《日记》中，读到二十年前我的莽撞和先生的大度。此集的旧文，记录了二十世纪八九十年代我的无知与青涩。

《中国百年学术与文学》，是我五十岁以后的论文集。此一阶段，我个人的学术兴趣，偏移于近代报刊史料与中国近代文学的关系研究，百年学术变革与百年文学发展的互动研究。我自 2014 年在中国近代文学学会兼任会长，也自然有一些事务和文字是为学会的工作鼓与呼。中国近代文学学会自 1988 年成立，我和很多学术界的朋友就在学会的聚合下，为学科的发展尽心尽力，学会是我们共同的家。

《陈三立陈寅恪研究》，是一本急就章。数年前，去九江师范学院参加学术会议，纪念陈宝箴、陈三立、陈寅恪祖孙三代。参会学者大部分论文是关于陈寅恪的，会上对陈寅恪"独立之精神、自由之思想"名言的争论演变为会议热点。我研究宋诗派，会议学术发言仅与陈三立有关。在会议评议环节，评议人因我在高校担任过党委书记，偏离我的发言主题，提出要我谈谈如何看待上述口号。会议上的临时答辩，我做到尽量不失礼貌而已。时任九江师院党委书记者，正是当年帮助在庐山植物所修建陈寅恪墓的有德之人。会议代表拜谒了陈寅恪墓，墓碑上镌刻的正是"独立之精神、自由之思想"十个大字。庐山的崇山峻岭、浩荡天风，对陈氏名言的理解，自然与我们凡夫俗子有很大不同。2020 年疫情期间，我用一年多的时间读书写作，试图对陈寅恪先生的精神做出自己的阐释，写作十余万字，结成此集。

《桐城派研究》《十九世纪中国文学思潮》《近代变革与文学转型》

三部，因注释繁简不一，此次出版特请郑学博士、和希林博士、陈云昊博士帮助，分别重新校核，统一注释，向他们深表感谢。同时，也对出版社编辑、校对人员的辛勤劳动，深表感谢。

2023 年 10 月于河南大学